匿名女子

An Anonymous Girl

GREER HENDRICKS / SARAH PEKKANEN
奎兒・漢德瑞克斯　莎拉・佩卡寧

陳岡伯、蘇凱恩 譯

suncolor
三采文化

獻給我的父母

伊蓮娜和馬克・克索

——奎兒

獻給羅傑

——莎拉

第一部

誠摯邀請：尋找年齡十八至三十二歲的女性，參與由紐約市傑出心理醫師主持的道德研究實驗。酬勞豐厚，保證匿名。欲知細節請直接來電詢問。

購物車裡堆滿水果圈圈麥片和奧利奧餅乾，正對著小孩大吼的媽媽。開著名貴敞篷車的駕駛在馬路上奔馳，不斷超車。在安靜的咖啡店裡對著手機絮絮叨叨的女人。背著老婆偷吃的丈夫。

評斷別人的選擇很容易。

但要是你知道，那個媽媽當天被公司解雇了，又會如何？

要是你知道，那個粗魯的駕駛答應了要去看兒子的話劇表演，老闆卻臨時要他去開會，又會如何？

要是你知道，在咖啡店的女人接到的這通電話，來自深愛卻傷透了她的心的男人，而那個偷吃的男人，他的老婆總是拒絕他的碰觸，又會如何？

為了錢而向陌生人傾訴祕密的女人，或許你也會很快就對她的選擇做出評斷。但請先暫時放下你的假設，至少暫時先別評斷。

我們的行為背後都有理由。即使有時候，我們會對最了解我們的人有所隱瞞。即使有時候，這些理由被埋得如此之深，連我們自己都認不出來。

第一章

十一月十六日，星期五

很多女人希望在別人眼中成為某種形象，而我的工作，就是在四十五分鐘內讓她們大變身。工作結束後，我們客戶就會看起來像換了一個人。她們變得更有自信，容光煥發，甚至看起來更快樂。

但這種轉變只是暫時的。人總是會變回原本的樣子。真正的改變，需要的遠不只我手上揮舞的工具。

現在是週五傍晚五點四十分，交通尖峰時刻，也是許多人期待華麗變身的時刻。我習慣將這段時間空出來，盡量不安排私人活動。

地鐵停在亞斯特廣場站，車門打開，我第一個走出車廂。過了漫長的一天，我的右手臂因為一直提著沉重的黑色化妝箱而總是酸疼。

我把化妝箱提在背後，走進狹窄的閘道。這已經是今天第五次進出地鐵閘門，我的雙腿彷彿自動反應一般快步踏上階梯。

抵達地面街道後，我伸手從皮衣口袋抽出手機，打開不停更新的「美人蜂」行事曆。我提供可以上工的時間，系統就會自動把工作送上門。

今天最後一件工作的案主住在靠第八街和大學廣場附近，有兩個人，也就是說工作時間也是兩倍，總共九十分鐘。我手上有地址、名字和聯絡電話，但直到客戶開門前，我都不會知道他們長什麼樣子。

我並不怕陌生人。經驗告訴我，熟人才是會傷害你的人。

我記下確切地點，沿著街道往前走，避開從傾倒的垃圾桶中散落滿地的垃圾。一個店員正拉下防盜鐵捲門，吵雜的金屬碰撞聲迴盪在街頭。三個大學生肩上掛著背包，經過我身邊時笑鬧推擠著彼此。

離目的地還有兩個街口，這時我的手機響了起來。來電顯示是我媽。

我盯著媽媽微笑的圓形小頭像，讓電話繼續響了幾聲。

再五天，等我回家過感恩節時就會看到她了。我這麼告訴自己。

但我還是辦不到。

罪惡感才是我最沉重的負荷。

「嘿，媽！一切都好吧？」

「一切都好，親愛的。只是打來看看妳在做什麼。」

我可以想像媽媽站在費城郊區家中的小廚房，在那棟我從小住到大的房子裡，正在攪拌爐子上的肉汁。爸媽通常很早吃晚飯，而星期五晚上的菜單總是千篇一律的燉肉和馬鈴薯泥。我想像她打開一瓶金粉黛紅酒的瓶塞。每到週末，她會小小放縱一下，喝上一杯。

水槽上的小窗上有道黃色窗簾，爐子把手上鬆垮垮地垂著一條擦碗巾，上頭有桿麵棍的圖案，圖案上疊著幾個字：桿麵隨棍上。花紋壁紙的接合處已經剝落，冰箱下方有道凹痕，是我爸在老鷹隊輸球後往冰箱上踢了一腳的結果。

我爸是保險業務員，每當他下班走進門就是開飯的時候。媽媽會很快輕吻爸爸的臉一下，歡迎他回家。他們會叫貝琪下樓吃飯，幫她把肉切好。

「貝琪今天早上自己拉好拉鍊，我們都沒有幫她呢！」

貝琪小我六歲，今年已經二十二歲了。

「真棒！」我說。

有時候，我希望自己住得近一些，好幫上父母的忙。但大部分時候，我很慶幸自己不用這麼做。這種想法總讓我覺得羞愧。

「嘿，我之後再打給妳好嗎？我現在得去工作了。」

「噢！又有別的劇組聘請妳了嗎？」

我猶豫了一下。媽的聲音聽起來比剛才有朝氣了一些。

我不能跟她說實話，於是我脫口而出：「對呀，是小製作，大概不會有什麼新聞報導。但這齣劇的化妝很精緻、很特別。」

「我真以妳為榮，等不及下週聽妳分享細節了。」

我感覺媽媽似乎還想說些什麼。雖然離紐約大學的學生公寓還有一段距離，我還是決定結束這通電話。「替我親親貝琪，愛妳喔！」

通常我會在開始上工前就啟動工作模式。我會在看到客戶的第一眼做出評估——眉毛深一點會比較好看，鼻翼加點陰影，鼻子會看起來小一些——而我知道客戶也在打量我。

工作時，我一定穿著一身黑，省得每天早上還要花力氣想服裝搭配，而且黑色可以營造出專業感。我會選擇穿起來舒適、可丟洗衣機洗的衣服，讓我在早上七點或晚上七點看起來都一樣整潔乾淨。幫客人化妝時，個人空間近乎於零。我會把指甲剪短、磨平，把捲髮盤成包頭，讓口氣透出一絲薄荷味。我絕對遵守這些原則。

我在手上擠了一些乾洗手液，往嘴裡丟了一顆薄荷糖，然後按下6D公寓的門鈴。我早到了五分鐘。這是我的另一條工作守則。

我搭電梯上到六樓，順著走廊上震耳欲聾的音樂來到門前。我的客戶其中一人穿著浴袍，另一人穿著T恤和四角褲。我還可以聞到這個叫曼蒂的女孩頭上金髮挑染劑的味道，叫泰勒的那個女孩則揮舞著手，手指飄來還沒乾透的指甲油味。

我問道：「妳們今晚打算去哪玩？」派對的燈光會比夜店亮，若是晚餐約會的話，妝需要更細緻一些。

「亮燈。」泰勒回答。

看到我一臉疑惑的表情，她補了一句：「在肉品加工區。饒舌歌手德瑞克昨晚也有去那。」

「酷喔。」我小心翼翼地跨過散落滿地的物品，一支傘、一團皺巴巴的灰色毛衣、一個背包，然後把放在矮咖啡桌上的低卡爆米花和半滿的紅牛易開罐推到一旁，才好放置我的化妝箱。我彈開化妝箱上的鎖頭，裡頭一排又一排的化妝品和毛刷像手風琴般展開來。

「有想嘗試的造型嗎？」

有的造型師會盡可能塞滿自己一整天的行程，但我寧願多花一點時間問清楚客戶的需求。某些人想要煙燻眼妝加裸脣，某些人想要大膽豔紅脣妝，眼妝稍微刷個睫毛膏就可以了。一開始多花幾分鐘溝通清楚，反而能省下更多時間。

不過有時我也會靠自己的直覺和觀察。當女孩們說想要性感的海灘妝容，我會立刻知道她們希望自己看起來像名模吉吉．哈蒂德；小沙發上攤著的雜誌封面正好就是她。

「妳們唸什麼系的？」我問。

「傳播系。我們兩個都想當公關。」曼蒂的語氣有氣無力，好像我是煩人的大人，問她長大後想做什麼工作。

「聽起來很有趣。」我拉來一張直背椅，讓女孩坐在屋內最亮的光源正下方。

我先從泰勒開始。我有四十五分鐘創造出她想在鏡中看見的模樣。

「妳的皮膚保養得真好！」我會在每個客戶身上尋找優點，用力稱讚。

「謝啦！」她的視線完全沒有離開手機，開始對 Instagram 上的內容發表評論。

我一邊工作，女孩們的聊天聲漸漸變成背景雜音，就像吹風機的嗡嗡聲或窗外的車水馬龍聲。我投入地一筆一筆刷著不同顏色的粉底，沿著泰勒的下巴線條往上刷，才能完美地貼和她的膚色。我在手上混合紅銅和淺棕色眼影，好凸顯出她眼睛裡的金色斑點。

我在她兩側臉頰刷上古銅色時，泰勒的手機響了起來。

她停下點擊愛心的動作，握住手機說：「沒有來電顯示欸，我該接嗎？」

「接啊！」曼蒂說：「搞不好是賈斯汀。」

泰勒皺著鼻子說：「誰會在星期五晚上接電話啊？讓他留言好了。」

過了一會兒，她按下擴音鈕，男人的聲音立刻充滿整間房子。

「我是席爾斯博士的助理班．奎克，我要跟妳確認本週末的預約。明天和週日早上八點到十點，杭特廳二一四號教室。我會在大廳等妳，碰面後再帶妳上樓。」

泰勒翻了個白眼，我趕緊收回睫毛膏的刷頭。

「可以麻煩一下，臉不要動好嗎？」我說。

「不好意思喔！曼蒂，我當初在想什麼啊？明天早上我一定會醉到爬不起來。」

「放他鳥就好啦！」

「是喔，但是酬勞有五百美元，可以買兩件 rag & bone 的毛衣欸！」

泰勒的話打斷了我的注意力。我要接十個案子才賺得到五百塊。

「算了啦，我才不要為了什麼蠢問卷調鬧鐘起床！」泰勒說。

我看著角落那皺成一團的毛衣，心想這錢還真是好賺。

我實在忍不住好奇心，開口問道：「什麼問卷啊？」

泰勒聳了聳肩。「某個心理系博士在做什麼研究的樣子，找學生去做問卷。」

我好奇問卷上會寫著什麼問題，也許類似 MBTI 人格測驗？

我往後退一步，仔細審視泰勒的臉。她是典型的美人胚子，有著令人欣羨的骨架，不到四十五分鐘我就可以搞定她的妝。

「因為妳會在外面待到很晚，我會先畫出唇形，再上唇蜜，這樣唇色比較持久。」

我拿出自己最喜歡的一支唇蜜，上頭印有美人蜂的商標，均勻地抹在泰勒的嘴唇上。完成後，泰勒起身跑到浴室的鏡子前欣賞自己的臉，曼蒂跟在她後面。「哇！」我聽到泰勒發出讚嘆聲。「她真的很行欸！我們來自拍！」

「等一下，等我也化完妝再拍！」

我開始收拾泰勒剛才使用的各種化妝品，心中盤算著該給另一個女孩上什麼樣的妝。這時我注意到泰勒把手機留在椅子上。

我的美好週五夜晚通常是這麼過的：搭公車穿過市中心，回到下東城那間小小的無隔間套房，然後帶我的米克斯小梗犬李歐出門散步，回家後再清洗刷子上的化妝品。我實在累得不得了，搞不好在泰勒和曼蒂點第一杯雞尾酒之前，我就會在床上昏迷。

我再次低頭看了一眼泰勒的手機，然後瞄了浴室門口一眼。浴室的門半掩著。

我敢說，泰勒根本不會回電和對方取消預約。

「我一定要去買她用的打亮刷！」泰勒還在說話。

五百美元。可以幫我付掉一大半的房租。

我已經知道明天的工作行程，第一個案子是中午以後的事。

「我要叫她幫我把眼妝化誇張一點！」曼蒂說：「不知道她有沒有假睫毛可以用？」

杭特廳，早上八點到十點……我記得這些細節，但那個博士和助理叫什麼名字？

我並不是預謀要這麼做，只是上一秒我還盯著手機，下一秒，手機就跑到我手裡了。泰勒離開還不到一分鐘，所以手機還沒上鎖。但我還是得找出語音信箱的畫面，這表示我無法注意浴室門口的動靜。

我戳著螢幕，想播放最新的一通留言，然後把手機緊緊壓在耳朵上。

浴室的門開了，曼蒂走了出來。我轉過身，覺得心臟快要跳出來了。我一定來不及在她看到以前把電話放回去。

班．奎克……

我慌亂地想著，我可以假裝手機掉到地上，告訴泰勒我幫她撿起來。

「曼，等一下！」

席爾斯博士的助理……早上八點到十點……

「我是不是應該叫她用深色一點的脣蜜啊？」

我在心中不斷默念，希望訊息可以播快一點。

杭特廳，二一四號教室……

「可能吧？」曼蒂說。

我會在大廳等——

我掛上電話，把手機丟回椅子上。就在這時，泰勒正好一腳踩進房間。

手機本來是正面還是背面朝上？在我有機會回想起來以前，泰勒就已經走到我身邊。

她低頭看著手機，使我的胃一緊。我搞砸了。現在我想起來了，她當初是把手機螢幕朝下放在椅子上的。我放回去的時候螢幕朝上，我搞錯了。

我用力地吞了一口口水，試著想出個理由。

「嘿！」泰勒開口。

我逼自己抬頭看著她的眼睛。

「我愛死這個妝了！妳可以幫我試一下顏色深一點的脣蜜嗎？」

她懶洋洋地坐回椅子上。我慢慢地吐了一口氣。

我幫她重畫了兩次嘴脣，第一次用桃紅色，接著又換回原本的顏色。我努力用左手掌穩住右手手肘，免得顫抖的手指毀了脣線。完成後，我的脈搏也終於回歸正常。

離開公寓時，我收到的是她們一句心不在焉的「謝謝」，而不是小費。於是我做了決定。

我將手機鬧鐘設定在早上七點十五分。

◆◆◆

十一月十六日，星期五

隔天早上，我小心、仔細地盤算了我的計畫。

有時候，衝動的決定可能從此改變人生。

我不希望這種事再次發生。

我在杭特廳外頭等待。天氣陰陰的，空氣濃重又沉悶。我一度把某個朝我快步走來的女人誤認成泰勒，結果只是個慢跑的人。我等到八點五分，確定泰勒是不會出現了，便轉身走進大廳。一個穿著卡其褲和襯衫的男人正盯著錶。

「抱歉我遲到了！」我喊著。

「泰勒？我是班．奎克。」

我賭泰勒不會打電話來取消預約，果然沒錯。

「泰勒身體不舒服，要我來代替她做問卷。我叫潔西卡，潔西卡．費里斯。」

「噢！」班眨了眨眼，然後仔細地打量我。

我把平常穿的踝靴換成高筒帆布鞋，單肩背著一個黑色尼龍背包。讓自己看起來像學生應該有益無害。

「妳可以稍等一下嗎？」他終於再次開口。「我得和席爾斯博士確認一下。」

「沒問題。」我用泰勒昨晚那種略微慵懶的語調回答。

我提醒自己，反正最糟糕的情況就是不能參加測驗，沒什麼大不了的。要是真被拒絕，就去買塊貝果，回家帶李歐好好散個步。

班走到一旁，拿出手機。我想聽他說些什麼，但他的聲音很小。

然後他朝我走過來。「妳幾歲？」

「二十八歲。」我誠實回答。

我偷瞄了大廳入口處一眼，確定泰勒不會在最後一刻晃進來。

「妳目前住在紐約市嗎？」班問我。

我點點頭。

班又問了我兩個問題：「妳還住過哪些地方？有在美國之外的地方長住過嗎？」

我搖搖頭。「只住過賓州，我在那長大。」

「好。」班把手機拿到一旁。「席爾斯博士說妳可以參與研究。我需要妳的全名和地址，妳身上有證件嗎？」

我拉起背包，伸手進去撈，最後終於找到皮夾，拿出我的駕照遞給班。

他用手機拍了張照，然後記下我的資料。「明天妳完成問卷後，我可以立刻用 Venmo 支付款項。妳有帳戶吧？」

「有。」我回答。「泰勒說酬勞是五百美元，對吧？」

班點點頭。「我會傳簡訊給席爾斯博士說明情況，然後帶妳上樓。」

這麼簡單就搞定了，有可能嗎？

第二章

十一月十七日，星期六

妳不是今天早上原本該出現的受試者。

不過，妳的條件確實符合我在尋找的對象。反正要是沒人遞補，這個缺也會浪費掉。我讓班帶妳到二一四號教室。這間長方形大教室的東面有一排窗戶，閃亮的亞麻地板上整齊地排放了三列桌椅。房間正前方有一塊互動式電子白板，上頭什麼都沒有。教室後面的牆上高掛著一個老式的圓鐘。任何一個城市裡的任何一間大學裡的隨便一間教室，看起來大概就是這個樣子。

不過有件事倒是不太一樣——整間教室裡只有妳一個人。

我之所以選擇這個場地，是因為室內幾乎沒什麼會讓人分心的東西，這樣妳就會把全副注意力擺在眼前的桌上。

班告訴妳，電腦螢幕上會有進一步指示，然後就關上門離開了。

房間很安靜。

第一排的桌上有一部已經打開的筆電。妳走向書桌，腳步聲迴盪在教室裡。

妳放鬆地坐下，把椅子朝桌子拉近。金屬椅腳刮擦著亞麻地板。

螢幕上出現一條訊息：

第52號受試者，感謝妳參與席爾斯博士的道德與倫理研究計畫。參與此項研究，表示妳同意接受保密條款。請勿與任何人討論此項研究及其內容。

本項測試的答案無對錯之分，請務必誠實，按照心中最先出現的答案與直覺作答，並且詳細解釋回答的理由。請依序回答問題，除非完成當前的問題，否則不能繼續往下作答。

測驗時間為兩小時，我們會在時間結束前五分鐘給予提醒。

若已準備好答題，請按確認鍵開始。

妳是否知道自己即將要面對什麼？

妳將手指移往「確認」鍵，但手懸在鍵盤上方，沒有按下去。感到猶豫的人不只是妳。前五十一名受試者中，也有些人和妳一樣，流露出不同程度的遲疑。

要揭露妳不願意承認的一部分自我，的確有些嚇人。

終於，妳按下了確認鍵。

妳等待著，睜大了棕色的眼睛，注視著閃爍的游標。

當第一個問題突然出現在螢幕上時，妳往後縮了一下。

要妳待在這個冷冰冰的空間，刺探妳心中的私密部分，卻不告知妳這些資訊究竟有何珍貴之處，這感覺或許真的有些奇怪。想要逃避脆弱的感受很正常，但為了讓實驗能順利進行，妳必須把自己全然交付於這個過程。

請記得規則：全然坦白、誠實，就算這些問題引起妳的不安或痛苦，也請別逃避躲開。

假如第一個問題就讓妳如此侷促不安，那麼本實驗也許不適合妳。有些受試者只來過一次就再也沒有回來。這個測驗不是人人都能做的。

妳還是繼續盯著螢幕上的問題。

或許妳的直覺要妳趕快離開，連第一個問題都不要回答。

妳將不會是第一個這麼做的人。

然而妳決定把手放回鍵盤上，開始打起字來。

第三章

十一月十七日，星期六

教室裡安靜得很不尋常。我盯著筆電的螢幕，感覺有些焦躁。答題指示說答案沒有對錯之分，但道德測驗的答案，難道不會顯露我的性格嗎？

教室裡好冷，不知道他們是不是故意把空調溫度調低，讓我保持清醒。我幾乎可以聽到不存在的噪音——紙張的沙沙聲、腳重重踩在硬地板上的聲音、學生彼此笑鬧推擠的聲音。

我用食指按下確認鍵，等待第一個問題出現。

妳可以毫無罪惡感地說謊嗎？

我猛地往後靠。

泰勒提起這個研究時興趣缺缺的樣子，我實在沒有預期到會是這樣的測驗內容，沒有預期到得回答和自己相關的問題。不知為何，我原本以為大概就是選擇題或是非題之類的測驗。面對如此私人的問題，彷彿席爾斯博士早就認識我一樣，彷彿他早知道我對泰勒的事說謊……讓我有一點坐立難安。

我重振精神，將手指懸在鍵盤上。

好吧！謊話有很多種，我可以回答一個可有可無的謊言，或是會改變人生的那種瞞天大謊，那種我再熟悉不過的謊。最後我選擇比較安全的答案。

我開始打字：當然啦！我是美妝造型師，但不是你會在報章雜誌上看到的那種。我的客戶不是模特兒或電影明星，通常是上東區的年輕女孩。我幫她們化妝，讓她們美美地參加畢業舞會，或幫她們的媽媽打扮好參加慈善晚會。我也接婚禮和成年禮的案子。所以，當然了，我會跟神經兮兮的媽媽說一定會有人邀她跳舞，或是告訴缺少安全感的十六歲少女，我根本沒注意到她長了一顆大痘痘。畢竟嘴巴甜一點，就比較可能收到豐厚的小費。

我按下確認鍵，不知道這是不是席爾斯教授想要的答案。我想我應該做得還不錯，因為螢幕上立刻出現了第二個問題。

形容一下妳人生中欺騙的經驗。

等等，這有點太先入為主了吧！

或許吧，每個人多少都有欺騙的經驗，比如小時候玩大富翁作弊之類的。我思考了一下，然後回答：四年級的時候，我在考試時作弊。莎莉．詹肯斯是班上最會拼字的學生，正當我咬著鉛筆上的粉紅色橡皮擦，試著回想「明天」的「明」是日部還是目部時，抬頭正好瞄到她的考卷。原來呢，「明」是日部，於是我寫下答案，最後得到了滿分。我在心裡暗暗地感謝莎莉。

我按下確認鍵。

真有趣，我竟然想得起這些細節。我已經好幾年沒見過莎莉了。我們雖然是同一所高中畢業，但我缺席了好幾次同學會，完全不知道她現在過得如何。我猜大概生了兩、三個小孩，做著兼職工作，住在她爸媽家附近吧。我從小認識的女孩大都是這樣。

下一個問題遲遲沒有出現。我再按了一次確認鍵，但什麼事都沒發生。

我懷疑系統是不是故障了。正當我打算把頭探出門外，看看班在不在時，螢幕上開始浮現字母，一個字，一個字，就像是有人正在螢幕另一頭打字。

第52號受試者，妳得挖得深一點。

我的身體突然顫抖了一下，我不由得四處張望。輕薄的塑膠百葉窗簾被捲了起來，這麼無趣、幽暗的天氣，外面根本什麼人都沒有。草地和人行道上空無一人。馬路對面是另外一棟大樓，看不出來裡面有沒有人。

就邏輯上來說，我知道，房間裡只有我一個人。但我總覺得有人靠我很近，對著我呢喃。

我將視線轉回筆電螢幕上，這時又出現了另一句話。

這真的是妳最先想到、出於直覺的答案嗎？

我幾乎倒抽一口氣。席爾斯博士怎麼知道？

我猛地把椅子往後推，想站起身。然後，我發現，一定是因為我打字前猶豫了一下，他才知道我沒有說出心裡最先想到的事情，而是給了一個比較安全的答案。我把椅子拉近筆電，緩慢地吐著氣。

新的指示又悄然爬上螢幕。

打破表層，向下挖掘。

席爾斯博士知道我在想什麼。我告訴自己這真是個瘋狂的念頭。待在這間教室裡讓我開始胡思亂想。要是有別人在這，就不會感覺這麼奇怪了。

形容一下妳人生中欺騙的經驗。

好吧！你想聽那些難堪的事嗎？我可以再挖深一點。

如果只是不帶情感的反覆過程，這樣也算欺騙嗎？

我等待回應，但閃爍的游標是螢幕上唯一的動靜。我繼續打字。

有時候，我會跟不熟的男人上床。與其說不熟，不如說我根本不想認識他們。

還是什麼都沒有。於是我繼續打字。

我的工作讓我學會觀察、評估第一次見面的人。但在私人生活中，我會在一、兩杯酒精下肚後故意放鬆我的注意力。幾個月前，我認識了一個貝斯手。我跟他一起回到他的住處，那裡很明顯有另一個女人生活的痕跡。但我什麼都沒問。我告訴自己，她只是室友罷了。我故意對事實視而不見，這樣有錯嗎？

我按下確認鍵，不知道這麼誠實回答會有什麼結果。我最好的朋友麗茲知道我有過幾段一夜情，但我從沒告訴過她，那天晚上我其實在浴室看見了女性香水和粉紅色除毛刀。她也不知道我有多常和男人上床。我想我只是不希望她評斷我而已。

筆電螢幕上出現了一個字母，再一個字母，最後構成了一句話。

好多了。

有那麼一秒鐘，我很高興自己抓到這個測驗的訣竅了。但接著，我意識到有個全然陌生的人在窺探我的性生活。班看起來很專業，硬挺的牛津襯衫、粗框眼鏡，但對於這個心理學博士和這項測驗，我又了解多少？

這美其名是道德和倫理實驗，但它也可以是任何東西。

我怎麼知道這傢伙真的是紐約大學的教授？泰勒看起來不像是會去查證的人。她是外貌姣好的年輕女子，或許這就是她受邀參加測驗的原因。

在我決定好該怎麼做之前，下一個問題又出現了。

妳會因為更好的條件而取消和朋友的約會嗎？

我的肩膀放鬆了下來。這個問題看起來無害，就像是麗茲尋求建議時會問的問題。

假如席爾斯博士意圖不軌，他應該不會利用大學教室進行計畫。更何況，他也沒有詢問我的性生活細節。我提醒自己，是我自己主動提起一夜情的。

我立刻回答：當然，我的工作並不固定，有時候我會忙上好幾週，有時候一天要接七、八個客人，在曼哈頓周圍跑來跑去。但也有生意不好的時候，過了很久只有零星一、兩個客人上門。對我來說，拒絕上門的案件是不智之舉。

正準備按下確認鍵時，我突然發覺一件事。席爾斯博士不會滿意這個答案的。我遵循他的指示，挖得再深一點。

我十五歲時找到一份三明治店的工作，那是我人生第一份正職工作。兩年後，我從大學輟學，因為我實在忙不過來。就算有補助，我每週還是得花三個晚上去餐廳端盤子，還要申請學生貸款。我討厭負債，厭惡一天到晚都得擔心提款機上的餘額變成負數，或下班時得偷摸個三明治回家……我現在的經濟情況是好多了，但還是不像我最好的朋友麗茲一樣優渥。她爸媽每個月都會寄支票給她。我爸媽幾乎瀕臨破產狀態，我妹又有特殊需求，所以有時候，嗯，我的確需要取消和朋友的約會。我得顧好自己的收入，因為到頭來，我能依靠的人也只剩下自己。

我盯著最後這句話，不知道這會不會聽起來像在無病呻吟。我希望席爾斯博士能明白我試著表達的意思：我的人生並不完美，但大家不都一樣？我也有可能拿到更糟的牌。

我不習慣這樣揭露自己的祕密。寫下這些隱藏的念頭，就像在卸妝露出素顏一樣。

接著我又回答了一些問題，包括：**妳曾經偷看伴侶手機裡的簡訊嗎？**

我開始打字：如果我認為他背著我偷吃，我會。不過我沒結過婚，也沒跟人同居過。我只交過兩個還算認真的男友，但我也沒理由懷疑他們。

回答六個問題之後，我開始有種不同於平常的感覺，整個人激動不安，像多喝了一杯咖啡，卻不像之前那種焦躁感。我非常專注，完全忘記時間的存在。已經過四十五分鐘了嗎？還是九十分鐘？

我才剛回答完一個問題，內容是我難以對我爸媽啟齒的事——我一直私下在為貝琪支付醫療費用。就在這時，螢幕上又冒出了一行字。

這對妳來說一定很不容易。

我放慢速度，再讀一次這段訊息。我很訝異席爾斯博士的話真的安慰了我。

我往後靠著椅背，感覺到堅硬的金屬壓上肩胛骨中間的地方。我試著想像席爾斯博士的樣貌，可能是個矮矮胖胖的男人，留著花白的鬍子，體貼又充滿憐憫心。他大概什麼話都聽過了，但他並沒有評斷我。

的確很不容易，我想著，眼睛快速地眨了幾下。

我發現自己開始打字：謝謝！

從來沒有人對我的事這麼有興趣。通常膚淺、表面的閒聊就能打發多數人，但席爾斯博士不喜歡這樣。

或許這些被掩埋起來的祕密比我想像的沉重，因為對著完全陌生的席爾斯博士傾訴，似乎讓我覺得輕鬆了些。

我稍微往前靠，撥弄著套在食指上的三枚銀戒指，等待下一個問題。

這次似乎等得比之前還久。

然後，問題出現了。

妳是否曾經深深傷害妳在乎的人？

我差點驚呼出聲。我把這問題讀了兩遍，忍不住瞥向門口，雖然我知道根本沒人從門上方的玻璃片窺視。

五百美元。我提醒自己。但現在感覺這錢一點也不好賺。

我不想猶豫太久，免得席爾斯博士發現我在逃避什麼。

我開始打字，試著為自己爭取一些時間。很不幸地，我傷害過。我把一撮捲髮繞在手指上，繼續打字。我剛到紐約時喜歡上一個男生，但我的朋友也喜歡他。他約我出去……

我停了下來。我知道這個故事微不足道，不是席爾斯博士想要的答案。

我慢慢地按著刪除鍵，清空這些內容。

我一直都據實以告，畢竟測驗一開始我就同意了這些條款。但現在，我想編造一些內容。

或許席爾斯博士會知道我沒有說實話。

有時候，我認為自己傷害了所有我愛的人。

我好想打出這些字，一邊想像席爾斯博士充滿同情地點著頭，鼓勵我繼續說下去。要是我告訴他我做了什麼，或許他會再說一些安慰我的話。

我的喉嚨逐漸緊繃。我用手抹了抹眼睛。

如果我有勇氣，我會告訴席爾斯博士，以前父母外出工作時總是我在照顧貝琪。雖然我當時只有十三歲，但應該還算得上稱職。貝琪有時候很煩，老是喜歡趁朋友來玩時闖進我房間借東西，或是跟在我屁股後面轉來轉去，但我還是愛她。

我想著，我還是愛她。

只是，待在她身邊實在太難受了。

我一個字都還沒打，這時班敲了門，告訴我只剩下五分鐘。

我舉起手腕，慢慢打起字。是的，我願意不計一切代價阻止事情發生。

我還來不及重新思考措詞就按下了確認鍵。

我盯著電腦螢幕，但席爾斯博士沒有任何回覆。

游標像心跳一樣跳動，像在催眠一樣。我覺得眼睛熱熱的。

假如席爾斯博士現在說了些什麼，假如他要我繼續作答，說超過時限沒關係，那我一定會照做不誤。我會全盤托出，什麼都告訴他。

我的呼吸變得急促。

我覺得自己好像站在懸崖邊，等著某個人叫我跳下去。

我還是繼續盯著螢幕，知道再過幾分鐘我就得走人了。

除了閃爍的游標之外，螢幕仍舊一片漆黑。我的腦海裡浮現出幾個字，配合游標閃動著：告訴我，告訴我。

班打開門。我朝他點點頭，但發現自己很難將目光從螢幕上挪開。

我轉過身，從椅背上慢慢拉起外套，拿起背包，然後看了電腦螢幕最後一眼。螢幕上還是空空如也。

當我一站起身，一股疲憊感立刻席捲而來。我覺得精疲力竭，四肢沉重，感覺腦中蒙上一片大霧。我只想回家，和李歐一起鑽進被子裡。

班站在走廊上，低頭看著手上的 iPad。我瞄到最上面有泰勒的名字，下面還有另外三個女生的名字。每個人都有祕密，不知道她們是否也會據實以告。

「明天早上八點見。」我們走下樓梯時，班對我說。要跟上他的腳步頗費力氣。

「好。」我一邊抓著扶手，一邊專心看著樓梯，以免踩空。

走下最後一階時，我停下腳步。「呃，我有個問題。這到底是什麼研究？」

班看起來有點煩。從閃亮的樂福鞋和時尚的觸控筆來看，他應該是個品味講究的人。「這是針對二十一世紀道德和倫理的初步研究。席爾斯博士找了大概幾百個受試者，之後會寫成大型學術論文。」

他的目光掠過我，往另一名在大廳等待的女人看去。「珍妮？」

我拉上皮夾克的拉鍊，站在門外，想搞清楚東南西北，然後開始往回家的方向走。

身邊的人似乎都在做著平常做的事，幾個女人拿著顏色鮮豔的瑜伽墊走進街角的工作室，兩個牽著手的男人漫步經過我身旁，一個小孩踩著滑板車在人行道上蛇行，他的爸爸緊追在後，大喊著：「慢一點，小傢伙！」

兩小時前，我一定不會對這些人多看一眼。但現在，回到這個吵雜、忙碌的世界，讓我有點暈頭轉向。

我朝公寓走去，在快到家的街角停下腳步。天氣很冷，我把手伸進口袋想找手套。我戴上手套，注意到昨天才擦的指甲油已經脫色且缺了角。

一定是在想著要不要回答最後那一題時被我摳下來的。

我打了個寒顫，雙手在胸前交叉。我覺得很不舒服。今天還有四個客戶，我不知道自己還有沒有力氣拖著化妝箱四處跑，還要和客戶閒聊。

不知道明天回去那間教室，會不會從今天最後一個問題開始？或者，席爾斯博士會跳過這個問題，直接問我新的問題？

我拐了最後一個彎，公寓就在眼前。我打開樓下大門，把門用力推上，等著聽到它在我身後傳來鎖舌扣上的喀啦聲。我拖著腳步走上四樓，一開門就倒在沙發床上。李歐跳上床，在我身邊捲成一團，似乎知道我需要一點安慰。兩年多前，我到動物收容所想認養貓咪，最後卻在衝動之下領養了李歐。牠沒有狂吠也沒有嗚咽，只是靜靜地坐在籠子裡看著我，像是一直在等我來接牠一樣。

我在手機上設了一小時後的鬧鐘，然後把手放在牠暖暖、小小的身體上。

我躺在床上，開始懷疑這一切是否值得。我不知道這個實驗會這麼逼人，也不知道它會引出這麼多不同的情緒。

我翻身側躺，閉起沉重的雙眼，告訴自己休息一下就會覺得舒服點。

不知道明天會發生什麼事？不知道席爾斯博士會提出什麼新的要求？我再次提醒自己，沒人逼我做這些事。我可以假裝自己睡過頭，或者學泰勒一樣，根本就不出現。

我不需要回去那個教室。在我的腦袋陷入一片空白前，我這麼想著。

但我知道，我只是在欺騙自己而已。

第四章

十一月十七日，星期六

妳說謊了。

妳為了參加道德實驗而說謊，還真諷刺。不過也滿有創意的。

妳不是來代替八點鐘的那個人。原本那個女生在八點四十分，在妳走進教室很久後打電話過來說自己睡過頭。不過我還是讓妳繼續，因為這時妳已經證明自己是個有意思的受試者。

第一印象：妳很年輕，證件證明妳的確是二十八歲。一頭不受控的棕色長捲髮，穿著皮夾克和牛仔褲，手上沒有結婚戒指，但食指上疊了三個銀色細戒。

雖然妳打扮得休閒，舉止卻透露出專業。妳不像有些早上前來的受試者，手拿外帶咖啡杯，一邊打哈欠，一邊睡眼惺忪地揉眼睛。妳坐得挺直，而且在答題期間沒有偷瞄手機。

妳在回答第一個問題時透露出的訊息，以及妳無意間透露的資訊，都彌足珍貴。

從妳的第一個答案中出現了一個微妙的中心思想，這讓妳和先前五十一名年輕受試者有了明顯區別。

妳說妳會為了想獲得更多小費而討好客戶說謊，接著妳說妳會取消和朋友的約會，理由卻和多數人不同。不是因為臨時獲得演唱會的票，也不是為了和心儀對象約會，妳的心思很快就回到工作上。

金錢對妳來說很重要，它似乎深深影響了妳的道德判斷標準。

當金錢和道德相碰，結果總是可以讓我們看見引人入勝的人性真實面。

人類會因為各種出於本能的理由而破壞自己的道德標準，為了生存、愛、恨、嫉妒、衝動，還有金錢。

更進一步觀察：妳把所愛的人擺在第一位，證據就是妳為了保護父母而對他們有所隱瞞。而妳卻形容自己是可能摧毀另一段關係的幫兇。

最重要的還是那個讓妳不停摳著指甲，卻始終沒有回答的問題。那才是最引起我興趣的。

放棄掙扎吧，第52號受試者。

這個實驗可以讓妳得到自由。

第五章

十一月十七日，星期六

小睡過後，我終於把席爾斯博士和那奇怪的測驗拋在腦後。一杯濃郁的咖啡幫助我把注意力轉回客戶身上。等我下班回到住處時，幾乎又恢復了原本的自己。想到明天要再回去完成另一場測驗，也不再覺得這麼可怕。

我甚至還有力氣整理房間，基本上就是把在椅背上疊成一堆的衣服好好掛進衣櫃裡。我的套房實在太小，每面牆邊都有家具擋路。找人合租的話，我應該可以住更大的地方。但幾年前我就決定自己一個人住，畢竟隱私還是比空間大小重要。

我坐在沙發床邊緣，傍晚的夕陽從房裡唯一一面窗戶探了進來。我伸手拿起支票簿，想著這個月多了五百塊錢，付帳單的壓力應該可以小一些。

我在支票抬頭寫下安東尼雅·蘇利文的名字，這時席爾斯博士又鑽進我的腦袋裡。

妳曾經為了怕傷害心愛的人，而瞞著祕密不告訴他們嗎？

我的筆停在半空中。

安東尼雅是費城最頂尖的私人語言及職能治療師。貝琪週二和週四會固定至公立醫院就診，但那裡的治療成效有限。每當貝琪和安東尼雅見面的時候總會出現一些小小奇蹟，她會試著幫自己綁辮子、寫出一個完整句子、對安東尼雅唸給她的書提出問題，還會浮現失落的記憶。

安東尼雅的收費是一小時一百二十五美元，爸媽則以為安東尼雅是根據我們的經濟能力來收費。他們不知道餘額全由我付清。

假如他們知道我付了大部分的帳單，我爸一定會覺得很難堪，我媽也會憂心忡忡。他們很可能會拒絕我幫忙。

最好還是別讓他們去煩惱這件事。

在過去十八個月，都是我負責付錢給安東尼雅，而我媽會在每次家訪後打電話告訴我進展。

然而在今早之前，我一直沒有察覺這樣瞞著爸媽令我自己有多難受。直到那一刻，當席爾斯博士對我說，「這對妳來說一定很不容易」，我好像才終於獲得正視自己情緒的許可。

我寫完支票，把它塞進信封，然後起身從冰箱拿出一瓶啤酒。

今晚我不想再分析自己做過的種種決定，反正我很快就又得回到那個教室。

我抓起手機，傳了簡訊給麗茲。

我走進酒吧，環視四周，但沒看到麗茲的身影。不意外，因為我早到了十分鐘。我在吧檯看到兩張沒人坐的高腳椅，便把它們拉到了一起。

酒保桑傑朝我點了點頭。「嘿，潔絲！啤酒？」

這裡離我住的地方只有三個路口，在歡暢時光來喝啤酒喝到飽也只要三美元，我可以算是常客了。

我搖搖頭。「蔓越莓蘇打伏特加，謝謝。」歡暢時光一小時前就結束了。

麗茲抵達時，我的飲料已經喝了一半。她一邊脫下圍巾和外套，一邊朝我走過來。我把皮包從旁邊的椅子上挪開。

「今天發生一件超詭異的事！」麗茲一屁股坐下，很快地用力抱了我一下。她今天穿得像中西部的農村女孩，臉色紅潤，金髮自然垂在肩上，和她剛來到紐約試著打進劇場服裝設計界時的模樣一點也沒變。

「妳嗎？怎麼可能！」上次我們聊天，麗茲告訴我她想買一個火雞三明治給流浪漢，但對方卻因為麗茲不知道他吃素食而大發雷霆。幾週後，她在塔吉特購物時，隨便抓了個人詢問浴巾在哪一區，結果對方不是塔吉特的員工，而是曾提名奧斯卡獎的女演員蜜雪兒．威廉斯。麗茲在告訴我這件事的時候還說：「反正她知道浴巾放在哪就好啦！」

「總之呢，我在華盛頓廣場公園……等等！妳在喝蔓越莓蘇打伏特加嗎？桑傑，也給我來一杯！妳跟妳的性感男友怎樣了？反正呢，潔絲，欸，我說到哪了？噢！那隻兔子。對，那隻兔子就在路的正中央對我眨眼！」

「兔子？像小鹿斑比裡的小兔桑普那種？」

麗茲點點頭。「超可愛的！牠的耳朵長長的，還有粉紅色的小鼻子。我猜一定有人養，只是走丟了。牠超溫馴的。」

「所以妳把牠帶回家了？」

「外面這麼冷！」麗茲說：「星期一我會打電話給附近的學校，問有沒有需要班級寵物。」

桑傑把麗茲的飲料滑到她面前，麗茲啜了一口。「妳呢？有什麼趣事？」

難得就這麼一次，我遇上的事情比她精采多了，但正當我要開口時，筆電螢幕上的字句出現在眼前：**參與此項研究，表示妳同意接受保密條款。**

「跟平常一樣。」我將視線往下移，一邊攪拌著飲料。我伸手從包包拿出零錢，然後站起身。「妳想點什麼歌？」

「滾石樂團。」麗茲說。

我為麗茲點了〈小酒館女人〉，然後靠在點唱機上，翻來翻去搜尋歌單。

我搬來紐約不久後認識了麗茲，那時我們都在外百老匯擔任某齣音樂劇的後臺工作人員，我是化妝師，她則是服裝組的。這齣戲只演了兩晚就收攤，但我們也只需要兩個晚上就成了好朋友。我和她比任何人都還親近。我曾隨她一起回家過長假，和她家人見面；幾年前貝琪和我爸媽來紐約時，麗茲也和他們相處過一陣子。我們去最喜歡的熟食店吃飯時，她總是會把盤子裡的酸黃瓜留給我，因為她知道酸黃瓜是我的最愛，就像我知道她在讀完凱琳・史勞特的新小說前絕對不會出家門一步。

不過麗茲也不見得知道和我有關的每件事，例如今天發生的事。不能和她分享的感覺還是有些奇怪。

一個男人走過來停在我身邊，同樣低頭看著歌單。

麗茲點的歌已經開始播了。

「滾石的粉絲？」

我轉身打量眼前這個人，看起來就像每天會在地鐵上看到的那種男人。他穿著圓領毛衣和牛仔褲，散發出一股過於俐落的華爾街氣質，肯定是商學院畢業。一頭短黑髮，鬍渣像是早上刮了又長出來，而非精心修剪的結果。他戴的錶雖然是勞力士，但是新款而非古董款，表示他不是富二代，或許是用第一次收到的分紅獎金買給自己的禮物。

富家子弟的學院風，不是我的菜。

「是我男友的最愛。」我說。

「幸運的傢伙。」

我回給他一個微笑，試著讓自己的軟釘子沒那麼尖銳。「謝謝。」我選了王子的〈紫雨〉，然後走回位子。

「妳在浴室裡養了一隻彼得兔？」桑傑問。

「我鋪了報紙。」麗茲忙著解釋。「但我室友不是很開心。」

桑傑對我眨了眨眼。「再來一輪嗎？」

麗茲掏出電話，拿到我和桑傑面前。「你們想看看兔子的照片嗎？」

「很可愛嘛！」我說。

「噢！等等，我得傳個簡訊。」麗茲盯著手機說：「妳還記得卡崔娜嗎？她邀大家去她那喝一杯。妳想去嗎？」

卡崔娜和麗茲現在剛好在同一個劇組合作。我離開劇場圈之前，曾和卡崔娜一起合作過，後來就沒再見過她了。她夏天時曾經聯絡過我，說想和我聚聚聊聊，但我從沒回覆。

「今晚嗎？」我停下動作問。

「嗯哼，安娜貝兒應該會去，凱絲琳可能也會。」

我喜歡她們倆，但其他人應該也會去，包括某個我此生絕不想再見到的人。

「金恩不會去，別擔心啦！」麗茲好像知道我在想什麼一樣。

我知道麗茲想去，她跟卡崔娜是朋友，而且她需要建立人脈。紐約劇場圈是個緊密的社群，想獲得工作機會就得靠人脈。要是我不去，她一定也會覺得不開心吧。

我腦中好像又聽到席爾斯博士低沉、令人安心的聲音：**妳可以毫無罪惡感地說謊嗎？**

我可以。

我跟麗茲說：「噢，不是那個問題，我只是累了，而且我明天得早起。」

我對桑傑比了個手勢。「再來一杯，然後我就得回家睡覺了。妳去吧，麗茲。」

二十分鐘後，麗茲和我走出酒吧大門。我們的目的地相反，於是在人行道上彼此擁抱說再見。她身上聞起來有橙花的味道，我記得這個香味是我幫她選的。

我目送麗茲的身影消失在轉角，往派對方向走去。

麗茲說金恩．法蘭屈不會出現，但我不想見到的人不只他。我不想和人生那個階段認識的人重新扯上關係，雖然那佔據了我剛來到紐約的前七年時光。

劇場是吸引我來到這城市的原因。小時候，媽媽帶我去看家鄉劇團製作的《綠野仙蹤》。

演出結束後，演員們走到大廳，那時我才意識到所有角色——錫樵夫、膽小的獅子、邪惡的女巫——都只是平凡的人。一層厚厚的白色粉底，用眉筆畫出的雀斑，加上綠色的粉底液，讓他們搖身一變成了舞臺上的樣子。

大學畢業後，我搬來紐約，在布魯明戴爾百貨的化妝品專櫃上班，同時上Backstage.com投履歷給所有開出職缺的劇組。這時我才發現，專業的美妝師會提著像手風琴一樣的化妝箱，裡面放著所有吃飯的傢伙，眼影盤、粉底、假睫毛等，他們才不像我把東西都塞在大包包裡。起初我只能零星接一些小型演出，有時還會收到優待券做為酬勞。兩年後，工作開始自動找上門，我終於能辭掉百貨專櫃的工作。後來有人會介紹工作給我，我甚至還請了經紀人，只不過他另一個客戶是在商展上表演的魔術師。

我和劇場的演員與工作人員建立了友情，看見觀眾在謝幕時起立鼓掌的那種成就感，構築起我人生中最快樂的一段時光。然而相較之下，現在自由接案賺的錢比較多，而我很久以前就領悟到，不是每個人的夢想都能成真。

即便如此，我偶爾還是會想起那段日子，想著金恩是否還和以前一樣。

旁人介紹我倆認識時，他握住了我的手。他的聲音低沉粗獷，聽起來天生就適合吃這一行飯。雖然不到四十歲，他在劇場界已小有名氣，而且成功的速度比我想像的更快。

他對我說的第一句話是：「妳笑起來真好看！」我還記得我很努力讓自己不要臉紅。

回憶按照順序不斷浮現。我買一杯咖啡給他喝，在黑漆漆的劇場裡，把坐在椅子上睡著的他叫醒。他拿出剛上市的《劇目》雜誌，指著出現在工作人員列表中的我的名字。在只有我們兩人的辦公室裡，他直勾勾地看著我，慢慢拉下褲子拉鍊。

他對我說的最後一句話是：「回家路上小心，好嗎？」然後伸手招來一輛計程車，塞了二十美元給司機。我則是努力強忍著淚水。

他曾經想起過我嗎？我不禁懷疑。

夠了。我得向前看。

我知道自己現在就算回家也睡不著覺，我會不停重播那一晚，想像自己可以做出什麼不同的選擇，或是不停想著席爾斯博士的研究。

我回頭看了看酒吧，然後拉開門大步走進去。剛才那個黑髮銀行員正在和朋友射飛鏢。

我直接朝他走過去。他大概只比穿著短靴的我高了一、兩寸。「嗨，又是我。」

「嗨！」他好不容易吐出一個字，疑惑地看著我。

「我其實沒有男友。可以請你喝一杯啤酒嗎？」

「分手分得還真快。」聽他這麼說，我忍不住笑了。

「第一輪讓我請。」他把手上的飛鏢遞給其中一個朋友。

「來杯撒旦肉桂威士忌如何？」我提議。

他走向吧檯時，我看到桑傑瞟了我一眼。我避開他的視線，希望他沒聽到我剛才跟麗茲說要回家。

銀行員拿著酒回來，用他的酒杯撞了我的酒杯一下。「我是諾亞。」

我啜了一口酒，感受到肉桂燒在嘴脣上的感覺。我知道自己今晚過後就不會再見到諾亞，所以我說出腦中第一個想到的名字。「我是泰勒。」

我掀開毯子，環顧四周，花了幾秒鐘才想起自己在諾亞的沙發上。我們在酒吧喝了幾輪酒，然後回到他的公寓，才發現我們都沒吃晚餐，餓得要命。他決定去街角的熟食店買東西。

「別亂跑！我兩分鐘之內就會回來，我要去買蛋才能做法國吐司。」他這麼命令我，一邊又倒給我一杯紅酒。

我一定是在他走後就立刻睡著了。我想是他幫我脫掉靴子，蓋上毯子，並且在咖啡桌上留了一張字條給我：嘿！睡美人！明天早上再弄法國吐司給妳吃！

我的上衣和牛仔褲都還穿得好好的，我們應該只有接吻。我抓起靴子和外套，躡手躡腳地走向門口。開門時發出的吱嘎聲讓我抖了一下，但臥房裡沒有騷動的跡象。我坐電梯下到大廳，順了順我的頭髮，揉揉眼睛，抹掉已經花了的睫毛膏。電梯從十九樓一路往下。

門房的視線從手機上移開。「晚安，女士。」

我對他微微點了頭，試著搞清楚方向。最靠近的公車站離這裡要四個路口，現在已經是半夜，只有一些人還在外頭閒晃。我朝地鐵站走去，邊走邊從皮夾裡挖出票卡。冷空氣讓我的臉有些刺痛。我伸手摸摸下巴隱隱作痛之處，是剛剛和諾亞接吻時他的鬍渣磨到的地方。

不知為何，這股痛感令我感到安心。

第六章

十一月十八日，星期日

第二次測驗的流程和前一次相同，班會在大廳和妳見面，帶妳前往二一四號教室。妳在爬樓梯時詢問今天測驗的方式是否和昨天一樣。班給妳肯定的答覆，但他無法提供更多資訊。他知道的其實也不多。

和昨天一樣，那臺薄薄的銀色筆電放在第一排桌子上。螢幕上清楚顯示了答題指示，同時多了一句：**歡迎回來，第52號受試者。**

妳脫掉外套，慢慢坐在椅子上。其他年輕女孩也坐過這張椅子，然而她們彼此看起來沒什麼不同，都留著一頭長直髮，緊張地咯咯笑，態度輕佻。妳和她們不一樣，並不是因為妳的美與眾不同。

妳的姿態硬直，一動也不動，持續了大概五秒。妳的瞳孔稍微放大，雙脣緊閉，表現出典型的焦慮反應。妳一邊深呼吸，一邊按下確認鍵。

當妳讀完出現在螢幕上的第一個問題後，妳的身體放鬆了下來，嘴脣也不再這麼緊繃。妳將目光移向天花板，果決地點了點頭，然後開始迅速地打起字來。

螢幕上出現的並非昨天最後的問題，那個讓妳猶豫不決、不知是否該回答的問題。這讓妳鬆了一口氣。

若妳本來還有任何緊張感，回答到第三個問題時應該也煙消雲散了。妳放下警戒，而妳未經修飾的答案也未讓我失望。

我甚至連一張紙條都沒留給他就溜出門了。

這是妳針對第四個問題「**妳最近一次無禮待人是什麼時候的事？原因又為何？**」的回答。問卷刻意設計成開放問題，受試者可以選擇將答案引導到任何方向。多數女性受試者會避開性愛的話題，至少不會在一開始就提起。但這是妳第二次主動提起這個讓多數人感到不自在的話題。妳詳細地描述：我想我們大概會上床，結束後我就拍拍屁股走人。這樣的夜晚多半如此收場。但在前往他住處的途中，我們經過一攤賣椒鹽捲餅的攤販。我停下來買了一塊，因為我從午餐過後就沒吃任何東西。結果他一把拉開我，說：「開什麼玩笑！我做的法國吐司全紐約市最好吃！」只不過他出門買蛋時，我在他家沙發上睡著了。

妳現在皺起眉頭。妳後悔了嗎？

妳繼續打字：我大概午夜前後醒來，但我沒打算留下，不只是因為擔心我的狗。我大可以留下我的電話號碼，但我並不打算交男朋友。

妳不希望男人靠妳太近。如果妳願意多加描述這一部分，應該會很有趣吧？有這麼一瞬間，妳看起來似乎有這個打算。

妳的手指一直懸在鍵盤上方。然後，妳輕輕搖搖頭，按下確認鍵，送出答案。

妳本來打算寫些什麼呢？

下一個問題出現了。妳的手指輕巧地回到鍵盤上，但妳並沒有作答，而是提出了一個問題。

我希望這樣沒有破壞規矩，但我想到一件事。我離開那人的公寓，回到家，遛了李歐，然後睡在自己的床上。我一點罪惡感都沒有。今天早上起床時，我幾乎把他忘了。但現在我卻開始懷疑這樣做是否很沒禮貌。有沒有可能，參與這個道德測驗讓我更有道德感了？

第52號受試者，妳揭露越多關於自己的事，妳的影像就變得越加清晰。先前參與本項實驗的受試者中，只有一個人提過相同的問題。她和妳一樣，在很多方面都異於他人。

只不過她，第5號受試者，最後變得……她很特別，也很令人失望，最後，她令人心碎。

第七章

十一月二十一日，星期三

道德問題潛伏在生活的每個細節中，無所不在。

我在客運總站的販賣亭買了一根香蕉和一瓶水，打算在回家路上吃。一臉倦容的收銀員找了十美元而非五美元給我。一個臉上凹凸不平、一口亂牙的女人拿著薄如蟬翼的紙板，上面寫著：「需要錢買票回家看生病的媽媽。上帝祝福你。」客運很擁擠，假期前夕總是如此，但我對面那個留著黑長髮的削瘦男子卻把背包放在旁邊的空位上，彷彿在宣示主權。

我選了個位子坐下，但立刻就後悔了。坐我旁邊的女人正在用 Kindle 看電子書，她張開手肘，侵犯到我的個人空間。我假裝伸懶腰，藉機撞了一下她的手臂。「噢！不好意思。」

客運司機發動引擎，駛離總站。我又想起週日接受席爾斯博士的測試。讓我擔心的那個問題沒有再出現，但其他問題還是從我心底挖出不少東西。

我說很多朋友會在需要借錢，或在需要應付難纏的老闆時打電話給爸爸；感冒不舒服或分手需要安慰時，就會打給媽媽。如果我家今天不是這種情況，或許我也會這樣和爸媽撒嬌。

但他們的壓力已經夠大了，我不需要再讓他們多添一份擔心。我得過好生活，不只是為了自己，而是為了他們的兩個女兒。

我把頭靠在椅背上，想起席爾斯博士的話：「這對妳來說一定很不容易。」

知道有人懂這種感受，讓我覺得自己沒這麼孤單。

席爾斯博士是否仍持續進行著研究，或者，我是他最後的試驗者？我的編號是第52號，不知道在我之前還有多少無名女孩，也曾坐在那張不舒服的金屬椅上，在同一臺筆電上打字。或許他現在就在和別的女孩說話。

我身旁的那個女人動了一下，再次超越那條看不見的界線，入侵我的空間。我不想為這種事爭論，於是身體往走道一靠，拿出手機。我的手指在螢幕上下滑動，想找到高中同學給我的那封簡訊。她打算感恩節過後，在家鄉的酒吧辦一場非正式的同學會。我滑過頭，看到去年夏天卡崔娜傳給我的簡訊，那封我始終沒有回覆的簡訊：**嘿，潔絲，我們可以碰個面喝個咖啡什麼的嗎？我想和妳聊聊。**

我滿確定她想聊什麼。

我將手指往上滑，不想再看到她的訊息。接著我拿出耳機，開始看起《權力遊戲》。

爸穿著他最愛的老鷹隊夾克在客運站等我，他頭上的綠色毛帽蓋住了耳朵，吐出的氣息在冷空氣裡化作白色的煙霧，像一團棉球。

離我上次回家不過四個月，但隔著窗戶看過去，爸爸看起來好像又老了些。從毛帽邊緣露出的頭髮顏色變得花白，身形看起來有氣無力，好像很累的樣子。

他抬頭，發現我在看他，把手中的菸偷偷地彈到一旁。他十二年前就正式宣布戒菸，但所謂的戒菸，也不過就是不在家裡抽菸罷了。

我走下巴士，他臉上隨之漾起一抹微笑。

「小潔！」爸爸給了我一個擁抱。只有他會這樣叫我。父親的身形碩大堅實，把我抱得有點太緊了。他放開手，彎下身看著我手上的外出籠，對著李歐說：「嘿，小傢伙！」

司機把行李從巴士腹側的行李廂裡拿出來。我正準備伸手拿行李，爸搶先一把抓了過去。

「肚子餓了嗎？」他一向喜歡這麼問我。

「餓死了！」我一向都是這麼回答。如果我吃飽飽再回家，媽媽會很失望。

「老鷹明天要跟熊隊比賽。」我們走向停車場時他說道。

「上星期那場比賽真的很不得了。」我希望這種模稜兩可的評論可以掩飾我根本不知道誰贏誰輸的事實。我忘記在坐車時查一下比數了。

我們走到老舊的雪佛蘭旁，爸爸把我的行李放進後車廂時，我看到他縮了一下。他的膝蓋在天冷時總是痛得特別嚴重。

「我來開嗎？」我主動提議。

看爸一臉被冒犯的樣子，我連忙補上一句：「在紐約都沒什麼機會開車，怕技術退步了。」

「噢，那當然！」他邊說邊把鑰匙丟給我，我用右手一把接住。

我對爸媽的生活習慣如同對我自己一樣瞭若指掌。回家不到一小時，我就知道事有蹊蹺。

才停好車，爸就把李歐放出籠子，說要帶牠去附近晃晃。我想趕快進門看媽和貝琪，就隨他去了。他回家時解不開李歐的牽繩，我去幫忙時聞到他身上的菸味，我想他一定又抽了一根。就算他以前還正大光明抽菸時，也從不曾在這麼短的時間內連抽兩根。

我和貝琪坐在廚房的椅凳上剝沙拉葉，媽媽為自己倒了一杯紅酒，問我要不要也來一杯。

「好啊！」我說。

起初我沒有多想。今天是感恩節前夕，感覺和週末沒什麼兩樣。義大利麵還在爐子上煮著，她又接著倒了第二杯酒。

我看著媽媽攪拌番茄醬汁。她只有五十一歲，年紀和我上次那位要參加成年禮、希望有人來邀舞的媽媽客戶差不多。她把頭髮染成栗色，手上戴著智慧手錶，監測自己一天是否有走到一萬步。然而此刻的她看起來就像在園遊會上待了一整天的氦氣氣球，垂頭喪氣。

我們圍著橡木圓桌坐下，媽媽開始用各種和工作有關的問題掃射我，老爸則是忙著把起司粉灑在麵上。

這是我第一次沒對媽媽說謊。我說我打算暫時退出劇場界，改當接案彩妝師。

「親愛的，妳上週跟我說的那齣劇呢？」媽媽的第二杯紅酒已經差不多喝完了。

我不太記得自己說了什麼，但我記得我先咬了一口螺紋麵。「結束了。現在這樣比較好，我可以控制自己上班的時間，而且還可以遇到很多有趣的人。」

「噢，這樣真不錯。」她額頭上的皺摺軟化下來。

然後她轉頭對貝琪說：「也許哪天妳也會搬到紐約，住在公寓裡，認識很多有趣的人喔！」

現在換我皺眉了。貝琪小時候受的腦傷嚴重破壞了她的短期和長期記憶，她根本不可能獨自生活。我媽總是帶著這種奢望，而且還鼓勵貝琪這麼做。以前這會讓我有點厭煩，但今天，這種態度似乎變得……不是很道德。

我想像席爾斯博士提出問題：讓他人懷抱不切實際的夢想是否不公平？或其實是一種仁慈？

我想著自己如何向他解釋：這並不能算是件錯事，況且，我媽可能比貝琪更需要這些夢想。

我啜了一口紅酒，刻意轉換話題。「你們不是就要去佛羅里達了？興奮嗎？」他們三人每年聖誕節時都會開車去佛羅里達，過完假期後才返家。他們總是入住離海邊一個路口的便宜汽車旅館。貝琪最喜歡海邊了，雖然她沒辦法在深及過腰的海水裡游泳。

我的父母彼此對看了一眼。

「怎麼了？」

「今年海水太冷了。」貝琪說。

我對上爸爸的視線。他搖了搖頭。「我們晚點再說。」

媽媽突然站起身收拾碗盤。

「讓我來。」我說。

她搖搖手。「妳要不要和爸爸一起帶李歐出去散散步？我來準備帶貝琪上床。」

沙發床中間的金屬架陷進我的下背。我在薄薄的床墊上翻了個身，試著找到可以入眠的姿勢。已經快凌晨一點了，整間房子安靜得不得了，我的大腦卻像洗衣機一樣不停打轉，浮現出各種不同的影像和對話片段。

一出家門，爸爸就從外套口袋抽出一包菸和火柴。他拿出一支火柴，在盒邊擦了一下，然後用手圈住，以免火被風吹熄。他劃了三次火柴才終於點著。

我用這段時間消化了一下他剛才告訴我的消息。

「併購？」我終於發出聲音。

他吐了一口菸。「他們很希望我們接受這筆交易。至少留言裡是這麼說的。」

天很黑，雖然我們才走到街角，雙手卻已經冷到刺痛起來。我看不見爸爸臉上的表情。

「你會再找其他工作嗎？」我問。

「我一直都在找。」

「你很快就會找到的。」

在我意識到自己說的話就像媽媽對貝琪說的話之前，這些話早已脫口而出。

我又翻了一個身，用手臂圈住李歐。

貝琪以前和我睡同一間房，在我搬到紐約後，房間自然就讓貝琪自由使用。曾經放雙人床的地方，現在變成一張有安全柵欄的小型蹦床和手工藝桌。貝琪從出生以來就一直住在這，這是她唯一的家。爸媽在這裡住了快三十年，房子的貸款雖然早已付清，但是為了支付貝琪的醫療費，他們不得不把房子拿去做二胎貸款。我清楚他們每個月的支出，因為我曾細細翻閱媽媽收在餐具抽屜裡的帳單和收據。

我的腦袋裡充滿了疑問，其中最大的問題是：當併購的錢用完以後，我們家會變成怎樣？

◆◆◆

十一月二十二日，星期四

海倫阿姨和傑瑞姨丈每年都會主辦感恩節晚餐。他們家並不比我們家大多少，但餐桌可以輕鬆容納我們十個人。媽媽總會煮一鍋青豆燉肉搭配炸洋蔥圈，貝琪和我負責準備餡料。出門前，貝琪要我幫她化妝。

「樂意之至。」她是我人生中第一個模特兒，從小時候就是了。

我沒有帶化妝箱，不過貝琪會用到的彩妝和我差不多。她的膚色白皙，雙頰有一些雀斑，還有一雙淡褐色的瞳孔和筆直的眉毛。我從包包裡挖出化妝組，開始上工。

「今天想要做什麼造型？」我問貝琪。

「賽琳娜·戈梅茲。」自賽琳娜開始在迪士尼頻道演戲以來，貝琪就一直是她的粉絲。

「妳很喜歡出考題給我，是不是？」她聽了我的話，咯咯笑著。

我在貝琪的臉均勻抹上潤色隔離霜，想著媽媽晚餐時說的話。我搬去紐約後，就不再跟他們一起去佛羅里達。媽總是會寄照片給我。在照片裡，貝琪在海灘上拿著水桶蒐集貝殼，海浪拍在她的肚子上。爸媽會帶她去他們最愛的海鮮餐廳，而貝琪最喜歡點一杯無酒精的粉紅豹飲料，上面插著小雨傘和醃漬的瑪拉斯奇諾櫻桃。爸會趁媽在海灘上散步時，帶貝琪去打迷你高爾夫，最後大家再一起去碼頭邊挖螃蟹。他們很少能真的挖到螃蟹，就算挖到了也會丟回海裡。

每年，他們只有在這段期間看起來才能真的放鬆。

「你們何不在聖誕節過後來紐約找我？」我如此提議。「我可以帶你們去看神木，或是去看火箭女郎唱歌、跳大腿舞，再去美國情緣咖啡店喝熱巧克力。」

「聽起來很不錯。」貝琪說。但我看得出來這個提議讓她有點緊張。她之前就曾來紐約找過我，但城市的噪音和人潮讓她惴惴不安。

我加了點腮紅，想凸顯她的顴骨，然後在她嘴唇輕輕描了一些淡粉紅色唇蜜。我要她往上看，然後輕柔地為她刷上一層睫毛膏。

「眼睛閉起來。」貝琪給了我一個微笑。她最喜歡這部分了。

我伸出手拉起她的手，引導她走到浴室的鏡子前。

「我看起來好漂亮喔！」貝琪說。

我給了她一個擁抱，這樣她才不會看到我眼眶裡的淚水。「妳本來就很漂亮。」我在她耳邊輕聲說。

海倫阿姨端上南瓜胡桃派後，男生們自動起身到客廳看球賽，女生則撤退到廚房清理善後。

「天啊，我飽到快吐出來了！」雪莉表姊把塞在褲子裡的上衣拉出來，咕噥著說。

「雪莉！」海倫阿姨出言喝止。

「都是妳的錯啦，媽！誰叫妳煮的菜這麼好吃！」雪莉說，順便對著我眨了個眼。

我拿了擦碗巾，貝琪把盤子拿進廚房，小心翼翼地按順序放在流理臺上。海倫阿姨幾年前整修了廚房，把美耐板換成了大理石。

媽媽開始刷起碗盤，海倫阿姨負責把洗好的碗盤拿到客廳。雪莉的姊姊蓋兒已經懷有八個月身孕，她砰地坐在餐桌旁的椅子上，戲劇化地嘆了一口氣，然後拖來另一張椅子放她的腳。不知為何，蓋兒總能躲過清理工作，只不過這次她有十足充分的理由。

「所以……明晚大家都會在釀酒廠會合。」雪莉邊說邊把剩菜塞進保鮮盒。所謂的「大家」指的是她的高中同學，他們明天有個非正式的同學會。「猜猜誰也會來？」

她真的想要我猜嗎？

「誰？」我終於開口。

「基斯。他分居了。」

我根本想不起他是哪個美式足球員。

雪莉並非對他有意思，她一年半前就結婚了。我賭二十塊美元，明年就換她需要舉腳了。

雪莉和蓋兒充滿期待地看著我。蓋兒的手正緩慢地在肚子上畫圈圈。

我的手機在裙子口袋裡震動。

「聽起來滿好玩的。」我說：「那麼，蓋兒，妳會當我們的代駕司機吧？」

「鬼才去載妳！」蓋兒說：「我要待在浴缸裡看《美國週刊》。」

「妳在紐約有跟什麼人交往嗎？」雪莉追問。

我的手機又震動了一次，如果我沒立刻讀簡訊就會這樣。

「沒什麼太認真的交往對象。」我回答。

她用甜滋滋的嗓音說：「要和那麼多美豔的模特兒競爭很不容易吧？」

蓋兒完美地繼承了海倫阿姨的金髮和被動攻擊型行為。海倫阿姨也立刻搭腔：「不要太晚才生小孩，我敢說有人迫不及待想抱孫了！」

通常我媽會容忍海倫阿姨的冷言冷語，但現在，我幾乎可以聽到她像刺蝟一樣豎起硬刺，或許是因為她晚餐時又喝了酒吧。「潔絲光忙那些百老匯的劇就忙不過來了，她很享受自己的事業，之後有空的話才會定下來。」我不曉得媽說這些大話是為了我還是為了她自己。

蓋兒的老公菲爾走進廚房，打斷了我們的對話。「只是進來拿幾瓶啤酒。」他一邊說一邊打開冰箱。

「很好嘛！」雪莉說：「你不就好幸運，坐著看比賽，喝喝啤酒，反正我們女人都會收拾善後。」

「難不成妳真的想一起看足球賽？」菲爾說。

她用手打了菲爾的頭。「你給我滾出去！」

我試著假裝對蓋兒的寶寶房要漆成黃色這個話題很感興趣，但撐不了太久就放棄了。我走進廁所，拿出口袋中的手機。

洗手檯上放了一盞薑餅香氛蠟燭，散發出過於甜膩的味道，讓我想吐。

手機螢幕上顯示我收到了某個陌生號碼傳來的簡訊：**我是席爾斯博士，抱歉在放假期間打擾妳，不知道這個週末妳人是否還在紐約？我想再安排一次訪談。請讓我知道妳是否有空。**

我把這封簡訊讀了兩遍，不敢相信席爾斯博士會主動聯繫我。我以為這個研究兩天就結束，但或許我誤會了。假如席爾斯博士想要我參與更多實驗，那就表示我可以收到更多的錢。

是不是因為班今天休假，席爾斯博士才會直接傳簡訊給我？畢竟今天是感恩節，或許博士趁著老婆在縫火雞肚、孫兒孫女在準備餐桌時，在家中的辦公室處理一下公事。他可能很熱衷工作，很難放下不管，就像我開始發現自己很難不去想道德問題一樣。

我相信做過這個測驗的許多女性都會很樂意幫忙，不知道席爾斯博士為什麼會選上我。回程的客運車票是星期日早上。如果我提早離開，就算我告訴爸媽是為了重要的工作，他們還是會很失望。

我遲遲未回覆信息，把手機又塞回口袋，拉開廁所門。

菲爾站在門外。

「抱歉。」我試著在狹窄的走道上鑽過他身旁。我可以從他呼出的氣息中聞到啤酒味。他從十二年級就和小他兩歲的蓋兒交往到現在。

「我聽到雪莉說想湊合妳和基斯。」他說。

我乾笑了幾聲，希望他趕快閃一邊，不要擋住我的路。

「真的嗎？」他靠得更近了。「妳太好了，他配不上妳。」

「呃，謝了。」我說。

「妳知道嗎？我一直對妳很有興趣。」

我僵住了。他的目光定在我身上。

他太太現在懷著八個月身孕，他以為他在幹什麼啊？

「菲爾！」蓋兒從廚房叫喚他，她的聲音粉碎了這片寂靜。「我累了。我們回家了！」

他終於跨向一旁，我趕緊貼著牆走過他身邊。

「明天見，潔絲。」他說完關上廁所門。

我在走廊盡頭停下腳步，身上的毛衣突然讓我覺得好癢，肺好像吸不進空氣。我不知道是因為味道強烈的蠟燭，還是菲爾剛剛說的話。這感受並不陌生，去年就是這樣我才決定離家。

爸媽的錢終究會有用完的一天。我應該趁還有機會的時候多賺點錢。假如拒絕席爾斯博士的邀請，或許他會找到其他時間可以配合的人。

我知道，我只是在將自己的選擇合理化。

我拿出手機回覆席爾斯博士：**週六或週日都可以。**

簡訊一傳出，我幾乎立刻看到訊息旁出現三個小圓點，表示對方正在回覆訊息。過了一會兒，我收到了簡訊：**好極了。請妳週六中午過來。地點相同。**

第八章

十一月二十四日，星期六

第52號受試者，妳的第三次測驗受到高度期待。

妳看起來和之前一樣可人，但感覺有些悶悶不樂。進入二一四號教室後，妳緩慢地脫下外套，歪扭地掛上椅背，沒有要把它扶正的意思。妳重重坐下，在按下確認鍵前猶豫了一下。

妳也是隻身一人度過感恩節嗎？

當第一個問題出現在螢幕上，妳的思緒和本性也隨之傾瀉而出，讓妳的面目變得更為立體。

妳開始喜歡這個過程了，是吧？

第四個問題出現時，妳的手指敏捷飛快地在鍵盤上移動。妳的姿態完美，不畏首也不畏尾，顯示出妳對這個特定的主題有特別強烈、清楚的感受。

在朋友婚禮前一週，妳看見她的未婚夫親吻了另一個女人。妳會告訴她嗎？

妳開始打字：我會。我會當面和他對質，告訴他，他有一天時間可以對我朋友坦白，否則我會親自去告訴她。除非他是和死黨在脫衣舞酒吧，塞了二十美元到舞孃的內褲。很多男人會為了面子做這種事。除非是上述這種情況，不然沒什麼好說的。我無法別過臉，假裝自己沒看到。男人只要偷吃過一次，就一定會再犯。

妳按下確認鍵，等待下一個問題出現。

但下一個問題並沒有馬上出現。

過了一分鐘後，妳打字問道：一切都還好嗎？

又過了一分鐘，螢幕上出現了回覆：**麻煩請稍後。**

妳看起來困惑不解，但點了點頭。

妳的答案很絕對，妳認為就算人們的天性會招致痛苦和毀滅，他們還是不可能改變，因為天性無法重塑。

妳繃緊的眉頭和稍微瞇起的雙眼，顯示出妳的強烈決心。

因為男人只要偷吃過一次，就一定會再犯。

妳在等待下一個問題，但問題始終沒出現。

妳的回答形成了意料之外的連結；當它們連結在一起之後，出現了另一個明顯的答案。在先前的測驗中，妳的答案出現了關鍵的一句話。

我並不打算交男朋友。這是妳做第二次問卷時的回覆。

妳扭動身體，瞄了後面牆上的鐘，然後又看向門口。不管從哪個角度看，妳都令人著迷。

我希望這樣沒有破壞規矩。妳說妳覺得這項研究重塑了自己的道德感。

妳撥弄著食指上的銀戒指，對著電腦螢幕皺起眉。當妳在思考或焦慮的時候，就會出現這些習慣動作。

我很缺錢。妳在做第一次問卷時這麼寫到。

意想不到的驚喜正在發生。妳，一個原本根本不屬於這項研究的年輕女子，將這項研究導向一個完全不同的境界。

螢幕上又出現兩個問題，兩個沒有前後關連的問題，但妳並不知道。

妳充滿自信，無懈可擊地回答了這兩個問題。

今天，妳即將看到最後一個問題。除了妳以外，沒有其他受試者看過。這是特地為妳設計的問題。問題出現時，妳瞪大了眼，飛快地隨著螢幕上的字橫移。

妳的答案有可能讓妳走出這扇門，再也不會回來；如果妳選擇了另一個回答，將會帶給這項實驗無限的可能，甚至可能讓妳成為心理研究的先鋒。

這個問題無疑是場賭注，但妳值得冒這個險。

妳沒有立刻回答，而是把椅子往後挪，站起身。然後妳消失了。腳步聲在亞麻地板上迴盪，接著妳短暫出現在鏡頭前，然後又消失了。

妳在踱步。

現在角色倒轉了。妳在延遲答題的時間，決定這項研究結果的人也是妳。

妳坐回椅子上，傾身向前。妳的眼睛迅速掃過螢幕，把問題再讀了一遍。

妳是否願意更深入參與這項實驗？妳會獲得更高的報酬，相對地，我對妳的要求也會更高。

妳慢慢提起手，開始打字。

我願意。

第九章

十一月二十四日，星期六

第三次測驗和前兩次相同，班穿著海軍藍的V領毛衣在大廳等我，空蕩蕩的教室第一排桌子上放了一臺筆電，螢幕上飄浮著一行字：**歡迎回來，第52號受試者。**

今天的我幾乎可說是迫不及待想回答席爾斯博士的問題，搞不好有機會一吐我回家這一趟產生的各種糾結情緒。

但就在問卷即將結束之際，事情突然變得很詭異。

就在我回答完背著未婚妻偷腥的問題後，出現很長一段時間的暫停。氣氛變了。我說不上到底哪裡變了，但接下來的兩個問題感覺很不一樣。我原本期待會是我能感同身受，或是曾有類似經驗的問題，結果卻是像公民考試時會出現的哲學大哉問。這些問題需要好好思索一番才能回答，而不是像席爾斯博士期待的那樣，深入挖掘痛苦的回憶。

懲罰和罪行是否需符合比例原則？

受害的一方是否有權利自行討回公道？

在離去前，我得決定是否要參與更進一步的實驗。

我對妳的要求也會更高。席爾斯博士這麼說，聽起來總有點不祥的感覺。

席爾斯博士這話是什麼意思？我原本想問他，而他的回答就像問題一樣出現在電腦螢幕上。他說，下週三我若能和他本人見個面，他會再跟我解釋。

我終於做出決定。報酬的誘惑讓我無法拒絕。

儘管如此，我在回家途中還是無法停止揣測他有什麼計畫。

我絕不會傻傻地把這當做是天上掉下來的賺錢機會。我抓緊李歐的牽繩，一邊這麼想著，一邊朝字母城社區的植物園走去。那裡是我最喜歡的散步地點，也很適合靜靜思考。

席爾斯博士想要和我見面。他給了我另一個地址，要我到東六十二街和他會面。我不知道那是他辦公室的地址還是他家，或兩者都不是。李歐扯緊了牽繩，把我拉往牠最喜歡的那棵樹。我這才發現自己一直呆站在原地。

看到鄰居和她的貴賓狗走過來，我趕快拿起手機貼在耳旁，假裝在講電話。我現在沒辦法和她閒話家常。

住在大城市裡，不時會聽到年輕女子被誘拐的新聞，或是在《紐約郵報》頭版看到她們的照片。住家附近發生暴力事件時，手機也會收到警報通知。

我並不是要刻意忽視這些風險，畢竟我的工作讓我每天走進不認識的人家中，而我偶爾也會和幾乎不認識的男人回家。

但這次感覺不太一樣。

在席爾斯博士的要求下，我沒有跟任何人提過這個實驗。他知道太多關於我的事了，我卻對他幾乎一無所知。

或許有個方法可以讓我認識他。才剛走到花園，我輕輕拉了李歐一下，開始加快腳步朝公寓的方向往回走。

現在該輪到我來做點調查了。

我撬開啤酒瓶蓋，坐在沙發上，伸手抓來蘋果筆電。雖然不知道全名，但加上「研究」和「心理學家」這兩個關鍵詞，應該可以縮小「紐約市席爾斯博士」的搜尋結果。

我按下搜尋鍵，螢幕上立刻跳出數十個搜尋結果。第一篇是探討家族關係中道德模糊性的論文，看起來確實符合他提供的資訊。

我把滑鼠游標移到圖片上，我得看看這個知道我這麼多祕密的男人長什麼樣子。然而在點開照片前，我猶豫了。我一直依照自己的想法揣測他的長相，想像他的眉宇間充滿了智慧，或是像爺爺般有一雙慈祥的眼睛，形象非常具體，以至於很難去想像其他可能性。

但事實上我只是在一張空白的帆布上作畫。他可以是任何人。

我按下滑鼠，然後，我倒抽了一大口氣。

我的第一個反應是一定有哪裡搞錯了。影像慢慢在螢幕上成形，像解開馬賽克一樣填滿螢幕。一張又一張的照片抓走了我的目光。

為了確認，我仔細查看了照片描述，瞠目結舌地盯著螢幕上最大的那張照片。席爾斯博士完全不如我所想像的圓胖和藹。

莉蒂亞・席爾斯博士，有著驚人的美貌，在我這輩子見過的人之中算是數一數二漂亮的女人。我往前傾，仔細觀看她帶香檳金光澤的草莓色長髮和白皙的肌膚。她大概三十多快四十歲，輪廓分明的五官透出一股冷靜的高雅。我發現自己很難把目光從她淺藍色的瞳孔移開，它們彷彿具有催眠力。即使只是照片，我卻覺得她好像真的在盯著我。

我不知道自己為什麼會覺得她是個男人。現在回想起來，她的助理只有稱呼她為「席爾斯博士」，是我自己假設她是男性。這或許也反映出我是個怎樣的人。

我點開一張全身照，照片裡的她站在講臺上，左手拿著麥克風，無名指上很明顯戴著一枚鑽戒。她穿著成套的絲質上衣和合身的裙子，腳踩超高的高跟鞋。我根本無法想像自己穿著這麼高的高跟鞋，就算只是穿著它走上講臺都很困難，更別說還要穿著演講。

她細長的脖子看起來很優雅，完美的顴骨連整型醫生都會讚嘆。她看起來就像活在跟我完全不一樣的世界，不像我成天庸庸碌碌地工作，為了小費對客人逢迎拍馬。我一直以為我知道自己在和誰談話，一個善解人意、充滿同情心的男人。發現席爾斯博士是女人之後，我開始重新思考她問的那些問題，還有我的每一個回答。

不知道這個外貌看起來如此無懈可擊的女人，對我一塌糊塗的人生有什麼看法？

我想起自己在回答朋友未婚夫偷吃那一題，隨便就提起脫衣舞和內褲等內容，讓我雙頰紅熱了起來。我答題時文法不是很完美，用詞也不夠謹慎。

但她對我還是很客氣，沒有因為我坦承的內容而對我嗤之以鼻，不僅安慰我，甚至邀請我參與進一步的實驗。我提醒自己，是她主動說想見我的。我把照片放大，這才發現把麥克風拿在嘴邊的她其實正在微微笑著。我有點擔心週三和她碰面，但現在擔心的原因和之前不同，我不希望她看到我之後覺得失望。

關機前，我把游標移往搜尋結果中的某篇新聞。我抓來手機，抄下她的辦公室地址——正是她和我約見面的地點，接著再抄下她出版的書名和她的母校耶魯大學。

我不能因為席爾斯博士是個女的，就改變我最初的計畫。她給了我一大筆錢，但截至目前為止，我對於她這麼做的原因或打算從我身上獲得什麼，仍舊一無所悉。

有時候，看起來功成名就、沉穩老練的人，正是會傷你最深的人。

◆◆◆

十一月二十六日，星期一

她的照片是真的。這也是應該的，畢竟她的研究規則就是要人據實以告。

要在網路上找到席爾斯博士的課表很簡單。她一週有一堂討論課，時間是每週一晚上五點到七點，地點就在二一四號教室樓下。這裡看起來很不一樣，走廊上充滿各種聲音和活動。

席爾斯博士調整了肩膀上的淡褐色披肩，一邊把光亮的髮絲從披肩下拉出來，一邊沿著走廊往前走。我戴著棒球帽，穿著牛仔褲，看起來和四周的學生沒什麼兩樣。

當她走近時，我憋住氣，把自己藏在兩個聊得口沫橫飛的女孩身後。席爾斯博士走過她們身邊，我在她經過我之前先一步躲進了廁所。

幾秒鐘後，我探頭出來，看見她繼續朝著樓梯的方向前進。

我等她走了十來步，才走出廁所尾隨她。我聞到微弱的香味，某種清爽、芬芳的味道。要把目光從她身上移開幾乎是不可能的任務。她走在街上，身邊像是圍著一圈看不見的保護泡泡，沒有任何事物能弄亂她的髮型、勾壞她的襪子或弄斷她的高跟鞋。幾個經過的男人轉過頭來多看了她兩眼，某個聯邦快遞的傢伙刻意將沉重的推車推到一旁，為她讓出一條路。人行道上滿是逛街或趕著通勤的人，但她從不需要慢下腳步。

她轉了個彎，走上王子街，走過一排設計師精品店。這些店裡賣的喀什米爾帽T一件要價三百美元。各類化妝品裝在漂亮的盒子裡，像珠寶一樣，但她瞧都不瞧一眼。

她和其他人不同，既沒在滑手機，也沒在聽音樂，注意力沒有被周遭的事物吸引而四處亂飄，只是繼續往遠處街角的法國餐廳走去。她拉開門，身影沒入其中。

我站在原地，不確定該怎麼做。我想再多看她幾眼，但一直站在餐廳外面等她吃完晚餐也很奇怪。正當我準備離開時，看到帶位侍者領著她來到靠窗的位子。她現在距離我只有三、四公尺遠，假如她稍微抬頭，我們的視線就會交會。

我快速移往左側，假裝正在瀏覽餐廳入口旁的菜單，同時用眼角餘光偷瞄她。

侍者走向席爾斯博士，遞給她一本菜單。我的視線移回面前的菜單。如果我可以負擔得起這種餐廳，我會選菲力牛排佐法式伯那西醬配炸薯條。但我猜席爾斯博士會點烤魚佐尼斯沙拉。

她和侍者短暫交談了幾句，接著把菜單交還侍者。她的膚色極其蒼白，在燭光映照下，她的側臉看起來像希臘神話的雕像。我想起剛才經過的精品店和櫥窗裡的精美商品，感覺她也應該被陳列在裡頭，供眾人欣羨、稱讚。

天色越來越暗，我的指尖開始發麻，但我還不打算離去。一開始問我這麼多問題的人是她，現在充滿疑問的人卻是我。我最想問的問題是：妳為何這麼在意我們這種人做的選擇？

侍者拿著一杯紅酒回到桌旁。席爾斯博士啜了一小口。我發現酒紅色的指甲油完美地襯托出她修長、細緻的手指。她微笑著對侍者點了點頭。侍者一離開後，她用指尖摸了摸眼角，可能是有點癢，或是要擦掉來自披肩的小棉絮，但看起來很像在擦眼淚。

她再次舉起酒杯，喝了更大一口。我在照片上確實看見她握著麥克風的手上有婚戒。不過她的左手現在被餐巾蓋住，看不見她是否還戴著戒指。我原本想繼續待著，看我有沒有猜對她點的菜，最後還是決定帶上耳機，朝著東邊往回家的方向走去。

雖然我向席爾斯博士透露了很多過於私密的資訊，但都是出於自願。她並不知道我在她如此脆弱的時刻正注視著她。我覺得自己似乎做得太過火了，跨越了某條線。

在這樣一間浪漫的餐廳裡，坐在兩人桌旁的席爾斯博士卻是孤身一人。侍者在接過席爾斯博士手上的菜單後，就把對面的餐具和盤子收走了。今晚，她對面的位子會一直這麼空下去。

第十章

十一月二十八日，星期三

妳遵照指示進入東六十二街這棟白色磚造建築，搭乘電梯抵達三樓。妳按下門口的電鈴，進到辦公室裡接受招呼。

妳在自我介紹後伸出手。妳握手的力道堅實，但手心是冰的。多數人對於交談過但從未實際見過面的人充滿好奇，他們會花點時間將站在眼前的人的模樣對比自己想像中的那個人。但妳只是隨意看了一眼，接著開始打量整個空間。妳是不是事先做了些功課了？

做得好，第52號受試者。

妳比我想像中還高，接近一百七十公分，除此之外，一切都和我料想中的一樣。妳從脖子上拿下鬆垮的滾藍邊圍巾，順了順厚重凌亂的棕色捲髮。接著妳脫下外套，露出裡面穿的灰色V領毛衣和綠色工作褲。

妳在衣著上花了些巧思，刻意將褲管捲起至小腿中間，剛好比皮踝靴略高些。妳將前側的毛衣塞進褲子裡，露出紅色的編織皮帶。各種顏色和不同材質混搭的造型原本很有可能變成一場災難，妳卻有辦法穿出時尚感。

請坐。妳選擇的位置會透露很多訊息。接待區有兩張皮製扶手椅和一張雙人沙發，大部分的人會選擇坐在雙人沙發上，至於其他人——通常都是男人——則會下意識地選擇扶手椅，這讓他們在陌生環境中找回一絲掌控感。一般來說，選擇扶手椅的人表示他們很不自在。

妳走過沙發，選了一張扶手椅坐下，不過妳並沒顯示出不自在的樣子。

這結果令人滿意，而且也在預料之中。

妳坐的位置正對著心理醫師，目光彼此平視。妳再次環顧四周，不疾不徐地確認環境。辦公室的裝潢一定要能讓客戶覺得很安心、安全、受到保護。如果環境不和諧，客戶就很難放鬆，也就會更難達成治療目標。

妳的視線快速掃過深藍色海浪掛畫，掃過插著山茶花的花瓶，清新的綠莖表示它才剛被摘下來。妳的目光停在書桌後方的書櫃，在整齊排放的書本上來回。妳很精明，會注意細節。

或許，妳也注意到了心理治療的頭號守則：診療空間必須維持一種空白性。妳在辦公室裡看到的東西都不帶任何個人色彩，沒有家庭照片，沒有影射政治取向，沒有傳達任何社會訴求，也沒有看起來昂貴奢華的東西，比如繡著愛馬仕商標的沙發抱枕。

心理治療的第二項規則：不可以對客戶做出評論。醫師的角色是負責傾聽、引導，挖掘隱藏在客戶心中的事實。

第三項規則：讓客戶主導對話。所以，諮詢通常會從「你今天怎麼會想來這」的各種換句話說開始。但妳今天並不是來心理諮商的，所以我不需遵守這項規則。

「席爾斯博士，在我們開始以前，我可以問妳一些問題嗎？」

有的人會結巴，不知道該使用什麼稱謂。妳似乎本能地明白這些不成文規矩，即使妳先前已經向我透露了這麼多祕密，然而該有的界線還是該維持……至少目前是如此。反正到了最後，其他兩項規則也會為妳而打破。

妳繼續說：「妳說，想讓我更深入參與這項實驗，是什麼意思？」

妳參加的實驗，即將從紙上的學術研究變成實際生活中的道德測試。

妳睜大雙眼。有疑慮嗎？

實驗會在很安全的環境下進行，一切情況都在掌控之中，任何時候想退出都可以。

這些保證似乎讓妳放心許多。

別忘了，妳將獲得優渥的報酬。

「有多少報酬？」妳問。

妳想趕快進行到下一個階段，但太快了。這個實驗急不得，需要先獲得信任才行。

我們的下一步是建立行為基準，妳必須先回答一些基本問題。

如果妳同意繼續進行，那麼現在就可以開始了。

「沒問題。」妳回答：「馬上就可以開始。」

妳的語調平淡，似乎漠不關心，雙手卻開始彼此交纏。

妳開始描述自己的童年，妳在費城郊區長大，妳的妹妹小時候腦部受了傷，這對妳勤奮工作的父母是一大打擊。妳流暢地敘述自己搬來紐約，在提到領養流浪狗時眼神變得溫柔，接著又聊到在布魯明戴爾百貨賣化妝品的事。

這時妳移開視線，猶豫了起來。

「我喜歡妳的指甲油顏色。」

轉移話題。這是妳之前沒有施展過的拖延戰術。

「我駕馭不了酒紅色，但很適合妳。」

恭維。客戶想逃避某些話題時會出現這種行為，在心理治療中很常見。心理醫師受過訓練，會避免對客戶的話做出回應或評斷。他們只會靜靜地聆聽，尋找線索，找出客戶的想法，包括那些不經意透露的潛意識行為。

不過妳不是來這間辦公室剖析自己的情感，或是挖掘和母親未解的問題。

妳不會為此療程支付任何費用。其他坐在這張椅子上的人需要支付每小時四百二十五美元的諮詢費，但妳不一樣，妳反而會領到一大筆錢。

每個人都有價碼，但妳的價碼現在還未定。

妳盯著心理治療師精心建構起的表象。妳現在只看得到這些，以後也是如此。

然而在接下來的幾週，妳會被剝得精光。妳得使出各種妳從不知道自己擁有的技巧與韌性。

妳似乎已經準備好面對挑戰。

妳排除萬難出現在這裡。妳沒有收到邀請卻還是想辦法混進了實驗。妳展露出的樣貌和其他女人截然不同。

原本的研究已無限期暫停。

妳，第52號受試者，現在是我唯一的目標。

第十一章

十一月三十日，星期五

莉蒂亞．席爾斯博士的聲音如銀鈴般，完美搭配她幹練俐落的外貌。

第二次在她辦公室碰面，我選了沙發椅坐下。就像幾天前的第一次訪談一樣，我不過是聊一些和我自己有關的事。

我靠著扶手，一一剖析我對爸媽說的各種謊話。「他們要是知道我放棄在劇場工作的夢想，就好像是他們自己的夢想被放棄了一樣。」

我從沒看過心理醫師，但是我現在做的事感覺和一般心理諮詢沒什麼兩樣。我內心某部分不禁懷疑，她為什麼要付錢給我？

然而幾分鐘後，我的腦袋裡只剩下坐在對面的這個女人，和我告訴她的祕密。

我說話時，席爾斯博士小心翼翼地看著我，像是在細細思考我說的話，沉浸在這些字句中，最後才能決定該如何回應。她身邊的小茶几上放了一本黃色筆記本，她不時會伸手拿起來寫些筆記。她是左撇子，手指上並沒有結婚戒指的蹤影。

不知道她是離婚了，還是丈夫過世了。

我想知道她寫了些什麼。她的辦公桌上放著一個檔案夾，上面貼的標籤有電腦打出來的字母。我距離太遠，看不清楚上面的字。搞不好是我的名字。

有時候她會在我回答完後鼓勵我再多說一點，其他時候則是給予一些極為寬厚的評語，幾乎讓我紅了眼眶。

雖然認識的時間非常短暫，我卻有種深深被理解的感覺，一種前所未有的經驗。

我問：「妳覺得我是不是不該這樣欺騙我父母？」

席爾斯博士鬆開原本翹著的腳，從米白色的椅子上站起身。她朝我走了兩步，我覺得自己的身體緊繃起來。

短暫的一瞬間，我以為她會坐到我身邊，但她只是經過。我扭著手，看她彎下腰，抓住白色書櫃下方的一個把手。她一拉，打開藏在書櫃裡的迷你冰箱，拿出兩小瓶沛綠雅氣泡礦泉水，遞給我一瓶。

「謝了。」

我並不渴，但看著席爾斯博士仰頭啜了一口，我也有樣學樣地喝了起來。玻璃瓶很紮實，給我一股心安的感覺。我很訝異這種充滿氣泡感的水竟然如此美味。

博士坐回椅子上，將一隻腳翹上另一隻腳。我發現自己陷入沙發中，便稍微坐直了腰板。

「妳父母希望妳開心。」席爾斯博士說：「所有愛孩子的父母都會這麼希望。」

我點點頭，好奇她是否也有孩子。

「我知道他們愛我，只是……」

「他們在妳羅織的謊言裡也有一份。」

席爾斯博士一這麼說，我立刻就明白了。她說得沒錯，基本上，我父母確實鼓勵我說這個謊。博士似乎知道我需要一點時間消化這個事實。她的目光沒有移開，仍舊定在我身上，這讓我幾乎有種備受呵護的感覺，彷彿是在評估她說的話對我造成了什麼影響。我們之間的沉默並不會讓人覺得尷尬或沉重。

「我從沒這麼想過。」最後我終於開口。「但妳說得沒錯。」

我喝了最後一口氣泡水，小心地把瓶子放在咖啡桌上。

「我想今天就到此為止吧。」席爾斯博士說。

她站起身，我也跟著站起來。她走向玻璃辦公桌，上面放了一個小時鐘、一臺薄型筆電和檔案夾。席爾斯博士打開書桌唯一一個抽屜，問我：「這週末有什麼特別計畫嗎？」

「沒特別的事，只有今晚和麗茲一起出門吃飯，慶祝她生日。」

席爾斯博士拿出支票簿和一支筆。我們這週見面兩次，談了九十分鐘，不知道能夠收到多少酬勞。

「她就是妳那個父母還會給零用錢的朋友嗎？」席爾斯博士問。

「零用錢」這個詞彙讓我有點驚訝。我看不見席爾斯博士的表情，因為她正低著頭寫支票，但她的語氣平緩，感覺不像是批評。況且，她說得沒錯。

「這樣形容也沒錯啦……」

席爾斯博士撕下一張支票遞給我。我們異口同聲地說「謝謝」，然後一起笑了出來。

「下週二，同一時間，可以嗎？」席爾斯博士問。

我點點頭。

我想趕快看支票上的金額，但這麼做似乎不太合適。我把支票對摺，收進包包裡。

「對了，我還有東西要給妳。」席爾斯博士伸手拿來她的普拉達皮包，從裡面拿出一個銀色包裝紙包起來的小包裹。

「怎麼不打開？」

通常我會立刻打開禮物，但今天，我只是拉了拉緞帶一端，解開蝴蝶結，把食指滑到膠帶下方，想盡可能整齊地打開包裝。

香奈兒的盒子看起來光滑又柔軟，裡面是一瓶酒紅色的指甲油。我猛地抬頭看向席爾斯博士，然後是她的指甲。

「試試看，潔西卡。」她說：「我想妳擦起來也會很好看的。」

◆◆◆

我一走進電梯就拿出支票。支票上頭，優雅的草寫字體寫著六百美元。

也就是說，談話一小時就可以得到兩百美元，比之前填電腦問卷還多。

不曉得下個月席爾斯博士還會不會需要我，搞不好我能讓家人去一趟佛羅里達。或者，還是把錢先存起來，免得爸爸用完併購的基金後找不到工作。

我把支票塞進皮夾，看見包包裡的香奈兒小盒。根據我之前在專櫃上班的經驗，這瓶指甲油應該要將近三十美元。

我本來只打算和麗茲一起去喝一杯，慶祝她生日。說不定她會喜歡這個指甲油。試試看。席爾斯博士是這麼說的。

我用手指滑過黑檀木盒上高雅的字母。我最好朋友的家境非常富裕，她的爸媽每個月都會給她一筆錢花用。麗茲沒有有錢人的高傲氣質，我從不知道她家這麼有錢，直到有次去她家過週末，才發現她所謂的「小農場」是二英畝大的別墅。她有能力自己買指甲油，就算是名牌指甲油也沒問題。我這麼告訴自己，我值得這罐指甲油。

幾小時後，我走進和麗茲相約的酒吧。桑傑原本低頭在切檸檬，看到我走進來便抬起頭，叫我過去。

「妳上次在這裡遇見的那個男人，之後回來找過妳。」他說：「呃，他說他要找一個叫泰勒的人，但我知道他是要找妳。」他在收銀機旁一個塞滿筆、名片和一包駱駝牌香菸的大啤酒杯裡翻找，最後拿出一張名片。

名片最上方寫著「全天早餐」，下方畫了一個笑臉，眼睛是兩顆太陽蛋，嘴巴是一條培根。最底下寫了諾亞的名字和電話。

我皺起眉頭。「他是廚師嗎？」

桑傑假裝給我一個嚴肅的表情。「你們都不聊天的嗎？」

「沒聊到他是做什麼的。」我馬上回擊。

「他看起來很不錯啊！」桑傑說：「他最近在幾個路口外的地方開了一間小餐廳。」

我翻過名片，看見他留給我的訊息：泰勒，一人份法國吐司。來電即可享用。

就在這時，麗茲開門走了進來。我從高腳椅上跳了起來，給她一個擁抱。「生日快樂！」我一邊用手掌蓋住名片，以免她看到。

她脫外套時，我聞到一股新皮革的味道，看起來和我的那件很像。麗茲一直很喜歡我那件外套，只不過我是在二手店買的。我摸了摸外套的絨毛領子，看見上頭的標籤：巴尼斯紐約精品。

「這是假皮啦！」麗茲再三保證。我懷疑她是不是看到了我的表情。「我爸媽送我的生日禮物。」

「很漂亮啊！」

麗茲坐到我身旁，把外套平攤放在腿上。我點了兩杯蔓越莓蘇打伏特加。麗茲開口問我：「妳的感恩節過得如何？」

假期就像是好久以前的事了。「喔，一如往常，吃過量的派和球賽。妳過得如何？」

「棒極了！」她說：「每個人都飛回家，我們玩了一場超大型的比手畫腳遊戲。屁孩們超好笑的。真不敢相信，我現在總共有五個侄子和姪女！我爸——」

桑傑把飲料滑過來，打斷了麗茲。我伸手去接我的飲料。

「妳從沒有擦過指甲油！」麗茲驚呼。「好漂亮的顏色！」

我看著自己的手指。我的膚色比席爾斯博士深，手指也比較短。這個顏色在我的手指上不顯高雅，反而覺得突兀。但她說得沒錯，的確是很討人喜歡的顏色。

「謝了，我本來還不確定自己適不適合。」

我們又聊了兩杯飲料的時間，然後麗茲碰了碰我的手臂。「嘿，妳週二中午有沒有空幫我化妝？我需要拍新的大頭照。」

「噢，我那天有——」我緊急把話打住。「工作，在上城區。」

我和席爾斯博士第一次見面時，她要我簽一份更詳盡的保密協議書。我連跟麗茲提到她的名字都不行。

「沒問題，我再想辦法。」她輕快地說：「嘿！我們是不是該來點玉米片？」

我點點頭，跟桑傑點單。不能幫麗茲化妝讓我覺得過意不去，而且隱瞞這些事也讓我覺得很不自在，畢竟她是最了解我的人。

但話說回來，或許她已經不是了。

第十二章

十二月四日，星期四

妳不確定那款酒紅色的指甲油是否適合妳的手，但妳今天還是擦了。這證明妳對我有了更深的信任。

妳再次選擇了那張雙人沙發椅。

一開始，妳向後靠上椅背，雙臂交叉放在腦後。這樣的肢體動作代表妳的態度更為開放。妳也許不認為妳已經準備好面對接下來要發生的事，但事實上答案是肯定的。妳已經準備萬全。我舒展了妳的情緒能量，就像長跑選手在馬拉松比賽前有系統地增強體能和耐力。

我隨意問了一些關於妳週末如何度過的小問題，做為暖身。

接著我說：「要向未來邁進，首先必須探訪過去。」

當我說出這句話時，妳突然調整了姿勢，將原本放在背後的雙臂環抱在胸前。這是典型的自我防衛姿態。

妳一定也察覺到自己即將面對什麼。

該是消除最後一道隔閡的時候了。

我再次提起妳在第一次的問卷測驗中閃躲的問題，這一次我以溫柔卻堅定的語調問道：「潔西卡，妳是否曾經深深傷害妳在乎的人？」

妳縮著身子，目光垂下，望著自己的腳。

我不急著打斷這陣沉默。

過了片刻，我才說：「告訴我吧。」

妳猛然抬起頭，雙目睜圓，突然看起來比二十八歲要年輕了許多，彷彿十三歲時的妳浮現了出來。

那年夏天改變了妳的人生。

每一段人生都會出現幾個轉捩點——有些看起來是命運的偶然，有些像是早已注定——為接下來的人生塑形、定調。

這些轉變的時刻就像DNA序列，對每個人來說都是獨一無二。它們可能會帶來狂喜，讓妳飛升到閃亮星空中，或者正好相反，讓人彷彿跌入流沙一般無助絕望。

那一天，妳獨自在家照顧妹妹。就是那一天，她從二樓的窗戶摔落；從那一天之後，妳的人生再也不同。

當妳說到妳在車道上狂奔，衝向她軟弱無力的軀體時，妳的臉上綴滿了淚珠。妳開始過度換氣，在字句之間掙扎著呼吸。妳的身體隨著心靈墜入情緒的深淵，然後吐出了痛苦的一句話：「這一切都是我的錯。」

妳全身劇烈顫抖。

我替妳圍上溫暖的羊毛披肩，細緻的纖維輕撫過妳的雙肩，立刻讓妳平靜了下來，就和預期的一樣。

妳微微發抖地吸了一口氣。

我對妳說了妳渴望聽到的話：「這不是妳的錯。」

妳還能吐露更多，但是這對今天來說已經足夠。妳已經身心俱疲。

我讚許了妳的表現，不是每個人都有勇氣面對心中的陰影。

妳聽著我的話，無意識地撫摸著環繞在肩膀上的披肩。這個自我安慰的動作代表妳已經處於恢復的階段。較為溫柔和緩的談話節奏將妳拉回了安全的地方。

當妳的呼吸穩定下來、臉頰上的紅暈也消失之後，我委婉地暗示今天到此為止。

「謝謝妳。」然後再加上一個小獎賞。「現在外面很冷，這條披肩妳就留著吧？」

我送妳到門口，在妳離開前，我短暫地將手放在妳的肩膀上。這個動作傳達了安慰，同時也表示讚許和認同。

從三樓的窗戶能夠看見妳走出大樓的身影。妳在人行道上猶豫了片刻，伸手將披肩像圍巾那樣繞上脖子，翻出另一端掛在肩膀上。

雖然妳人已經離開，但感覺好像妳仍坐在辦公室的某處，直到今天最後一名病人的諮詢結束。我發覺自己比平常更難專心幫眼前這名客戶控制他的賭博問題。

當計程車在中城繁忙的車潮中前進，我的思緒也未曾離開妳。當汀恩德魯卡的服務生拿出外帶包裝好的沙朗牛排佐烤蘆筍時，妳依然在我心中。

妳並不輕易吐露心事，但妳渴望說出祕密的解放感。

多數社交互動都是由膚淺的對話構成，向外界展露平凡無奇的表象已成常態。當彼此間有了足夠的信任，顯露出真正的自我——包括最深沉的恐懼和不可言明的慾望——就會建立起強大的親密關係。

今天妳已經邀請我進入這樣的關係，潔西卡。

我會好好保守妳的祕密……如果一切順利的話。

我打開前門的鎖，將汀恩德魯卡的袋子放在廚房的灰色大理石流理臺上。

我從購物袋裡拿出今天與妳會面結束後新買的淡褐色披肩，放到外套衣櫃一側的抽屜裡。和妳現在圍著的披肩一模一樣。

第十三章

十二月四日，星期二

空氣冷冽，灰濛濛一片。我在席爾斯博士的辦公室待沒多久，太陽就掉落到地平線以下。我應該穿厚重的大衣，而不是這件單薄的皮夾克。席爾斯博士的披肩讓我的頸部和胸前很溫暖，羊毛帶著一股微弱的香氣，現在聞到這個味道就讓我想到席爾斯博士。我用力地吸氣，羊毛搔著我的鼻腔。

我站在人行道上，茫然不知該做些什麼好。我覺得精疲力竭，但就算回家大概也無法放鬆。我不想自己一個人，卻沒動力打電話邀麗茲或其他朋友吃晚餐或喝一杯。然而在我做出決定以前，我的腳就自己動了起來，帶著我往地鐵的方向前進。我搭乘六號線抵達亞斯特廣場站，走出地鐵站，往西轉到王子街上。

我經過陳列名牌太陽眼鏡和高級化妝品的櫥窗，來到那間法國餐廳。這一次，我走了進去。因為時間還早，餐廳裡幾乎空無一人，只有一對情侶佔據後方的雅座。帶位侍者接過我的外套，但我留著披肩。侍者問我：「一個人嗎？還是想坐吧檯？」

「嗯，可以坐靠窗的那桌嗎？」我選了上次席爾斯博士坐的同一張椅子。

酒單又厚又沉重，光是單杯紅酒的選擇就有十二種。「這個，謝謝。」我指向酒單上第二便宜的那款酒，一杯要價二十一美元。喝了這杯酒，晚上就只能回家啃花生三明治了。

要不是跟蹤席爾斯博士，我絕不可能知道這間餐廳。這正是我需要的。這間餐廳隱密、高雅又不會太沉悶，深色木板牆配上紅絲絨座椅，給人一種舒服的踏實感。

這是一個可以隱姓埋名又不會覺得孤單的地方。

穿著黑色西裝的侍者走上前，手上的托盤放著我那杯紅酒。

他把酒杯擺在我面前。「您的渥爾內紅酒。」

我發現侍者在等著我「驗貨」，便像席爾斯博士那樣啜了一小口，點了點頭。他離開後，我望向窗外，看著路上行人經過。紅酒為我的喉嚨帶來一股暖意，不像我媽喝的那種甜過頭的紅酒，味道出乎意料的好。我的肩膀放鬆下來，往後靠在柔軟的皮椅背上。

我終於告訴席爾斯博士我從沒告訴麗茲的事——是我的疏忽毀了家裡每個人的人生。

我坐在她辦公室的沙發上，盯著牆上那幅令人放鬆的藍色海浪掛畫，向她全盤托出那個夏天發生的事。

那個八月的某天傍晚，父母工作還沒回來，我決定去街角的超市看最新一期《十七歲》雜誌，封面人物是茱莉亞．史緹爾。我被貝琪搞得很煩，只想擺脫這個比自己小七歲的妹妹。這天炎熱又漫長，暑假即將來到盡頭。我們在澆花噴水器的水霧中奔跑，把檸檬汁倒進製冰盒裡做冰棒，在後院抓蟲放到舊的保鮮盒裡養著。儘管已經做了這麼多事，爸媽還要兩個小時才回家。

「好無聊喔！」我在浴室鏡子前拔眉間雜毛時，貝琪抱怨著。我覺得我好像拔錯眉毛了，現在我的臉看起來很怪異。

「去玩妳的娃娃屋啦！」我對貝琪說，一邊把注意力轉回左邊的眉毛上。那時候我才十三歲，已經開始注意起自己的外表。

「我不想！」

屋裡很熱，因為家裡只有兩部窗型冷氣。真不敢相信我竟然會期待趕快開學。

過了一會兒，我聽見貝琪喊著：「羅傑．富蘭克林是誰啊？」

「貝琪！」我丟下手中的鑷子，尖叫跑進我的房間，從貝琪手中搶下我的日記。「這是個人隱私！」

「我好無聊！」她又抱怨了一次。

「好吧！」我跟貝琪說：「妳可以去爸媽房間看電視，但是不可以告訴他們。」

爸媽規定我們一天只能看一小時電視，但我們通常都會偷看。我拿了三片奇寶巧克力餅乾放在紙盤上，遞給大字形攤在爸媽床上的貝琪。「不准掉屑屑在床上。」我警告她。電視上正在播《莉琪的異想世界》，我等了一會兒，直到貝琪開始露出呆滯的眼神才離開房間。我偷溜出門，騎上腳踏車。貝琪不喜歡一個人被留在家，但我相信她不會注意到我出門了。

我之前就這麼做過幾次。我還把臥室的門鎖起來，讓貝琪不能跑出來。我以為這樣會比較安全，但我沒想到要把二樓的窗戶也鎖起來。

說到這個部分時，我把視線從牆上的畫移到席爾斯博士身上。要繼續說下去很困難，因為我已經泣不成聲。

席爾斯博士看著我，她眼神中的同情給了我力量。於是我向她吐出這些可怕的內容。接著，我感受到一股溫暖柔軟包住了我。席爾斯博士把她肩上的披肩披在我身上，上頭似乎還留著她的體溫。

坐在燈光昏暗的餐廳裡，我發現自己又開始茫然地撫摸著這條披肩。

席爾斯博士的舉動讓我感覺備受呵護，那種感覺像是母親一樣。她好像把我從黑暗中拉出來，讓我重新回到當下。

她對我說：「那不是妳的錯。」

我喝下最後一口酒，聽著餐廳裡播放的古典樂，思考著。她可以有各式各樣的回應，但似乎只有這句話能真正安慰我。假設席爾斯博士——這個充滿智慧又老練，花了一輩子研究人類的道德與選擇的人——假設她能寬恕我，那麼或許我的父母也可以。

爸媽並不知道那天事情發生的全部細節。

他們從沒問貝琪摔下樓時我人在哪，而是自動假設我在另一個房間裡。我沒有說謊，但在醫院時，曾出現過讓我可以說出真相的安靜時刻。

一群醫生正在照料貝琪，我和爸媽在急診室外等待。「噢，貝琪，妳為什麼要在窗戶旁邊玩？」媽媽大惑不解。

我看著爸媽布滿血絲、悲痛的雙眼，放棄了這個坦白的機會。隨著時間一年年過去，這段「沉默」變得越來越大，越來越有影響力，在不知不覺間那葬送了我和所有人的人際關係。

現在席爾斯博士知道了。

我發現自己的手指在撫弄空酒杯的杯腳。侍者走近時，我把杯子推往一邊。「還要再來一杯嗎？」侍者問。

我搖搖頭。下一次會面是兩天後，不知道席爾斯博士是否會想再多聊聊這個話題，或者我說的內容已經足夠。

我伸進包包拿皮夾的手突然僵住。

對誰來說已經足夠？

幾分鐘前，能夠向席爾斯博士傾訴這十五年來從沒告訴家人的祕密讓我覺得安慰，但現在這感覺已消失無蹤。或許席爾斯博士的美貌和成就讓我變得盲目，讓我自我保護的本能變鈍了。

我差點就忘了自己是道德研究的第52號受試者，用最深沉的祕密換取金錢。她打算怎麼運用我給她的這些私密資訊？我簽了保密協定，但她可沒有。

侍者走回桌邊。我拉開皮夾，看到了夾在紙鈔中那張亮藍色名片。我盯著它看了幾秒，然後把它拿了出來。

名片正面寫著「全天早餐」。我想起那天在諾亞的沙發上醒來時，有張毯子裹在我身上。我把名片翻到反面，尖銳的紙角輕輕搔著我的手掌。

泰勒……

諾亞的字跡輕重不一，斷斷續續。他說要做法國吐司給我，但這不是我盯著名片的原因。

我知道該怎麼獲得更多關於席爾斯博士的資訊了。

第十四章

十二月四日，星期二

黑皮諾的櫻桃香氣融化了家中冰冷的氣氛。

從汀恩德魯卡外帶盒中取出的沙朗牛排和烤爐筍排放在瓷盤中，旁邊是沉甸甸的銀製餐具。屋內流淌著蕭邦的鋼琴曲。這份食物就放在光澤飽滿的長形橡木桌另一頭。

以前，在這張餐桌上的晚餐看起來和現在不一樣，都是從維京牌的六口瓦斯爐上現場烹調，並且用窗邊花園摘來的新鮮香草裝飾。

桌上擺了兩副餐具。

心理諮商的筆記面朝下放在桌上。今晚不可能專注在這些晦澀的內容上。對面是張空椅，是湯馬斯的座位。

每個認識湯馬斯的人都喜歡他。

他出現在一個燈光閃爍、黑暗潛入的夜晚。當天最後一個客戶是個叫休的男人，幾分鐘前才離開我的辦公室。來諮商的人有千百種理由，但休的原因始終未明。他身材瘦削，看起來像流浪漢，精神有些恍惚，不過在交談過程中明顯看出他很在意某些事。

他的療程很難收尾，他總是想要更多，總是會在門外徘徊一、兩分鐘之後才會離去。就算他離開後，辦公室內依舊可以聞到他身上濃烈的氣味，揮之不去，彷彿是他曾經存在的證明。

當我準備離開辦公室時，整棟建築物霎時一黑，就連屋外的燈光也全滅。我很自然地覺得是休在搞鬼。

醜惡的人性總是從陰影中現身。

我才剛跟休說，他的療程必須告一段落了。遠方傳來警笛聲，噪音加上黑暗讓人失去方向感。要離開這棟建物只能走樓梯，那時已經是晚上七點，其他辦公室都關門了。雖然這棟樓有人居住，但只有在五樓和六樓。

樓梯間裡唯一的光源來自我的手機螢幕，只有我的鞋子踏在階梯上的聲音。接著，第二組腳步聲出現了，聽起來比較沉重，從高過我的地方朝我靠近。

人在驚恐時會出現的症狀包括心跳加速、頭暈目眩和胸痛，呼吸練習其實幫不上什麼忙。至少現在幫不上忙。

手機螢幕的亮光會洩漏我的位置，但在黑暗中奔跑可能會跌下樓梯。這是必須承擔的風險。

「有人嗎？」是低沉的男人聲音，但不是休的聲音。

「發生什麼事了？」男人繼續說：「一定是停電了，妳沒事吧？」

他的舉止溫柔，令人安心。接下來一小時，我從中城回到西村住處，他一直陪在我身邊。

每一段人生都會出現轉捩點，為接下來的人生形塑、定調。

對我來說，湯馬斯·庫伯的出現就是這樣一個轉捩點。

大停電的一週後，我們一起去吃了飯。

六個月後，我們結婚。

每個認識湯馬斯的人都喜歡他。

但只有我能愛他。

第十五章

十二月四日，星期二

我得在四十八小時之內找到泰勒。

她是我和席爾斯博士之間微弱且唯一的連結。在週四下午五點和博士見面前，如果我可以先和泰勒聊聊，至少我不是毫無準備。

我離開法國餐廳，從手機裡找到泰勒的聯絡資料，傳了簡訊給她：**嗨，泰勒！我是「美人蜂」的潔絲。妳可以盡快給我一通電話嗎？**

回到家後，我抓過筆電，試著搜尋更多關於席爾斯博士的消息，但只找到學術論文、她出版的一本書的書評、紐約大學的區區四行簡歷，和她診所的網站。網站設計和她的辦公室一樣俐落高雅，但同樣完全沒有透露任何和她個人切身相關的資訊。

◆◆◆

午夜過後，我終於入睡，身邊放著手機。

十二月五日，星期三

我在早上六點醒來。前一晚在網路上不停搜索讓我雙眼沉重。泰勒還是沒回我電話，老實說我並不意外。她大概覺得某個幾乎不認識的化妝師試圖聯繫她很詭異吧。

我心中盤算，還剩三十五個小時。

雖然我想取消接下來的兩個案子，繼續蒐集資料，但我沒辦法。我得去上班。除了我需要錢，公司規定化妝師若要取消案件，得在二十四小時前提出申請；如果三個月內違規超過三次就會被踢出去。幾週前我才請了病假，已經被記過一次了。

我抹平粉底，調和眼影，畫出脣形，彷彿進入自動駕駛模式。我詢問客戶的職業、丈夫、小孩，腦中卻無法不想著席爾斯博士。我向她傾訴心中最深沉的祕密，相較之下，我對她這個人幾乎一無所知。

我一直很在意塞在包包裡的手機，一下班就立刻拿出來查看。我在中午左右又留了一通語音訊息給泰勒，但還是沒收到回音。

晚上七點，我奢侈地坐計程車回家，幾乎用光最近幾次案子拿到的小費。一進家門，把化妝箱一丟，我趕緊帶著李歐出門散步，丟給牠一些點心，然後又急匆匆趕回家。

我直接前往泰勒的公寓，用近乎跑步的速度走了大約二十幾條街，到達時已經快八點了。我把手按在大廳配置圖的玻璃外殼上大口喘著氣，一邊搜尋公寓住戶的名字。

我按下寫著泰勒．史特勞伯的電鈴，等著聽到對講機裡傳來她的聲音。我試著放慢呼吸，用一隻手順了順頭髮，然後再次按下那個黑色的小按鈕，這次足足按滿五秒鐘。

拜託，快點開門！

我往後退一步，抬頭看了一眼，盤算著下一步該怎麼做。我不可能在這邊等到泰勒回來，但我也不可能賭她正在睡覺，或戴著耳機聽音樂，一直按電鈴按到她來應門。

一個穿著成套愛迪達運動服的男人救了我。他輸入前門的密碼，而且忙著在看手機，根本沒發現我趁門關上以前跟在他後面溜進大廳。

我走樓梯到六樓。泰勒的公寓在走廊中段。我用指關節用力敲了敲門，力道大到指關節一陣刺痛。

還是沒有回應。

我把耳朵貼著薄薄的木門，試著聽出任何能證實有人在家的聲響，比如說電視的聲音或吹風機的嗡嗡聲。但裡頭一片安靜。

我的胃裡一陣翻攪。我擔心席爾斯博士對我瞭若指掌，而我無法當著她的面隱藏自己的擔憂。我好想問她為什麼要給我這麼多錢，又打算拿從我這獲得的資訊做什麼。

但我不行。我告訴自己，不值得為幾個問題損失這麼一筆收入。事實上，比起錢，或許我更不想失去席爾斯博士。

我舉起拳頭，又敲了幾次門，直到隔壁鄰居探出頭來怒瞪著我。

「不好意思。」我囁嚅著道歉。她砰地關上門。

我試著思索下一步。我只剩二十一小時。明天跟今天一樣工作滿檔，我和席爾斯博士見面之前沒辦法再抽出時間跑這一趟。我把手伸進包包裡，拉出一本雜誌，撕下其中一頁，潦草地寫下：泰勒，又是我，「美人蜂」的潔絲。請回電給我，是急事。

當我準備把紙塞進門縫時，我想起她髒亂的公寓，滿地都是爆米花的包裝袋和衣服。她根本就不會注意到這張紙。就算她注意到了，大概也不會聯絡我，畢竟她連簡訊或語音留言都沒回。

我轉過頭看了看剛剛被我打擾的鄰居的門，往旁邊跨出幾步，猶豫了一下然後敲了敲門。來應門的女人手上抓著黃色的打亮筆，她的下巴上有道分叉，而且她看起來很不開心。

「抱歉，我想找泰勒或……呃……」我努力回想她室友的名字。「或曼蒂。」

鄰居對我眨眨眼。我有種奇特的預感，覺得她會對我說：「我不認識她們兩個，隔壁沒有叫這個名字的女生。」

「誰？」她就要說了。

我的心跳漏了拍。

然後她的眉毛舒展開來。「喔……她們……我不知道，快要期末考了，可能在圖書館吧。不過我看她們還比較可能去參加派對。」

她關上門，留我一個人繼續站在那。

我在原地站了一會兒，等著頭暈的感覺過去，然後朝樓梯間走去。走出大廳，我站在漆黑的建築物外頭，試著擬定下一步計畫。

一個留著長髮的女孩經過我身旁。雖然我知道不是泰勒，卻還是忍不住轉頭看她。她把藍色背包甩上肩，在人行道上往前走。

我看著那個感覺很沉重的背包。鄰居說期末考快到了……她對泰勒和曼蒂的看法和我不謀而合，這兩人不像是會認真準備考試的人。很難想像這個有著令人欽羨的骨架、一臉厭世地在 Instagram 上點愛心的年輕女孩埋首書堆苦讀的模樣。不過，越混的學生通常越需要在考前惡補。

我轉了個圈，搞清楚自己的方向，然後往紐約大學圖書館前進。

書架的排列就像小白鼠的實驗迷宮，我從角落開始搜尋，沿著狹窄的通道前進，希望會在轉角處偶然遇見泰勒正伸手拿放在高層書架上的書，或發現她坐在靠外牆處的書桌前。我已經搜索完一到三樓，正在往四樓前進。

已經快九點了，但一股莫名的狂熱驅使著我的行動。我只有趁著中午空檔囫圇吞了一個火雞三明治，然後就沒再吃任何東西。四樓的人少多了，但書還是層層堆疊得一樣高。在一到三樓時，我還可以聽到微弱的交談聲，但現在我只聽得見自己的腳步聲。

我走入書架深處，轉了個彎，突然撞到一對熱烈激吻的男女。即使我走過他們身邊，他們也沒有要分開的意思。接著，我聽到一個熟悉的聲音哀號著：「泰，我們休息一下啦！我需要喝杯印度茶拿鐵。」

我體內頓時傳來一陣放鬆感，我得很努力才能抑制自己朝她們狂奔而去的衝動。她們兩人躲在角落，曼蒂靠在書桌邊緣，桌上的書堆得老高，還放了一臺筆電；泰勒則是坐在椅子上。兩個人都把頭髮刻意盤成凌亂的包頭，穿著流行少女品牌的長袖運動衫。

「泰勒！」我用近乎驚叫的聲音喊出她的名字。

兩人同時轉頭過來看著我。曼蒂皺起鼻子，泰勒則是一臉空洞。

「有什麼事嗎？」泰勒問。看來她不知道我是誰。

「我得跟妳聊聊。」

「噓！」幾張桌子外有人要我們閉嘴。

「拜託，很重要！」我小聲說。

泰勒可能感受到我的迫切，點了點頭。她把筆電收進包包裡，把書繼續留在桌上。我們搭電梯到大廳，曼蒂跟在後頭。走到大門前，泰勒停下腳步說：「所以是怎樣？」

雖然我終於找到她了，卻不知該從何說起。「呃，妳記得我曾經幫妳化過妝，過程中妳提到某個問卷？」

她聳了聳肩。「好像有吧。」

偷聽泰勒的語音信箱已經是好幾週前的事了，我試著回想起內容。「就是某個紐約大學教授的道德實驗，酬勞很不錯，原本妳早上要去參加……」

泰勒點頭。「對，沒錯，但我太累了，就取消了。」

我深呼吸，然後說：「所以……後來我去了。」

泰勒眼神中出現一絲警戒，往後退了一步。曼蒂的喉嚨發出咕嚕聲，然後說：「呃，這超詭異的。」

「是啦，總之……我想更了解一下這個博士。」我看著泰勒，試圖讓聲音聽起來平穩些。

「我不認識她。我某個主修心理學的朋友修她的課，是她告訴我這個訊息的。曼蒂，我們走吧！」

「等等，拜託！」我的聲音聽起來很尖銳，我試著緩和語調。「我能跟妳朋友聊聊嗎？」

泰勒花了點時間打量我。我試著微笑，但我知道自己看起來應該很不自然。

「這很複雜，我可以告訴妳細節，不過滿無聊就是了。如果妳想聽的話，我可以把來龍去脈告訴妳——」

泰勒舉起手阻止我。「妳打給艾咪吧！」

我很高興自己還記得這些女孩們有多害怕無聊，這是正確的策略。

她低頭看著手機，然後唸出一組電話號碼。我把它輸入手機裡。「妳介意再複述一次嗎？」我確定曼蒂翻了個白眼，但泰勒又唸了一次號碼，這次唸得慢一些。

「謝啦！」她們離開時，我對著她們的背影大喊。她們還沒走到街角，我就撥了電話給艾咪，才響第二聲就有人接起來了。

「她是很棒的老師。」艾咪說：「去年春天我有選她的課。她的分數給得滿嚴格的，但不會不公平……她真的不開玩笑，我記得班上只有兩個人拿到A，但反正不是我。」她輕輕笑了出來。「我還能說什麼呢？她的衣服不得了，我真想要擁有她的衣櫃。」

艾咪在計程車上，正前往拉瓜迪亞機場，準備搭機回家參加祖母九十歲大壽的慶生會。

「妳知道她的研究嗎？」我問。

「知道啊，我也有參加。」

她毫不懷疑我的問題，或許因為我「暗示」自己是泰勒的朋友。「那個實驗有點奇怪，我參加的時候她應該知道我是誰，但她不是用我的名字叫我，而是用某種很奇怪的代號……叫什麼來著……」

她猶豫了一下。

「受試者16號。」當艾咪終於開口，我的皮膚一陣緊繃，差點喘不過氣。「我記得這個號碼，因為我弟剛好十六歲。」

「她都問妳什麼問題？」我插嘴。

「等我一下喔！」我聽到她對計程車司機說了些什麼，然後一陣騷動聲，還有後車廂碰地關上的聲音。

「呃，我記得有一題是問我會不會在填健康檢查表格時說謊，妳知道的，就是喝酒頻率啦，體重啦，有多少性伴侶這類的。我會記得這題是因為那時候我才剛做過體檢，然後我都沒有誠實回答。」她又再次呵呵大笑，絲毫不知我在電話另一頭皺起了眉。

「我到機場了，我得走了。」艾咪說。

「妳有因為研究而私下和她見過面嗎？」我問。

「啥？沒有，我只有在電腦上回答一些問題而已。」

電話裡傳來的背景雜音實在太吵——人們彼此呼喊聊天、機場廣播要人小心無主的提包——我根本聽不清楚她在說什麼。「總之，我要登機了，這裡簡直一團亂！」

我不放棄。「妳從沒去過她在第六十街的辦公室嗎？其他人有去過嗎？」

「我不知道，有可能有些人去過吧？」她說：「多酷啊！我敢說她的辦公室裝潢一定很高級。」

我還有好多問題，但我知道我快留不住艾咪了。

「可以幫我一個忙嗎？如果妳想起更多細節，或有什麼不尋常的事，可以打給我嗎？」

「好。」艾咪的聲音聽起來心不在焉，我甚至懷疑她根本就沒聽到我的請求。

我掛斷電話後，胸口不再這麼緊繃。

至少我最在意的問題得到了解答。席爾斯博士是一名專業人士；她不僅僅是教授，還是備受尊敬的學者。如果她曾經做過什麼見不得人的事情，不可能會有現在的身分地位。

我不確定此刻為何感到心情激盪，也許是飢餓和勞累，加上來自家庭狀況的壓力。爸爸十一月三十日最後一次上班，併購裁員後他可以得到四個月的薪水。在費城人隊新球季第一名打者站上打擊區時，我的父母就會用完所有的錢。

我轉過街角，感到筋疲力盡。我腦中思緒翻攪，身體則同時感到沉重和躁動。

我經過酒吧，目光穿過大片的玻璃窗。在微弱的音樂聲中，我看見一群人正在打撞球。

我猛然發現自己在尋找諾亞的身影。

我伸手掏出諾亞的名片，在來得及細想之前就傳了封訊息給他：**嘿，我剛剛走過酒吧，想起了你。我們的早餐之約還有效嗎？**

他並沒有馬上回覆，所以我沒有停下腳步。

我考慮找另一家酒吧待著。阿特拉斯就在附近，但即使是平日夜晚，現在這個時間一定擠滿了人。我可以走進酒吧，找個位子坐下，點一杯飲料，碰碰自己的運氣。在我快被壓力擊垮時，這是一個解脫的方式。

我負擔不起水療，也不想嗑藥，所以只能靠這樣來宣洩壓力。雖然我並不常這樣做，但上次家庭醫生詢問我最近有過幾個性伴侶時，我還是像艾咪那樣撒了謊。

我走進阿特拉斯，聽著裡頭的音樂律動，看見了吧檯附近擁擠的人群。

這時我的腦海中出現了自己坐在席爾斯博士的辦公室裡，向她描述自己夜生活的畫面。她知道我偶爾會有這樣的夜晚；我在電腦問卷裡已經寫得清清楚楚。但是在她本人面前，看著她的眼睛，揭露一夜情的細節，對我來說有著難以形容的屈辱感。我敢打賭，席爾斯博士就算在結婚前也從來沒有試過一夜情。我就是能夠感覺出來。

儘管我認為自己平凡無奇，席爾斯博士似乎在我身上看到了什麼特別的東西。所以我終究沒有停下腳步。

我不想讓她失望。

第十六章

十二月五日，星期三

評斷別人的選擇很容易。購物車裡堆滿水果圈圈麥片和奧利奧餅乾，正對著小孩大吼的媽媽。開著名貴敞篷車的駕駛在馬路上奔馳，不斷超車。在安靜的咖啡店裡對著手機絮絮叨叨的女人。背著老婆偷吃的丈夫……以及考慮是否該重新接納丈夫的妻子。

要是妳知道，這個丈夫用盡一切方法想要和妻子和解；要是妳知道，他發誓自己只是一時迷惑，從今以後絕對不會再犯，又會如何？

要是妳就是他的妻子，妳無法想像沒有這個男人陪伴的人生，又會如何？

在情感的世界裡，理性無法主宰一切。

湯馬斯在很多方面都擄獲了我的心。我們婚戒上刻的文字——妳是我真實的光——代表了那次停電初遇，描述了那份無法用言語表達的情感。

自從湯馬斯搬出去後，他消失的空虛感就充滿了整棟房子的每一個角落。在客廳，他總是會敞開雙臂舒服地坐在沙發上，報紙體育版散落在身旁的地板上。在廚房，他會在前一天晚上就設定好咖啡機，隔天一早我們就能享用熱騰騰的咖啡。在臥房，他溫暖的身軀驅走了夜晚的寒氣。

當婚姻最終因背叛而粉碎，人們的生理也會出現相應的變化：失眠、喪失食慾，無盡的憂慮就像心臟跳動，毫不間斷。他到底看上她哪一點？

如果妳所愛的男人給了妳懷疑的理由，妳還能夠再相信他嗎？

那天夜晚，湯馬斯因為工作上的緊急事件而取消了晚餐計畫。

他也是一名心理治療師，這代表有可能是某位病人恐慌症發作，或某位正在進行戒酒療程的病人突然出現無法控制的自殘行為。

湯馬斯對病人十分關懷，他大部分的病人都有他的手機號碼。

但是他的聲音為什麼顯得如此慌亂？

疑慮指向那再尋常不過的答案。

不忠的戲碼總是千篇一律。

許多女人會選擇向朋友傾訴自己的憂慮，有些女人則選擇當面對質，指控對方的不忠。這些都不能說是不適當的做法。

但是如此一來，她們就無法挖掘出真相。

在丈夫再三保證之下依然滿懷疑心而進行監視的妻子，當然很容易受到批判。

然而唯有客觀的證據能夠決定，究竟懷疑是來自於不安全感，抑或女人的直覺。

在這個案例中，要取得事實的真相其實不難。我唯一需要做的，就是招來一輛計程車，花二十五分鐘車程來到他那間與另外三名治療師共用的辦公室。

現在是晚上六點〇七分。

如果湯馬斯的杜卡提摩托車沒有停在門前，表示他的藉口缺乏事實根據。焦慮的症狀通常包括出汗、血壓升高和身體的躁動，但並非所有人都是如此。在某些罕見的案例中，反而出現相反的症狀：安靜、注意力集中，以及極度冷靜。

計程車司機應我的要求將暖氣調高了幾度。

我在幾個街區外，無法確定那輛摩托車是不是停在門前。一輛「新鮮直送」的卡車停在狹窄的街道上，擋住了計程車的去路。

下車步行顯然是更有效率的方式。

當我看見光線從一樓的百葉窗射出，心中感到一陣寬慰。湯馬斯的摩托車就停放在辦公室外的老位置。

如湯馬斯所言，他待在他應該在的地方。

我的疑慮瞬間消散。至少目前是如此。

已經沒有再繼續下去的必要。湯馬斯正在忙，而我最好不要讓他知道我這次的祕密造訪。

就在此時，有個女人從幾條街之外走來。她穿著寬鬆的駝色長擺大衣和牛仔褲。

她駐足在湯馬斯的辦公室外。在上班時間，保安人員會要求訪客簽名登記。但是在這樣的夜晚時分，訪客得按門鈴才進得了辦公室。

這個女人看起來不過三十出頭，即使從遠處看去依舊頗具吸引力。她並沒有顯現出任何心理病患的焦躁感，反而流露出一股自在沉穩的感覺。

她並不是前一次引誘湯馬斯出軌的那個女人。那個女人早已不具任何威脅。

穿著駝色大衣的女人消失在辦公室門前。過了一會兒，原本半開的百葉窗啪地一聲闔上。

也許她不喜歡街燈刺眼的光亮。

也許另有原因。

男人只要偷吃過一次，就一定會再犯。

對我提出這句警告的是妳，潔西卡。

在這樣的情況下，有些妻子會推門而入，一探究竟；有些人會選擇等待，看看這個女人會待多久，看看他們是否會一起從辦公室出來；還有一些人會承認自己的失敗，轉身黯然離去。

這些都是很典型的反應。

但是，還有其他更細緻的處理方式。

觀察並且等待正確的時機，是持久戰最重要的策略。在證據確鑿前貿然闖入、引發衝突，那就太過衝動了。

有時候，妳可能根本不需要宣戰，一次關鍵的警告就已足夠。

第十七章

十二月六日，星期四

客戶的皮膚狀態會揭露她們的生活細節。

當這位六十多歲的太太一開門，我就注意到了：她的臉色蒼白，布滿雀斑和曬斑，但是她有一雙明亮的藍眼睛。

老太太的名字是雪莉．葛蘭姆。她接過我的大衣和披肩，將它們掛在小小的玄關衣櫃裡。我準備今天將披肩還給席爾斯博士。

我跟著她走進廚房，放好化妝箱，輕輕地伸展雙手。現在是下午三點五十五分，葛蘭姆太太是我今天最後一個客戶。結束後，我就會去見席爾斯博士。

我已經決定要問她，為什麼需要問這麼多關於我私人生活的資訊。這是一個很合理的問題，我不知道自己為什麼從未想過要提出來。

在開始之前，妳介意我問一個問題嗎？

我會這樣開場。我已經下定決心。

「妳想喝點茶嗎？」葛蘭姆太太說。

「噢，不了。謝謝妳。」我回答。

葛蘭姆太太看起來有些失望。「這一點都不麻煩。我總是在四點的時候喝下午茶。」

席爾斯博士的辦公室距離這裡只有半小時路程，如果地鐵不誤點，我應該能夠在五點半準時抵達。我猶豫了一下。「嗯，我想我可以來杯茶。」

葛蘭姆太太試著撬開丹麥屋奶油餅乾的藍色鐵罐，然後將餅乾擺放在小瓷盤上。我趁著空檔尋找屋內光線最理想的位置。

「所以今晚是什麼大場合嗎？」我隨口問，一邊走進鋪著破損地毯的客廳，走過廳內蓋著薄紗蕾絲窗簾的唯一一扇窗戶。鄰居公寓的紅磚牆擋住了陽光。

「我有個晚餐約會。」她說：「我的結婚紀念日，四十二週年。」

「四十二週年，真是太棒了！」

我走回隔開廚房和起居空間的吧檯。

「我從來沒有讓專業人士替我化妝。現在我剛好有這張折價卷，所以想說何不試試看呢？」葛蘭姆太太拿起冰箱上一個雛菊磁鐵，抽出一張紙條遞給了我。

這張折價卷在兩個月前就過期了，但我假裝沒有注意到。希望老闆不會有什麼意見，不然我就得自己吸收折抵的價差了。

水壺發出尖銳的聲響。葛蘭姆太太將滾燙的熱水倒進瓷茶壺裡，然後扔進兩個立頓茶包。

「不如我們在這裡一邊喝茶，一邊化妝吧。」我指著吧檯旁的兩張高腳椅。雖然這裡的空間有些狹小，放不下所有化妝用品，但是至少燈光十分充足。

「噢，妳趕時間嗎？」葛蘭姆太太在茶壺上蓋了一個織布保溫罩，然後把它放在吧檯上。

「不，不趕時間。」我反射性地回答。

我馬上就後悔自己說了這句話。葛蘭姆太太走到冰箱前，拿出了一品脫包裝的鮮奶油和牛奶，倒了一些到另一個小瓷壺裡。當她在餐盤上擺設茶壺、茶杯和奶油砂糖時，我偷偷瞄了一眼微波爐上的電子時鐘，上頭顯示四點十二分。

「我們開始吧？」我替葛蘭姆太太拉過一張高腳椅，從化妝箱中選出幾瓶油性粉底，將其中兩種擠在手背上調和。這時我注意到自己酒紅色的指甲油出現了一個小缺口。

在我想要開始上粉底時，葛蘭姆太太彎著身子看向化妝箱。「哇，這麼多小小的瓶瓶罐罐！」她指著一塊蛋形的海綿。「這是用來做什麼的？」

「調和粉底。」我努力克制自己不轉頭去看廚房裡的時鐘。「來，讓我弄給妳看。」

如果我放棄三色混搭，只採用一種眼影，也許用淺棕色來襯托出她的藍眼睛，那我應該能夠即時完成工作。葛蘭姆太太的妝容不會因此就比較遜色，她也不會發現我走了捷徑。

當我正在撫平她雙眼下方最後一塊遮瑕時，距離我手肘幾寸之外的電話響了起來。

葛蘭姆太太輕輕滑下高腳椅。「不好意思，親愛的，讓我跟他們說我等等會回電。」

除了微笑點頭，我別無選擇。

也許我應該放棄地鐵，改搭計程車。但現在是尖峰時刻，計程車可能會花更久時間。

我偷偷瞥了一眼手機，現在是四點二十八分，螢幕上顯示了一些未讀訊息，其中一封來自諾亞：**抱歉，昨晚我沒辦法跟你碰面。我們約星期六怎麼樣？**

「噢，我很好。一位好心的年輕小姐正在陪我喝茶。」葛蘭姆太太對著話筒說。

我快速地輸入給諾亞的回訊：**聽起來不錯**。

第二封訊息來自席爾斯博士：**可以請妳在我們見面前打電話給我嗎？**

「親愛的，我保證結束之後會打給妳。」但她的語調絲毫沒有要結束對話的意思。

屋內有點太暖了，我可以感覺到腋下正在出汗。我用空閒的那隻手搧著風，心中不斷吶喊：別再聊了！

「對呀，我今天早上有去過了。」葛蘭姆太太還在說話。也許我現在就應該打給席爾斯博士，或者至少傳個訊息給她，告訴她我正在處理客戶的事。

就在我做出決定之前，葛蘭姆太太終於掛斷電話，回到高腳椅上。

「那是我女兒，她住在俄亥俄州，克里夫蘭。那裡真是個好地方。因為她老公工作的關係，他們小倆口兩年前搬到那邊。我兒子，我的大兒子，他住在紐澤西。」

「聽起來很幸福。」我拿起一支紅銅色眼線筆。

葛蘭姆太太伸手拿起茶杯吹氣，然後啜了一小口茶。我的手指又握得更緊了些。

「妳要不要試一塊餅乾？」不知為何，她聳起的肩膀讓我覺得不懷好意。「中間有果醬的那種最好吃了。」

「我得趕快幫妳化好妝。」我的語調比我想的更尖銳。「我之後有一個約，我不能遲到。」

葛蘭姆太太的表情黯淡了下來。她放下茶杯。「真對不起，親愛的。我不是有意要耽誤妳的時間。」

不知道席爾斯博士會怎麼看待我處理這件事的方式：重要的約會遲到，或者傷害一位善良老太太的感情？

我看著奶油餅乾和粉紅色與白色相間的瓷茶壺，裝著糖的小碗搭配得極為美觀，茶壺上還蓋著那塊精緻的保溫罩，以免紅茶冷掉了。然而大部分客戶大概只會給我一杯白開水。善意才是最佳的答案。我剛才做出了錯誤的選擇。

我試著重新打開話匣子，一邊詢問她孫子孫女的情況，一邊用玫瑰色霜狀腮紅為她的臉龐增添氣色。但葛蘭姆太太已明顯不像剛剛那樣熱情，她眼睛裡的光彩已經消失。

完成之後，我告訴她，她看起來美極了。

我說：「去鏡子前瞧瞧吧！」然後她走向浴室。

我拿出手機，打算趁機撥電話給席爾斯博士時，發現她又傳來另一封訊息：**希望妳在出發之前收到這封訊息。我想請妳在過來我辦公室的途中替我領取一個包裹，收件者是我的名字。**

她只提供了一個在曼哈頓中城的地址。我不知道那是一間商店，還是辦公室或銀行。這一趟只會增加十分鐘的路程，但是現在我分秒必爭。

我回傳了訊息：**沒問題。**

「妳真厲害！」葛蘭姆太太叫道。

我開始收拾茶杯，準備將它們拿到洗碗槽，但是她走回房間朝我搖搖手。「噢，讓我來收拾就好。妳得趕緊去赴約呢！」

我為之前對她的不耐煩感到罪惡，但至少她有丈夫和兒女為伴。我快速收拾東西，將筆刷和瓶瓶罐罐扔進化妝箱裡，已經沒有時間好好整理了。

葛蘭姆太太的電話又響了。

「快去接電話吧，我已經都弄好了。」

「沒關係，讓我送妳出去吧，親愛的。」

她打開玄關衣櫃的門，將大衣遞給我。

「祝妳有個愉快的夜晚。」我邊說邊套上大衣。「結婚週年快樂！」

在她回答之前，從電話旁邊那具老式答錄機傳出的男人聲音充滿了整個房間。

「嘿，媽，妳現在在哪？我和費歐娜剛剛出門，大概一個小時內就會到……」

他語調中的某些東西讓我不禁仔細看向葛蘭姆太太。她雙眼低垂，似乎在躲避我的視線。

她兒子的聲音變得有些苦澀。「妳還好嗎？」

衣櫃的門依舊半開著。雖然我已經發現裡面少了什麼東西，我的目光還是被吸引了過去。她兒子的語調證明了我之前的想像都是錯的。

今晚，葛蘭姆太太並不會與她的丈夫共進晚餐。

我突然明白她早上去過了什麼地方。我可以想像她屈膝跪下，放下一束鮮花，沉浸在與丈夫共處的四十二年記憶中。

衣櫃內掛著一件雨衣、一件薄外套和一件厚重的羊毛衣。都是女性款式。

除此之外空蕩蕩的，什麼也沒有。

第十八章

十二月六日，星期四

妳努力抗拒一探究竟的強烈渴望，對嗎？

幾分鐘前，妳領取了包裹。包裝上沒有任何關於內容物的線索。這個看起來結實、普通的白色提袋除了加厚的把手，上頭沒有任何商標。提袋裡塞滿了衛生紙，用來保護藏在裡面的東西。

妳去到一間小公寓，從男子手中接過這個包裹。當他把包裹交給妳時，妳也許根本就沒有正眼瞧過這個沉默寡言的男子。妳無須簽名，款項已經付清，收據也透過電子郵件寄給買家了。

妳飛快地走下第六大道，心中想著，這也許並不算窺探他人隱私；妳不必弄破封印或者撕開膠帶，當妳再次因交通號誌而在街角停下腳步時，只需要撥開幾層衛生紙就能夠一探究竟。也許妳正這樣告訴自己，反正不會有人知道。

提袋有些沉重，但是沒有重到讓妳的手臂不舒服。

好奇是妳的天性；面對風險，妳有時轉身逃開，有時卻又張開雙臂擁抱。

回到這間辦公室，妳就能看見提袋裡的東西；但只有在遵守某些條件的情況下才成立。

我曾經告訴過妳，這幾次會面是建立基礎，然而我們即將建立的不僅僅是一項基本認知。

有些時候，測試是如此微小且無聲無息，妳甚至無法察覺自己正在接受考驗。

有些時候，一段看起來充滿關懷和支持的關係，潛伏著看不見的危險。

有些時候，挖掘出妳所有祕密的心理醫師，自己卻在診療室中隱藏了更駭人聽聞的真相。

妳抵達辦公室時，比預定的時間遲了四分鐘。妳急促地小口吸氣，一小束頭髮脫離了頭上的髮髻。妳穿著一身黑色上衣和牛仔褲，毫無創意的穿搭令人感到震驚且失望。

「嗨，席爾斯博士，抱歉我遲到了一下。妳傳訊息給我的時候我正在工作。」

妳放下化妝箱，然後遞過提袋。妳的表情並未顯露出罪惡或閃躲。

到目前為止，妳對這項特殊要求的反應完美無瑕。

妳豪不猶豫地答應，沒有問任何問題。在臨時通知的情況下，妳快速地完成了任務。

現在是最後一道測試。

「妳好奇提袋裡是什麼東西嗎？」

這個問題問得輕描淡寫，沒有絲毫指控的意味。

妳輕笑一聲。「是有一點好奇。我猜應該是幾本書吧？」

妳的回答十分自然，毫無矯飾。妳維持著目光的接觸。妳並沒有不安地撫弄妳那銀色的耳環，沒有展現出任何暗示欺瞞的跡象。

妳壓抑了好奇心，證明了自己的誠實。

現在，一路伴隨著妳走過十二條街的疑問將會得到解答。

我從提袋中小心翼翼地拿出了一尊獵隼雕像，穆拉諾玻璃材質上有著金色葉片的斑點。獵隼的羽冠顯得冰冷、光滑。

「哇！」妳輕叫出聲。

「這是要送給我先生的禮物。沒關係，妳可以摸摸看。」

妳遲疑了一下，眉頭微蹙。

「它沒有看起來那樣脆弱。」我向妳保證。

妳的手指輕撫過玻璃表面。這隻獵隼彷彿正要拍動翅膀，呈現準備起飛的姿態；整件作品充滿了蓄勢待發的力量。

「這是他最喜歡的鳥類。獵隼有極佳的視力，能從草地上細微的波動察覺獵物的存在。」

「我相信他一定會愛死這個禮物。」妳猶豫了片刻，然後又說：「我不知道妳已經結婚了。」

當妳的話沒有獲得立即的回應，妳的臉頰泛起一絲潮紅。

「我每次都看到妳用左手做筆記，但是我之前從來沒有見過妳戴婚戒。」妳說。

「妳很有觀察力。我和他之間出了一點小問題，而我必須去修補它。」

這並不是事實。妳保證會對我毫無保留地坦白，但我並不需要對妳做出同樣的承諾。

在湯馬斯承認自己外遇後，我取下了戒指。基於某些理由，現在我又戴上了它。

獵隼回到衛生紙環繞的安適巢穴中。今晚，它會被送到湯馬斯幾個月前搬入的新公寓。

今天並不是什麼特別的日子，至少在他的認知中是如此。這是一個驚喜。

有些時候，一個意想不到的驚喜其實代表著警告。

第十九章

十二月六日，星期四

席爾斯博士將雕像塞回提袋中，然後告訴我今天的工作到此結束。我感到一陣膽怯，在慌亂中幾乎記不得要怎麼開口。

「噢，我想說……」我的音調比平常高了一些。「我告訴妳的這些事情，會出現在妳的某一篇論文上嗎？還是……」

在我想繼續說下去時，席爾斯博士打斷了我。她之前從未有過這樣的舉動。

「潔西卡，妳與我分享的所有資訊都會被列為機密。我絕對不會在任何情況下公開客戶的資料。」

接著她要我不必擔心，酬勞會依照先前的標準支付。

席爾斯博士隨後低下頭去檢視包裹，我意識到自己應該離開了，只好簡短地說：「好的……謝謝妳。」

我起身離去時，感覺地上的精緻地毯彷彿把我吸住。房門在身後闔上之前，我瞥了席爾斯博士最後一眼。她背對著窗戶，昏暗的陽光將她的頭髮染成了一片火紅。藍紫色的高領毛衣和絲質短裙好像在她修長的身形上凝結了一般，她維持著原先的姿勢，紋風不動。

這個景象讓我無法呼吸。

我走出建築物，沿著人行道往地鐵的方向前進，同時在心中拼湊各個線索——席爾斯博士不見蹤影的婚戒、法國餐廳雙人座位的空椅，還有她可能悄悄抹去的淚珠——最後形成了一個假設。我猜想她的丈夫可能已經過世，這個推論就好像我先前誤認為葛蘭姆先生還活著一樣。

我走下地鐵的階梯，在月臺上等待下一班車。我看著周圍通勤的人潮，試著想像席爾斯博士會嫁給什麼樣的男人。也許身材和她一樣高挑勻稱，也許年紀比她大上幾歲，有著濃密的金髮和一雙微笑時會瞇起的迷人雙眼；也許他的俊俏帶著一絲孩子氣，但不像她那樣引人注目。

我想像他在東岸長大，就讀菁英寄宿學校，也許是艾克賽特學院，接著上了耶魯大學。也許他們就是在那裡認識彼此。他是那種對於帆船和高爾夫都很熟悉的男人，但是不帶一絲虛榮庸俗的氣息。

席爾斯博士會選擇一個比自己更善於社交的伴侶，和她安靜內斂的個性形成互補。她也會在他多喝了幾杯啤酒或在撲克牌桌上玩得太嗨時稍加約束。

也許今天是他的生日，也許他們就像其他喜歡搞浪漫的普通情侶一樣，用精心挑選的禮物給對方一個驚喜。

當然，也許我的假設錯得一塌糊塗。

當地鐵列車嘎吱作響地停在我面前，這個想法依舊縈繞在我腦海中。

如果我弄錯的不是關於她丈夫的假設，而是更為重要的事呢？

席爾斯博士剛才付了我三百美元，只為了讓我替她送一次快遞。天底下哪裡有這樣荒謬的事情？也許不只是跑跑腿這麼簡單。

妳參加的實驗，即將從紙上的學術研究變成實際生活中的道德測試。

第一次會面時，席爾斯博士這樣對我說。

也許這趟跑腿就是給我的第一項測試？也許當席爾斯博士說會依照先前標準支付酬勞時，我應該表示婉拒？

周圍的人群湧入地鐵車廂，我也隨之被推擠上車。我最後才踏入車廂，車門關閉時輕撫過我的背後。

突然，我感到脖子被勒緊。

席爾斯博士的披肩被車門夾住了。

我慌亂地將雙手伸向脖子，用力拉著披肩，感到喉嚨一陣不舒服。

車門猛然再次開啟，我將披肩抽了回來。

「妳還好嗎？」站在我對面的女士問道。

我點點頭，喘了口氣，心臟怦怦亂跳。

我將披肩從脖子解下，這一瞬間我才想起來，我忘記把披肩還給席爾斯博士了。

地鐵車廂逐漸加速，月臺上的面孔變得模糊，列車駛進了黑暗的隧道中。

也許今天的測試並不是酬勞，而是這條披肩。也許她想看看我是否會歸還它。

或者也許這項測試可以追溯到更久以前，她送我的那瓶酒紅色指甲油。也許這些禮物都是精心設計的實驗，用來觀察我的反應。

這時我突然想起另一件事：席爾斯博士並沒有跟我約定下一次會面的時間。

我感到一陣惶恐。也許我搞砸了測試，現在她不再需要我了。

席爾斯博士似乎真的對我感興趣，她甚至在感恩節時傳訊息給我。但過了今天之後，她也許會認為自己錯看我了。

我拿出手機，用大拇指打出訊息的開頭：**嗨！**

接著我又立刻刪除，覺得這樣的字句看起來有些放肆。

親愛的席爾斯博士。這好像又太正式了。

我決定簡單用簡單的稱呼就好，我的語調不能帶有絕望的意味，我必須要展現出專業素養。

席爾斯博士，抱歉忘記把披肩還給妳了，下次我會記得帶上它。另外，我想妳不用付我今天的酬勞，妳實在對我太慷慨了。

我猶豫了一下，然後接著打字：**我剛想到，我們並沒有約下一次會面的時間。我的日程很彈性，如果妳還需要我的話，請不要客氣跟我說，謝謝。潔絲。**

我在退縮之前按下了發送鍵。我瞪著手機，等待著也許會立刻出現的回應。

但是沒有出現任何訊息。

我本來就不該期待她會馬上回訊，畢竟我不過是她雇來的實驗對象。她現在可能正在路上，即將與丈夫見面，準備送上那件禮物。

也許席爾斯博士期望我對那尊雕像有更多回應，而不是只有一聲「哇」。我當時應該要說出一些更聰明、更有深度的話。

我一直盯著手機螢幕，等著席爾斯博士的簡訊時，發現了一封我沒有注意到的語音留言通知。一定是席爾斯博士打給我時，我的手機剛好沒有訊號。

我按下播放鍵，但這時手機訊號隨著更深入地下的列車而消失無蹤。我緊抓著手機，直到列車停靠在我要下車的那站。我快步通過旋轉門，走上階梯。化妝箱在身側晃動，不斷撞擊我的膝蓋。儘管疼痛，我絲毫沒有緩下腳步。

我一路衝上人行道，然後迫不急待地按下留言的播放鍵。

手機中傳出的不是席爾斯博士文雅精煉的語句，而是一個興高采烈的年輕嗓音，聽起來有些刺耳。

「嘿，是我，艾咪！我在飛機上想起了一些事情。我本來想早點打給妳的，但是生日會實在太瘋狂了。總之，我一個朋友跟我說，席爾斯博士剛請了長假，所以這學期不會教課。不過我也不知道為什麼，也許她是感冒了還是怎樣。大概就是這樣，希望有幫到妳。」

我緩慢地將手機從耳朵旁移開，凝視著螢幕。然後我輕觸按鈕，將留言重新播放了一次。

第二十章

十二月六日，星期四

外遇不分種族、性別和社經地位，隨處可見，無所不在。全國各地律師事務每天都會接到這樣的案例來支持這一個論點。說到底，不忠就是已婚者尋求專業協助最主要的原因。

當外遇粉碎一段婚姻，遭受背叛的一方獨自與憤怒和痛苦交戰，而最先給予回應的通常是他們的心理治療師。原諒並不總是可行，忘卻也非實際的做法。然而不忠也不一定就會將一樁婚姻宣判死刑，有一些方法能夠重建彼此的信任。透過艱困的對話與溝通，釐清責任，讓夫妻重新將彼此放在最優先的位置。毫無疑問，背叛造成的傷害可以被撫平，但是需要時間和雙方毫無保留的努力。

雖然有時我會認為客戶應該採取的正確方法十分明顯，但是為對方提供整個計畫的藍圖並不是心理治療師的責任。

要評斷別人的選擇很容易，但是當自己面對選擇時，情況就複雜得多。

想像一下，七年前，妳嫁給了一個男人，他讓妳的生命多采多姿，充滿歡笑，讓妳對自己的存在有了全新且更美好的認知。

想像一下，每天早上，妳在那個男人的懷中醒來，他充滿愛意的低語給妳前所未有的溫柔。接著想像一下，疑竇是何時開始在心中蔓生。

他時常在夜晚輕聲細語地講電話，有時候會突然取消約定好的計畫。但是對於妳的疑問，他都能夠提出合理的解釋。他的客戶能夠在任何時候撥打他的緊急電話號碼，有時他們會在病症突然發作時需要臨時的諮商。

在一段雙方都投入心力的關係中，信任是一項必要的元素。

但是任何理由都無法解釋三個月前出現在我手機螢幕上的那封浪漫訊息：**今晚見，大美人。**

湯馬斯先前告訴我，那天晚上他會和幾名男性友人相約打撲克牌，很晚才會回家。

當他發現將訊息傳給錯誤的對象時，他立刻向我坦承外遇。他訴說著自己的罪惡與憂傷。

我當晚就要他搬出去。他在某間飯店住了一星期，接著在辦公室附近租了一層公寓。

要將他從我的心中徹底抹除……該怎麼說？事實證明這是一件非常困難的事。

在湯馬斯搬出去的幾週後，我們又開始聯繫。

「我絕不會再犯。」湯馬斯對我發誓，他只是一時衝動。他聲稱是那個女人主動靠近他的。

面對我的質詢時，他將細節全盤托出。雖然外遇者的典型反應是淡化自己的過錯，但他還是毫無保留地描述了這段祕密關係。我確認了那個女人的所有資訊，名字、年齡、外貌、職業和婚姻狀態。

湯馬斯似乎是真心想要重建我們的關係。如果是其他的男人，也許再也沒有挽救的機會，但湯馬斯確實與眾不同。

於是我們預約了婚姻諮商，展開溝通和對話。我們重新開始晚餐約會，一切又回到了正軌。

現在只有一個問題。在他的描述中，有些地方似乎兜不起來。

一個從未出現在我研究中的道德問題盤據了我的心頭：你是否能夠看著所愛之人的雙眼，然後毫無悔意地說謊？

不確定的狀態是一種痛苦的折磨。

這個突如其來的念頭威脅著我們努力重建的脆弱和平。

那個女人會不會只是一個導火線？

要是湯馬斯才是主動獻出熱情的一方，又會如何？

也許他的熱情已經在那個女人身上燃燒殆盡。

但是男人的慾火是永遠不會熄滅的。

那天晚上，潔西卡，就在妳偷偷頂替泰勒加入這項研究不久後，丈夫回到家中，一如往常地將鑰匙和零錢扔進梳妝臺上的小碟裡。一張折起的小紙條夾雜在硬幣中間，那是一張雙人午餐的餐廳收據。

夫妻倆在沙發上共享美酒，丈夫告訴妻子他一整天生活的尋常細節，令人惱怒的地鐵誤點、得知自己懷上雙胞胎的女接待員，還有從運動上衣口袋中失而復得的眼鏡。

他連眼鏡這種小事都說到了，卻對這頓在古巴餐廳享用的昂貴雙人午餐隻字未提。

如果不是妳這樣狡慧地溜進這項道德研究，潔西卡，這個問題將永遠無法得到解答，而現在這項實驗也不可能存在。是妳幫助我實現了我的設想。

人的記憶不盡準確，個人的想法會粉飾他的語言和行動，唯有進行嚴謹的調查才能夠獨立確認出事實的真相。

潔西卡，也許妳放棄了劇院的夢想，但是這齣戲碼已經拉起帷幕，而妳在下一幕中贏得了領銜主演的機會。

當妳傳來訊息詢問下一次會面的時間，妳就已經接受了這個角色，推著這整齣好戲前進。時候到了。

妳吃力地背著沉重的化妝箱，試圖撫平雜亂的頭髮。妳無法掩飾自己的脆弱。

今天妳證明了自己的貢獻。妳傳來的訊息明確地訴說著妳有多麼需要我。

但妳沒有意識到的是我們有多麼需要彼此。

現在應該準備進入下一個階段了。首先必須建立環境；外在的秩序能夠產生內在的平靜。書房的桌上擱著一臺筆記型電腦，距離臥室只有幾步，以前裡面總是可以聞到湯馬斯枕頭套上殘留的洗髮精香味。過多的酒精會攪亂思緒，但我還是將蒙特拉謝白酒倒入水晶杯中，帶進了書房。房內除去了所有會造成分心的事物，以提高工作的專注力。

我必須從各個角度來仔細設計一個在常規之外的計畫。如果在研究方法上有所疏漏，錯誤就會應運而生。

在進行實證調查之前，必須先建立資料收集和分析的準則。嚴謹的觀察，鉅細靡遺的紀錄，將收集到的資料加以詮釋，最後形成結論。

我在空白的電腦螢幕上打出研究計畫的標題：婚姻中的誘惑與不忠——研究個案。

這項研究的假設：湯馬斯是一個毫無悔意的出軌者。

這項研究只有一個受試者：我的丈夫。

這項研究也有一個變項：妳。

潔西卡，請千萬不要在這次測試中失敗。如果失去妳，那就太可惜了。

第二部

剛開始，我們並不熟悉彼此。

但現在我們已經成為朋友，我們開始對彼此有更深一步的認識。熟悉感會提升關懷與理解，促使我們對彼此展開更進一步的評價。

你也許會評斷你認識的人做出的選擇，例如總是對妻子發火的鄰居，吼叫聲和尖刻的話語穿透了公寓的薄牆，或是那位為了照顧年邁雙親而辭職的同事，或是那名開始對心理治療師過度依賴的病人。

即使你了解這些人都必須面對各自的壓力——瀕臨破碎的婚姻、抑鬱症、複雜的家庭關係——你依舊迅速做出明快的評斷，就像反射動作一樣。

這種直覺反應通常無法精確地反映出事實。

暫緩一下，思考你潛意識中那些可能扭曲判斷力的因素，像是你有沒有睡飽八小時、是否正因為生活中的瑣事而煩心，或者剛剛才從跋扈的母親身上吸收了怒火的餘燼？

如果世界上存在一條化學方程式來決定日常人際互動時所產生的批判，那這條方程式必定包含了一個不斷轉化的變數。

你就是這個不穩定的因子。

每一個批判的背後都有原因，即使這些原因被埋得如此之深，連我們自己都無法察覺。

第二十一章

十二月七日，星期五

搞砸上次的會面讓我感到非常憂慮。當席爾斯博士終於回電，第一聲鈴響還沒結束，我就迫不急待地接起電話。

她詢問我今晚是否有空，聽起來一切如常。但我還是覺得有些不對勁。我在訊息中表示只是替她領取包裹就得到酬勞，也提到忘記還給她披肩，不過席爾斯博士對此沒有任何回應。

這通電話只進行了幾分鐘，席爾斯博士給我了一些額外的指示：「將妳的頭髮放下來，化好妝，挑選一件適合夜晚社交場合的黑色洋裝，並在晚上八點前準備好。」

現在已經七點二十分了。我站在衣櫃前，凝視著塞在裡頭的一堆衣服。我推開那件通常拿來搭配紅色絲質上衣的深灰色麂皮迷你裙，也略過那件有點太短的高領黑色洋裝。

麗茲總是會在約會前傳給我好幾張自拍照，而我對於自己的穿搭就像替客戶化妝一樣充滿把握。我很了解什麼樣的穿著能夠替自己的外貌加分，但是席爾斯博士說的「夜晚社交場合」恐怕與我的認知大不相同。

我挑了衣櫃中最典雅的一件洋裝，一件黑色低胸V領緊身洋裝。

我一邊擔心胸前的開口會不會太低，一邊將洋裝拿在身上比對，瞧著鏡中的自己。不管怎麼說，我的衣櫃裡似乎沒有更好的選擇。

我想詢問更多細節，想知道我要去什麼地方，要做什麼？想知道這是測試的一部分嗎？但席爾斯博士在電話中的口氣極為專注，不帶任何多餘情緒，讓我不敢直接提出疑問。

我一邊讓身子滑進洋裝，一邊想像席爾斯博士穿著高級質感的短裙和毛衣，衣著的線條是如此整齊典雅，彷彿她正準備從辦公室前往林肯中心觀賞芭蕾演出。

我戴上項鍊，但還是覺得胸口太暴露了。我的頭髮亂糟糟的，而我平常工作時戴的那對圈型大耳環現在看起來就像地攤的便宜貨。

我依照指示將頭髮放下，摘下耳環，換上一對方形仿鑽耳飾。我在內衣褲的抽屜裡找到一捲雙面的防走光胸貼，在洋裝V領的下方貼了足足兩寸。

我平常都是裸著雙腿，然而為了今晚，我決定拿出在抽屜裡放了至少半年的純黑絲襪。絲襪在大腿上端有一點破損，不過裙襬還能遮住。我在破損處塗了一些透明指甲油，以免越破越大。然後我從鞋櫃挖出一雙很久以前買的黑色高跟鞋。

我拿出一條斑馬紋皮帶繫在腰上。如果它不適合今晚的場合，我可以隨時解下塞進皮包。

我想到我每次都會問顧客的那句話：「有想要嘗試的造型嗎？」如果不知道見面的對象是誰，這個問題就很難得到解答。我依照席爾斯博士的指示，上了較為中性的眼影，然後把眼線畫得淡一些。

現在已經八點整，我的手機依然保持沉默。

我查看了一下訊號狀態，在公寓裡踱著步。我心不在焉地將毛衣摺好，並且將其他幾雙鞋子收進櫃子。八點十七分了，我想著是不是應該傳個訊息給席爾斯博士，但最後還是作罷。我不想讓自己顯得煩人。

我重新上了兩次口紅，然後上網訂了一些亮片油漆和厚紙板來製作給貝琪的聖誕禮物。終於，八點三十五分，我的手機發出了新訊息的鈴聲。

當時我正在購物網站上挑選送給媽媽的衣服。我將目光從電腦螢幕抽離，看著席爾斯博士傳來的訊息：**一輛 Uber 會在四分鐘後抵達妳的公寓門外。**

我喝了最後一大口啤酒，將一顆薄荷糖扔進嘴裡。

我離開公寓，將大門緊緊拉上，直到聽見門鎖卡上的聲音。一輛黑色的現代正在路邊空轉著引擎。我看見後車窗上的 Uber 貼紙，才打開後座車門。

「嗨，我是潔絲。」我滑進後座。

司機只是點了點頭，發動引擎往西駛去。

我將安全帶拉過身子固定。「我們是要去什麼地方？」我試著保持輕鬆隨意的語氣。

我只能從後視鏡中看到司機的棕色眼睛和濃密的眉毛。「妳自己不知道嗎？」

這聽起來不像是一句疑問，更像是陳述一個既定的事實。

我看著街景如風在染色的車窗外呼嘯而過，突然警覺到自己此時是如何孤立無援。

我有些遲疑地說：「噢，我朋友替我叫的車，我是要去見她……」

我的聲音漸漸變小。我感到安全帶勒在胸口，於是伸手去調整底下的扣環，但就是沒辦法再讓它更鬆一些。

司機沒有任何回應。

我的心跳加快了起來。為什麼他看起來如此詭異？

他往右拐了一個彎，開始朝市中心駛去。

「你要停在第六十一街嗎？」也許席爾斯博士要我去她的辦公室。但如果是這樣，為什麼要我精心打扮？

司機的視線依舊牢牢盯著前方。

我突然理解到自己現在孤身一人困在這個奇怪男子的車中，他可以把我帶到任何地方。

我搭過無數次計程車和 Uber，但從未像現在這樣充滿不安。

我仔細觀察後座。車窗很暗，沒有人能從外面看見車內的情形。

我本能地伸手檢查門鎖，卻無法確定車門是否有鎖上。路上的車並不多，車速相當快，但至少還會遇上交通號誌而停下來。我是否應該試著開門跳車？

我慢慢地摸到安全帶的按鈕，用力按下。我皺著眉頭，感覺到拇指在按鈕的兩片金屬之間被夾得隱隱作痛。我放輕動作，小心地解下安全帶，以免它猛然彈回座椅上發出聲響。

我甚至無法確定這人是不是真的 Uber 司機，也許弄張 Uber 貼紙一點都不困難。這輛車也很有可能是他去借來的。

我更仔細地打量司機的外貌。他看來是個高大的男子，有著粗壯的脖子和結實的手臂，握著方向盤的手掌幾乎比我的手大一倍。

正當我慌亂地摸索著如何放下車窗時，司機開口說道：「好的，沒問題。」

我從後視鏡望向他的眼睛，但是他的視線依舊緊盯著道路。

接著我聽見了另一個男人有些尖細的嗓音。

我的胸口突然感覺如釋重負。原來司機對我的問題毫無回應，是因為他正在講電話。他並不是故意閃避我的疑問，而是他根本就沒有聽見我。

我深吸了一口氣，靠回座椅上。

此時車子穿過了第三大道，四處圍繞著車輛和行人。

我花了足足一分鐘來平復情緒，然後傾身向前，提高音量第三次提出我的疑問。

司機的目光從後視鏡越過肩膀，我模糊地聽見他說：「麥迪遜大道七十六號。」

他的聲音夾雜在收音機和引擎聲之間，我不確定自己聽到的是否正確無誤。他說完之後又繼續講電話。

我拿出手機，試著上網搜尋這個地址，螢幕上隨即出現不同商家的名字：賽瑟克斯飯店、文森與蕾貝卡．泰勒時裝店、幾棟公寓和一間亞洲無國界料理餐廳。

好吧，這些看起來都不是什麼危險的地方。但是哪一個才是我的目的地？餐廳看起來可能性最高。

我再次告訴自己，席爾斯博士可能已經坐在裡頭等著我，也許她打算要給我更多指示。

但我依然不明白，為什麼非得在她辦公室以外的地方見面。也許其中另有原因。

有一瞬間，我想像這是閨蜜之間的約會，或者就像妹妹去見她年長世故的姊姊，姊妹倆一起在餐廳裡共享海菜沙拉和生魚片，在一同啜飲清酒之際分享彼此的心事。但是這一次，我一定會向她傾訴心裡的所有疑問。

透過車窗，我看見來車的明亮車頭燈光逐漸靠近。幾乎在同一時刻，司機猛地將車子轉進了對方的車道。一陣刺耳的喇叭聲伴隨剎車尖聲作響，我的身子撞在車門上，然後又被彈向前方。我伸出雙手，將自己穩定在後座的椅背上。

「混蛋！」司機破口大罵。險些釀成碰撞的人就是他自己，誰叫他只顧著講電話，完全沒有注意到後方的視線死角。

在剩下的路程中，我專注地望著窗外的行人和車輛。過了幾秒後，我才發現這輛 Uber 已經停在一輛黑色禮車後方，旁邊就是賽瑟克斯飯店的大門。

「就是這裡嗎？」我指著飯店入口。

他點點頭。

我下車走上人行道，打量整個街區，不確定接下來該怎麼做。我應該在飯店大廳裡等席爾斯博士嗎？

我轉頭看向 Uber，然而車子早已不知去向。

一群人從我身邊走過，其中一個男人撞到我的手臂，嚇了我一跳，差點將手機摔在地上。

「抱歉！」那人叫道。

我的目光搜尋著席爾斯博士的身影，但是街上所見全都是陌生的臉孔。

這裡是全曼哈頓最安全的街區之一，但為什麼我會感到如此不自在？

幾秒鐘後，我收到另一則訊息：**直接走進大廳酒吧，妳會看見一群男人坐在後方一張大圓桌。在他們附近找個位子坐下。**

顯然我想錯了。對於今晚究竟要做什麼，現在我是真的毫無頭緒了。至少不會是與席爾斯博士像閨蜜一樣共進晚餐。

我走向飯店入口，接待人員拉開了大門。「晚上好，小姐。」

「嗨。」我的聲音聽起來有些膽怯，所以我清了清喉嚨。「請問酒吧在哪邊？」

「經過櫃檯後一直往裡面走。」

走進門時，我感受到接待人員的目光持續落在我身上，隨即注意到自己剛才下車時不小心將洋裝稍微翻起，連忙將裙襬拉下整理好。

除了一對年邁的夫妻坐在壁爐邊的皮革沙發上，大廳幾乎空無一人。櫃檯後方一名戴著眼鏡的女性接待人員向我微笑。「晚上好。」

我的高跟鞋在華美的木質地板上喀喀作響，讓我清楚地意識到自己踏出的每一步。這種不自然的感覺不僅僅是因為我不習慣穿高跟鞋。

我來到酒吧門口，拉開厚重的木門。酒吧裡面空間寬敞，有十幾名客人。我瞇著眼睛在昏暗的燈光下環顧四周，想著也許會看見席爾斯博士在等著我。我確實看見一群男人坐在後方不遠處的座位區，但沒有看見博士的身影。

她要我在他們附近找個位子坐下。

他們也是席爾斯博士研究上的同事嗎？

我稍微走近觀察這群男人，他們看起來都不到四十歲，而且乍看之下都長得一個樣，留著短髮，身穿暗色西裝外套和皺巴巴的襯衫。我想到了那些會花大錢為兒子舉辦盛大成年禮，或是為女兒舉辦十六歲生日舞會的父親；這群男人給我的感覺就是這種好爸爸的年輕版。

在吧檯附近只剩幾張沒人坐的高腳椅，我挑了其中一張，距離他們大概兩公尺。

我蹬上座椅，大腿感受到木頭的溫暖，彷彿這張椅子才剛有人坐過。我將皮包掛在吧檯下方的掛鉤，解下大衣披在椅背上。

「請稍等一下。」吧檯侍者對我說，一邊混合調配雞尾酒的香料。

我是不是應該點杯飲料？或者有什麼事即將發生？

儘管身在公共場所，不安的感覺依舊在我心中糾結。我想起第一次造訪席爾斯博士的辦公室時，她對我說的話：一切情況都在掌控之中，任何時候想退出都可以。

我稍微扭著身子，觀察四周，尋找可能的線索。但映入眼簾的只有那些正在喝酒聊天的有錢顧客。一位美貌驚人的金髮女子傾身越過桌子，為她的男伴指出酒單上的某樣飲料；這名男子穿著藍色襯衫，身材勻稱結實，髮線稍高，他正在手機上打著字，然後兩人相視而笑。在另一處座位，一對中年夫妻舉杯共飲。

手機突如其來的震動嚇了我一跳。

別緊張，妳看起來很完美。現在點一杯飲料。

她究竟在哪裡？

我猜她一定是在後面的雅座，只是昏暗的燈光和其他顧客阻礙了我的視線。

我撥弄著食指上的戒指，將雙手放在大腿上，再次望向那群男人。為什麼席爾斯博士要我坐在他們附近？我的眼睛輪番掃過這五張面孔，其中一人對上了我的目光，然後和身旁的朋友耳語了幾句。他爽朗地笑出聲，同時轉頭打量著我。我轉過身子，感到臉上一陣發熱。

侍者傾身越過吧檯。「您想要喝點什麼？」

通常我會點一杯啤酒或一小杯烈酒，但不是在這樣高級的酒吧。「請給我一杯紅酒。」

侍者沒有任何動作。後來我才意識到他在等我更具體地指名要點哪一種紅酒。

我努力回想，然後衝口而出：「沃爾內。」我希望自己的發音能像前幾天晚上那位法國餐廳的服務生一樣標準。

「恐怕我們這裡沒有這種酒。您要不要試試哲維瑞？」

「也好，謝謝。」

我接過侍者端上的酒杯，使勁地握著，試圖掩飾顫抖的手。

酒精的溫暖通常能夠讓我放鬆，但是當我再次掃視整間酒吧，依舊感到相當緊繃。在身旁的男人進入我的眼角餘光範圍之前，我就感受到了他的存在。

「妳好像在等什麼人。」那位與我目光相接的男士走到我身邊。「在妳的朋友來之前，介意我陪妳喝一杯嗎？」

我很快地瞥了手機螢幕，但是上面什麼也沒有。

「好啊。」

他將手中的飲料放上吧檯，坐在我左手邊的高腳椅上。「我是大衛。」

「我是潔西卡。」我不經意地說出了自己的真名。席爾斯博士的實驗已經開始了。

他將手臂擱在吧檯上。「所以，潔西卡，妳是哪裡人？」

我據實以告，不只是因為我沒有別的話好說，而是因為席爾斯博士的誠實原則。

但是這似乎無關緊要，因為他只隨意地答道：「聽起來很酷。」然後就自顧自地說起自己在四年前為了事業從波士頓搬來紐約。就在我假裝對他的故事感興趣時，手機又震動了起來。

「不好意思。」我抓起手機，看著席爾斯博士傳來的訊息。

我稍微傾斜了螢幕，不讓大衛讀到訊息的內容。

不是這個人。

我驚訝地眨著眼，想著哪裡出了差錯。

我回想起第一次參與實驗時，席爾斯博士透過電腦與我交談的情景。

手機螢幕上出現的三個黑點表示她正在打字。很快地，我收到了下一個指示。

找到妳右手邊座位上穿著藍色襯衫的男子。與他交談，試著讓他挑逗妳。

席爾斯博士一定就在附近，但是我完全找不到她的身影。

「妳朋友傳訊息來嗎？」大衛指著我的手機問。

我啜飲了一口紅酒，試著拖延時間，好思考下一步該怎麼做。我的心臟跳得比平常快，同時感到口乾舌燥。我點點頭，又啜了一口酒，避開他的目光。然後我招手要來帳單，從皮包裡拿出兩張二十美元的鈔票。

我的目光越過自己的肩膀，瞥了那名身穿藍色襯衫的男子一眼。我覺得自己沒辦法就這樣走過去，用幾句做作的話跟他搭訕。我試著回想其他男人在酒吧對我說過的話，腦袋卻一片空白。我甚至沒辦法和他對上眼，然後展現微笑。那男人一直低頭看著手機。

大衛輕碰了我的手臂，阻止我放下那兩張鈔票。

「交給我吧。」他對侍者點頭。「夥計，再來一杯琴通寧。」然後他坐回椅上。

「不用了，我來付就好。」我將錢推過吧檯。

「其實您的帳單已經付清了。」吧檯侍者告訴我。

我再次搜尋席爾斯博士的蹤跡，試著窺探陰暗的雅座，但是視線總是被中間的顧客擋住。

我很確定感受到她炙熱的視線。

我不知道席爾斯博士的指示是否有時間限制，所以我強迫自己起身，拿起酒杯和手機。紅酒在杯中搖晃著，我這才發現自己的手在顫抖。

「不好意思，我發現我好像認識那個人。我過去跟他打個招呼。」

也許這招對那個穿著藍色襯衫的男人也會有效，但我該說自己是在哪個場合認識他的呢？

大衛皺起了眉頭。「沒問題，但是待會兒別忘了來加入我們。」

「好。」我說。

那個男人終於不再看手機。他就坐在靠牆邊的雙人座位，空盤被推到餐桌中央，餐巾在旁邊皺成一團。

當我走近時，他抬起頭來。

「嗨！」我的聲音聽起來有點太活潑。

他向我點頭。「嗨。」但是他語調聽起來更像是一句疑問。

「呃，是我，潔西卡！你怎麼會在這裡？」

我看過許多拙劣的演技，也很清楚自己這番做作騙不了任何人。

他臉露微笑，但是眉頭微蹙。「很高興見到妳……但是我們認識嗎？」

隔壁桌的夫妻很明顯在偷聽我們的對話。我表現得真是糟透了。我低頭看著地毯的花紋，注意到一塊破損的補丁。然後我強迫自己再次正視他的目光。精采的部分來了。

「我們那時候，呃，不是在譚雅的婚禮上見過面嗎？大概是幾個月前？」

他搖搖頭。「妳遇見的恐怕是另一個帥哥。」他的語調裡帶著一絲自嘲。

我發出一聲乾笑。但我不能就這樣走開，所以我決定換另一招試試。

「真抱歉。」我輕聲說：「其實是因為剛剛在吧檯那邊有個傢伙一直煩我，我需要一個脫身的理由。」也許是因為我的雙眼流露出我現在感受到的絕望情緒，他伸出手與我相握。

「我是史考特。」他的口音有些難以辨認，但聽起來像是來自南方。他請我坐在對面的椅子上。「想跟我聊聊嗎？我正準備要點下一杯酒。」

我坐下後過了幾秒，放在大腿上的手機又震動了起來。我看了一眼：**做得好，繼續保持**。

我得和這位彬彬有禮的紳士調情，所以我傾身向前，將手肘擱在桌上。我很清楚自己衣服裡的胸貼遮掩不了呼之欲出的身體曲線。

「感謝你拯救了我。」我直視著他的眼睛說。

我無法維持這樣的目光交接，感覺實在太過做作。只有在自然的氣氛下與我自己挑選的對象，調情才有樂趣可言，就像那天晚上跟諾亞那樣。

現在就如同在沒有音樂的情況下跳舞。更糟的是，我知道有人正在觀看這場表演。

我重複了剛才大衛問過我的話：「所以你是哪裡人？」

我一邊和史考特閒聊，一邊思索為什麼席爾斯博士要我和他交談，而不是大衛？這兩個人看起來幾乎沒有分別，就像那種要從兩張相似的圖片找出相異之處的小遊戲。他們都不到四十歲，臉頰刮得乾乾淨淨，身穿深色的西裝。

我知道席爾斯博士現在正看著我，所以我一直無法放鬆。然而就在我快喝完這杯酒時，我驚訝地發現我們的對話變得十分自然。史考特人不錯，他來自納許維爾，養了一隻心愛的黑色拉布拉多。

史考特拿起玻璃酒杯，喝下最後一口琥珀色的威士忌。

此時我突然明白了，我終於找到了這兩張圖片中細微的不同處。

大衛的無名指上什麼也沒有。

史考特則戴著一枚厚重的白金婚戒。

第二十二章

十二月七日，星期五

她穿著黑色洋裝，前傾的身體觸碰到那男人的手。她的黑色秀髮遮住了她的側臉。男人的臉上漾出笑容。

挑逗從哪一個時刻開始構成了背叛？

當發生肢體接觸時，是否就應該馬上劃清界線？也許背叛是在更難以捉摸的形式下發生，就好像某種氣息融入兩人的氛圍之中？

今晚的場景就是一切的開端。

但是當時領銜主演的是另一對男女主角。

那時，我與湯馬斯的婚姻完美無瑕。那天晚上，他選擇在這裡喝杯酒放鬆一下。他遇見一個大學時期的朋友，對方正好今晚進城，入住賽瑟克斯飯店。幾杯調酒下肚後，那人說自己因為時差而感到有些不舒服。湯馬斯堅持讓他回房休息，自己付清了帳單。慷慨大方是他其中一項迷人的特質。

酒吧裡擠滿了人，服務速度變得有點慢，但是湯馬斯並不趕時間。他悠哉地坐在舒適的雙人座位上。雖然現在還不到十點，他知道夜晚的陰影已經籠罩了我們的臥室，溫度也設定在涼爽的十九度。

一開始並不是這樣的。在我們新婚期間，我會用一個深情的吻和一杯美酒歡迎準時回家的湯馬斯。我們會在沙發上閒聊，聊著我最近開的課或是他某個有趣的病人，還有週末的計畫。

但是隨著時間流逝，婚姻中的某些東西開始變質。這是每一段關係無可避免的過程，最初的熱情如火逐漸變成平淡的同居生活。我的工作量越來越大，在某些夜晚，我更想穿著絲質睡衣在埃及棉床單上快快入睡，而不是與湯馬斯激情地擁吻。也許這讓他感到受傷，或者……脆弱？

就在侍者送上帳單之前，那名黑髮女子靠近了我的丈夫。她坐在他對面的空位上。離開餐廳後，他們直接去了那名女子的公寓。

湯馬斯從未提過這一段韻事。

直到那封傳錯的訊息出現在我的手機：**今晚見，大美人。**

佛洛伊德說過，沒有所謂的「無心」之過。也許湯馬斯希望自己被我抓到。

他不是為了把妹才去那裡的。是她主動投懷送抱。沒有任何男人能夠在那種情況下抵抗誘惑。湯馬斯曾這樣辯解。

如果我能夠相信這番說詞，倒還令人寬慰。因為他並沒有指責我們的婚姻出了問題，而是將一切歸因於男人天生的弱點。

今晚，我坐在角落的雅座。那個戴著白金婚戒的男人似乎已經被妳的魅力征服，潔西卡。在妳出現之後，他不自然的肢體動作說明了一切。

他比不上湯馬斯，但他確實符合研究對象的基本側寫：接近四十歲、單獨一人的已婚男子。

這就是湯馬斯當時的反應嗎？

好戲一幕幕上演，強烈地引誘我移動到更靠近的位置。但我的出現很可能會導致實驗失效。雖然妳知道我正在觀察一切，但是真正的受試者是這位身穿藍色襯衫的男子。他絕對不能知道有人正緊盯著他的一舉一動。

當受試者意識到自己在參與實驗時，通常會修正自己的行為，這種情形被稱為霍桑效應。那項研究原本是關於工作環境的明亮程度對工人生產力的影響。實驗結果發現，光線的多寡並沒有對產量造成影響，然而工人的的生產力在每次燈光調整時都會提升，無論是變亮或者變暗。事實上，不論調整任何變項，生產力都會隨之發生變化。這導出了一個結論：當工人意識到自己受到觀察時，會改變自己原來的行為。

如今所有研究者在設計實驗時，都必須將受試者出現霍桑效應的可能性納入考量。

妳的挑逗看起來相當逼真，潔西卡。受試者不可能會察覺到自己正在參與這項實驗。

現在必須進入下一個階段。

我費勁地在手機上打出指示。指示的內容讓我感到一陣噁心，無法立刻按下傳送鍵……然而這是至關重要、不可或缺的一步。

觸碰他的手臂，潔西卡。

湯馬斯當時也經歷了同樣的場景：手臂上短暫的輕撫、第二輪酒精，最後前往女方公寓繼續「交流」。

你們在牆邊座位的動作與我的記憶交雜在一起。穿著藍色襯衫的男人和妳一同起身，妳走向飯店大廳，他隔著幾步的距離跟隨在後。

從妳進入酒吧開始勾引他到現在不過四十分鐘。

如此看來，湯馬斯的自我辯護十分合理：似乎所有男人都無法在這樣直接的誘惑下把持住自己，即便是有婦之夫。

意識到這點之後，強烈的寬慰席捲全身，甚至讓我的身體感到一陣虛脫。

一切都是那個女人造成的，不是他的錯。

被撕成碎片的餐巾散落在桌上，顯示出受到壓抑的焦慮。我將碎片掃成一堆，終於啜飲一口一直都沒動過的氣泡水。

片刻之後，手機發出了新訊息的通知鈴聲。

我很快地看了一眼。

在那一瞬間，這間繁忙歡欣的酒吧彷彿墜入了一片冰冷的沉默。

妳傳來的訊息只有三行字。

我重新讀了一次。

然後又一次。

席爾斯博士，我試著與他調情，但是他最後拒絕了我。他說他現在的婚姻很幸福。我還在飯店大廳，他已經上樓回去自己的房間。

第二十三章

十二月七日，星期五

用美色勾引男人來賺取酬勞，簡直和妓女沒有什麼兩樣。

我站在大廳裡等待席爾斯博士回覆簡訊時，全身忍不住顫抖，但這次是因為憤怒。

難道她真心期待我跟著史考特上樓，走進他的房間？她可能認為我會這麼做，因為我曾經在她那愚蠢的問卷上坦白自己的一夜情經驗。

高跟鞋讓我的腳隱隱作痛。我讓左腳踝休息了一會兒，然後換右腳放鬆。

我傳出訊息後已經過了好幾分鐘，席爾斯博士遲遲沒有回訊。飯店櫃檯的接待員盯著我瞧。比起剛踏進這裡時，現在那種格格不入的感覺更加強烈。

我不敢相信，席爾斯博士竟然讓我去做那樣的事。這與危不危險無關，我感受到的是羞辱。

當我與史考特走出酒吧時，我注意到大衛那群人看我的神情；史考特起身離席前看我的表情也印在我腦海中，揮之不去。

「您需要幫忙嗎？」

接待員從我身後走來。她臉上掛著微笑，但是眼神透露出再明白不過的訊息：我不屬於這個地方，我身上那件用樣品折扣買下的六十元洋裝和仿鑽耳環同樣不配出現在這裡。

「我只是……我在等人。」

對方揚起眉毛。

我雙手交叉抱胸。「有什麼問題嗎？」

「當然沒問題。您要不要坐著休息呢？」她伸手示意壁爐旁的沙發。

我們彼此都知道她和善態度下隱藏著什麼。她八成也把我當成了來這裡招攬生意的妓女。

後頭傳來一陣鞋跟敲擊木頭地板的急促聲音，我轉頭看見席爾斯博士朝我們走來。雖然我對她正在氣頭上，然而她驚人的美貌仍舊奪走了我全部的注意力。她將頭髮盤成優雅的髮髻，黑色絲質洋裝下的雙腿顯得無比修長，正是我今晚嘗試打造的完美形象。

當她走近時，她伸手挽住了我的手臂，彷彿認領失物一般。我看見她瞥了一眼接待員的名牌。「珊德拉，一切都還好嗎？」

接待員的態度立刻轉變。「我只是請您的朋友坐在壁爐邊，那裡比較舒服。」

「妳真貼心。」席爾斯博士的語調隱約帶著責難的意味。接待員識趣地走開了。

「來吧。」在那一瞬間，我以為她要離開飯店，但是她隨即帶著我走向沙發。

我直挺挺地站著，沒有坐下。我放低聲音，卻掩飾不住激動。「剛才到底怎麼回事？」

就算席爾斯博士對我的反應有感到一絲驚訝，她也沒有顯露出來，只是拍拍身旁的坐墊。

「潔西卡，請坐。」

我說服自己沒有當場離去，是因為我希望聽到席爾斯博士的解釋。事實上，她對我來說有一股難以抗拒的吸引力。

我在她身旁坐下，立刻聞到她身上清爽芬芳的香水味。

席爾斯博士翹著腿，雙手交疊在大腿上。「妳看起來很激動。可以告訴我剛才的體驗嗎？」

「糟透了！」我沒想到自己的聲音如此沙啞，於是用力吞了吞口水。「那個男人，史考特，他是誰？」

席爾斯博士聳聳肩。「我也不知道。」

「他不是實驗的一部分嗎？」

「他可以是任何人。」她的聲音飄忽遙遠，彷彿在唸誦劇本。「我需要一個戴著婚戒的男子參與這項道德測試，他是隨機被選上的。」

「所以我是妳的誘餌？用來引他上鉤？」我的聲音在安靜的大廳裡迴響。

「這是一項學術研究。我之前告訴過妳，在這個階段會包含實際生活經驗的場景。」

我不敢相信之前自己還想像能與席爾斯博士共進晚餐。我對她而言算什麼東西？不過是收錢辦事的陌生人罷了。

喉嚨的緊繃感稍微緩解了些，但是我依然感到憤怒。我不想讓怒火熄滅，因為只有憤怒才能給予我勇氣提出質問。

「妳真的認為我會跟著他進房間嗎？」我衝口而出。

席爾斯博士睜大眼睛。如果這是她裝出來的，我從沒見過如此精湛的演技。

「當然沒有，潔西卡。我只要妳跟他調情。妳怎麼會想到那裡去？」

聽到她這樣說，我突然感到很愚蠢。我低頭看著自己的雙腳，無法對上她的目光。席爾斯博士的說法還是難以令我信服。

但是她的聲音裡並沒有批判的意味，只有溫暖的善意。「我向妳保證，一切都在掌控之中。我絕對不會讓妳處於危險的情況。」

她短暫地觸碰了我的手。雖然壁爐中的火焰不斷散發暖意，她的手卻令人感覺脆弱、冰冷。

我深吸了幾口氣，眼睛仍緊盯著地板上的人字形拼接木板。

「還有什麼事情讓妳感到不安嗎？」席爾斯博士問。

我猶豫了一會兒，抬起頭凝視著她的藍色雙眸。我原來並沒有打算告訴她這件事，但最後我還是說出口：「就在他離開座位時……他叫我『蜜糖寶貝』。」

席爾斯博士沒有回答，但是我知道她正專注聆聽著。

我的眼眶充滿了淚水。我眨眨眼，不想讓它們流下來，然後接著說：「我以前遇過一個男人……」我遲疑了一下，深吸了一口氣。「那是幾年前的事情了。一開始我覺得他很棒。妳應該聽過他的名字，他現在是很有名的劇場導演，他叫做吉恩．法蘭屈。」

席爾斯博士輕輕地點頭。

「那時他雇用我為劇組化妝，這個工作對我來說意義重大。雖然我只是個平凡的化妝師，他一直都對我很好。當新戲海報和節目單印出來後，我的名字也有出現在工作人員的名單中。他要我好好慶祝一番。他說這一行非常辛苦，我們應該享受每一次的勝利。」

席爾斯博士靜止不動。

「他對我……做了某些事。」

那永遠無法磨滅的景象再次湧入我的腦中：我慢慢地拉起上衣，直到胸罩的上方；吉恩站在幾步之外凝視著我；我說我真的得走了；吉恩走到我和那扇緊閉的辦公室門之間，他的手移動到皮帶上，然後他說還不是時候，蜜糖寶貝……

「他沒有碰我，但是……」我費勁地吞吞口水，繼續說道：「他說一條做為道具的昂貴項鍊不見了，他說我必須把上衣撩起來證明自己沒有偷項鍊。」我的身體一陣冷顫，彷彿自己又回到那間幽閉陰暗的辦公室。我無助地站在那裡，試著不去看他，不去看他撫弄自己的模樣，直到他完事後將我請出辦公室。

「我應該勇敢跟他說不，但是他是我的老闆，而且他說得如此輕描淡寫，好像這是一件很平常的事。」我看著席爾斯博士的淡藍色雙眸，努力將那個景象從腦海中抹去。「那個叫史考特的男人讓我想起了吉恩，因為他也叫我『蜜糖寶貝』。」

席爾斯博士沒有立刻回答。片刻後，她溫柔地說：「我很遺憾這樣的事情發生在妳身上。」

我感到她的手再次拂過我，有如翩翩的蝴蝶般輕柔。

「這是妳不想認真談戀愛的原因嗎？」她問。「這其實很常見，女人受到類似的侵害之後，會改變與男人交往的模式，甚至躲避這樣的關係。」

侵害。我之前從來沒有想過這個字眼，但我想席爾斯博士是對的。

就像第一次與席爾斯博士會面結束時那樣，我突然感到筋疲力盡，於是伸手用指尖按摩著太陽穴。

「妳一定很累了。」席爾斯博士彷彿能一眼看穿我的內心。「我已經叫了車，不如妳就搭車回家吧？如果妳想在週末時跟我談談，可以傳訊息或者打電話給我。」

我跟著她起身，內心莫名感到一陣失落。幾分鐘前我還想對她發怒，現在我卻不想離開她。

我們並肩走向飯店出口，看見一輛黑色禮車停在路旁。司機打開後座車門迎接我們，席爾斯博士則請司機載我去任何我想去的地方。

我坐進後座，將頭靠在柔軟的皮革椅背上。司機轉身走回駕駛座。我聽見有人輕拍車窗，於是將車窗搖下。

席爾斯博士對我微笑。來自後方的城市燈光照出了她的身形輪廓，她的頭髮彷彿燃燒的光圈，但她的雙眼隱藏在陰影中，讓我看不清楚。

「我差點忘了，潔西卡。」她將一張折起的紙條塞進我手中。「今晚謝謝妳。」

我低頭看著這張支票，覺得自己並不想打開它。

也許這一切對席爾斯博士來說只是一場交易，但我不確定自己究竟是做了什麼才得到這份酬勞。我花費的時間？與陌生男子調情？我剛才吐露的私密往事？還是其他我沒有意識到的事情？

我唯一能確定的只有心中的不確定感。

司機發動車子後，我慢慢地打開支票。

車輪高速且無聲地在柏油路上轉動，我凝視著支票良久。

上面寫著七百五十美元。

第二十四章

十二月八日，星期六

對許多情侶或夫妻來說，週六夜晚只屬於彼此。對過去的我們來說也是如此：米其林餐廳的浪漫晚餐、紐約愛樂的音樂會、惠特尼美術館的閒情漫步。然而隨著那封傳錯對象的訊息，湯馬斯搬出了我們的公寓，這一切也都畫上了句點。在一連串的諮商、道歉和承諾之後，我們慢慢恢復了約會，但也有了嶄新的目標：溝通並重建信賴關係。

起初，我們之間的氣氛充滿緊張。在局外人的眼中，會認為我們是一對剛建立起關係的情侶。從某些角度來看確實如此。雖然我們之間幾乎沒有肢體接觸，湯馬斯卻展現出急切的熱情，他會帶著鮮花，迫不急待地開門，眼神裡充滿了愛慕之意。

他的攻勢甚至比我們初識時更為熱烈，甚至帶著一絲絕望和恐懼的意味。有可能會失去這段婚姻的念頭似乎令他心驚膽顫。

慢慢地，我們之間的互動緩和了下來，對話也更為真誠。侍者收走桌上的餐盤之後，我們情不自禁地伸出雙手，互相緊握。

然而今晚的實驗讓這些進展都失去了意義。結果顯示，並不是所有男人都會在美麗的女人面前失足。那名身穿藍色襯衫的男子抗拒了誘惑，湯馬斯卻不會放過同樣的機會。

如此一來，我必須為這個週六夜晚的約會設下一項隱形準則。

約會地點還在我們曾經同住的別墅，這裡十分隱密，可以排除所有外來干擾，不會有跛扈的侍者或者吵鬧的顧客。我精心設計了晚餐的菜單：一瓶當年訂婚派對上喝的唐貝里翁香檳、馬爾佩克產的牡蠣、羊排、奶油菠菜、烤馬鈴薯佐迷迭香，甜點則是湯馬斯喜愛的巧克力蛋糕。

依照慣例，我們會去西區第十街上的一家法式糕點店買蛋糕。但是今晚所有的食材全都購自兩家不同的高級超市。

我今晚的妝容也將有所改變。潔西卡，妳完美演繹了煙燻眼影和深褐色眼線的誘惑。

更衣間的梳妝臺上放著化妝品，我的手機擱在一旁，閃爍著提醒的燈光。經歷昨晚的事情之後，我的朋友也許需要一封訊息或一通電話加以撫慰。

潔西卡，經過昨晚的事情之後，不知道妳是否覺得好些了？我很快會再與妳聯繫。

這還不夠，得再補上一句。

於是我思考片刻，輸入訊息，然後按下了傳送鍵。

第二十五章

十二月八日，星期六

如果妳需要我的話，我隨時都在。

收到席爾斯博士的訊息時，我正準備走進諾亞的公寓，享用那頓聞名已久的早餐。我原本打算輸入文字，但又隨即刪掉草稿，將手機收進皮包裡。我走進電梯，伸手輕撫頭髮，感受到初雪融在我的手上。

現在，我坐在廚房的高腳椅上，看著諾亞拔開普羅賽克氣泡酒的軟木塞。我突然發現，這是我第一次沒有立刻回覆席爾斯博士的訊息。今天晚上，我要把席爾斯博士和她的實驗拋到腦後。

我沒有意識到自己正皺著眉頭，直到諾亞問：「泰勒，妳還好嗎？」

我點點頭，試著隱藏心中的不安。我想起第一次在酒吧遇見諾亞的情景，我當時用假名介紹自己，還在他家沙發上睡著了，感覺像是上輩子的事。

我希望當初沒有用假名欺騙他，這實在非常幼稚，而且有些……惡劣。

「呃，我必須告訴你一件事。這其實蠻好笑的。」

諾亞揚起眉毛。

「我的名字其實不是泰勒……是潔絲。」我緊張地笑了笑。

他看起來並不覺得好笑。「妳告訴我的是一個假名？」

「我那時候還不確定你是不是怪咖。」我解釋。

「妳在開玩笑嗎？妳跟著我回家了耶！」

「是啊……」我深深吸了一口氣。諾亞光著腳，一塊抹布塞在褪色牛仔褲的腰帶裡，他的模樣比我之前記得的更可愛。「那天我經歷了一些奇怪的事，那時候大概腦袋一團亂，沒想清楚。」

他不可能了解這句話說得多麼委婉。遇見諾亞那天，正是我溜進席爾斯博士的實驗那天。過於安靜的教室、出現在電腦螢幕上的問題，還有我對陌生人坦白的私密想法……從那時候開始，一切變得越來越詭異。

「我很抱歉。」

「潔絲。」諾亞終於開口。他遞給我一杯氣泡酒。「我不喜歡玩遊戲。」他對上我的目光，然後很輕地點了點頭。

我突然有一種通過測試的感覺。我這幾週來從未有過這種感受。

「我很高興妳現在對我誠實坦白。」

請務必誠實……我第一次加入實驗時，電腦螢幕上面出現了這樣的指示。雖然我現在刻意不去想席爾斯博士，她依舊悄悄地溜回了我的腦海。

諾亞將早餐的材料放在流理臺上。我輕啜一口氣泡酒，覺得自己仍舊欠他一個更真誠的道歉，但我不知道還能夠說什麼。

我看著他這間閃亮的小小廚房，注意到爐子上沉重的鑄鐵鍋以及旁邊的研缽和磨杵，還有一個不鏽鋼攪拌器。「所以『全天早餐』是你開的餐廳？」我問。

「沒錯，等我的資金進來之後就可以開張了。我已經挑好地點，剩下一些手續要處理。」

「聽起來真不錯。」

他一手打蛋，然後在碗中攪拌的同時加入一些牛奶。他停下手邊的工作，搖晃著平底鍋裡冒泡的奶油，隨後將肉桂和鹽加進蛋液裡。

「我的祕密配方。」他拿起一瓶杏仁萃取液。「妳應該沒有對堅果過敏吧？」

「沒有。」我說。

他倒入一湯匙的萃取液，然後放入一片厚厚的哈拉麵包。

麵包接觸鍋面時發出一陣輕柔的嘶嘶聲，令人流口水的香味頓時充滿了整個房間。原來新鮮麵包、熱奶油和肉桂是如此完美的組合。我聽見我的肚子正咕咕作響。

諾亞顯然是一個注重整潔的廚師，他立刻將蛋殼扔進垃圾桶，用抹布擦掉濺出的幾滴牛奶，然後將所有香料歸位到抽屜裡。

我凝視著諾亞。先前緊繃的感覺雖然沒有完全消失，但至少我已經放鬆了許多。

也許對我這樣年紀的女人來說，這就是一個典型的週六約會，與一名不錯的男人共度平靜的夜晚。在這平淡無奇的約會中，我感覺到我和諾亞變得更為親密，超越了身體接觸，即使我們早就接過吻了。雖然我們是在酒吧搭訕認識的，諾亞似乎真心想要了解真實的我。

他從另一個抽屜拿出餐墊和餐巾，從碗櫥裡拿出幾個餐盤。他將兩片金黃色與棕色相間的法國吐司滑進餐盤中央，撒上新鮮的黑莓。我甚至沒注意到還有一個小鍋一直加熱著楓糖漿，直到他豪邁地舀出一大匙淋在吐司上。

我看著眼前的美食，難以言狀的情緒在心頭一陣翻湧。除了媽媽，已經有好幾年沒人親手做飯給我吃了。

我嚐了第一口，忍不住驚嘆。「我敢發誓，這是我這輩子吃過最好吃的東西！」

一個小時後，那瓶氣泡酒已經見底。我們從餐桌移到客廳沙發，話題彷彿永遠聊不完。

「我這個週末要回威斯特徹斯特和家人過光明節，等我回來後，也許我們可以星期日一起出去。」

我俯身過去親吻他，聞到了脣邊的楓糖香味。我將頭安放在他結實的胸膛上，他的雙臂環繞著我的身體。我感受到了數個月甚至數年來從未有過的情緒，過了好一會兒我才明白，我所感受到的是幸福與滿足。

第二十六章

十二月八日，星期六

湯馬斯比預定的時間早了五分鐘。準時是他最近努力養成的新習慣。

他寬厚的身形佔滿整個大門，臉上掛著微笑。冬天的初雪才剛剛落下，他淡黃色頭髮上的雪花閃閃發光。他的頭髮留得比之前要長了些。

湯馬斯獻上一束紅色鬱金香，我回以一個長吻。他的嘴脣冰冷冷地，散發出薄荷的味道。他伸出雙臂深深將我擁入懷中，久久不願結束這親密的時刻。

「先這樣吧。」我技巧性地輕輕掙脫他的懷抱。

他在腳踏墊上擦拭濕掉的皮鞋，然後走進屋內。

「聞起來好香。」他的目光短暫地下垂。「我一直都很想念妳的廚藝。」

他將大衣掛在先前留下的那件薄外套旁。我沒有要求他帶走這些衣物，不只是因為他當時搬得很匆忙。春天象徵著希望和復甦，這些春天的衣物似乎也有同樣的意義。

湯馬斯今晚的毛衣顏色襯出他綠眼珠中的金色光芒。他很清楚我喜歡他做什麼樣的打扮。

「妳看起來好美。」他的手指溫柔地掠過我放下的長髮。他的動作很輕，幾乎難以察覺。

我換下褐灰色和淡紫色的毛衣，現在穿著一件黑色絨面牛仔褲和深藍色絲質緊身衣，黑色美麗諾羊毛衫底下若隱若現。

湯馬斯在廚房中島旁坐下。新鮮的牡蠣放在裝滿冰塊的容器內。我從冰箱拿出一瓶香檳。

「你來開吧？」

他看著酒瓶上的標籤，微笑地說：「很棒的年分。」

軟木塞發出波的一聲輕響，湯馬斯將香檳倒入兩個細長的酒杯。

我舉起酒杯。「敬第二次機會。」

湯馬斯露出受寵若驚的表情。「妳不知道這句話讓我多開心。」他的聲音比平常更為低沉，還帶著一絲沙啞。

我從冰塊上拿起一只牡蠣。「你應該餓了吧？」

他點點頭，將牡蠣放到自己盤中。「餓壞了。」

我從烤箱取出羊排擱在吧檯上。馬鈴薯還需要多烤幾分鐘，湯馬斯喜歡更酥脆的口感。

我們享用著香檳和牡蠣，自然地閒聊著。就在湯馬斯端起羊排，準備拿到餐桌上時，一陣鈴聲響起。他放下烤盤，伸手進口袋去拿手機。

「你一定得接嗎？」我小心地不讓自己的聲音裡帶有任何指責的意味。

湯馬斯走回廚房，將手機螢幕朝下放在中島的大理石表面，就在巧克力蛋糕旁邊。

「妳是今晚唯一的主角。」

他留下手機，將倒好的紅酒拿到餐桌上。我報以真誠的微笑。

湯馬斯帶來的鮮花插在餐桌中央的花瓶裡。妮娜西蒙挑逗的歌聲在屋內的燭光中繚繞。

湯馬斯第三次在酒杯裡注滿紅酒，他的臉上泛起微微潮紅，動作也越來越不拘束。

他切了盤中一小口羊排遞上來。「這是最好的部位。」

我們目光相接。

「妳今晚看起來很不一樣。」他伸出手與我相握。

「也許是因為今晚我們一起回到了這裡。」

我給了他另一個輕吻，然後避開他的目光。

「親愛的，妳還有聽到那個私家偵探的消息嗎？」

這個問題來得突然，破壞了今夜的浪漫氣氛。不過湯馬斯一向都很保護我。先前第5號受試者的家人雇了私家偵探來調查我，他深知這對我造成了不小的困擾。

湯馬斯不只一次問起這件事，他一直想知道那名私家偵探是否還沒放棄。

「自從我上次告訴他，我不能違反保密原則將實驗筆記透露給他之後，我們就再也沒有聯絡了。」

湯馬斯贊同地點點頭。「妳做得很對，客戶的隱私神聖不可侵犯。」

「謝謝你這麼說。」

令人不快的記憶立刻被拋開。今晚的任務已經夠複雜了。

現在該將玻璃蛋糕座端上餐桌了。

我給湯馬斯切了一大塊蛋糕。

叉子滑過濃厚綿密的慕斯，他將沾著巧克力醬的蛋糕送到脣邊，閉上眼睛，仔細品嚐。

「嗯，這是多明尼克的嗎？」

「不是，這是我從另一家法式糕點店買來的。」我告訴他。

「真好吃。不過我現在飽得快吃不下了。」

一陣停頓之後，我說道：「你明天去健身房就可以消耗掉這些熱量了。」

他點點頭，又享用了一口蛋糕。「妳不吃點嗎？」

「好。」

蛋糕在舌尖上融化。沒有人知道這塊蛋糕並不是來自於我所說的法式糕點店，也沒有人能夠察覺到那兩顆磨碎混入奶油裡的榛果。

湯馬斯將盤裡的蛋糕一掃而空，然後舒服地靠在椅背上。

但是我不能讓他待在這裡，於是我向他伸出手。「來吧。」

我們來到圖書室，並肩坐在雙人沙發上。我遞給湯馬斯一杯黛華波特酒。圖書室的裝潢舒適典雅，一架史坦威鋼琴在壁爐旁閃爍著內斂的光芒。他環視四周，目光掠過安德魯．魏斯和約翰．辛格．薩金特的真品畫作、一座狂想風格的摩托車雕像，最後落在一幅銀色相框上。相片裡的背景在康乃狄克州的草原，當時還是少女的我騎在那匹名叫福莉的栗色母馬背上，一頭紅髮在安全帽下飄揚著。相框旁是一張我們婚禮時的照片。

湯馬斯繫著黑色領帶，身穿為了婚禮購買的燕尾服；自從高中畢業舞會後，他就再也沒那樣穿過。我的新娘禮服則是特別訂製的。那次訂婚來得突然，我父親還得透過一位商業夥伴請求紐約知名設計師趕在典禮前完成婚紗。

這件禮服背後的開衩設計幾乎開到腰部，讓父親很不滿意，但是當時已經沒有時間再修改了。我的父母都出席了在聖路加教堂舉行的典禮，為了顧及父親的觀感，我在背後多披了一件薄紗長袍，遮住開衩的部分。

在照片中，雙方的家長陪伴在我們左右。湯馬斯的家人從加州聖荷西郊區的一個小鎮飛來參加典禮。訂婚之前，我只與他的父母見過一次面。湯馬斯和他們其實並不親，但是出於義務，他每週都會打電話回去問候。他的哥哥凱文是建築公司的領班，兄弟之間也沒有特別深厚的情感。

照片裡的父親沒有露出任何笑容。

在向我求婚之前，湯馬斯特地開車到康乃狄克造訪我父母的莊園，請求他們的允許。他並沒有讓我知道這件事；湯馬斯是隱藏祕密的高手。

我的父親用很傳統的方式接待了湯馬斯。他拍著年輕人的背，邀他共享白蘭地和雪茄。隔日早晨，父親要求我共進午餐。

在我們點菜之前，他只問了我一個問題，一如他的個性那樣直截了當。「妳確定嗎？」

「我很確定。」

戀愛是一種情緒，在我身上卻出現了非常明顯的生理徵狀：每當我提到湯馬斯的名字，我的嘴角會不自禁露出微笑，步履變得輕快，甚至平常略低於標準值的體溫也會升高足足一度。

此時音樂已經換成了約翰．傳奇的〈今夜〉。

「來跳舞吧。」

湯馬斯的目光緊隨著從我肩上滑落到沙發上的羊毛衫。起身時，他伸手去按摩後頸。

這個動作對我來說並不陌生。

他的臉色比平常更為蒼白。

我們的動作配合得恰到好處，有如新婚之夜的那次共舞，彷彿美好的記憶就儲存於彼此的身體之中。

歌曲結束之後，湯馬斯摘下眼鏡，用大拇指和食指揉著太陽穴，臉上露出痛苦的表情。

「你不舒服嗎？」

他點點頭。「妳想蛋糕裡該不會有堅果吧？」

湯馬斯的過敏並不會造成生命危險，但即使是最細微的堅果成分都會引發症狀。

他過敏的唯一症狀就是劇烈的頭痛，而酒精會讓情況更嚴重。

「我有特別問過那家糕點店……」我的聲音有些含糊。「我去給你倒杯水。」

我距離廚房只有五步之遙，他的手機就放在吧檯上。

現在湯馬斯的位置更接近樓梯間。

這是非常重要的時刻。我必須讓他覺得他接下來的動作是出於自己的意志，而不是我精心操控的結果。

「你要不要吃幾顆普拿疼？就在樓上的藥櫃裡。」

「謝啦，我馬上回來。」

他踏著沉重的腳步上樓。當他走到主浴室時，腳步聲就正好在我的頭頂上。

我早已用碼表測量過這段路程所需的時間，湯馬斯至少得花六十到九十秒才能回到樓下。希望這段時間足夠我取得需要的資訊。

我在道德測驗的開頭問過一個問題：妳曾經偷看伴侶手機裡的簡訊嗎？

湯馬斯的手機密碼通常是他的生日。

這一點並沒有改變。

「莉蒂亞？藥櫃裡沒有普拿疼。」他的聲音從樓梯頂端傳來。

我快速移動腳步，聲音依舊保持平穩。

「你確定嗎？我之前才剛買了一些。」

普拿疼確實在藥櫃裡，但是塞在一盒新買的護膚乳液後面，匆匆一瞥是沒辦法找到它的。

二樓地板的嘎茲聲表示他再次朝主浴室走去。

我倒好一杯水，輕觸手機螢幕上的綠色標示，湯馬斯最近的訊息和通話紀錄一覽無遺。

我早已開啟了自己手機的照相功能，快速且鉅細靡遺地拍下湯馬斯最近的通話紀錄。他的簡訊內容看起來無關緊要，所以我並未理會。

我仔細檢查每一張相片，確保它們都清晰無誤。這些日後都會成為數位化的證據，我不能為了趕時間而犧牲相片的畫質。

屋內毫無聲息，似乎有些太過安靜了。

「湯馬斯？你還好嗎？」

「還好。」他的聲音從樓上傳來。

也許他正在用冷毛巾按摩身上脈搏跳動得特別厲害的地方。

我拍下更多照片，包括大約三十五通電話。有些號碼顯示出通訊錄中的名字，有湯馬斯的牙醫、壁球球友和他的父母。另外有八個陌生的號碼，都包含了紐約市的區碼。

我從最近刪除的通話紀錄中找出另一個區碼為301的陌生來電。

要確認這些陌生號碼其實很簡單。我只要撥通號碼，如果接電話的是男人，或者接通的是某間公司，就表示這個號碼沒有問題，我也會立刻結束通話。

如果電話的另一端傳來女人的聲音，我也會很快掛斷。

但是這個號碼會被記錄在案，等待日後進一步的調查。

我將湯馬斯的手機放回吧檯，然後端著水杯走回圖書室。

他應該已經從樓上下來了。

「湯馬斯？」沒有人回應。

他剛從主臥室出來，站在樓梯頂端。

「你有找到嗎？」

他明顯看起來很不舒服。他需要的是三顆止痛藥，然後好好睡上一覺。

湯馬斯原本希望今晚能有更親密的進展，但是先前在他眼中閃爍著的慾望早已經熄滅。

「沒有。」頭痛清清楚楚地寫在他的臉上。

「我去找看看。」我告訴他。

我們來到主浴室。湯馬斯蹲在明亮的燈光下。我將那瓶高級護膚乳液移開。

「藥就在這裡。」

我們一起回到樓下。他吞下三顆普拿疼。我讓他躺在沙發上休息。

他搖搖頭，臉上露出痛苦的表情。

「我想我得走了。」

我拿來他的大衣，交到他的手中。

「別忘了你的手機。」他差點就把手機留在吧檯上。

他拿起手機，匆匆地瞥了一眼早已自動鎖定的螢幕，然後將手機塞進大衣口袋。

「真抱歉，今晚就這樣結束了。」

「明天一早我會打給那家糕點店。」我停頓了一下，接著說：「我得讓接待我的女店員知道她犯下了什麼錯誤。」

我確實會在明天撥打許多「錯誤」的電話號碼。

而且一切都將出乎湯馬斯的預料。

第二十七章

十二月十日，星期一

席爾斯博士的住處與我想像中的一模一樣。

我時常應客戶要求，在週一早晨前去他們家中化妝。我很輕易就能夠從許多跡象觀察出他們週末從事的活動：週日的紐約時報攤開在咖啡桌上、派對過後的酒杯倒掛在架上、小孩子的足球鞋和護脛散落在玄關。

在我抵達席爾斯博士位於西村的別墅之前，我想像那就像《建築文摘》裡會出現的房子，低調內斂的顏色和高雅簡約的家具，注重的是美感而非舒適或功能性。我猜得沒錯，席爾斯博士的家就是她那間辦公室的放大版，整齊乾淨，一絲不苟。

席爾斯博士在門口歡迎我，她接過我的大衣，領著我走進充滿陽光的開放式廚房。她穿著奶油色的高領毛衣和深色修身牛仔褲，頭髮束成一條低垂的馬尾。

「可惜妳沒能見到我先生。」她一邊拿起吧檯上的兩隻馬克杯，清洗乾淨之後放進瀝水槽裡。「我本來想介紹你們認識，但他今天得一大早就進辦公室。」

我對她口中的這個男人感到很好奇，但是在我開口提問之前，她推來一盤新鮮莓果和英式司康餅。

「我不知道妳用過早餐了沒。妳想喝咖啡還是茶？」

「咖啡好了，謝謝妳。」

星期日下午，我終於回覆了席爾斯博士的訊息。她先是關心我的狀況，然後才邀請我到她家作客。我誠實地告訴她，我已經比週五晚上離開飯店酒吧時好多了。我週末睡到很晚，直到李歐過來舔我的臉，要我帶牠去散步。我替幾個客戶化了妝，然後出門和諾亞約會。除此之外，今天早上銀行一開門，我立刻去將那張七百五十美元的支票兌現，存入帳戶裡。在看見存摺上增加的數字之前，這筆錢好像隨時會消失不見一樣；一口氣賺進這麼多錢的感覺很不真實。

席爾斯博士將咖啡倒入兩只搭配著茶碟的瓷杯。茶杯的曲線把手如此精緻，我有點擔心自己會失手摔碎了它。

「我想我們今天可以在餐桌上進行。」席爾斯博士說。

她將咖啡、莓果和司康餅以及兩個和茶杯相同花色的小瓷碟放在餐盤上。我跟著她走進相連的房間，經過一張放著銀色相框的小桌子。相片裡是席爾斯博士和一名男士。男士的手臂環繞著席爾斯博士的雙肩，而她回以深情的凝視。

席爾斯博士轉頭看著我。

「那是你先生嗎？」我指著相片問道。

她微笑著將茶杯擺放在兩張相鄰的椅子面前。我更仔細地打量這個男人。從我踏入席爾斯博士的家以來，這張相片是第一個讓我感到格格不入的事物。

這個男人可能比席爾斯博士年長十歲，留著鬍子，頭髮略顯稀疏。他們看起來差不多高，大概一百七十公分左右，而且外貌並不怎麼相配。但是照片中的兩人似乎都很快樂，而且席爾斯博士每次提起她丈夫時眼睛都會發亮。

席爾斯博士走到一張帶著光澤的橡木桌旁，她的頭頂上掛著一盞水晶吊燈。桌上除了一本黃色筆記本、一支筆和一隻黑色手機，沒有其他東西。那隻手機並不是我之前在她辦公桌上見過的銀色 iPhone。

「妳之前跟我說，今天我得撥幾通電話？」我不知道這跟道德測驗有什麼關係。難道她又要我去給別人下套？

席爾斯博士將餐盤放在桌上。我注意到每一顆藍莓和覆盆子都完美無瑕，彷彿為整棟房子挑選了優雅家具的設計師也親自揀選了這些水果。

「我知道星期五晚上的事讓妳很不安。」她說：「今天的測驗比較簡單明瞭，而且我會一直陪在妳身邊。」

「好。」我回答之後坐下來。

我看著眼前的黃色筆記本，發現第一頁上頭已經寫了字。我認出席爾斯博士的筆跡，寫著五個女人的名字，而且每個名字旁邊都有一組電話號碼。

「我需要蒐集一些關於金錢和道德互相影響的實驗資料。」席爾斯博士把茶杯和碟子放到我面前，然後伸手拿起了自己的杯子。我發現她喝的是不加糖和奶的黑咖啡。「我認為妳的工作能夠幫助我完成這項調查。」

「我的工作？」我疑惑地重複了一次。我拿起筆，下意識地用拇指按了筆端的按鈕，發出了一聲響亮的喀啦聲。然後我放下筆，輕啜了一口咖啡。

「在一個假設的情境下，比如說贏了大樂透，大部分的受試者會說他要捐出部分獎金給慈善機構。」席爾斯博士解釋：「但是在實際情況下，中獎者通常不如他們自己所想的那樣慷慨。我希望能夠更進一步探究這種現象。」

她替我再倒了一些新鮮咖啡，然後坐在我身旁。

「我要那些接起電話的女人相信她們得到了一次『美人蜂』的免費化妝服務。」

雖然她表現得一如往常那樣冷靜，但我似乎感覺今天的席爾斯博士有一股特別高漲的情緒。她的表情依然平靜，藍色的眼眸清澄無瑕，所以，也許我只是將自己的感覺投射到她身上。她這番解釋聽起來很合理，但我還是不太能理解這項測試對她的研究有何重要性。

「所以我只要打電話告訴她們，我可以幫她們免費化一次妝？」

「沒錯，就是這樣。化妝的費用由我來支付——」

「等等。」我打斷了她。「我要真的替這些女人化妝？」

「是的，潔西卡，就像妳平常的工作那樣。這應該沒有問題吧？」

一切聽起來合情合理，她像掃去桌上的麵包屑那樣輕描淡寫地回應我的疑問。和諾亞共處所帶來的舒適感覺逐漸消逝。每一次與席爾斯博士會面，我發現自己越來越摸不透她的目的。

她繼續解釋：「我想知道，在得到免費服務的情況下，她們是不是會給妳更豐厚的小費。」

我點點頭，但是心中依然是一片迷惘。

「但為什麼是這些號碼？」我問：「她們都是什麼人？」

席爾斯博士悠閒地喝了一口咖啡。「她們是之前參加過道德實驗的受試者。她們當時簽下合約，同意配合進行各種可能的後續測驗。」

所以她們知道可能會發生某些事情，但並不知道究竟會是什麼？

依照常識判斷，我看出不這件事會對任何人造成傷害。誰不想要免費的化妝服務？但我仍舊感到胃部有些緊繃。

席爾斯博士將一張紙送到我面前。我低頭看，上面印著已經擬好的講稿。

如果美人蜂發現這件事，我可能會有麻煩。他們雇用我的合約中包含了競業禁止條款。嚴格來說，我還是以美人蜂的名義為客戶化妝，她們不太可能會把我看成獨立工作者。

我希望這五個女人都拒絕免費服務。

我同時在想，是否有其他方法可以不需要用到公司的名字來完成這項測試。

正當我想要提出這些疑問時，席爾斯博士伸出手，將手掌放在我的手背上。

她的聲音低沉溫柔。「潔西卡，我很抱歉。我太專注於研究上，都沒有想到要問問妳家人的情況。妳的父親開始找新工作了嗎？」

我吁了一口氣。家人遭遇的困境就像惱人的慢性病痛，隨時都在我心中隱隱作痛。「還沒。他想等到過年之後再開始，畢竟沒有公司會在十二月招募新人。」

席爾斯博士的手沒有移開。她的手掌好輕，鑲著鑽石的黃金戒指對她的手指來說好像太大了些，彷彿暗示她戴上婚戒之後的這些年變得更憔悴消瘦。

「也許我可以幫上一些忙……」她的聲音逐漸模糊，似乎想到了什麼不愉快的事。

我猛然抬起頭，凝視著她。

「聽起來很棒，但妳能怎麼幫忙呢？我爸爸人在賓州，他唯一的工作經驗只有推銷定期壽險。」

席爾斯博士抽回了手。雖然她的手掌冰冷，我卻還是感到一陣失落。我突然發覺自己的手指也不像先前那樣溫暖，彷彿接收了她的寒氣。

她從盤子裡揀起一顆覆盆子送到嘴邊，表情看起來若有所思。

「通常我不會和受試者談到自己的私事。」她終於再次開口。「但是我覺得妳對我來說已經不只是單純的實驗對象。」

她的話讓我內心一陣悸動。原來我們之間真的有某種連結，我之前從來沒有這樣的想法。

「我的父親是投資者。」席爾斯博士接著說：「他在東岸有些影響力，他擁有某些大企業的股份，也許我可以打給他，請他幫忙。當然，我無意僭越妳父親的事……」

「不！我的意思是，妳能幫忙就太好了！」但是我知道，爸爸會將對方的好意視為施捨；如果他知道這件事，他的自尊肯定會受傷。

席爾斯博士一如往常地察覺到我內心所想的事。「別擔心，潔西卡，這將是我們之間的祕密。」

對我來說，這比一張金額豐厚的支票更意義重大，這將能解救我們一家人的困境。如果爸爸能夠找到一個好工作，他和媽媽就可以繼續住在現在的房子，對貝琪來說也比較好。

席爾斯博士看起來並不是會隨意許下承諾的人。她是如此嚴謹、有條不紊，和所有我認識的人都不一樣。我認為她真的能夠兌現她所說的話。

突如其來的寬慰讓我有些頭暈。

她對我露出微笑。

然後她伸手拿起手機，放在我面前。

「我們可以先進行這項實驗嗎？」

第二十八章

十二月十一日，星期二

每一個家庭都有必須面對的問題。

許多人相信，一旦跨過成年的門檻，過去的陰影就會消散。但是那些因為家庭失能而銘刻在幼小心靈中的記憶永遠都會存在。

潔西卡，妳所提供的重要資訊讓我能夠理解妳的家庭模式所產生的複雜互動。然而妳是否有想像過我的家庭？病人時常會對心理治療師的生活進行臆測，在空白的畫布上描繪出各種形象。這是很典型的現象。

妳有劇場工作的經驗，也許妳能夠更精確地想像出我家人的樣貌？

角色：保羅，強勢的父親；辛西雅，曾經是選美皇后的母親；莉蒂亞，成就非凡的長女。

情境：週二的午餐。就在妳拜訪我家的隔天，是我母親的六十一歲生日，雖然她對外宣稱自己才剛滿五十六歲。

場景：西區四十三街，普林斯頓俱樂部，父親、母親和女兒坐在角落的四人座位。第四個位子的主人是家中的小女兒，自從她國中時發生了可怕意外，這個位子就一直空著。

她的名字是丹妮拉。

長女坐進那張有著棕色襯墊的皮椅，仔細地調整位置，讓自己和父母都保持同樣的距離。侍者早已熟知這組客人的喜好，他向三人致以問候，親暱地喊著每一個人的名字，然後很快地端來一杯蘇格蘭威士忌和兩杯白酒。父親熱情地和侍者握手，詢問他兒子最近在高中摔角比賽裡的表現。母親立刻喝了一大口酒，然後從皮包取出粉盒，檢視自己的妝容。她的膚色和外貌都與女兒極為相似，但是歲月已無情地奪去了皮膚的光澤。母親眉頭微皺，用指尖調整了一下唇角的口紅。侍者在三人點完菜之後告退。

妳將會聽見以下的對話。

「可惜湯馬斯不能和我們一起。」母親啪的一聲闔上粉盒，將它放回那個有著金色雙C扣子的香奈兒皮包裡。

父親表示：「最近都沒有見到他。」

女兒回答：「他最近工作太忙，心理治療師經常得犧牲假日。」

這句話答得很有技巧，給予聽者自行想像的空間。病人焦慮的源頭五花八門，有可能是因為購物或旅行造成的壓力，甚至晚餐繁瑣的準備工作也會讓他們想要追加額外的諮詢療程，冬季時白天縮短也有可能造成憂鬱症或者其他季節性失調症惡化。但是任何一位治療師都會告訴妳，在十二月這個月，幾乎所有預定好的和臨時的諮詢原因，都是來自於家庭關係。

「莉蒂亞？」

女兒抬起頭，帶著歉意地對父親微笑。她剛才陷入了自己的思緒中。

妳無法觀察到的是，女兒正在回想昨天的電話實驗。

根據妳撥打電話的結果，潔西卡，其中兩個號碼的主人不可能與湯馬斯有不正當關係。其中一位女士說她這週得照顧孫子，但是可以在週六預約化妝服務。另外一個號碼屬於一間家庭清潔公司，這讓我想起湯馬斯之前確實提過要換一間。

然而另外三個號碼令人充滿疑慮。其中兩人接受了免費化妝服務，她們的預約都訂在這週五晚上。第三個號碼變成了空號，目前尚無法追查。

一次出軌可以被原諒。然而一旦確認他有過兩次以上的不忠行為，表示他不僅是偷吃的慣犯，而是更大膽且有系統化的欺騙模式。

到目前為止，這項調查的結果尚未能證實我的推斷，其中存有太多不確定的變數。我必須同時進行另一項測試。

該讓妳和我的丈夫見面了，潔西卡。

家庭午餐持續進行。

「妳都沒碰妳的比目魚。」父親說：「不好吃嗎？」

女兒搖搖頭，吃了一口魚肉。「魚很完美，我只是沒有很餓。」

母親放下叉子，在餐盤上發出一聲輕響。盤中的烤雞肉和蔬菜還剩下一半。「我好像也沒什麼胃口。」

父親的目光依舊落在女兒身上。「妳確定不想點些別的菜嗎？」

母親將白酒一飲而盡。侍者走近餐桌，恭謹地將酒杯倒滿。女兒顯得有些拘束，只輕輕啜了一口自己的酒。父親揮手婉拒了第二杯威士忌。

「我可能有點心不在焉。」女兒遲疑了片刻。「這陣子和我共事的年輕研究助理，她的父親最近失業。她家裡還有一個身心障礙的妹妹。我在想是不是有什麼辦法可以幫助這個家庭。」

「妳有什麼想法？」父親靠回椅背上。

母親從籃子裡拿起一根麵包棒，將一端折斷。

「他住在亞倫鎮。您在那邊有熟識的公司嗎？」

父親皺起眉頭。「他從事什麼產業？」

「他之前銷售定期壽險，賺的不多。我相信他對所有類型的工作都保持開放態度。」

「妳總是令我感到驚訝，女兒。」父親說：「妳全心全意地投入這麼重要的研究，還有時間去關心助理的家庭狀況。」

母親吃完了麵包棒。「妳不會還對之前那個女孩子的事感到難過吧？」她的語氣更像是陳述事實，而非問句。

女兒並沒有表現出憂傷或激動的跡象。「這兩人之間沒有任何關聯。」她的語調依然平穩。旁人無法看出女兒需要多大的努力才能保持冷靜。

父親輕拍女兒的背。「我看看能幫上什麼忙。」

侍者送上生日蛋糕。母親吹熄了蠟燭。

「切一塊大的帶回去給湯馬斯。」母親的目光一直沒有離開女兒，她的眼神逐漸變得銳利。

「我希望在聖誕夜能夠見到你們兩人。」

第二十九章

十二月十三日，星期四

這次的任務沒有載客服務，也沒有衣著指示或事先寫好的講稿。

我得到的資訊只有地點和時間：大都會美術館布勞耶分館的狄倫．亞歷山大攝影展，十一點到十一點半，在這段時間內我得待在那裡，結束後直接前往席爾斯博士的辦公室。

席爾斯博士在週四下午打電話告訴我這些指示。我問她：「我這次需要做什麼？」

「我知道這些任務可能會讓妳感到不安，但是妳必須保持在無知的狀態進入這些情境，這樣實驗結果才不會受妳預設的想法所影響。這點非常重要。」她只補充了一點。「做妳自己就好，潔西卡。」

我感到一陣迷惘。

我知道如何在人生中扮演不同的角色：辛勤工作的專業化妝師、在酒吧中與朋友歡笑的甜美女孩、在家中盡責的女兒和姊姊。

但是席爾斯博士在我身上看到的並不是這些形象。她看到的是那個坐在辦公室沙發上，揭露自己祕密的女子。但我確信這也不是我今天必須扮演的角色。

我試著回想席爾斯博士對我的讚美；我身上有某些特質，讓她認為我不僅僅是她的其中一名受試者而已。也許我今天必須展現這一部分的我。但是除了我的時尚品味和坦率，我實在想不起太多她對我的具體讚美。

著裝時，我意識到自己的打扮是為了席爾斯博士，而不是這項任務。最後我拿起她的褐色披肩，告訴自己這是為了抵禦十二月的寒冷。但事實上是因為我很緊張，而這條披肩能夠帶來寬慰。我深吸一口氣，彷彿還能聞到她身上淡淡的香水味，雖然我很確定這味道早已消散。

去美術館前，我先和麗茲一起吃了早餐。我告訴她有個重要的工作預約，所以得在十點整離開。雖然中午的美術館並不是尖峰時段，但我想多留些時間。你永遠無法預料地鐵誤點、塞車或高跟鞋在路上突然斷跟等突發狀況。

吃早餐時，麗茲跟我說到她那人見人愛的弟弟提米。提米今年高二，是個和善帥氣的男孩子，去年夏天我曾在麗茲家見過他一面。麗茲說，提米決定放棄他熱愛的籃球，不參加校隊。他們全家對這個決定感到一陣慌亂，因為他是家中四個兄弟裡第一個選擇不打籃球的人。

「那他想參加什麼活動？」

「機器人研究社團。」

「聽起來可能比打籃球更有前途。」

「尤其是他只有一百六十五公分。」麗茲贊同地說。

我和麗茲說到諾亞。我沒有告訴她我們初遇的細節，但是提到了週六夜晚的第二次約會。

「一個會為妳下廚的男人？」麗茲說：「聽起來好貼心。」

「我想他確實不錯。」我有些心虛地低頭看著酒紅色的指甲。對她隱瞞這麼多事，感覺實在很怪。「我得走了。之後再聊吧？」

我提早十分鐘到達美術館。

正當我走向入口，後頭傳來一陣尖銳的煞車聲。有人大喊：「天啊！」

我立刻轉身，看見在幾公尺外有一位銀髮女士匍匐在計程車前。司機正開門下車，幾名路人也快步朝事故現場走去。

當我走近時，聽見司機說：「她突然就走到我前面。」

現在包括我在內，已經有五、六個人圍在那位女士身邊。她意識清楚，但好像有些恍惚。

在我身旁的一對男女立刻掌控了整個情況。他們看起來三十來歲，有著冷靜幹練的氣質。

「請問您的大名？」男子脫下他的藍色大衣，披在年邁女士的身上。她矮小的身材在厚重的大衣下顯得特別脆弱。

「瑪瑞琳。」光是說出名字彷彿就用盡了她全身的力氣。她閉上眼睛，痛苦地扭著臉。

「麻煩哪位可以打電話叫救護車？」年輕女人說道，一邊替瑪瑞琳把大衣裹得更緊些。

「我來打電話。」我說話的同時，手中撥打著九一一。

我向電話那頭報上地址，然後瞥了一眼手錶；現在是十點五十六分。

我猛然想到，也許這場意外也是精心設計的戲碼。當時在飯店酒吧裡，席爾斯博士曾經利用我來評估陌生男人的反應。

說不定今天我才是接受評估的一方。

這場意外可能就是這次的測試。

那對俯身關心瑪瑞琳的男女外貌出眾，一身商務打扮。他們也是測試的一部分嗎？

我環視四周，有點期望看見席爾斯博士的紅髮和銳利的藍眼睛，彷彿她正站在舞臺下導演這齣好戲。

然而下一秒，我搖搖頭，試圖甩去這樣的懷疑。如果她為了測試我而設計了這一切，未免也太瘋狂了。

我彎下腰，對瑪瑞琳說：「妳還需要我們打電話給誰嗎？」

「我的女兒。」她喃喃地說，並且唸出電話號碼。

看到她的記憶和思緒依舊清晰，令人感到安慰。

替她披上大衣的男士很快撥通手機。

「妳的女兒已經在過來的路上。」他一邊掛斷電話，一邊透過眼鏡打量著我，眼中依然有著關切之意。

我再次查看手錶；現在是十一點〇二分。

如果我現在就進入美術館，頂多只會遲到兩、三分鐘。

但是什麼樣的人會這樣一走了之？

我聽見遠處救護車的汽笛聲，受驚女士需要的援助就快到了。

如果我現在離開，是否會有道德上的瑕疵？

但如果我再拖延下去，就會違反席爾斯博士明確的指示。我感覺到背上正在出汗。

我對那位男士說：「不好意思。」他正因為沒有大衣而微微發抖。「我有一個重要的工作，得馬上離開。」

「沒關係，這裡交給我就好。」他和善地說。我覺得胸口的緊繃感稍微和緩了些。

「你確定嗎？」

他點點頭。

我低頭看瑪瑞琳。她嘴脣上的粉紅霧面脣膏跟我媽用了好幾年的那款口紅很像。我在專櫃上班的時候，曾經送她幾款昂貴的芭比布朗脣蜜，但她還是喜歡自己用慣的牌子。

「可以請你幫個忙嗎？」我拿出一張美人蜂的名片，在背後草草寫下我的手機號碼，然後將名片遞給那位男士。「麻煩讓我知道她後續的情況，好嗎？」

「當然。」

我真心希望確定瑪瑞琳沒事。除此之外，我也得告訴席爾斯博士這件事，她才不會認為我自私地從事故現場中離開。

當我通過門廊進入美術館時，時間是十一點〇六分。

我回頭望了最後一眼，看見那名男士手裡拿著我的名片。他的目光並沒有看著正在駛近的救護車，而是緊盯著我。

我在櫃檯用十美元買了門票，工作人員替我指示了攝影展的方向，從狹窄的階梯上到二樓，左轉之後沿著走廊走到底。

登上階梯時，我檢查了一下手機，看席爾斯博士是否像上次在酒吧那樣傳訊息給我。收信匣裡有一封新訊息，但不是來自於席爾斯博士。

只是想跟妳打聲招呼。找時間一起喝咖啡？

是卡崔娜，以前在劇場認識的朋友。

我將手機塞回口袋裡。

攝影展在大廳最深處，我走到展場時已經微微喘氣。

被告知這次任務的內容後，我就上網搜尋了這位藝術家。展覽內容是一系列摩托車的黑白相片，沒有裱框，直接印在展開的大型帆布上。

我的目光四處徘徊，尋找可能的線索。

一名解說員帶著三名遊客駐足在攝影作品前，包括一對說法語的夫妻和一名穿著飛行夾克的男子。沒有人注意到我。

我看著這些照片，想起當時席爾斯博士給我看那尊獵隼玻璃雕像時，我給出了毫無創意的無趣回應。也許這次的任務與這些攝影作品有關？如果她問起看展的心得，我得說出一些更有深度的見解。

但是我根本不懂摩托車，對藝術也是一竅不通。

我盯著眼前的作品，照片中高速過彎的哈雷摩托車車身傾斜，騎士的身體幾乎都要跟地面平行了。這個幾乎與實物同樣大小的畫面極具震撼力，騎士和摩托車彷彿要從照片中衝出一般。我努力想從這件作品中挖掘出隱藏的訊息，推想席爾斯博士要我來此的真正意義，但我看見的只有一輛巨大的摩托車，和一名似乎冒著不必要生命危險的騎士。

如果實際生活中的道德倫理測驗不是在這些照片裡，那會在什麼地方？

我發現自己沒辦法專注在這些作品上，我整個腦袋都在思考測驗是否早就已開始？大都會美術館建議訪客支付二十五美元做為參觀費，但是如果不想，也可以一毛都不付。在售票櫃檯旁有一個告示，上面寫著：您可以自行決定門票費用，請在能力範圍內慷慨贊助本館的營運。

我當時正趕時間，而且我知道自己只會在展場待三十分鐘。我的錢包裡正好有一張二十元和一張十元的鈔票，所以我很自然地拿出十元鈔票，將它折起滑過售票窗的玻璃，交給工作人員。

席爾斯博士很可能會將門票錢補給我。她說不定期待我會依照美術館的建議付足二十五美元。我到時候得告訴她實情，只能希望她不會認為我太過吝嗇。

我決定待會兒下樓時要去將二十元鈔票找開，然後再多付十五元。

我往回走向展場的入口處。剛才那名穿著飛行夾克的男子正看著其中一幅照片。

我等到他向另一幅作品移動時才走近他。

「不好意思，我知道這聽起來很蠢，但是我實在搞不懂這些照片有什麼特別的地方。」

他轉過頭來，露出微笑。這個男人比我原先想得要年輕，秀氣的五官和時尚的衣著讓他顯得更英俊。

他停頓了一下，說道：「我想藝術家選擇使用黑白相片，是希望觀者能夠專注在優美的線條和形態上。沒有色彩的干擾，妳就更能夠注意到每一個細節。妳看他很小心地配置光線，來強調摩托車的手把和速度計。」

我順著他的解說再次欣賞眼前的影像。起初這些摩托車看起來還是沒有什麼不一樣，對我來說依舊是一團雜亂的金屬，但現在似乎可以看出這些作品的特別之處。

「我大概了解你的意思了。」雖然我還是無法理解這個展覽和道德倫理有什麼關係。

我走到下一幅作品前。這次照片中的摩托車停放在一座山丘上，嶄新的車身閃爍著光芒。穿著飛行夾克的男子也走了過來。「有看見後照鏡裡的人影嗎？」

我並沒有注意到這個細節，但還是點點頭，更仔細地觀看照片裡的影像。

手機突然響起的嗡嗡聲嚇了我一跳。我抱歉地對男子微微一笑，手伸進口袋將手機調到靜音，希望沒打斷他全神貫注欣賞作品。

我在來美術館的途中設了鬧鈴，確保自己依照席爾斯博士的指示在十一點半準時離開。現在我得動身了。

「謝謝你的解說。」我對男子說完，隨即沿著樓梯走到大廳的樓層。我沒有浪費時間去換零錢，而是直接將那張二十元鈔票塞進捐獻箱，接著快步走出美術館大門。

我踏出美術館時，瑪瑞琳、計程車司機和那名帶著玳瑁眼鏡的男子都已經消失。來往的車輛呼嘯著駛過先前她倒地的位置，無數的行人在人行道上來來去去，有些人講著手機，有些人則是大口嚼著從附近攤販買來的熱狗。

那場意外彷彿從來沒有發生過。

第三十章

十二月十三日，星期四

對妳來說，這不過是個短短三十分鐘的任務。

妳絕對無法想到，這將會為我的人生揭開什麼樣的事實。

當這項計畫開始執行之後，我必須採取一些措施來緩和可能產生的生理反應：失眠、缺乏食慾、體溫劇降。我不能讓身體上的不適阻礙思路的清晰。

溫暖的薰衣草精油藥浴能夠提高睡眠品質，早餐則是兩顆煮熟的雞蛋。我將室內溫度從二十二度調高到二十三度，以適應我生理上的變化。

在與湯馬斯見面前，我撥了一通電話到他的手機。

「莉蒂亞。」他的聲音聽起來很愉悅。如果下半輩子都不能再聽見這個聲音——早晨初起時的低沉沙啞、親密接觸時的溫柔體貼、為巨人隊加油時的熱情氣概——我該怎麼辦？

湯馬斯說他現在人已經到大都會美術館布勞耶分館，在那裡等著我。

當我告訴他，我的工作有緊急狀況，必須取消這次一起欣賞他最愛的攝影家展覽約會時，他聲音裡的愉悅隨即消失。

他無法抱怨，因為一週之前他才以同樣的理由取消約會。

我對他說：「週六晚餐的時候，你再跟我分享心得吧。」

現在妳和湯馬斯身處同一個地方，就在即將交會的軌道上。

我能做的只剩下等待。

等待是人們的普遍經驗；我們等待交通號誌由紅轉綠、在超市排隊等待結帳、在醫院等待檢驗結果出爐。

而我現在等待妳的到來，潔西卡，等待妳告訴我美術館裡發生的事情。這段等待無法以任何時間單位來衡量。

通常最有效的心理研究都是以欺騙為核心。受試者會被誘導去相信該測試是在觀察他的某個行為，但事實上，心理學家運用這個障眼法來評估完全不同的面向。

以阿希從眾實驗為例，做為受試者的大學生認為自己是與其他學生一同參加認知測驗，事實上，其他人都是實驗助手偽裝的假學生。實驗者先展示一張畫了一條直線的卡紙，接著再展示另一張畫了三條直線的卡紙，而受試者必須大聲指出第二張紙卡上的哪一條直線長度與第一張紙卡的直線相符。實驗發現，即使偽裝者指出的的直線長度明顯不符，受試者仍會提供與偽裝者相同的答案。擔任受試者的大學生以為自己是在接受認知測驗，但是實驗者評估的其實是他盲目追隨大眾想法的傾向。

妳以為妳是為了看攝影展才前去布勞耶分館，其實妳對展覽的看法完全無關緊要。

現在時間是上午十一點十七分。這個時候美術館不會有很多訪客，欣賞攝影作品的人應該寥寥可數。

現在妳應該已經見到湯馬斯了。而他也同樣見到了妳。

我意識到自己坐立難安。

我伸手擺弄白色木頭書架上的那一排書，雖然它們本來就整齊美觀地排列著。

然後我將桌上的文件夾往右邊稍微移動了幾寸，更精確地擺放在辦公桌的中間。

沙發旁茶几上的衛生紙也換了一盒新的。

我不斷查看時鐘。

終於，時間來到了十一點三十分。一切都結束了。

辦公室的寬度大約是來回十六步的距離。

十一點三十九分。

從窗戶能夠一覽樓下的入口走道。我很確定沒有錯過任何一個走過的身影。

十一點四十三分。

妳現在應該要在我的辦公室裡了。

我在鏡中檢視自己的儀容，補了一點口紅。洗臉槽的邊緣堅硬、冰冷。鏡中的倒影一切都如常。妳絲毫不會起疑。

十一點四十七分。

門鈴響起。

妳終於到了。

我慢慢地調整呼吸。

辦公室的內門打開時，妳臉上露出笑容，臉頰被外頭的寒氣凍得通紅，頭髮被風吹得有些亂。妳毫無保留地散發出年輕的活力，提醒著我時間的無情流逝。終有一天，妳也會體會到年華老去的殘酷。

當湯馬斯見到的是妳，而不是他努力挽留的妻子，他的心中會有何想法？

「我們看起來好像雙胞胎姊妹。」妳摸摸身上那條喀什米爾羊毛披肩。

我強迫自己微笑。「是呀……最近風大，搭配這條披肩剛剛好。」

妳坐進雙人沙發，那裡已經變成了妳的專屬座位。

我以實事求是的語氣說道：「潔西卡，告訴我妳在美術館發生的事。」這項研究不能有任何先入為主的偏見，妳所述說的必須是毫無粉飾的事實。

「嗯，我得承認我遲到了幾分鐘。」妳垂下眼睛，避開我的目光。「一位老太太被計程車撞倒了，所以我過去幫忙。我叫了救護車，讓其他人處理現場的情況，然後就趕去展場。我當時還想這會不會是測驗的一部分。」妳尷尬地笑了笑，繼續說：「我不太確定要從哪邊開始說，所以我只是告訴妳我注意到的第一件事。」

妳說得太快、太草率了。

「慢慢來，潔西卡。」

妳調整了一下坐姿，讓身體更陷入沙發裡。

「抱歉，我那時候有點受到驚嚇。我沒有親眼見到意外發生，但我看到她倒在街上……」

我不能苛責妳的情緒波動。「那真是可怕。」我說：「妳主動提供協助，真的非常好心。」

妳點點頭，雖然坐姿依然有些僵硬，但已經不像剛才那麼緊張。

「妳深呼吸一下，我們再繼續。」

妳解下披肩，將它放在身旁的座位上。

「我沒事。」妳的語調已經平穩下來。

「依照時間順序描述妳進入展場之後發生的事情。別忽略任何細節，不管它看起來多微不足道。」

妳提到那對法國夫婦、那名導覽員和他帶領的遊客。妳也說到了妳對亞歷山大運用黑白攝影來凸顯出摩托車線條和形態的手法感到印象深刻。

然後妳停頓了一下。「老實說，我真的不知道這些攝影作品有什麼特別的地方。當時展場裡有一個男人看起來很有心得，所以我才去問他為什麼喜歡這些照片。」

我感到心臟猛地一跳，湧起了想一探究竟的欲望，幾乎無法抑制。

「原來如此。所以他跟妳說了什麼？」

妳轉述了兩人之間的談話。

湯馬斯低沉的嗓音彷彿在辦公室裡迴響，交雜在妳細細的聲音中。當妳說話時，他是否注意到了妳上唇的優美曲線，還有妳誘人的煙燻妝睫毛？

我開始感到有些頭痛，緊握著筆的手稍微鬆開了一些。

我必須謹慎地選擇下一個問題。

「妳和他的談話還有持續下去嗎？」

「有的，他人很好。」

妳的臉上閃過一絲笑意，表示這是一段愉快的回憶。

「幾分鐘後，我在看另一張照片時，他又過來跟我說話。」

這樣的狀況只會有兩種結果。湯馬斯可能對妳沒有興趣，不再繼續攀談；或者他被妳吸引，希望有更多的互動。

雖然我早已經想像出後者的情景，這對我來說依舊有著毀滅性的衝擊力。湯馬斯淡黃色的頭髮飄蕩著，雙眼孕育深情的微笑。他對我保證一切都會恢復正常，卻無法抵抗妳的誘惑。

我們的婚姻構築在謊言之上，就好像蓋在流沙上的房屋。

但我並未顯露出逐漸高漲的怒火和深沉的失望。時候未到。

妳繼續描述你們之間關於摩托車後照鏡的對話。就在妳說到手機鬧鈴響起時，我請妳稍微暫停一下。

妳直接跳到離開美術館的時候，我要妳回溯記憶，回到妳和湯馬斯共處一室的時刻。湯馬斯受妳吸引，希望延長與妳的接觸。儘管我早已得出這樣的結論，但我還是必須提出這個問題。

妳已經得到充分的訓練，知道在此必須完全誠實坦白。之前所有的基礎測試都是為了這關鍵的一刻。

「關於這個淡黃色頭髮的男子……妳能不能……」

妳搖搖頭，打斷了我的話。「妳是說跟我討論攝影作品的男子嗎？」

我必須消除一切可能造成混淆的狀況。

「對，那個穿著飛行夾克的男子。」

妳看起來一臉迷惑，再次搖頭。

妳接下來所說的話讓整間辦公室彷彿旋轉了起來。

有個地方出了嚴重的差錯。

「他的頭髮不是淡黃色的，是很深的褐色，幾乎跟黑髮沒什麼兩樣。」

所以妳從沒有在美術館遇見湯馬斯，妳遇見的是完全不同的男人。

第三十一章

十二月十四日，星期五

乾洗手液，薄荷糖，看起來就和普通的工作日沒什麼兩樣，我也一如往常地比預約時間提早五分鐘抵達客戶的家。

在這個週五夜晚，只要再完成兩名客戶的化妝服務，就可以結束這一天的工作。但是這兩位客人都不是由美人蜂所安排。

她們是席爾斯博士所選出的研究對象。

昨天我離開美術館，立刻來到席爾斯博士的辦公室，她似乎對我和那個穿著飛行夾克男子的對話感到疑惑。她從洗手間回來後，我告訴她接下來發生的事，包括我投了更多錢到捐獻箱裡，還有在離開展場時發現街上已經完全沒有那場事故的痕跡。

然而席爾斯博士要我不必再說下去。她現在只想專注在這個新實驗上。

她再次解釋，這些女性都是先前參與實驗的受試者，她們都簽下了合約，同意接受後續的各項測試，但她們不會知道我出現在她們家裡的真正原因。

這是席爾斯博士第一次告訴我實驗的評估目的。我終於知道自己在做什麼了。或者，我只是自以為知道罷了？

不再茫然地進行實驗讓我感到安慰，但依然有些詭異。也許是因為和過去幾次相比，這次似乎簡單許多，看起來也沒有任何風險。席爾斯博士只想知道這些人是否會因為免費服務而給我更多小費，而我得搜集她們的年齡、婚姻狀態、職業等基本資訊，供席爾斯博士撰寫論文。

我不太理解為什麼席爾斯博士需要我來確認這些個人資料。照理說，她或她的助理不是早在讓她們參加實驗之前就取得了這些資訊，就像我當初那樣？

在我踏入切爾西大廈公寓，進入通往十二樓的電梯之前，我從口袋裡拿出手機。

席爾斯博士強調這個步驟很重要。

我撥出席爾斯博士的號碼。

電話接通之後，我告訴她：「嗨，我準備要進去了。」

她說：「潔西卡，從現在開始我不會發出任何聲音。」

過了一會兒，手機就不再傳來任何聲音，連她的呼吸聲都聽不到。

我按下擴音鍵。

蕾娜打開公寓大門，她正是我預期會出現在席爾斯博士實驗中的女性：三十出頭，黑亮的短髮俐落地垂在鎖骨處，家中裝潢帶有藝術家的品味，疊成螺旋狀的一大堆書被當成了茶几，牆上的壁紙是深沉的暗紅色，擺放在窗臺上的檯燈十分典雅，像是古董一般。

在接下來的四十五分鐘裡，我試著將席爾斯博士要求的問題穿插在對話中。我現在知道蕾娜今年三十五歲，來自奧斯汀，是一名珠寶設計師。我替她選了一款紫灰色的眼影。她指著一些最近配戴的首飾，包括那枚為了她與女友新婚典禮所設計的戒指。

「伊莉諾的戒指和我的是一對的。」蕾娜剛才告訴我，今晚她和女友會一起參加朋友的生日派對。

蕾娜很健談，我幾乎忘記這並不只是一次普通的化妝工作。

完成之後，我們又閒聊了幾句，她才去鏡子前檢查自己的妝容。

她回來後遞給我兩張二十元鈔票。「真不敢相信我可以免費得到這樣的服務。妳剛剛說妳是替哪間公司工作？」

我猶豫了一下。「那是一間蠻大的美妝公司，但是我最近在考慮獨立接案。」

「我一定會再打給妳。」蕾娜說：「我已經有妳的號碼了。」

那個號碼其實是席爾斯博士當天在辦公室給我用的手機。我只是笑了笑，然後快速地收拾好東西。當我走上人行道時，立刻拿出手機取消擴音，將手機貼到耳邊。

「她給了我四十塊的小費。大部分的客戶都只給十塊。」

「很好。」席爾斯博士說：「妳到下一個預約地點需要多久？」

我查看了一下地址，搭計程車走西城公路的話應該很快就能夠到達目的地。

「她的住址在地獄廚房。我大概可以在七點半左右到那邊。」氣溫在這半小時裡突然降低了不少，我的身體微微發抖。

「好極了。」她說：「到了之後再打給我。」

第二名女性和我之前服務過的任何客戶都不一樣，我很難想像席爾斯博士會讓她參與研究。蒂芬妮有一頭漂白的金髮，身材削瘦，但完全不像上西城那種時髦的女性。

從我拖著化妝箱進入狹窄的玄關起，她的嘴巴就沒有停過。這是一間配有小廚房的套房，一張拉開的沙發當做床鋪，廚房櫃子裡擺著各式各樣的酒瓶，水槽裡滿是骯髒的碗盤。電視機發出吵雜的聲響，螢幕上是電影《風雲人物》裡的吉米．史都華。

「我從來就沒有中過任何獎！」蒂芬妮的音調高亢，幾乎跟尖叫沒什麼兩樣。「我連在市集都沒贏過一隻玩偶！」

我正要問她今晚要參加什麼樣的活動，另一個人的聲音從亂七八糟的沙發床床單下傳出：「幹，我超愛這部電影！」

我嚇了一跳，看見一個男人懶洋洋地靠在沙發椅背上。

蒂芬妮順著我的目光看去。「那是我男友。」但是她並沒有介紹我們認識的意思。男人連看也不看我。電視螢幕的藍色光芒灑在他的臉上，我看不清楚他的長相。

「今晚會去什麼特別的地方嗎？」我問。

「還不確定，可能去酒吧。」蒂芬妮說。

我把化妝箱放在地板上，空間很小，我沒辦法把所有用具拿出來。我已經開始想離開這個地方了。

「可以多開一盞燈嗎？」我問蒂芬妮。

她伸手去開燈，男友馬上用手遮住眼睛。我瞥見他結實的手臂和刺青。「妳們不能去浴室弄嗎？」

「浴室太小。」蒂芬妮說。

他吐了一口氣。「好吧。」

我把手機螢幕朝下放在化妝箱的上層，有點擔心席爾斯博士能夠聽到多少對話。

蒂芬妮拉過一個棕色紙箱，一屁股坐在上面。我注意到牆邊還有好幾個類似的箱子。

我仔細觀察蒂芬妮的皮膚，才發現她的實際年齡應該比我想像的再大一些。她的臉色有點淡黃，牙齒也有灰色的痕跡。

「我們才剛搬進來不久。」她的語尾上揚，彷彿這是一個問句。「我們之前住在底特律。」

我在手背上調和一些象牙色的粉底。她的臉色太過蒼白，我得用最淡的眼影才行。

「你們怎麼會想要搬來紐約？」我已經知道她的婚姻狀態，現在我只需要她的職業和年齡。

蒂芬妮的目光落在男友身上，而他依然沉浸在電影裡。「因為瑞奇工作的關係。」

顯然他是聽見了我們的談話，因為他馬上叫道：「妳們女人就是多嘴。」

蒂芬妮對我說：「抱歉。」然後她放低聲音。「妳的工作感覺好有趣，是怎麼找到的呀？」

我彎下腰，將粉底塗在她的皮膚上。這時我看見她太陽穴附近有一塊淡紫色的瘀青。剛剛她應門時，頭髮遮住了這個部位。

「妳這裡是怎麼了？」我問。

「我拆箱子時不小心撞到櫃子的門。」這是第一次她的語氣如此平淡，甚至有些僵硬。

瑞奇調低電視的音量。他離開沙發，拖著腳步走到冰箱前。他光著腳，穿著一件鬆垮垮的牛仔褲和褪色的T恤。他從冰箱拿出一瓶啤酒，撬開瓶蓋。

「她到底是怎麼得到這次免費化妝服務的？」他現在就站在幾尺之外的螢光燈下，我可以清楚地看到他的臉孔。他有著和蒂芬妮一樣的骯髒金髮和淡黃色的皮膚，但是蒂芬妮的眼睛是淡藍色，他的則是接近黑色。

我立刻發現這是因為他的瞳孔放大到了超過虹膜的程度。

我本能地看了手機一眼，然後看著瑞奇。「是我老闆安排的，我猜他是想用免費服務替公司打廣告。」

我拿起一隻眼影筆，已經不在乎這顏色是否適合她。

我對蒂芬妮說：「請妳靠近一些。」

三聲響亮的劈啪聲音突然從我右邊傳來。

我驚訝地轉過頭，發現瑞奇正在扭著脖子的骨頭，但他的眼睛一直緊盯著我。

「所以妳就是這樣到處跑來跑去，免費給人化妝？這樣有什麼賺頭？」

蒂芬妮尖聲對男友說：「瑞奇，她已經快弄好了。我沒有要付錢或是給她信用卡之類的好嗎？所以你就好好看你的電影，待會兒我們就可以出去了。」

瑞奇沒有任何動作，他依舊盯著我瞧。

我得再問最後一個問題，然後趕快離開這裡。

「我會用一些膏狀腮紅，適合像妳這樣二十五歲以下的年輕女孩子。」我將手伸向化妝箱。腮紅的畫筆就放在上層，正好在手機旁。

我將腮紅調和在蒂芬妮的臉頰上。我的手指有點顫抖，但是動作還是保持溫柔，特別是靠近瘀青的地方。

瑞奇移近了一步。「妳怎麼知道她不到二十五歲？」

我又瞥了一眼手機。「我猜的。」他的身上混著汗臭和菸味，還有無法辨認的奇怪味道。

「啥？妳是想推銷東西嗎？」

「不，當然沒有。」

「我覺得很奇怪，為什麼你們會選擇給她免費服務？我們搬過來才不到兩個星期。妳從哪裡弄來她的電話號碼？」

我的手滑了一下，不小心在蒂芬妮的臉頰下方抹了一點腮紅。

「我沒有……電話號碼是老闆給我的。」

兩個星期。他們大老遠從底特律搬來這裡，蒂芬妮不可能在之前參與過席爾斯博士的研究。

我沒有意識到自己手上的動作停了下來，只是呆呆地望著手機，直到眼角餘光瞥見一道人影突然逼近。

瑞奇撲了過來。我扭著身子閃躲，發出尖叫。

蒂芬妮嚇得無法動彈。「瑞奇，住手！」

我本能地在地板上縮著身體，但是他的目標並不是我。

而是我的手機。

他一把抓起手機，翻過去看螢幕。

「那是我的老闆！」我不經思考地喊道。

瑞奇瞪著我。「他媽的，妳是緝毒局的條子嗎？」

「你說什麼？」

「人生中沒有什麼是免費的，這一定有鬼。」他大喊。

我等著席爾斯博士的聲音從手機的擴音器傳出。美人蜂有自己的安全措施來保護旗下的員工，他們要求信用卡付款，並且授權我們在發現情況不對時能夠立刻離開。

但我現在擁有的後援只有席爾斯博士。她會制止這一切；她會解釋這一切。

我抬起頭去看手機，但是瑞奇將它移到了我的視線之外。

「妳為什麼一直在看手機？」他慢慢地翻過螢幕。

螢幕上只有我的桌布，一張李歐的相片。

席爾斯博士已經掛斷電話。

現在只有我孤身一人。

我在地板上蜷曲著身體，不知道該如何保護自己。

「我的男友等一下就會來接我，我只是不想錯過他的來電。」我撒謊，聲音激動又高亢。

「他很快就會過來這裡。」

我緩慢地站起來，彷彿在避免激怒一隻野獸。

瑞奇沒有動作，但是我感覺到他的怒氣隨時都會爆發。

「如果造成你的困擾，我很抱歉。」我說：「我可以在外面等。」

瑞奇與我目光相接，拿著手機的手掌緊握成拳。

「妳一定有什麼問題。」

我搖搖頭。「我向你保證，我只是一名化妝師。」

他又盯著我瞧了好一會兒。

然後他將手機扔到空中，我踉蹌著伸手接住。

「把該死的手機拿回去。我要回去看電影了。」

我屏住呼吸，直到他躺回沙發上。

「我很抱歉。」蒂芬妮小聲地說。

我想要從化妝箱裡拿一張名片給她，告訴她如果需要協助的話可以打給我。

但是瑞奇就在一旁，他對我的注意在屋內形成了一股強大的壓力。

我從化妝箱裡拿出幾隻唇膏，遞給蒂芬妮。「這些送給妳。」

我把工具都收進化妝箱裡，立刻起身。我感到雙腿發軟，但還是快步走到門邊，想像著瑞奇的視線緊盯著我的背。我幾乎是用奔跑地來到樓梯處，手臂費勁地提著沉重的化妝箱。

當我終於搭上 Uber 之後，我查看了手機的通話紀錄。

我簡直不敢相信。席爾斯博士在我進入房間後，不到六分鐘就掛斷了電話。

第三十二章

十二月十四日，星期五

從第二個女人家中離開之後，妳撥了電話過來，聲音出乎意料地激動。「妳怎麼可以就這樣掛掉電話？那個男的根本就是個瘋子！」

心理治療師接受的訓練讓他們能暫時放下自己的情緒，專注在病人身上。這並非一件簡單的事，潔西卡，尤其是現在我心中無法言說的疑慮幾乎與妳的情緒同樣強烈。

湯馬斯今晚在做什麼？他獨自一人嗎？

然而我必須立刻讓妳平靜下來。

那兩個女人與我丈夫通電話自然有其原因，很可能只是為了心理療程。無論如何，他們都已經從名單中排除：蕾娜已經和同性伴侶訂婚，蒂芬妮才搬到紐約不到兩週。

其他能夠獲得資訊的管道已經走入死胡同，妳的參與變得更為重要且急迫。

現在一切都得仰賴妳。

我必須控制住妳的情況。

「潔西卡，我真的很抱歉。剛才通話意外中斷，妳知道我沒有辦法回撥給妳。發生了什麼事？妳現在安全嗎？」

妳吁了一口氣。「大概吧，我想。可是那個女人的男友很明顯就是在嗑藥！」

妳的聲音裡有一絲散不開的情緒，是憎惡？還是憤怒？

無論那是什麼，我都必須熄滅它。

「妳需要我派一輛車去接你嗎？」

不出我所料，妳婉拒了。

我對妳人身安全的關懷還是達到了一些效果。妳的聲音逐漸平穩，妳用更和緩的節奏描述事情的經過。我隨意問了一些關於那兩個女人的問題，然後讚賞了妳從她們口中取得基本個人資訊的能力。

「我那時急著離開蒂芬妮家，所以沒有拿到任何小費。」

我再次向妳保證，妳處理得十分完美，妳的安全絕對優先。

然後我很謹慎地開啟這個話題。「那天在飯店大廳時，妳對我描述了那名劇院導演對妳做過的惡劣行徑。這個經驗是不是有可能讓妳在與男人互動時感到更為脆弱？」

我的語調自然且充滿同情。

妳一時之間不知道該如何回答。「我……我那時候沒有想到這些。」

妳的聲音裡透著自我懷疑，這表示我的問題達到了效果。

一通來電震動聲打斷了妳的話。我很快地查看了手機。來電者是我父親，不是湯馬斯。

「請繼續。」我說。

我在一小時前留了語音留言給湯馬斯，但是他一直到現在都沒有回應。這很不尋常。

他到底在什麼地方？

當我提到妳的過去影響到妳與男性之間互動的可能性後，妳的語調就變得收斂許多。也許妳想起了那時候在飯店酒吧，妳和那名叫史考特的男子共處的場景。

「第二個女人，蒂芬妮……她說她才剛從底特律搬來。」妳說得很委婉。妳正在試著挖掘資訊，但又不希望自己的聲音裡有質問的意味。

「我只是覺得有點奇怪……妳說她之前參與過妳的研究？」

我本來認為妳不會注意到這個細節。

顯然是我低估了妳。

現在我得及時掩蓋這個錯誤。

「班，就是我的助理，我想他一定是在記下受試者的電話號碼時不小心寫錯了其中兩個數字。」我這麼說。

我以誠摯的語氣向妳道歉，妳也立刻接受了。

我必須盡快將妳拉回正軌。幾天之後，我需要妳執行一項最為重要的任務，而現在我得將妳的注意力從剛才的不愉快經驗轉移開來。

幾分鐘前的來電給了我靈感。我仔細斟酌自己的語句，確信這會引起妳的注意。

「我的父親今天來電，他有一些關於妳父親新工作的消息。」

很明顯地，這句話立刻為妳帶來了安慰。妳喘了一氣，然後開心地喊道：「真的嗎？」

接著我向妳保證，妳下次過來辦公室的時候就會領到今晚工作酬勞的支票。

妳心中依舊充滿疑問，但妳暫時壓住了自己的好奇心。

做得好，潔西卡。

通話結束後，我拿來筆電、鋼筆和一本空白的便箋。我沖了一杯熱薄荷茶，這不只能夠提神潤喉，還能夠讓我的雙手保持溫暖。

我必須立刻策劃妳與湯馬斯的會面，每一個細節都不能遺漏。

這一次絕對不能再出任何差錯。

第三十三章

十二月十四日，星期五

我打開公寓大門，李歐伸著小小的狗掌撲向我的膝蓋。自我出門為蕾娜和蒂芬妮化妝之後，牠就一直悶在家裡。我放下化妝箱，拿起羊毛披肩，為李歐扣上狗鍊。

我和牠一樣需要透透氣。

李歐拉著我走下三層樓梯，穿過公寓前門。雖然我幾分鐘之後就會回來，我還是用力拉上大門，確保那個有時不太靈光的門鎖有確實扣上。

李歐在消防栓旁暢快解放，我圍上披肩，然後查看手機。有兩封未讀訊息。其中一封來自我在劇場時的朋友安娜貝拉：**想妳了，美女，回頭打給我！**

第二封訊息來自一個陌生的號碼：**嗨，只是想告訴妳瑪瑞琳沒事。她的女兒說她幾個小時前就已經出院了。希望妳工作沒有遲到。**對方在句尾加上一個笑臉符號。

我回覆：**真是太好了！謝謝你的通知。**

我繼續散步，一邊伸手到後頸把披肩弄得鬆一些。爸爸有可能得到新工作，但這個好消息並沒有完全驅散我心中躁動的情緒。

我渴望有人能夠傾聽我，我想把遭遇的一切說給某個人聽。我想到了爸媽，然而除了必須遵守席爾斯博士的保密原則，我不能再讓自己的煩惱成為他們的負擔。

我再次看著手機。

現在還不到晚上九點。

諾亞出城去了，要等到週日才會回來。我可以打電話約安娜貝拉或麗茲見面，和她們閒聊也許可以轉移我的注意力，但是這不是解決煩惱的根本辦法。

我轉過街角，經過窗戶上掛著白色聖誕燈的餐廳。隔壁商店的門上掛著一個花環。

我的肚子發出聲音，這才想起自己從午餐之後就沒有吃任何東西。

前面一群行人朝我湧來，走在最前頭的是個頭戴聖誕老公公帽子的男人。他倒著走路，一面大聲唱著〈紅鼻子馴鹿魯道夫〉，歌聲和朋友的笑聲交織在一起。

我閃到一旁讓他們通過。一身漆黑的工作裝扮讓我感覺自己好像瞬間消失在陰影中。

一年前，我也和他們一樣，一群人興高采烈、高聲談笑。在週五夜晚彩排之後，我們會聚在一起聊天，享用吉恩叫來的外賣中國菜。有時候他太太會帶著自己烤的布朗尼或餅乾來探班，我們就像一個大家庭。

我一直都沒發現自己有多麼想念那段時光。

今晚我獨自一人，早已習以為常。我並不是一個害怕孤單的人。

我記得上一次上網搜尋吉恩時，看見他太太剛剛生下一個小女嬰。搜尋引擎上秀出一張他們一家三口的合照，似乎是在某一場戲開場前照的。他的太太低頭看著懷裡的女嬰，他們看起來無比幸福。

我想起卡崔娜傳來的兩封訊息，我一直都沒有回。

儘管我努力想要放下那段過去，另一個疑問卻逐漸在腦海中成形。當我想到吉恩那無辜的妻子時，彷彿也聽見了席爾斯博士的聲音：為了保護其他可能受到侵害的女性，而毀掉一個無辜妻子的一生，這是否符合道德規範？

我需要逃離這一切。如果我有嗑藥的習慣，現在就是伸手拿出大麻菸的好時機。但我絕對不會碰那種東西，我不能讓自己失控。當壓力排山倒海而來，我有其他宣洩的方法。

諾亞認為我是那種值得男人下廚煮早餐的女孩，他覺得我是那種第一次約會除了接吻什麼都不會做的乖乖牌。然而經過吉恩辦公室那一晚後，我已經成長。也許是因為我當時太過信任他。現在的我即使面對男人也不會感到脆弱。就算諾亞現在在城裡，我今晚也不想找他。

我想到剛剛傳來訊息的那名男子，還有當我走向美術館時他看著我的神情。在他面前，我是一個沒有身分束縛的匿名女子。

於是我傳出另一封訊息：**你有空嗎？也許我們可以喝一杯？**

諾亞為我做早餐時的身影短暫地閃過腦海，那條抹布依舊塞在他的牛仔褲腰際。

他不會知道的。

我不過是和這個男人見個面，聊聊天，之後再也不會有任何關係。

第三十四章

十二月十四日，星期五

在妳描述與蕾娜和蒂芬妮見面的經過之後，我的手機沉默了很長一段時間。這段難熬的等待直到晚上九點〇四分，當湯馬斯終於回電給我，這才宣告結束。我回沖了三次薄荷茶，整整兩頁的筆記紙上寫滿了密密麻麻的字。

他開頭說道：「抱歉，沒有早點看到妳的訊息。我那時正在採購聖誕節的東西，商店裡擠滿人，所以沒聽到手機鈴聲。」

湯馬斯通常都是聖誕節前夕才開始採購。城市的喧囂聲從手機中傳來。

疑慮依然懸在我心頭。他有可能完全感覺不到手機震動嗎？

但是我立刻就接受了這個理由，因為我必須讓他毫無警覺地進入這次實驗。

我們閒聊了幾句。湯馬斯說他累壞了，準備回家提早休息。

「期待明天見到妳，大美人。」

茶杯不小心跌落在碟子上，精緻的瓷器上立刻有了缺口。還好湯馬斯在杯子發出聲響前就掛斷了電話。

在我們的婚姻生活中，湯馬斯總是不吝嗇各種讚美：妳好美，令人驚豔，美極了。

但是他從未稱我為大美人。

在那封傳錯的簡訊裡，他就是用大美人來形容偷吃的對象。

人類的情緒會經歷高漲和低落等不同階段，一段健康且充滿關愛的關係能夠在情緒曲線向下發展時提供支撐的基礎，但無法消除人生轉捩點可能帶來的痛苦，例如妹妹離世或者丈夫不忠。或者，一名年輕女性受試者自殺身亡。

這個令人震撼的悲劇發生在去年初夏，更精確地說，去年的六月八日。我們的婚姻觸了礁，潔西卡，但婚姻不就是如此嗎？當時我無法將所有心力傾注在婚姻上；那位受試者誠懇的棕色眼睛無時無刻浮現在我腦海中。儘管湯馬斯不斷告訴我：「有些人妳就是幫不了她，親愛的。這件事妳也無能為力。」我的身體和心理依舊處於低落的狀態。

原本我們的婚姻能夠從這件事造成的疏離恢復過來，但是發生了另一件意想不到的事情。

夏天過去，時間來到九月。湯馬斯發錯了一封簡訊，將原本要傳給一夜情對象的訊息傳到了我的手機裡。那是週五下午三點五十一分，收到訊息的響亮鈴聲在我安靜的辦公室裡迴響。

湯馬斯之所以在這個時間傳出訊息，是因為此時他的辦公室沒有其他人在場。病人通常會在整點前十分鐘離開，讓治療師在接待下一個病人前處理一下個人事務。

潔西卡，那個夏天，即使陰影籠罩著我的心，我還是維持正常的工作時數，沒有轉走任何病人。也許在這樣的情況下，專注於工作對我來說更形重要。

距離四點前的整整九分鐘，我呆呆凝視著湯馬斯的訊息：**今晚見，大美人。**

這幾個字逐漸放大，模糊了我視線中其他的事物。

當病人試圖壓抑洶湧的情緒時，他們會將自己的情況合理化，或者編造藉口。我對這種心理防禦機制早已司空見慣，然而沒有任何防禦機制能夠讓我忽視這簡短的六個字。

就在下一位病人即將進入辦公室前，湯馬斯又傳來一封訊息，將我從恍惚拉回現實。

剛剛的訊息不是要傳給妳的。

我將手機調成靜音。預約四點進行諮商的是一位患有憂鬱症的單親媽媽，兒子最近的叛逆表現讓她的症狀更加嚴重。但是病人完全不知道自己的治療師心中也正經歷一場風暴。

湯馬斯想必是取消了當天最後一個預約看診，因為過了十五分鐘，就在情緒激動的單親媽媽被送出辦公室之後，他就出現在接待室的沙發上。他彎著身子，手肘支撐在膝蓋上，臉色灰白地垂著頭。

在誤傳訊息事件之後，我開始各方搜集資料。

有些資訊是由湯馬斯主動提供：那個女人的名字是洛芮恩，她擁有一間小精品店，就在湯馬斯的辦公室附近。

我則是自己取得了其他的資訊。

星期六下午撥一通電話，就能夠確認洛芮恩是否在精品店裡。走進店裡假裝自己是深受漂亮服飾吸引的顧客，對我來說輕而易舉。

精品店裡還有另一名銷售員和幾名顧客。洛芮恩自然隨和地與每一個人談笑，她的模樣吸引了我的目光，不僅僅是因為她與我丈夫之間的韻事。她其實和妳有一點相像，潔西卡，妳們有著相似的特質。即使是婚姻幸福美滿的男人，也很有可能會受到她的吸引。

她替一名顧客結完帳之後，臉上帶著溫暖的笑容向我走來。「有特別想找什麼樣的衣服嗎？」

「隨便逛逛。」我說：「妳能幫我介紹一下嗎？這週末我和我先生要去度假，我想我需要一些新衣服。」

她推薦了幾件衣服，包括她最近剛從印尼進口的洋裝。

我們稍微聊到了她這幾趟購貨的旅程。

洛芮恩全身上下洋溢著歡樂的氣息，她對生命充滿熱情。

閒聊幾分鐘後，我斷然結束對話。當然，我什麼也沒有買。

這次見面解開了一些問題，但是也產生了其他疑問。

洛芮恩對我造訪的真正目的一無所知。

一滴紅色的鮮血落在白色的瓷器茶碟上。

我用OK繃貼上小小的傷口，沒有去動桌上破損的茶杯。

湯馬斯並不喜歡喝茶。

他一向都偏好咖啡。

那本筆記就放在茶杯旁邊，印著底線的黃色紙上用大寫字母寫著：最後應該讓他們在什麼地方見面？

湯馬斯的固定行程相當簡單：每週日打完壁球後，他會去運動中心附近的餐館坐著，閱讀《紐約時報》。表面上他選擇這個地點是因為接近運動中心，其實是因為他對這間餐館油膩的培根炒蛋和塗著厚重奶油的貝果垂涎三尺。我們夫妻倆在生活起居上有許多共同點，但不包括週日早晨的活動。

三十六個小時後，湯馬斯就會開始享受他一慣的週日悠閒行程。

而妳，潔西卡，將會為他帶來不同以往的誘惑。

第三十五章

十二月十六日，星期日

餐館裡充斥刀叉與碗盤相撞的聲響，還有用餐客人們交談的嗡嗡聲。我一踏入這裡，立刻就找到了席爾斯博士的目標。他坐在右邊數來的第三個雅座，半張臉被手中的報紙遮住。

昨天席爾斯博士打電話告訴我，她已經準備好一張一千美元的支票，做為週五晚上的酬勞，同時交付我一項新任務：在這間咖啡廳裡找到某個男人，與他交換電話號碼。前一次在飯店酒吧跟史考特調情，那個經驗已經令我感到很不舒服。這次要在沒有昏暗燈光和酒精掩護的情況下再做一次相同的事，對我來說是難上加難。

我只能想著爸媽得知他們終於有錢去度假時的開心臉孔。

淡黃色的頭髮、身高一百八十八公分、玳瑁色的眼鏡、《紐約時報》、運動背包。席爾斯博士的描述快速地掠過我的腦海。

眼前的男人符合所有特徵。我腳步輕快地走向他，準備說出第一句臺詞。就在我靠近餐桌時，他抬起頭來看我。

在這一瞬之間，我全身僵硬。

我這時候應該說：「不好意思打擾你，請問你有在這附近看到一隻手機嗎？」

但是我張口結舌，身體無法動彈。

我見過這個男人。

四天前在布勞耶分館外，當時我們一起幫助了那位被計程車撞倒的老婦人。我們是因為意外而相識的陌生人——至少我是這麼認為。

在他傳訊息告訴我老婦人沒事後，我約他出來喝一杯，於是再次見了面。

他將報紙放在桌上。「潔絲？妳怎麼會在這裡？」他看起來和我一樣驚訝。

我當下的第一個反應是想奪門而出。我感到口乾舌燥，難以吞嚥。

「我只是……我是說……」我說話結結巴巴。「我剛好經過這附近，想進來吃點東西。」

他眨眨眼。「這麼巧。」他的目光仍盯著我的臉。一陣恐慌掃過我全身。「妳不住在這附近吧？怎麼會到這一區來？」

我搖搖頭，希望將那個晚上的情景從腦中揮去。

他俯身過來，手掌輕撫過我的大腿。幾杯酒下肚後，我們一起回到我的公寓過夜。

「呃，有個朋友跟我說這邊的東西不錯吃，應該來試試。」

一名女服務生拿著咖啡壺走了過來。「要再來一杯嗎，湯馬斯？」

「當然。」他說完對我招招手。「妳不坐嗎？」

室內空氣有點悶，也許是暖氣太強了些。我解開脖子上的淡褐色披肩，湯馬斯依舊狐疑地看著我。

這也不能怪他。

我到現在還是不知道，那次在美術館進行的究竟是什麼道德測驗。但在這座八百萬人居住的城市，在四天內兩次遇見同一人的機率能有多高？而且同樣發生在席爾斯博士交付的任務中？

我無法整理自己的思緒，一切太過突然也太過混亂。此時我腦海浮現了那晚的另一個畫面。他的吻一路從我的嘴唇游移到赤裸的下腹部。

我想不出任何說詞來向湯馬斯解釋自己為什麼出現在這裡。

他是席爾斯博士的什麼人？為什麼他會是席爾斯博士的目標？

我感覺到腋下正在出汗。

當那名女服務生回來時，我依然直挺挺地站著。

「您想要來點什麼嗎？」她問我。

我現在沒有辦法就這樣坐在他面前吃喝。

「不好意思，我其實沒有很餓。」

我更仔細地打量湯馬斯，看著玳瑁色眼鏡後的那雙綠色眼睛、橄欖色的皮膚和淡黃色的頭髮。我突然想到，席爾斯博士以為我在展場中遇見的人就是湯馬斯。當她明白與我交談的男人另有其人後，她很明顯失去了興趣。

所以今天是重複上一次的任務？

席爾斯博士要我取得這名男子的電話。要是她知道我已經和他上過床，會有什麼樣的反應？

我意識到自己正在擺弄著披肩的邊緣。我避開湯馬斯的目光，將披肩塞進包包裡，包裹著裡頭的那本書。

我說：「我該走了。」

他揚起眉毛。「妳是在跟蹤我嗎？」

我無法分辨這是不是玩笑話。昨天凌晨一點左右，他離開我的公寓之後，我們就再也沒有任何聯繫或交集。我們都很清楚，這不過就是典型的一夜情。

「不是，我沒有，這……這是一個誤會。」說完我奔出餐館。

我早在幾天前就完成了這次的任務，我的手機裡已經儲存了湯馬斯的號碼，他也同樣有我的號碼。

現在我和那間餐館已經有幾條街的距離。我打給席爾斯博士，告訴她我正在前往她別墅的路上。第一聲鈴響還沒結束，她就接起了電話。她銀鈴般的聲音裡透著緊張。「妳有找到他嗎？」

「有，他就在妳所說的地方。」

正當我要跳上地鐵時，另一通來電打斷了她的問句，我只聽見斷續的隻字片語：「……手機……計畫……」

我說：「我們彼此都有對方的號碼了。」

我聽見她輕輕的喘息聲。

「做得好，潔西卡。等會兒見。」

我的心臟怦怦亂跳。

我不知道等一下該如何向席爾斯博士述說自己和實驗中的那名男子上過床。我可以說我原本就打算告訴她這件事。

如果我說了謊，席爾斯博士一定會察覺。

我吁了一口氣。

這太蠢了，席爾斯博士怎麼會因為這樣而生我的氣呢？我只是犯了一個無心的錯誤，她不會為了這個小事而責怪我的。

但是我的身體仍然不停顫抖。

我檢查了語音信箱，發現有一通留言。

在我聽留言之前，我已經知道來電者是誰。

「嗨，我是湯馬斯。我們得談談。我想我知道是誰要妳來餐館找我了。她……聽著，反正請妳盡快回電。」他繼續說：「還有，請不要告訴她任何事情。」他停頓了一下。「妳最好小心一點。她很危險。」

第三十六章

十二月十六日，星期日

妳終於見到我丈夫了。

妳對他的印象如何？更重要的是，他對妳的印象如何？

我努力不去想妳們兩人在餐館雅座裡親密交談的畫面。

當妳來到我的別墅時，我一如往常地歡迎妳。我將妳的大衣和披肩掛在玄關衣櫃，妳那佔空間的包包則是放在一旁的地板上。我問妳要不要喝點什麼，但是妳婉拒了，這倒是頭一遭。

我仔細觀察妳的模樣。妳的美貌依舊引人注目，但妳今天似乎有些魂不守舍。

妳下意識地避開與我的目光接觸，焦躁地撫弄著手上的戒指。

妳為什麼如此不安？妳遵照所有的指示，完美地和湯馬斯進行互動。在我的敦促之下，妳描述了整個事情的經過。妳接近他，說妳把手機忘在座位附近；搜尋未果後，妳請他幫忙撥打妳的號碼，他也照辦；鈴聲響起，妳發現手機原來就在皮包裡，於是向他道歉然後離去。

現在可以進行下一步了。

就在我給妳指示時，妳突然從沙發起身說道：「我得去包包裡拿個東西。」

我點頭默許。妳朝門口的衣櫃走去，回來時手上多了一支護唇膏。

妳皺著眉頭，也許妳還在擔心家裡的經濟狀況，或者內心正壓抑對於這次任務的疑問？我今天不會替妳調整情緒，因為現在有更重要的事要做。

「我的嘴唇有點乾。」妳在嘴唇上擦了一些護唇膏，小小的管子上印有美人蜂的商標。

我沒有回答。妳回到了原先的座位上。

「我需要妳傳訊息給今天在餐館搭訕的那個男人，約他出來見面。」

妳垂下眼睛看著手機，開始打字。

「等等！」我的語調比想像得更急迫且尖銳。

我微微一笑，換以較溫柔的聲音繼續說：「我想請妳在訊息裡這樣說：『嗨，我是今天在餐館的潔西卡，很高興認識你。你這星期有沒有空，要不要出來喝一杯？』」

妳又皺起了眉頭，手指沒有任何動作。

「怎麼了，潔西卡？」

「沒什麼，只是……大家都叫我潔絲，只有妳叫我潔西卡。我不會用全名呼稱自己。」

「沒關係，妳可以做必要的修改。」

妳遵照指示打好訊息，然後將手機放在大腿上。又是一段無聲的等待。

幾秒鐘之後，手機鈴聲響起。

妳拿起手機。「是美人蜂。我一個小時後已經安排了下一個客戶。」

我同時感受到強烈的安慰和失望，這兩種截然不同的情緒在心中對撞。

「我不知道妳今天還有工作。」

妳看起來有些慌亂，開始用指尖剝著指甲油。但妳隨即冷靜下來，雙手也不再亂動。

「妳說妳今天只需要一、兩個小時，所以……」

妳的聲音漸漸變小。

「妳確定訊息有寄出去嗎？」

妳又看了一眼手機。「嗯，寄出了。」

又過三分鐘。

湯馬斯想必已經看到訊息。但如果他沒有看到，我該怎麼做？

我準備向妳再提出一個要求，此時我必須確保自己聽起來維持一貫的權威感，不能透出任何一絲絕望。

「我希望妳取消等一下的化妝工作。」

妳費力地吞嚥著口水。

「席爾斯博士，妳知道，我可以為妳的研究做任何事。但這是一個很好的客戶，她今天需要我。」妳遲疑了片刻。「她今天下午要主持一個盛大的假日派對。」

這根本無足輕重。

「公司不能另外派人嗎？」

妳搖搖頭，眼中充滿了懇求。「我必須在一天前取消預約，這是美人蜂的規定。」

妳真是錯得離譜，潔西卡。一個好客戶根本不能和我付給妳的豐厚酬勞相比。妳對於事情優先順序的認知有嚴重的偏差。

妳解釋完後，一陣沉默籠罩了房間。我看夠了妳的坐立不安，決定請妳離開。

「我該怎麼說呢，潔西卡？我當然不希望妳讓妳的好客戶失望。」

「我很抱歉。」妳很快地從沙發上起身。

我提醒了妳最後一句話：「如果湯馬斯有回覆訊息，我希望妳立刻讓我知道。」

妳看起來有點驚訝，然後簡短地回答：「沒問題。」

妳再次道歉。我默然地送妳離去。

第三十七章

十二月十六日，星期日

我走到離別墅兩條街之外的地方才回電給湯馬斯。剛才與席爾斯博士會面的時候，我滿腦子想到的都是他的那句話。

妳最好小心一點。她很危險。

我很好奇，湯馬斯怎麼會知道安排我們見面的人就是席爾斯博士？

鈴聲一響起，湯瑪士就接起了電話，在我開口前搶先問道：「妳怎麼會認識我太太？」

我雙腿一軟，蹣跚地走了幾步，然後靠在附近一棵樹上。我想到圖書室裡那張相片，上頭的男人留著鬍鬚和一頭黑髮，身高與席爾斯博士相近。我很確定她說那人是她的丈夫。所以湯馬斯怎麼可能和她是夫妻？但席爾斯博士顯然認識他，因為剛才會面結束前，她直呼了湯馬斯的名字。

「你太太？」我感到胃裡一陣噁心，頭也暈了起來。我看著地面，試著穩住身子。

「對，我太太，莉蒂亞．席爾斯。」我聽見他深吸了一口氣，似乎也在努力讓自己冷靜下來。「我們結婚七年，但現在已經分居。」

我衝口而出：「我不相信。」

我不相信自己設下誠實規則的席爾斯博士會撒這樣的漫天大謊。

「跟我見個面，我會告訴妳一切。」他說：「我看見妳包包裡的那本書……《婚姻關係裡的道德觀》，那是她幾年前寫的，我讀過初稿，這就是為什麼我會知道是她在操控一切。」

我用一隻手臂環抱住自己，在強風裡瑟縮著身子。

他們其中一個人一定在說謊。但會是誰呢？

我告訴湯馬斯：「在你證明你真的是他的丈夫之前，我不能跟你見面。」

「我會給妳證據。但妳要答應我，不能跟她提到我們在今天之前已經見過面。」

我感到左右為難。說不定這又是另一個測試，也許席爾斯博士希望我能夠證明自己的忠誠。

就在我準備要掛斷時，湯馬斯又說：「拜託，潔絲，妳一定要小心。妳不是第一個。」

這句話就像一記重擊，讓我的身體猛然一縮。

「你這是什麼意思？」我低聲問。

「她專門挑像妳這樣的年輕女子做為獵物。」

我全身僵硬，呆呆站在原地。

「潔絲？」他重複呼喊著我的名字，但我無法回應。我一句話也說不出來。

最後，我緩緩放下手機，抬起頭來。

席爾斯博士就站在不到一公尺外的地方。

我倒抽了一口氣，本能地退後了一步。

她彷彿幽靈一般突然出現，身上並沒有抵禦風寒的大衣，像座雕像一樣站在那，只有頭髮在風中飄蕩。我和湯馬斯的對話，她究竟聽見了多少？

腎上腺素湧過我全身。

「席爾斯博士？我剛剛沒看到妳。」

她的眼神上下掃視著我，帶著評判的意味。然後她朝我伸出手，慢慢地張開緊握的手掌。

「妳忘了護唇膏，潔西卡。」

我凝視著她，試著弄清楚她真正的意思。她跟著我走這麼一段路，只為了還我護唇膏？

我突然有一股衝動，想要把剛才湯馬斯告訴我的話一股腦地向她全盤托出。反正如果是她設計了這一切，那我與湯馬斯的對話應該也在她的預料之中。

獵物。這個字眼令人發寒。

我想起幾週前在席爾斯博士的辦公室，她撫摸著那尊獵隼雕像的模樣。我幾乎可以看見她的雙唇說出這個字：獵物。當時她告訴我，雕像是給她丈夫的禮物。

我往前踏了一步，然後又一步。

現在我已經近到可以看見她雙眉之間淺淺的皺紋，宛如玻璃上的裂縫。

「謝謝妳。」我小聲說，伸手取過唇膏，裸露的手指因為寒冷而麻木。

她低頭看向我另一隻手中的手機。

我感到胸口一緊，幾乎無法呼吸。

「還好我有追上來。」她說完之後轉身離去。

第三十八章

十二月十六日，星期日

一個半小時後，門鈴響了起來。

我透過門上的貓眼看見湯馬斯出現在門的另一邊。他緊貼著門，臉孔在貓眼中扭曲了起來。

這倒是出人意料。

他並沒有事先通知我要過來。

我拉開門旁的嵌鎖，敞開厚重的大門。

「親愛的，你怎麼過來了？」

他一隻手放在背後。

湯馬斯露出微笑，伸出身後的手。一大束純白的水仙花出現在我面前。

「我剛好在這附近。」

「真美！」

我請他進屋。

他現在一定已經看過妳的邀約訊息了，但他究竟為什麼會現在出現在這裡？

也許他想向我坦承妳的邀約，藉此證明自己的忠誠？

我將手掌擱在他的手臂上，問他要不要來一杯溫熱的飲料。

「謝謝，不用麻煩，我剛才喝過咖啡了。」

他這句話正好能夠切入那個壓在我們彼此心頭的話題。

「也是，你最喜歡泰德餐館的咖啡。」我輕輕一笑。「還有炒蛋、奶油貝果和培根。」

「是啊，從來沒有變過。」

緊接著是一陣停頓。

也許他不知道該如何啟齒。

也許我該提點一下。「早餐吃得愉快嗎？」

他的目光在客廳裡飄蕩。是故意閃躲，還是心有不安？

「沒什麼特別的。」

對於這個回答可以有兩種解讀：一是妳和湯馬斯的相遇並沒有任何後續發展，二是他刻意隱瞞你們的互動。

「把花插到花瓶裡吧？」湯馬斯看著那束水仙。

「當然。」我們一起走到廚房。我剪掉水仙綠色的莖，然後從櫃子裡拿出一個瓷器花瓶。

「不如我幫妳把花拿到圖書室吧？」

湯馬斯這句話來得突兀，想必他自己也意識到了，因為他隨即露出微笑。

笑容不像他平常那樣自然。

他端起花瓶，走向圖書室。

我跟在他身後。他的腳步遲疑了一下。

「呃，我現在覺得咖啡是個好主意。如果不會太麻煩的話，給我來杯咖啡好了。」

「好極了，我才剛沖了一壺。」

湯馬斯似乎想多待一會兒，這是個好跡象。

咖啡搭配鮮奶油和紅糖是湯馬斯的最愛。我快速地看了一眼手機，發現妳到現在還沒傳訊息告訴我湯馬斯是否有回覆。

我端著托盤走進圖書室。湯馬斯將花瓶放在史坦威鋼琴上調整位置。

他轉過身來，表情有些訝異，好像他已經忘記自己說過要喝咖啡。

究竟是什麼讓他感到如此驚訝？

我該提點事情的核心了。

「湯馬斯，你決定要把那尊獵隼放在哪裡了嗎？」

他遲疑了片刻才回答，但語調依然令人愉悅。「臥室的梳妝臺上，這樣我每晚入睡前和早上醒來時都能看到它。」

「那很好。」我說：「我們坐一會兒吧。」

他坐在沙發邊緣，伸手拿起咖啡，很快地啜了一口。接著他猛然靠回椅背上，手中滾燙的咖啡差點濺了出來。

「你看起來好像有什麼煩惱？有什麼事想跟我說嗎？」

他一陣猶豫，然後似乎下定了什麼決心。

「沒什麼好擔心的。我只是想見見妳，告訴妳我有多愛妳。」

這句話雖然聽起來虛假，仍舊比我所預期要好得多。

湯馬斯看看手錶，突然起身。

「我還有很多文件得處理。」他不勝惋惜地說：「我還不確定這星期的行程。」他拍拍牛仔褲。「等我整理好之後再打給妳。」

湯馬斯的離去就和他的到來一樣，迅速且毫無徵兆。

在他的倉促之中，我注意到兩件不尋常的事。

他不記得給我一個道別的吻。

那杯他本來興致勃勃的咖啡只被輕輕啜了一口，然後就再也沒有碰過。

第三十九章

十二月十六日，星期日

我坐在中央公園外的長椅上，手裡捧著一杯咖啡，卻毫無心情享用。我的胃依然糾結，無法消化任何一口苦澀的黑色液體。

他們各自的訊息幾乎同時從我的手機裡響起。

潔西卡，湯馬斯有回訊了嗎？

我已經拿到證據了，我們今晚能碰面嗎？

我無視了席爾斯博士的訊息，因為湯馬斯根本不可能回應關於約會的簡訊。雖然在別墅時，我將邀約的文字內容輸入手機，但我沒有寄出。

那是今天早上我對席爾斯博士撒的第一個謊。除此之外，我今天也沒有美人蜂的客戶預約，我這樣說只是為了能夠盡快遠離她。

我還沒打算回覆湯馬斯的訊息。我必須先去見另一個人。

班．奎克，席爾斯博士的研究助理，就住在西區第六十六街上。

我想起他是唯一能夠解開席爾斯博士謎團的線索，而且我驚訝地發現他其實並不難找，至少他父母的這棟公寓不是什麼特別隱密的地方。

門房播了對講機到樓上，過了一會兒，一名男人從電梯中走出來，他看起來就像是三十年後的班。

「班現在不在家。」奎克先生說：「妳可以留下手機號碼，我會告訴他妳來過。」

門房遞給我紙筆。我快速地寫下自己的聯絡方式，隨即想到班說不定已經忘記我的名字，畢竟我只是研究的眾多受試者之一。

我加上一句：我是第52號受試者。然後將紙對折起來。

這已經是一個多小時前的事了，我到現在還沒有得到班的回應。

我舉起手臂伸展一下背部，聽著瑪麗亞·凱莉的〈你是我最想要的聖誕禮物〉從伍爾曼溜冰場傳出。我剛搬來紐約時經常來這裡，然而今年一整年我都還沒有來滑過冰。

我起身將咖啡紙杯扔進垃圾桶時，手機突然響了起來。

我抓起手機，看見了諾亞的名字。

這個星期實在發生了太多事，我幾乎忘記今晚和他的晚餐之約。

「義大利菜還是墨西哥菜？」我接起電話時他問。「還是妳想吃別的？」

我遲疑了一下。腦海中詭異地出現了湯馬斯在我床上的影像，他的身體和凌亂的床單交纏在一起。

我不必覺得對不起諾亞，我不過才和他約會過兩次。但是罪惡感依舊從我心中緩緩升起。

「我很想見你，但今晚我們能不能隨便吃吃就好？」我問。「我今天壓力有點大。」

他很爽快地答應了。「不如就待在我家?我們可以開一瓶酒，叫中餐館的外賣。不然我也可以過去妳那邊？」

我覺得自己現在實在無法和約會對象正常地交談，但又不想對諾亞爽約。

此時溜冰場的廣播系統傳來低沉的嗓音：「我們現在必須清洗冰面，需要花十分鐘的時間。請大家稍微休息一下，買杯熱巧克力暖暖身體，晚點見！」

我告訴諾亞：「我有個主意。」

◆◆◆

我從小就在老家旁邊那片冰凍的湖面上玩耍，滑冰技術還算不錯。諾亞從背包裡拿出自己的溜冰鞋，一邊說：「我週末的時候偶爾還會打冰上曲棍球。」

我們滑了幾圈之後，諾亞開始以倒退的姿勢旋轉，然後伸出手與我相握。

「快跟上來，妳這慢吞吞的傢伙！」他開玩笑地說。我試著加快速度，同時感覺到大腿肌肉因為運動而溫熱起來。

這正是我現在所需要的：輕輕飄落的雪花、身體的律動、響亮的音樂，還有臉頰凍成粉紅色的孩子們在我們周圍玩鬧。

我們靠在溜冰場邊緣的擋板稍微休息一下。諾亞遞給我一個銀色酒瓶，裡面裝滿混了薄荷的調酒。這也是我現在需要的。

我啜了一口，然後很快又一口。

我將酒瓶還給他，推開擋板。「這次換你來追我吧！」我一邊加速，一邊對他喊道。

我朝橢圓形溜冰場的拐彎處衝刺，感受寒氣刮著臉龐，心中充滿愉悅。

突然間，一道身影出現在我的行進路線上，猛烈的撞擊差點讓我跌倒在地。

我的腳步一陣亂，本能地伸出手臂，試著在冰上維持平衡。

「妳最好小心一點。」一名男子的聲音傳進我的耳中。

我費力地喘著氣。

諾亞隨後趕了上來。「妳還好嗎？」

我點點頭，但是沒有看著他。我想從人群中找出那個撞到我的傢伙，但是放眼望去，每個人都身穿厚重外套，踢著銀色冰刀，圍巾在風中飛舞。我根本沒有辦法辨認。

「我還好。」我的呼吸依舊有些困難。

「要不要再休息一下？」諾亞握著我的手，帶著我離開冰面。我的雙腿還在發抖，感覺腳踝好像不是自己的。

我們在遠離人群的地方找到一張長椅，諾亞提議來杯熱巧克力。

口袋裡的手機已經調成震動，我擔心可能會錯過班傳來的訊息。我點頭說聲謝謝，然後在諾亞離開視線範圍時查看了手機。螢幕一片空白。

剛才與陌生男子的碰撞應該只是意外，但是那句「妳最好小心一點」與湯馬斯之前給我的警告一模一樣，讓我有些在意。

與諾亞牽著手在冰上旋轉的幸福感已經消失無蹤。

諾亞帶著兩個冒著白色泡沫的紙杯回來。我對他露出微笑，但還是隱藏不了氣氛的改變。

「那傢伙就這樣突然衝出來。」他說：「妳沒有受傷吧？」

我深深望進他的棕色眼眸。諾亞是此刻我身邊唯一真實、不虛假，甚至可以依靠的對象。我忍不住懷疑自己怎麼會在週五晚上選擇和湯馬斯同床共枕。

我當時並沒有意識到那一夜激情可能帶來的後果，也沒有想到我甚至必須為此付出代價。

我突然發覺，席爾斯博士已經對我的世界瞭若指掌，而諾亞是唯一的例外。我曾經在最早幾次電腦問卷時描述過與他的第一次相遇，但我從來沒有提過他的名字。我也沒有讓席爾斯博士知道我到現在還與他有聯繫。

有一部分的我希望隱藏諾亞的存在，讓我至少還能保留一點完全屬於自己的祕密。

席爾斯博士知道貝琪、我爸媽和麗茲的事情，她知道我工作的公司，知道我公寓的地址，她能夠窺探我所有的祕密和心中最深沉的不安。

無論她打算如何運用這些資訊，至少我能確定諾亞不會被牽扯其中。

在這一瞬之間，我做出了決定。

「我沒受傷，大概是有點心不在焉。」我喝了一小口熱巧克力，繼續說道：「我最近工作有一些狀況，蠻複雜的，但是……」

我一時不知道該如何解釋。諾亞安坐在一旁，沒有催促的意思。

「你怎麼知道自己能夠真正信任一個人？」我終於問出口。

諾亞揚起眉毛，輕啜手中的飲料。

然後他再次看著我的雙眼，以發自內心深處的真誠說道：「在妳提出這個問題的時候，妳也許早已知道答案了。」

後來我們吃了披薩，諾亞陪著我走回公寓。現在我捲著身子躺在床上，就在快睡著的時候，手機響了起來。

臥室裡一片漆黑，我唯一能看到的只有床頭櫃上那一點微弱的藍光。

我頓時清醒過來，伸手拿起手機。

妳為什麼不回覆？我們得見面談。

湯馬斯的簡訊夾帶了一張婚禮相片。相片中，席爾斯博士身穿象牙色的花邊禮服，對著鏡頭露出燦爛的笑容。我凝視著有些模糊的影像。她看起來比現在年輕了五到十歲，而且我從來沒見過她這麼快樂的樣子。湯馬斯之前說他們已經結婚七年，看來此言不假。

身旁的新郎雙臂環繞著她。這人不是席爾斯博士餐廳裡那張相片中的黑髮男子。

環抱著她的人是湯馬斯。

第四十章

十二月十七日，星期一

潔西卡，妳對我依然誠實嗎？

妳不斷向我保證，湯馬斯沒有回覆妳的邀約。

這實在令人難以相信。湯馬斯對於手機簡訊的鈴聲有著高度制約反應。他可能直接拒絕妳，也可能接受妳的邀約，但他絕對不會對妳的訊息置之不理。

現在已經是星期一下午三點鐘，距離妳離開這裡已經過了整整二十四個小時，距離妳上一次跟我聯絡也已經過了三個小時。

我必須再撥一通電話。

妳並沒有接聽。

「潔西卡，一切都好嗎？妳一直沒有回應，這讓我有些……失望。」

妳沒有回電，而是傳了一封訊息：**他還沒有任何回覆。我現在人不舒服，正要休息。**

透過訊息內容無法準確判斷對方的語氣，但我感覺到妳的文字帶著一絲莽撞與抗拒。

妳正試著用薄弱的藉口緩和我們對話的節奏，好像妳才是那個掌控一切的人。

為什麼妳會這樣慢下腳步，潔西卡？妳一直都非常積極地配合，直到現在。

妳是我精挑細選的人，因為我知道妳會對湯馬斯產生多大的吸引力。

難道他也對妳產生了同樣的吸引力？

自從湯馬斯昨天不請自來之後，他並沒有依約檢視並告訴我接下來一週的行程。

除了一次簡短的晚安問候，他再也沒有與我聯絡。

我必須不斷放緩紊亂的呼吸節奏，同時感到食慾全失。

在廚房外邊有一塊鬆脫的地板，踏過那裡的每一步都會引起輕微的咯吱聲。現在這個聲響形成了催眠般的韻律，好似蟋蟀的鳴叫。

隨著腳步徘徊，一百個聲響，兩百個聲響。

我對湯馬斯的行程一片模糊，但是他很清楚我的。

每週一下午五點到七點，我必須出現在紐約大學二一四號教室樓下的第一間教室。

在幾週前，我得到了休假許可，另一名教授會代替我主持研討課。

湯馬斯自身的行為導致了我對他不幸但必要的懷疑。

但是對於妳的懷疑，潔西卡……我再也無法忍受。

未經思考就採取魯莽行動，可能會造成災難性的後果。

然而就在三點五十四分，我有些倉促地展開行動。

該提醒妳誰才是真正掌控一切的人了。

妳並沒有提到身體不適的原因，不過對一般人來說，雞湯是滋補身體最先會想到的慰問品。在紐約，幾乎每一家熱食店都有販售雞湯，包括妳公寓樓下街角的那家店。

我買了一大碗雞湯，外加一份用紙袋裝的椒鹽脆餅，還在裡頭放入了塑膠湯匙以及餐巾。

妳住的公寓是一棟斑駁的黃色水泥建築，鐵製的防火梯環繞在樓房的側邊，這令我頗為驚訝。妳的打扮和外貌一向是時髦中帶著一絲魅惑，我很難想像妳會住在這樣雜亂的環境。

我按下了對講機按鈕。

妳並沒有應門。

我暫時放下了懷疑。也許妳是真的如妳所說的正在休息。

我按住按鈕，按了一段時間。

依舊沒有任何動靜。

就算妳睡著了，也不太可能不被這持續的門鈴聲吵醒。

一直站在門廊無法解決問題，直接離去又令人心有不甘。

我又瞥了公寓大門一眼，這才發現大門微微開著，門鎖並沒有扣上。

只要輕輕一推，就能夠進入建築物內。

公寓內沒有電梯，也沒有門房或管理員。樓梯間覆蓋著灰色地毯，看起來陰冷灰暗。有些住戶在走廊上掛了幾件業餘水準的畫作，勉強添增了一些生氣。有幾扇房門上掛著聖誕花圈，空氣中飄著像是肉醬或燉菜的味道。

妳的房間在走廊底端，門前地板上有一塊地毯寫著歡迎的字樣。

我用力地敲門，聲響讓妳從收容所帶回來的那隻雜種犬發出吠叫。牠是屋內唯一的動靜。

妳到哪裡去了，潔西卡？妳是不是正跟我的丈夫在一起？

我手裡已經皺起的紙袋發出霹啪聲。

我將雞湯留在妳的門前。妳到家後第一眼就會看見它。

有些時候，一個意想不到的驚喜其實代表著警告。

然而當妳接收到時可能已經來不及了。

我透過一系列精密算計的儀式才培養起妳的忠誠。我在妳身上花費了數千美元的酬勞、贈送妳精心挑選的禮物，甚至細心照顧妳的情緒狀態。換句話說，妳得到我完全免費且附帶豐厚獎賞的心理諮商療程。妳只需付出一個代價：妳的身心都得屬於我。

第四十一章

十二月十七日，星期一

我坐在聖誕禮品展示櫃旁的小木桌，轉著星巴克咖啡杯上的防熱紙套。每當店門開啟，我就會抬頭查看出入的顧客。

我和班約好五點半在這裡碰面，這是他今天唯一有空的時間。但是現在他已經遲到了十五分鐘。由於他在電話中的語氣顯得很不情願，我開始擔心他也許根本就不會出現。

我必須取消美人蜂安排的傍晚預約才能趕回上西城。關於臨時取消的規定，我並沒有對席爾斯博士撒謊。負責安排預約的協調員告訴我，如果我這個月再一次無預警取消預約，公司就會開除我。

我看了手機一眼，想確認班有沒有聯絡我。螢幕上只顯示一通來自湯馬斯的未接來電；這已經是今天第五通。我決定聽過班的說法之後再與他聯繫。

店門隨著一陣寒風再次敞開。

班走了進來。

雖然咖啡廳裡人潮擁擠，他還是一眼就認出了我。

他向我走來，解開脖子上的方格花紋圍巾。他並沒有向我打招呼，也沒打算脫大衣，咻地滑進我對面的位子，目光一邊掃視室內其他顧客。

「我只有十分鐘。」他說。

班和我記憶中一模一樣，身材削瘦，衣著整潔，全身散發著一絲不苟的氣息。這對我來說倒是一種安慰；至少從我參加這項研究以來，只有他還是原本的模樣。

我拿出昨晚寫下的問題清單。收到湯馬斯的婚禮相片後，我就再也無法入睡。

我開口說道：「是這樣的，呃，你知道，我是席爾斯博士的其中一名受試者。我覺得她的實驗最近變得越來越古怪。」

班一言不發地注視著我，似乎不怎麼想回我的話。

「你是她的研究助理，沒錯吧？」

他雙手抱胸。「已經不是了。研究結束之後我就不再替她工作。」

我猛然靠回椅背上，硬梆梆的木頭無情地撞擊著我的脊椎。

「你說『研究結束』是什麼意思？」我大喊。「她的研究還在進行，而且我還參與其中。」

班皺起眉頭。「我知道的可不是這樣。」

我有些激動地說：「前幾天晚上，你不是替席爾斯博士收集了先前受試者的電話號碼？她要我為她們提供化妝服務。」

他凝視著我，一臉疑惑。「妳在說什麼？」

我試著冷靜下來，但我的腦袋依舊感到天旋地轉。座位附近的嬰兒開始哭鬧，聲音高亢刺耳。咖啡師輕拍著發出吵雜聲響的電動磨豆機。

「席爾斯博士說你寫錯了其中一人的電話號碼，結果我到場之後遇見了兩隻嗑藥的毒蟲。」我的聲音尖銳急促，隔壁桌的女人忍不住轉頭斜視。

班俯身靠近我，低聲說：「我已經好幾個星期沒有和席爾斯博士聯繫了。」我無法從他的表情判斷他是否相信我所說的話。

我試著回想寫著五個電話號碼的黃色筆記紙，席爾斯博士整齊俐落的筆跡映入腦海。她確實說過班寫錯了號碼，是嗎？也許她的意思是他在最初收集資料時就寫錯了？但是，如果她現在還在持續進行研究，為什麼不讓班繼續擔任研究助理？

我掃視手中的問題清單。如果班對於席爾斯博士要我進行的道德測驗一無所知，他也無法提供任何幫助。

「所以你真的完全不知道她現在進行的實驗？」

他搖搖頭。

我突然感到一陣徹骨的寒意。

「我簽下了保密協定。」他補充。「我現在正要完成我的碩士學位，而她可以讓我在學校的日子很難過。我現在根本就不應該跟妳說話。」

「那你為什麼還是過來了？」

他挑起大衣袖子上的一小塊棉絮，目光再次掃視咖啡廳裡的顧客，然後站起身，將椅子推回原位。

「拜託你！」這句話像是窒息的呼喊。

班放低了聲音。周圍顧客的交談聲和嬰兒的哭鬧聲讓我幾乎聽不見他說的每一個字。

「去找那個上面有妳名字的檔案夾。」

我愕然地看著他。「那裡面有什麼？」

「她要我收集所有受試者的背景資料。她想要知道更多關於妳的事，而且後來她把妳的檔案夾從資料櫃裡拿走了。」

他轉身準備離去。

「等等！」我大叫。「你不能就這樣一走了之！」

他朝門口踏出一步。

「我會有危險嗎？」

他遲疑了片刻，身子背對著我。然後他短暫地回過頭。

「這我無法回答妳，潔絲。」他說完隨即離開了咖啡廳。

◆ ◆ ◆

我想起最初幾次會面時，看見席爾斯博士辦公桌上放著一個棕色的檔案夾。那裡面究竟裝著什麼？

班離開之後，我又坐了一會兒，呆望著咖啡廳的某處。最後，我終於撥電話給湯馬斯。

他立刻接起了電話。「妳怎麼都沒有回我訊息？妳看到我傳的相片了嗎？」

「我看到了。」

我從手機裡聽見他那邊傳來流水聲和某種金屬的吭啷聲。

「我現在沒辦法多說。」他的語調有些狂亂。「我晚餐跟人有約。我明天一早打給妳。千萬別告訴她任何事。」他再次警告我，隨即掛斷電話。

當我離開咖啡廳時，天色已經暗下來。

我頂著刺骨的寒風踏上回家的路，同時試著想像那個檔案夾裡的內容。所有的心理治療師不是都會在諮詢時做筆記嗎？也許那裡面只是我們每次對話的逐字稿。為什麼班會要我去找出那個檔案夾？

我突然想起已經有好幾個星期沒看到那個檔案夾了。

我記得它就放在席爾斯博士一絲不苟的辦公桌中央。我努力回想標籤上的印刷字體。雖然我之前從來沒仔細瞧過那個檔案夾，但我現在很確定標籤上寫著我名字：潔西卡．費里斯。

席爾斯博士一開始稱呼我為第52號受試者，後來變成了潔西卡。

但是剛才班離開咖啡廳前卻是叫我「潔絲」。

當我終於回到公寓時，發現樓下大門半開，心裡微微感到不悅。粗心的鄰居總是忘記將大門緊閉，管理員也遲遲不把門鎖修好。

我爬上鋪著灰色地毯的階梯，經過樓下克萊恩太太的房間，聞到了一股咖哩的香味。

我來到走廊盡頭，發現有一樣東西擱在我的房門前。

我走近了些，看見一個淡棕色的紙袋。

猶豫了一會兒之後，我拿起紙袋。一陣濃厚且熟悉的氣味撲鼻而來，我一時間無法辨識出那是什麼味道。

紙袋裡有一大碗雞湯麵，摸起來依舊溫熱。

送來這道菜的人並沒有留下任何字條。

但是只有一個人會認為我現在身體不舒服，應該在家休養。

第四十二章

十二月十七日，星期一

一道突然響起的尖銳聲音警告我有人在別墅裡。

我雇用的清潔婦並不會在這天來打掃房子。

聲響從左邊傳來。房間毫無動靜地沉浸在黑影之中。

在紐約擁有一棟別墅有許多優點：更多的空間和隱私，加上一座後花園。

當然，伴隨而來的重要缺陷是沒有門房為安全把關。

又是一聲響亮的吭啷聲。

這個聲音聽來十分熟悉——有人將鍋子放上廚房那座六口爐上。

湯馬斯做飯時總是笨手笨腳。

以前，他總會在星期一的晚上親自下廚。自從我們分居後，這個傳統當然也就不復存在。

他沒有立刻察覺我出現在廚房門口，也許屋內正在播放的韋瓦第協奏曲掩蓋了我的動靜。

湯馬斯正在砧板上切著櫛瓜，搭配全麥春蔬義大利麵。這是他少數的拿手菜之一，也是我的最愛。

流理臺上放著兩個超市袋子，一瓶酒靜置在銀色冰桶裡。

我在腦中快速地計算：湯馬斯今天最後一個病人在下午四點五十分離開，從他辦公室到別墅需要二十五分鐘，加上去超市採買至少還要二十分鐘，現在他的義大利麵已經快要完成了。

如此看來，他稍早的時候不可能跟妳在一起，潔西卡。無論妳謊稱在家休養的時候究竟去了哪裡，至少不是與我的丈夫見面。

強烈的安慰感瞬間席捲全身，讓我感到一陣虛脫。

「湯馬斯！」

他轉過身來，手裡還握著一把菜刀，彷彿在防衛什麼，接著隨即發出一聲高亢緊張的笑聲。

「莉蒂亞！妳到家啦？」

這是造成他不安的唯一原因嗎？

剛才的安慰感似乎正在消逝。

儘管如此，我依舊靠近他並且給了他一個吻。

「今天提早下課。」我告訴他，但是沒有再多做解釋。

有些時候，沉默比詢問更能有效地取得資訊。這是許多執法部門人員在拘留嫌犯時會採用的技巧。

「我只是想說……我知道我們沒事先約好，但我想妳應該不介意我過來做晚飯。」湯馬斯有點結巴地說。

這已經是他在過去四十八小時內第二次不請自來。

這一次，他還違反了分居後的不成文約定：他之前從來沒有擅自使用他留下的那把鑰匙進入我的別墅。

或者他早已經這樣做過，只是我渾然不覺？

某些互相衝突的跡象讓我暫時無法清楚判斷眼前的情勢。

明天，我會設置新的防護措施，確保日後他再次不請自來時，我能夠察覺他的行蹤。

「你真貼心。」我的音調比預期的要少了一點溫暖。

他倒了一杯酒。「來，親愛的。」

「讓我先去把大衣放好。」

他點點頭，轉過身去翻攪鍋裡的義大利麵。

妳到現在都還沒有向我報告任何回訊，潔西卡。

如果湯馬斯打算拒絕妳的邀約，為什麼遲遲不回覆訊息？

也許妳才是那個對我有所隱瞞的人。

妳可能會認為與湯馬斯的那次會面是讓妳繼續參與研究的必要步驟。也許他抗拒了妳的魅力，而妳想要增加誘惑；妳的拖延也許是為了爭取時間，好獲得不同的結果。

我能夠感受到妳渴望取悅我，妳無法掩飾對我的那份崇敬之情，所以妳不希望因為錯誤的結果而令我失望。

等到湯馬斯離開後，我就會撥電話給妳，告知妳必須出席明天的會面。無論是身體不適、社交活動或工作預約，任何藉口我都不會接受。

潔西卡，明天妳將與我坦誠相對。

當我回到廚房時，湯馬斯已經瀝乾義大利麵，將麵和調味的蔬菜拌在一起。我們維持著輕鬆的對話，共享美酒。韋瓦第協奏曲的音符飄在空中，但我們都對眼前的菜沒什麼胃口。

湯馬斯似乎也有心事，看起來不太自然。

我們開始用餐十五分鐘後，尖銳的手機鈴聲劃裂了屋內的平靜。

「妳的電話。」

「你不介意吧？我在等一個病人的電話。」

「不介意，接吧。」

這句話半真半假。

手機螢幕上出現的是妳的號碼。

我必須讓語調維持專業和冷靜。「我是席爾斯博士。」

「嗨，我是潔西卡……我現在覺得好多了，謝謝妳送來的雞湯。」

湯馬斯無法從我的對答辨認出電話另一頭的人是誰。

「不客氣。」

「還有，我想跟妳說，我已經收到餐館那個男人的回訊，就是妳說的那個湯馬斯。」

出於本能，我急促地吸了一口氣，眼睛飄向湯馬斯。

湯馬斯也回望著我。我不知道他會如何解讀我現在的表情。

「請稍等我一下。」

我很快地遠離湯馬斯，帶著手機走進隔壁房間。

「請繼續。」

語調和節奏的變化會透露對話隱藏的訊息。人們通常會迫不及待分享好消息，對於壞消息則是有所遲疑。

但是妳的聲音依舊維持著中性。

我無法預料和準備接下來會發生什麼事。

「他說他想和我見面，說他明天確認行程後會再打電話給我。」

第四十三章

十二月十八日，星期二

在紐約待了這麼多年，我從不知道這裡有座隱蔽的花園。西村溫室花園聽起來是個熱門景點，也許在夏天的時候是如此。但在這個陰冷灰暗的午後，我周圍只有稀疏的樹叢和光禿禿的枯枝，像巨大蜘蛛網一樣遮蔽了灰濛濛的天空。我在長椅上等著湯馬斯，木頭中的濕氣彷彿滲入了我的牛仔褲。

我一直以為自己能完全信任席爾斯博士，但在過去四十八小時內，我發現她對我撒下了無數的謊言。班並沒有寫錯什麼受試者的電話號碼，說什麼進一步的實驗也是假的。席爾斯博士並不是嫁給照片裡那名頭髮茂密的男子，她的丈夫是湯馬斯。她對我根本沒什麼特殊情誼，我不過是受她利用；我就像一條漂亮的絲巾或閃閃發光的寶石，被她故意丟在自己丈夫眼前當做誘餌。

今天我想知道這一切背後的原因。

湯馬斯曾經警告我，千萬別告訴她任何事。

但我不能一直處於被動。

我必須設法拖住席爾斯博士，直到我弄清楚事情的真相。所以我告訴她湯馬斯回訊希望見面，但沒有說我們會在今天見面。她一定以為我現在還在等湯馬斯確認約會的時間。

四點整，湯馬斯出現在走道上，朝我走來。

他看起來與前兩次在美術館和餐館見面時沒有兩樣，三十來歲，有著高大如運動員般的體格，身穿厚重的藍色大衣和灰色長褲，一頂針織帽蓋住了頭髮。

我望向他身後，突然感到一陣恐懼，彷彿席爾斯博士會像那天一樣如鬼魅般出現。不過他身後空無一人。

當湯馬斯走近時，一對哀鴿突然飛入空中，響亮地拍打著翅膀。我不禁縮了縮身子，伸手按著胸口。

他在我身旁坐下。我們之間保持了大約三十公分的距離，但我仍然覺得靠得太近了些。

「為什麼我太太會要妳跟蹤我？」他隨即問道。

「我那時候根本就不知道你們是夫妻。」

「妳有告訴她我們上過床嗎？」他看起來比我更害怕席爾斯博士發現這件事。

我搖搖頭。「她付酬勞讓我幫助她的研究。」

「付酬勞？」他皺起眉頭。「妳參與了她的研究？」

現在居然是湯馬斯提出一連串問題，讓我感到有些不快。不過這表示他知道的也不多。

我吁了一口氣，看著眼前的一縷白霧。「一開始是這樣沒錯，但現在……」我甚至不知道該如何解釋席爾斯博士要我做的那些事。

我轉移話題。「直到我在餐館見到你，我才知道你就是她研究的對象。如果我事先知情，我絕對不會，呃，約你喝酒。」

湯馬斯用右手關節按著額頭。

「我看不透莉蒂亞扭曲的內心世界。」他說：「我後來離開了她，妳知道的。或者其實妳不知道？」

我猛然想起，當我第一次去席爾斯博士的別墅時，曾經看見她清洗兩個用過的咖啡杯，以及她衣櫃裡幾件男性的薄外套。除此之外……

「你昨晚就和她在一起！」我衝口而出。

昨天和湯馬斯通話時，我聽見了鍋具碰撞的金屬吭啷聲和流水聲，聽起來像是有人正在下廚。背景中還有一種不易察覺的聲音，應該是古典音樂的旋律，而且不是莊嚴肅穆的那種，聽起來……非常愉悅。

之後當我打給席爾斯博士時，再次聽見了同樣明亮活潑的旋律。

「事情不是妳想的那樣。聽著，像莉蒂亞這樣的人，如果她不想要放手，妳也無法轉身就離開。」

這句話有如電流一般傳遍我全身。

「你之前說她把像我這樣的年輕女子視為獵物。」我費力地吞著口水。「到底是什麼意思？」

他突然起身環顧四周。我想起班在咖啡廳時也不斷重複這樣的動作。

這兩個男人都和席爾斯博士有密切的關係，現在也都表示自己離開了她。更令人在意的是，他們似乎都很害怕她。

溫室花園裡一片寂靜，沒有半點風吹草動或松鼠的吱吱叫聲。

湯馬斯提議：「我們走一會兒吧。」

我正打算朝花園出口走去，他卻伸手拉住我。我感受到他拉扯著外套衣袖的力道。「走這邊。」

我抽回手臂，跟著他往花園深處走去，來到一處石砌噴泉。池底的水凍結成冰。

我們又往前走了不遠。然後湯馬斯停下腳步，垂首看著地面。

我感到寒氣襲體，鼻尖已經有些麻木。我雙臂環抱身體，試著讓自己不要發抖。

「當時有另一個女孩。」湯馬斯的聲音放得很低，我得屏氣凝神才聽得見。「她年輕、孤單，與自己的父親很疏遠。莉蒂亞接近她，兩人相處了一段時間。莉蒂亞時常送她禮物，甚至邀請她到別墅作客。她們兩人好像變成了姊妹一樣，或者更親密的關係……」

變成了姊妹……這句話在我腦中迴盪，我不禁心跳加速。

這時我的左邊突然傳來一聲尖銳的劈啪聲。我轉過頭去，卻沒看見任何東西。

我告訴自己，也許只是一根斷裂跌落的樹枝。

「那個女孩……她有一些狀況。」湯馬斯輕輕摘下眼鏡，擦了一下鼻樑。我無法看見他眼中的神情。

我心中猛然升起一股想要轉身逃跑的衝動，但是我努力克制住自己。我知道我必須聽完湯馬斯接下來要說的話。

「有一天晚上，她去見了莉蒂亞。她們談了一會兒。我當時不在家，所以不知道莉蒂亞對她說了什麼。」

此時太陽已經落下，溫度好像瞬間降低了十度之多。我的身體又開始顫抖。

「這跟我有什麼關係？」我費了一番力氣才吐出這幾個字。我感到喉嚨乾燥欲裂，而在我內心深處的某個地方已經知道了問題的答案。

我已經知道這個故事的結局。

湯馬斯終於轉過頭來，注視著我的雙眼。

「這裡就是她當時自殺的地方。她就是第5號受試者。」

第四十四章

十二月十八日，星期二

潔西卡，妳竟然敢欺騙我？

今晚八點〇七分時，妳打電話給我，告訴我湯馬斯剛才與妳通過電話。

「你們討論了約會的計畫嗎？」我問。

「不，不，沒有。」妳立刻回答。這一連串不自然的否認出賣了妳。說謊的人在極度不安之下總會過度掩飾。「他說他這週沒有辦法跟我見面，但是會保持聯絡。」

妳的語氣相當肯定，卻十分急促。妳很忙碌，所以不想繼續與我的對話——這就是妳想暗示的訊息。

妳居然以為自己能夠主宰我們之間的對話。妳真是太天真了，潔西卡。

我以一段不短的沉默來提醒妳這點。妳不應該如此不受教。

「他有暗示說不能見面是因為工作繁忙嗎？妳有感覺到他會有後續的行動嗎？」

回答這兩個問題時，妳犯下了第二個錯誤。

「他沒有說原因。他訊息裡就是這樣說的。」

妳一開始說他跟妳通電話，現在又說是用訊息聯絡。當然，這可能只是無心的口誤。

或者是妳蓄意欺騙的結果？

如果妳現在人在我的辦公室，坐在雙人沙發上，我就能夠觀察到妳表現出的非語言線索：捻弄頭髮、撫摸妳的銀色耳環，或者摳著指甲。

然而我無法從電話中看見這些表示妳在說謊的無意識動作。

當然，我能夠指出妳敘述中的矛盾。但如果妳確實打算欺騙我，我問越多越有可能打草驚蛇，讓妳更謹慎地掩蓋自己的謊言。所以我決定如妳所願地結束通話。

掛斷電話之後，妳會做什麼呢？

也許妳會因為躲過了一次危險的對話而暗自得意，然後繼續每天晚上的例行公事：出門遛狗，花上一個小時洗澡，用護髮液梳理亂糟糟的頭髮，準備好明天工作要用的化妝箱，像個盡責的好女兒那樣打電話問候父母。妳聽著各種熟悉的聲音透過公寓的薄牆傳進房間，聽著樓上房客的腳步聲、電視節目的聲響，以及外頭街道上計程車的喇叭聲。

或者，今晚的情況有所不同？

也許傳入妳耳中的聲音不再讓妳感到安心舒適，也許妳會聽見警車微弱悠長的鳴笛，夾雜在隔壁鄰居激烈的爭吵叫罵聲中，與老鼠爬過牆底的聲音相呼應。也許妳會掛心著公寓大樓前門那個不牢靠的門鎖。任何陌生人或是妳認識的人，都能輕而易舉地溜進來。

我熟知妳所有祕密和心事，潔西卡。妳持續證明妳對我的忠誠。妳塗上我送給妳的酒紅色指甲油，妳壓抑本能的猶疑，義無反顧地遵從我的指示。在妳為我領取那尊獵隼雕像時，妳並沒有擅自窺探包裹內容。妳向我全盤托出心中的祕密。

然而在過去四十八小時內，妳開始脫離我的掌握。前一次會面時，妳沒有將我交付的工作列為優先，反而為了一個客戶提早離開。妳閃躲忽視我的訊息和電話，用拙劣的謊言蓄意欺瞞。妳的行為顯示出妳將這段關係視為一場交易，將我視為一臺可以隨意領取現金的提款機。

這究竟是怎麼一回事，潔西卡？難道妳也被湯馬斯的熱情給吸引了？

一想到這樣的可能性，我不禁全身僵硬。

我花了好幾分鐘緩下呼吸，讓自己放鬆。

我重新將注意力集中在眼前的情況：我需要付出什麼代價，才能贏回妳的忠誠？

我將妳的檔案夾從樓上的書房拿到圖書室，放在咖啡桌上，正對著鋼琴上湯馬斯送的白色水仙。一旁放著我們的婚禮照片。幽微的香水味飄盪在空氣裡。

我打開檔案夾，第一頁是妳加入研究那天提供的駕照影本，以及其他基本資料。

第二頁是我要班從 Instagram 上搜集並列印出的照片。

妳和妳妹妹長得很像，不過妳的五官輪廓更為細緻，眼神也較銳利。貝琪的臉孔依舊有著孩童的柔弱和稚氣，彷彿有人在鏡頭上塗了一層凡士林，模糊且軟化了她的輪廓。

照顧貝琪想必不是一件輕鬆的差事。

妳的母親穿著一件廉價的短袖上衣，蹲在陽光下。妳的父親雙手插在口袋裡，似乎以為這樣能夠讓他顯得更英挺。

妳的父母看起來都很疲憊。也許是時候讓他們去度個假了。

第四十五章

十二月十九日，星期三

湯馬斯要我假裝一切如常，維持原本和席爾斯博士互動的模式，這樣才不會讓她產生懷疑。在我們離開花園時，他對我說：「我會想辦法讓妳安全地擺脫這件事。」說完隨即騎上摩托車，戴好安全帽，呼嘯而去。

昨晚回到家時，我的思緒一直離不開第5號受試者。我好好洗了個熱水澡，然後和李歐共享之前剩下的肉丸義大利麵。我不斷思考，越想越覺得這整件事十分荒謬。難道我真的相信一位備受尊敬的精神病學家會逼一個女孩自殺，而我正步上那位女孩的後塵？

也許都是那個女孩自己的問題。湯馬斯不是說她有些問題？那個女孩的死也許跟席爾斯博士和她的研究沒有任何關係。

諾亞傳來的訊息讓我的心情放鬆了不少。**週五晚上一起吃飯嗎？我朋友開了一家叫「桃樹燒烤」的餐廳，如果妳喜歡南方菜的話，我們可以去試試。**

我馬上回訊：**沒問題！**

就算席爾斯博士週五晚上需要我，我跟她說自己在忙就好了。

我換上舒適的睡衣。與湯馬斯的對話逐漸變得模糊、遙遠，好像只是一場夢。我心中的憂慮逐漸被另一種更實在的情緒——憤怒——所取代。

上床之前，我整理好化妝箱，為忙碌的明天做準備。我的目光落在那瓶剩下一半的酒紅色指甲油。我遲疑了一下，將它扔進了垃圾桶。

我將棉被拉到脖子處，李歐躺在身旁。我聽著對面鄰居用鑰匙開門的叮噹聲，想起席爾斯博士說過要幫爸爸找到新工作，但她現在好像完全忘了這件事。當然，她付給我的酬勞還是很豐厚，但這幾千塊並不值得她把我的生活搞得一團亂。

我沉沉地睡了七個小時。

早上起床時，我突然明白了。解決這件事的方法並不複雜，我只要告訴她我受夠了。

上班前，我撥通了席爾斯博士的電話。這是我第一次主動要求見面。

「我今晚能不能過去一趟？我想拿最近一次的支票……我可能需要用到錢。」

我原本坐在床沿，然而當我聽見她平穩自制的聲音時，立刻站了起來。

「真高興聽到妳的消息，潔西卡。」席爾斯博士說：「我們可以約六點。」

事情真的這麼簡單嗎？

一陣似曾相識的感覺襲上心頭。當初我混入席爾斯博士的研究時，心中也有相同的疑問。

幾分鐘後，我離開公寓去見今天的第一位客戶。頭頂上的天空籠罩著厚重的雲層。我在心中盤算，今天總共有五個客戶，九個小時應該足夠完成所有工作。

今天化妝的對象包括一位需要在公司網站上傳大頭照的女性實業家、一位準備接受電視臺專訪的作家，以及三個結伴前往西普利亞尼參加假日派對的年輕人。我得在中午過後回家一趟，帶李歐出去散步。我好像回到從前的生活，一切都在掌握之中，讓我感到安穩和慰藉。

我提早五分鐘來到席爾斯博士的別墅門外，不過我等到六點整才按下門鈴。我已經在心中醞釀好說詞，所以我連大衣都懶得脫下。

席爾斯博士很快出現在門口，但她並沒有跟我打招呼，而是豎起一根食指，示意我先不要說話。她的手機緊貼在耳旁。

「嗯，嗯。」她對著手機說，一邊揮手要我跟著她進屋。

我別無選擇，只能跟隨著她走進圖書室。

她繼續側頭聽著手機另一端的通話對象。我環顧四周。史坦威鋼琴上擺放著一束白色的花，一片花瓣跌落在漆黑發光的琴蓋上。席爾斯博士順著我的目光望去，然後走過來撿起花瓣。她的指尖輕撫著花瓣，另一隻手依舊拿著手機。

接著我發現了一尊銅製的摩托車雕像。在她發現我注視雕像之前，我就趕緊看向他處。

「謝謝你的幫忙。」席爾斯博士拿著手機離開了圖書室。我觀察室內，希望找到更多的線索。然而我只看到幾幅畫和一座嵌進牆裡的書架，上面排滿了精裝書。除此之外就是咖啡桌上那個盛滿鮮豔柑橘的玻璃碗。

席爾斯博士回到圖書室時，手中已經不見花瓣或手機。

「這是妳的支票，潔西卡。」她並沒有將支票遞過來，而是對我伸出手臂。一時之間，我以為她想要擁抱我，但她隨即說道：「讓我替妳拿外套吧。」

「噢，我不能待太久。」我清清喉嚨。「我知道這有點突然，我也是想了很久才做出決定。因為家人的狀況，我想我得回家一趟。我準備週五回去，整個假期都會待在那邊。」

席爾斯博士沒有任何反應。

我接著說：「妳知道我爸媽最近的情況，他們今年甚至沒有辦法去佛羅里達度假。我考慮了很久，我想我最好搬回去一陣子。我希望在離開前能親自感謝妳為我做的一切。」

「原來如此。」席爾斯博士在沙發上坐下，伸手請我坐在她身旁。「這是一個重大的決定。我知道妳很努力在紐約建立自己的人生。」

我左右為難，不知道自己是否該繼續站著。

「真抱歉，但是我等會兒跟人約了見面，所以……」

「哦？」席爾斯博士銀鈴般的聲音瞬間變得冰冷、堅硬。「約會嗎？」

「不，不是的。」我急忙搖頭。「只是跟麗茲見個面。」

我為什麼要告訴她這些？彷彿我永遠都無法擺脫對我們之間的模式，我永遠都會乖乖告訴她關於自己的一切。

突然響起的手機鈴聲嚇了我一跳。

我並沒有立刻伸手去拿手機，反正兩分鐘後我就會離開這裡，到時候有的是時間回電。

也許來電者是湯馬斯？這個想法瞬間閃過我的腦際。

鈴聲再度響起，劃破了圖書室裡的沉默。

「妳接吧。」席爾斯博士淡淡地說。

我感到胃部一陣糾結。如果就這樣拿出手機，她不就會看見螢幕，或者聽見我們的對話？鈴聲第三次響起。

「我們之間沒有任何祕密，對吧，潔西卡？」

我好像被她催眠了一樣，無法凝聚抵抗的意志。我顫抖的手伸進外套口袋。

看見手機螢幕上出現媽媽的照片，我再也無法自持，一屁股坐在席爾斯博士對面的椅子上。

我沙啞地說：「媽？」

我感覺到席爾斯博士的目光正緊盯著我。我的四肢有如鉛般沉重。

「簡直不敢相信！」我媽大喊。

我聽見貝琪也興奮地叫著：「佛羅里達！我們要去海邊玩了！」

「妳說什麼？」我喘著氣說。

席爾斯博士的嘴唇彎成了微笑的曲線。

「剛剛有人送來旅遊公司的包裹！噢，潔絲，妳老闆人真的太好了！這真是個驚喜！」

我的思緒無法跟上事情的急速發展，我張口結舌，不知如何回答。

稍微回神之後，我問：「我完全不知道有這回事。包裹裡面有什麼？」

「三張到佛羅里達的機票，和一本我們要入住的度假村手冊。」媽媽滔滔不絕地說：「那裡看起來好美！」

三張機票，不是四張。

席爾斯博士伸手從咖啡桌上的玻璃碗中拿起一顆柑橘，輕輕嗅著果皮上的香氣。

我看著她，無法移開目光。

「妳不能跟我們一起去，真是太可惜了！」媽媽說：「妳老闆寫了一封很客氣的信，說妳必須工作。但她保證妳不會孤伶伶地過聖誕節，因為妳會去她家一起慶祝。」

我感到喉嚨一陣緊繃，幾乎無法呼吸。

「她一定很喜歡妳。」媽媽試圖蓋過貝琪歡欣的笑聲。「妳能找到這麼棒的新工作真是太好了，我替妳感到驕傲。」

「真可惜，聖誕節期間我需要妳留在這裡。」席爾斯博士輕聲說道。

我好不容易才擠出幾個字：「我得掛了，媽。我愛妳。」

席爾斯博士將柑橘擱在桌上，手伸進口袋裡。

我放下手機，兩眼注視著她。

「他們是明天晚上的班機。」席爾斯博士的聲音清楚明確，每一個字都像鐘聲一般。「我想妳不用在週五的時候回家了。」

像莉蒂亞這樣的人，如果她不想要放手，妳也無法轉身就離開。

在寒風凜冽的花園裡，湯馬斯曾經這樣告訴我。

「潔西卡。」席爾斯博士將手從口袋抽出。「妳的支票。」

我沒有多做思考，收下了支票。

我垂下眼睛，避開她具穿透力的凝視，呆呆地瞧著裝了漂亮水果的玻璃碗，猛然發現這些柑橘和我高中年度義賣的品種一模一樣，都是來自佛羅里達的甜橙。

第四十六章

十二月十九日，星期三

妳又讓我想起了艾普蘿。

六個月前，在那個六月夜晚，她像隻小鳥一樣坐在高腳椅上，交叉的雙腿凌空搖晃著，一邊啜飲著手中的酒。她全身散發著狂野的熱情，讓人感受到活潑愉悅的氣息。

但這並不是我關注的重點。

她的情緒就像四月的天氣，總是變化得非常快。

然而在那個夜晚，她陡然墜落的情緒變化比先前任何一次都要突然。

充滿惡意的言語讓她無法抑制地啜泣。

那天晚上，她結束了自己的生命。

每一段人生都會出現特定的轉變時刻，就像獨一無二的DNA序列。

當湯馬斯出現在那個停電的夜晚，就是我人生巨大的轉捩點。

艾普蘿的消逝也是其中之一。

她的死亡，和我們在她自殺前的對話，猛烈地刻畫出一道軌跡，將我擲入情緒的流沙。

我和湯馬斯的婚姻是這樁悲劇的第二個犧牲品。

無論是偶然或註定，這些轉折都形塑了一個人經歷的道路和最終的結局。

妳也是，潔西卡。

妳不能像艾普蘿那樣消失。我需要妳的存在。

到目前為止，各項事實都指向兩種可能性。首先，妳利用謊言掩蓋妳和湯馬斯的交往，或是交往的意圖。或者，妳說的都是實話，這代表湯馬斯處於內心交戰的狀態。他對於回覆訊息的遲疑和充滿矛盾的反應，顯示他正在屈服於誘惑的邊緣。

無論是哪一種推論，都需要更多證據加以支持。「湯馬斯是不知悔改的偷吃者」這個假設還沒有得到充分的驗證。

我會給妳一個晚上的時間重新變回第52號受試者，那個順從且樂於配合的年輕女子。

妳透露了離開紐約的意圖，表示妳已經排開了接下來的工作行程。

妳的朋友麗茲會在數千里之外與家人共度假期。

妳的家人會滿足地享用海鮮自助餐，在溫暖的海中嬉戲。

而妳，將會完完全全屬於我。

第四十七章

十二月十九日，星期三

「你太太真的是瘋了！」我對著手機嘶聲說。

我現在距離席爾斯博士的別墅已經隔了四條街，這一次我很確定沒有被她跟蹤。我縮著身子站在一間服飾店門口的屋簷下，櫥窗上貼著「即將歇業」的告示。雲層已經散去，但天空仍然呈現紫黑之間的顏色。經過身旁寥寥可數的路人也低著頭縮在外套裡，臉頰深深陷入衣領之中。

「我知道。」湯馬斯嘆了一口氣。「發生什麼事了？」

我全身顫抖，但不是因為寒冷。我已經落入席爾斯博士的掌握，就像被蜘蛛網困住的飛蟲，越是掙扎著想要逃脫就被黏得越緊。

「我必須擺脫她。你說會幫我想出一個辦法。我們得見面談。」

他遲疑了一下。「今晚不行。」

「我可以過去找你。你現在在哪裡？」

「我……老實說，我現在正要過去見她。」

我睜圓了眼睛，感到背部一陣涼意。

「什麼？你兩天前的晚上才去過她那邊。如果你們一天到晚都在一起，我怎麼相信你們已經分居了？」

「不是這樣的，我們和處理離婚的律師有約。」湯馬斯語帶安慰地說：「不如我們明天見面談吧？」

我全身緊繃，已經無法再繼續和他說下去。

「好吧！」我掛斷了電話，呆站在原地。

幾分鐘後，我決定採取目前能想到的唯一行動，試著從支離破碎的生活中找回一點控制權。我離開服飾店門口，循著原先的腳步往回走，回到距離席爾斯博士別墅幾公尺外的地方，將自己隱藏在陰影中。

十五分鐘後，就在我猜想她早已出門時，她走出了別墅。

我跟蹤她，維持著不被發現的安全距離。她走過兩個街區，轉了個彎，再越過三條街。她穿著一件雪白色的長大衣，紅金相間的頭髮散在肩膀上。即使走入人潮洶湧的商業區，我也不可能會跟丟這麼顯眼的目標。

她看起來好像聖誕樹頂端的陶瓷天使娃娃。

就在不遠處，我看見湯馬斯站在遮雨篷下等待。

我拉起了兜帽，藏身在公車站牌後方，確認他沒有發現我。

他看見了席爾斯博士。

只見他臉上漾出笑容，表情混雜著期待與喜悅。

他看起來完全不像是要與眼前的女人離婚的樣子。正好相反，他根本是迫不及待見到她。

兩人都沒有注意到我正注視著他們。在我不確定自己是否要繼續跟蹤下去時，他們走進了一棟建築物，顯然是和律師約在這裡見面。

當湯馬斯走向席爾斯博士，向她伸出手，她毫不遲疑地接納他。

他的黑色合身外套和她的一身白衣讓我在一瞬間彷彿置身另一個時空——那張我曾見過的婚禮相片。

湯馬斯低下頭，摟住她的後頸，然後是一個吻。

如果他真心想擺脫這個女人，怎麼可能如此深情地吻她？

我為什麼會有這樣的感覺？因為就在五天前，在酒吧裡，湯馬斯給了我同樣的一吻。

我走在回家的路上，思考著將我們三人糾結在一起的所有謊言。

我現在知道，湯馬斯同樣在欺騙我。

他和席爾斯博士在紅色雨篷下漫長的一吻，他雙臂環繞她的肩膀，親密地相擁。隨後他拉開了木製的高挑大門，側過身讓她先進門。我才發現那根本不是什麼律師事務所，而是一間浪漫的義大利餐廳。

至少我終於掌握了一個的事實——這兩個人都不值得信任。

我猜不透背後的原因，但這不是我現在應該擔心的事。

我現在必須弄清楚，他們之中究竟誰更危險？

第三部

很多時候，我們最嚴厲的評斷對象其實是自己。每一天，我們評斷自己做出的選擇、採取的行動，甚至私密的想法。我們為寄出的電子郵件感到憂心，深怕自己的語調會造成別人的誤會；在丟棄冰淇淋的空盒後，我們責怪自己忍不住偷吃；在匆匆掛斷朋友的電話後，我們深深後悔沒有耐心傾聽他的煩惱；在至親的家人離世後，我們才遺憾沒有好好珍惜相處的時光。

我們都背負著深藏在心中的種種遺憾，不論是對街上的陌生人、鄰居、同事、朋友和我們所深愛的人。我們不斷被迫做出種種道德上的選擇，有些選擇微不足道，有些則足以改變一生。

若將這些選擇寫成白紙黑字，看起來好像很容易，就像做選擇題一樣，勾選一個答案，然後繼續下一題。然而一旦進入真實的生活情境，絕非如此簡單。

你所做出的各種選擇將會糾纏著你。你無法克制自己的思緒飄向那些受你行動影響的人，這個沉重的負擔會持續數天、數週，甚至數年之久。你會永遠不停地質疑你的選擇。

最後，迴盪在腦中的問題只會剩下一個：報應什麼時候才會降臨？

第四十八章

十二月十九日，星期三

比起和已婚男子調情，或是被困在毒蟲的公寓，席爾斯博士最近對我的「慷慨贈與」透露出更濃厚的危險訊息。

讓席爾斯博士和她的實驗滲透我的生活已經夠糟的了，現在她竟然還把我的家人扯進來。他們樂得像是中了頭獎一樣。我心中不斷響起貝琪的歡呼：「我們要去海邊玩了！」

人生中沒有什麼是免費的！

瑞奇抓著我的手機，居高臨下地望著我說出的那句話，宛如警鐘般迴盪在我的腦海裡。

在回家的路上，我無法不去想席爾斯博士和湯馬斯在餐廳外擁吻的情景。我想像他們在浪漫的餐桌前看著侍酒師拔去紅酒瓶的軟木塞，湯馬斯品嚐之後讚許地點點頭，然後與席爾斯博士雙手相握，溫暖她冰冷的手掌。要是能夠知道他們之間談話的內容，我願意付出任何代價。

我忍不住想，我會成為他們談論的主題嗎？還是他們也對彼此撒謊，就像他們各自對我滿口謊言一樣？

我回到公寓，使勁將大門拉上，肩窩因為用力過猛而隱隱作痛。我苦著臉揉揉肩膀，沿著盤旋而上的階梯來到四樓。踏入走廊時，我注意到在距離我公寓三道門的地方，有一個看起來柔軟的小東西掉在地上。一時間我以為那是隻老鼠，隨即發現那是一雙灰色的女用手套。

我的心中升起一陣寒意。那種樣式和顏色正是席爾斯博士的風格。我幾乎可以聞到她身上獨特的香水味。

她又跑來我家做什麼？

當我更靠近一些時，我發現自己弄錯了。這雙手套的皮料厚重粗糙，顯然是從地攤買來的便宜貨。這一定是某個鄰居不小心掉的。我將手套留在原處，讓它的主人回來找它。

我打開家門，站在門口遲疑了一會兒，四處張望。所有東西看起來和我離開時一模一樣。李歐和平常一樣飛奔來迎接我。關門時，我將門上的兩道鎖鎖上。通常我只有睡前才會這樣做。

如果我知道當天會在天黑後才到家，我會替李歐開著床頭燈。現在我將房間裡全部的燈都打開，然後拉開了淋浴間的簾子，讓自己能夠看見套房的每一個角落，才能感到安心。

我走向廚房，經過那張堆放衣服的椅子。

席爾斯博士的披肩也在上頭，被壓在我昨天穿的毛衣下。我移開目光，走到流理臺邊倒了一杯水，猛喝三大口。

我翻翻裝了雜物的抽屜，拿出了一本筆記本，回到床邊，盤腿坐在棉被上。筆記紙上寫著一串數字，是我之前計算出的某項花費。不過六個星期之前，我還在煩惱該如何支付貝琪的療程，並且暗自希望美人蜂能將預約地點安排得近一些，這樣我才不用背著化妝箱四處奔波。現在看來，我之前的人生多麼平靜，甚至這些煩惱都變得再尋常不過。就在那衝動的一刻，我偷偷拿起泰勒的手機，重新播放了班的留言——短短十秒鐘，徹底改變了我的人生。

我現在絕對不能再衝動行事。

我撕掉最上面一頁筆記，在新的空白頁上畫出一條直線，分別寫下席爾斯博士和湯馬斯的名字。我盤腿坐在床上，試著列出我所知道的、關於他們的所有事情。

莉蒂亞．席爾斯博士：三十七歲、西村別墅、紐約大學副教授、精神病學家、辦公室位在中城、研究學者、作家、衣著昂貴充滿設計感、很有品味、前助理班．奎克、嫁給湯馬斯。我在最後一項下方畫上了四條底線。

我又另外列出三個問號：具影響力的父親？病人的檔案夾？第5號受試者？

我呆呆看著紙上短短幾行字。這個女人掌握了我這麼多的祕密，我對她的了解只有這樣嗎？

接下來輪到湯馬斯。我打開筆電，試著搜尋他的名字。我確實找到了不少「湯馬斯．席爾斯」，但都不是這個湯馬斯。

也許席爾斯博士並沒有冠夫姓。

我記下和湯馬斯在酒吧交談的內容：騎摩托車、記得披頭四那首〈一起來〉的所有歌詞、喝印度淡色艾爾啤酒。還有我們在公寓共度夜晚時的其他細節：喜歡狗、體格很棒、肩膀上有一個旋轉肌修復手術留下的疤痕。

我思考了一會兒，接著寫下：習慣在泰德餐館讀紐約時報、運動中心常客、戴眼鏡、娶了席爾斯博士。最後一項下方同樣畫了四條底線。

我繼續動筆：三十五到四十歲？職業？居住地？

比起席爾斯博士，我對湯馬斯的認識更少。

目前我只知道有兩個人與他們有所關聯。首先是班，但我想他不會再透露更多了。

第二個人已經永遠無法說話。

第5號受試者究竟是誰？

我從床上起身，在房裡來回踱步，努力回想湯馬斯在溫室花園裡說的話。

「她年輕、孤單，與自己的父親很疏遠。莉蒂亞時常送她禮物。這裡就是她當時自殺的地方。」

我回到床上，再次拿起筆電，用「西村溫室花園」、「自殺」、「六月」這三個關鍵詞再次搜尋一番，結果找到一篇刊登在紐約郵報上的兩段文章。這至少證實了湯馬斯說的故事：一名年輕女孩死在溫室花園裡。她的屍體是在當晚被一對散步的情侶發現，起初他們以為她睡著了。

這篇報導上寫出了她的全名：凱瑟琳・艾普蘿・沃斯。

我閉上眼睛，在心裡複誦這個名字。

她只有二十三歲，平常使用自己的中間名。報導中除了提到她的父母和年紀大她很多的繼姊，沒有再提供更多的細節。

這些資訊已經足夠讓我追蹤她的人生，以及她與席爾斯博士之間的交集。

我揉著前額，思考下一步的行動。我感到太陽穴隱隱作痛，大概是因為我今天到現在都還沒吃什麼東西。我的胃依然糾結，實在是裝不下任何食物。

雖然我亟需得到新資訊，但我還不想去接觸艾普蘿的父母，他們可能還無法走出喪女的悲痛。我還有其他的線索。

艾普蘿和其他二十幾歲的年輕人一樣積極經營社群網站。不過幾分鐘，我就找到她的Instagram帳號。她將這個帳號設定成公開，所有人都可以追蹤。

在瀏覽艾普蘿的相片前，我遲疑了片刻，就像當初我上網搜尋席爾斯博士的時候一樣。我不知道自己會看到什麼東西。這種跨越界線的感覺，彷彿一旦越過就永遠無法回頭。

我點了一下她的用戶名稱，小小的正方形照片立刻充滿了我的手機螢幕。

我打開最近一張照片，是艾普蘿生前最後一次發文。

日期是六月二日，在她自殺的六天前。

她燦爛的笑容讓我身體一顫。這是我和麗茲平常一起自拍的那種照片，兩個好姊妹拿著瑪格麗特酒杯，共享歡樂時光。照片看起來是如此平常，完全無法想像她會輕生。艾普蘿在照片下方標記了好友的帳號：**和@Fab24一起，永遠的好朋友！**許多人也在下面留言，大多是「喜歡這張照片」或者「好漂亮」之類的。

我凝視著艾普蘿的面孔。

席爾斯博士的第5號受試者有一頭黑色的長直髮和蒼白的皮膚，身材非常削瘦。那雙棕色的圓眼在她小小的臉龐上顯得有些太大了。

我提筆在新的一頁筆記寫下艾普蘿的名字，然後註明：Fab24，最好的朋友。

我繼續往下滑，檢視一張又一張照片，記錄下所有線索，例如背景的地點、餐巾上印的餐廳名字，以及時常重複出現的朋友。

看完第十五張照片之後，我已經知道艾普蘿也有一對銀色圓圈耳環和一件黑色皮衣外套。她和我一樣喜歡餅乾和狗。

我再次查看艾普蘿和 Fab24 的那張照片。她看起來是真心快樂，並不是我自己的想像。接著我發現了一樣東西，她後方的椅子上有一條淡褐色的披肩。

此時門外走廊響起的腳步聲讓我猛然抬起頭。

聲音似乎是朝著我的房間而來。

我靜靜等待，卻遲遲沒有敲門聲。

我只聽見一陣窸窸窣窣的聲響。

我輕輕溜下床，躡手躡腳地走過房間，暗自希望襪子摩擦木頭地板的聲音不會被聽見。

我移動到門邊，準備將眼睛湊到門上的貓眼。一陣恐懼攫住了我，彷彿我會在門的另一邊看見席爾斯博士那雙具穿透力的藍眼睛。

不行，就算隔著門，她也一定會聽見我的呼吸聲。

我將耳朵貼上門，感覺到腎上腺素正在狂飆。門外沒有任何聲音。

如果真的是席爾斯博士，我知道她在找到我之前絕對不會離開。我想像她的目光穿透了房門，緊盯著我的一舉一動，就像幾個月前她透過電腦觀察我一樣。我必須一探究竟。我強迫自己轉過頭，將眼睛湊到貓眼前。我張眼望去，胸口緊繃。

門外沒有人。

這個結果同樣令我不安。我退後幾步，喘了口氣。我是不是嚇傻了？席爾斯博士和湯馬斯現在不是正在共進晚餐嗎？我親自跟蹤目睹的，絕對假不了。

李歐斷斷續續的高亢吠叫打斷了我的思緒。牠一臉疑惑地望著我。

「噓。」我對牠比了比手勢。

我掂著腳走到窗戶旁，用手指輕輕拉下一片百葉窗，向外窺探。我掃視街道，看見幾個女人坐進一輛計程車，另一個男人正在遛狗。看起來並沒有什麼異狀。

我抱起李歐，帶著牠回到床上。

牠散步的時間就快到了。我之前從來不曾害怕晚上帶牠出門，但我現在一點都不想走下樓梯，轉過充滿視線死角的彎，進入也許有人在一旁窺視的街道。

席爾斯博士很清楚我住在哪裡，她之前就已經來過了。她也知道如何找到我的家人。她對我的了解之深，超越我的想像。

班說得沒錯，我必須找到我的檔案夾。

我繼續瀏覽艾普蘿的照片，將其中一張放大，辨識背景中出現的街道名稱。接著我找到一張在五月初張貼的照片，有一個男人睡在床上，有花朵圖案的棉被蓋著他裸露的身體。那是她的男朋友嗎？

因為角度的關係，他的臉孔十分模糊。

我的目光掃過他身旁的床頭櫃，上面擺著幾本書、一只手鐲和半杯水。我草草地抄下書名。

還有一樣東西。那是一副眼鏡。

我感到一陣天旋地轉，彷彿在懸崖邊一腳踩空，無助地跌落深淵。

我用顫抖的手放大這張相片。那是一副玳瑁色的眼鏡。

然後我看著在艾普蘿床上沉睡的男人，放大他的臉孔。

不可能。

我想抱起李歐逃走，但是我能逃去哪裡？爸媽不可能了解我面臨的情況，麗茲早就離城度假去了，至於諾亞……我和他不過剛剛相識，我不能讓他捲入這件事。

我丟開筆電，但是那男人直挺的鼻樑和垂落在前額的頭髮不斷出現在我的腦中。

那個男人就是湯馬斯。

第四十九章

十二月十九日，星期三

昨晚妳帶著無比驚恐的表情離開我的別墅。潔西卡，妳難道不知道，沒有人能夠傷害妳嗎？我太需要妳了。

和丈夫預定的晚餐約會並沒有為我帶來任何新資訊。湯馬斯巧妙地避開了所有關於他今天和接下來行程的問題，反過來關心我的近況，並且適時地稱讚波隆那肉醬義大利麵和香烤甘藍的美味，藉此化解沉默時的尷尬。

這對湯馬斯來說就像是壁球比賽。他確實是箇中高手，巧妙地預測對手的發球角度，然後在球場上快速回應。

然而就算是傑出的運動員，也會在持續的壓力下感到疲累。而失誤就是在這時候出現。

服務生撤下餐盤，端上可口的烤蘋果塔。湯馬斯開玩笑地問今年聖誕老人會在聖誕樹下留下什麼樣的禮物。

他說：「要替一位已經擁有一切的女士挑選禮物，實在不是一件簡單的事。」

湯馬斯已經證明自己是個難纏的對手，但我現在有了一個意想不到的機會。

「你太誇張了。」我對他說：「銀色疊式戒指你覺得怎麼樣？」

湯馬斯瞬間僵硬的身體反應顯而易見。

接著一陣沉默。

「你知道我說的那種戒指嗎？」

他垂下雙眼，看著自己的盤子，假裝突然對甜點上的糕餅屑感興趣。

「噢，好像有，我大概知道妳說的是什麼。」

「你覺得怎麼樣？」我問。「你覺得它們……好看嗎？」

湯馬斯揚起目光，伸手執起我的手掌，好像在想像戒指在手上的模樣。

他搖搖頭，誠摯地說：「那對妳來說不夠特別。」

服務生送來帳單時，湯馬斯藉機擺脫了這個話題。

在別墅門口，我委婉地拒絕了他過夜的要求。這原本是非常私密的事，但是潔西卡，我可以告訴妳這些，因為我們之間不僅僅是普通朋友。自從去年九月湯馬斯背叛我之後，我和他就不再有身體上的親密接觸。現在這樁婚姻依舊沒有穩固的基礎，我也不打算在今晚就滿足他的慾望。

湯馬斯很有風度地接受了。也許太有風度了。

身為男人，他一直都有強烈的需求。這些日子的禁慾想必令他的慾火更加熾熱。如此一來，他更有可能會屈服於送到眼前的誘惑。

別墅大門在湯馬斯身後關上，新裝的門閂也牢牢地拴上。整棟屋子回復到原來的秩序。通常這些例行的工作都是在妳離開之後完成，但今天時間實在太過緊迫。

我拿起咖啡桌上的報紙塞進回收箱，洗碗機裡的乾淨碗盤也被收進櫥櫃。我檢視了整間書房，空氣中還飄盪著淡淡的柑橘味。我拿起那只玻璃碗走回廚房，將柑橘全部扔進垃圾桶。這種水果一向對我沒有什麼吸引力。

我關上了一樓的燈，爬上樓梯，挑了一件紫丁香色的絲質睡衣和相配的睡袍，在眼睛周圍用無名指輕輕擦上精華液和保濕乳液。適當的保養能夠讓逐漸老去的身體維持僅剩的優雅。

完成這些儀式後，我倒了一杯水放在床頭櫃上。還有最後一項工作。我來到臥室隔壁的小書房，書桌中央放著一個亞麻色的資料夾，封面貼著「潔西卡．費里斯」的標籤。

我拿起檔案夾，打開它，再次仔細查看了妳父母和貝琪的照片。在二十四小時內，他們就會登上飛機，飛到數百里之外。妳對他們的掛念是否會因為距離而更加強烈？

我看著那本記載了各種細節的黃色筆記，翻開新的一頁，拿起父親送的萬寶龍鋼筆，在新的條目上記下日期：十二月十九日，星期三。我寫下這次和湯馬斯共進晚餐的情形，特別是當我提到銀色疊式戒指時他的反應。

我闔上妳的檔案夾，將它放回書桌中央，放在另一個檔案夾上。幾天之前，我為辦公室前門換了新鎖，順便將這兩個檔案夾帶回家裡。

第二個檔案夾上的標籤寫著「凱瑟琳．艾普蘿．沃斯」。

第五十章

十二月二十日，星期四

下一次與席爾斯博士見面時，我必須盡量做出貼近事實的陳述。

我不清楚她究竟知道我多少祕密。如果她拆穿我的謊言，我無法想像她會對我做出什麼事。

我昨晚幾乎一夜沒睡。每當老舊的地板發出嘎吱聲，或者有人爬上樓梯、經過我的門外，我都會背脊發涼，彷彿即將聽見鑰匙插入我房門門鎖的聲音。

我試著安慰自己，席爾斯博士或湯馬斯不可能弄到我房間的鑰匙。即使如此，到了半夜兩點左右時，我還是把床頭櫃推到門前，然後從皮包裡拿出防狼噴霧，塞在枕頭下。

早上七點，席爾斯博士傳來訊息，要我在下班後去別墅一趟。我立刻回覆答應。現在違抗她無濟於事，更重要的是，我不想激怒她。

如果逃離不能解決眼前的困境，也許我應該以進為退。

我在早晨沐浴時想到一個主意。熱水當頭淋下，但卻無法為我帶來溫暖。我不知道她對我的說法會有何反應，但無論如何我都不該繼續這樣下去。

經歷忙碌的一天之後，我在七點半抵達她的別墅。今天所有的客人都興高采烈地準備參加假日派對，最後一位年輕女性更是期待著男友今晚求婚。

我在替客戶化妝時，幾乎無法專心看著她們的臉。湯馬斯躺在艾普蘿床上的景象不斷地浮現在我的腦海中。

席爾斯博士很快開了門，感覺她從剛才就一直在走廊上徘徊，等待門鈴的響起。或者也許她從樓上的窗戶看見我的到來。

「潔西卡。」她招呼我進屋。除了我的名字，她沒有多說什麼。

她在我身後關上門，替我將外套掛進衣櫃裡。

當她轉過身時，差點撞到站在旁邊的我。

「抱歉。」我必須讓她記得這個時刻。我正在為接下來的故事埋下伏筆。

「妳要不要來一杯氣泡水？」席爾斯博士領著我走到廚房。「或者來一杯酒？」

我猶豫了一下。「不用太麻煩，我喝跟妳一樣的就好。」我謹慎地讓自己語帶感激。

「我剛剛開了一瓶夏布利。」席爾斯博士說：「還是妳喜歡桑賽爾？」

她怎麼會以為我分辨得出這些酒的差別？

「夏布利好了。」我知道自己不會喝多。我得保持腦袋清晰。

她將酒倒進兩只高腳玻璃酒杯，然後遞給我其中一杯。我環視四周，沒有發現任何湯馬斯曾經來過的跡象。昨晚目睹他們共處的模樣之後，我得確定他不會躲在一旁聽見我們的對話。

我喝了一小口酒，然後直接切入主題。「我有一些事要告訴妳。」我放低了聲音。

她轉過頭來看著我。我知道她擅於觀察對方的不安和緊張，這樣的情緒正有如輻射一般從我身上散發而出。不過這一次我不需要任何偽裝或掩飾。

她請我在一張高腳椅上坐下，然後坐在我身旁。我們轉動椅子，以前所未有的近距離面對彼此。我挪動身子，將整個室內納入視線範圍。如果有人突然出現，至少我能夠及時察覺。

一抹淡淡的藍紫色在席爾斯博士的眼睛下方形成新月的形狀。她昨晚大概也沒有睡好。

「怎麼回事，潔西卡？我想妳已經明白，妳可以告訴我任何事。」

席爾斯博士拿起酒杯時，我看見她的手在發抖，非常細微、不易察覺。這是我第一次察覺到她脆弱的一面。

我說：「之前我並沒有對妳完全坦誠。」

我注意到她吞嚥時喉頭的滾動。她並沒有絲毫催促之意，而是靜靜地等待我繼續說下去。

「在餐館裡的那個男人……」她的眼色微變，眼睛瞇得更細了一些。我謹慎地選擇措辭，接著說道：「當他回我訊息的時候，其實他是說他想要跟我見面。他要我給他日期和時間。」

席爾斯博士依舊定定地看著我，紋風不動，彷彿她也化成了一座玻璃雕像，就像那尊送給她丈夫湯馬斯的獵隼。

「但我還沒有回覆他。」

這一次我要等她回應。我假裝需要喝一口酒，將目光從她身上抽開。

「為什麼呢？」席爾斯博士終於問。

我低聲說：「我認為湯馬斯是妳的丈夫。」我的心臟碰碰亂跳，席爾斯博士恐怕也聽見了。

她猛然吸了一口氣，然後小聲地說：「妳為什麼會這麼想？」

我不確定自己是否走在安全且正確的道路上，這種感覺好像在地雷區玩跳房子。我不知道她知道多少，所以我的話必須包含一部分的事實。

「當我進入泰德餐館的時候，我發現我之前見過那個男人。」接下來這個部分很微妙，我努力忍受著緊張的暈眩感。「我記得去美術館的那天就遇見了他，當時有很多人圍過來關心那位被計程車撞倒的女士。我之所以會注意到他，是因為我仔細地瞧了每一個人，希望弄清楚這整件意外是否也是實驗的一部分。但我很確定他沒有看見我。」

席爾斯博士沒有回答，也沒有顯露出任何表情。我完全看不出她對這番話有什麼感想。

「當我提到在攝影展場聊天的男人時，妳說的話讓我很困惑，因為他並不是像妳說的那樣，一頭淡黃色的頭髮。我一時也沒有將妳的描述聯想到美術館外頭的男人。沒想到後來我在餐館又見到他，湯馬斯。」

席爾斯博士終於再次開口：「單憑這些妳就推斷出他是我的丈夫？」

我搖搖頭。我已經演練過接下來的部分，當時自己聽起來相當逼真，但現在我不確定她是否會相信任何一個字。「妳門口衣櫃裡的外套……尺寸都很大，很明顯應該是高大壯碩的男人穿的，一點都不像餐廳裡那張照片中的男人。我上次就注意到這一點，今晚我又確認了一次。」

「妳的偵探角色扮演得不錯，潔西卡。」她的手指輕撫杯腳，將酒杯湊近脣邊，啜了一口。

「這全都是妳自己一個人想出來的嗎？」

「差不多。」我看不出來她是否相信我，我只能繼續編造故事。「麗茲之前告訴我，她必須訂購一件額外的戲服，因為替身比演員本人要壯得多。這給了我靈感。」

席爾斯博士突然俯身向前，我不由自主地縮了一下，但我的眼睛還是看著她。過了一會兒，她一言不發地起身離開高腳椅，拿起吧檯上的酒瓶走向冰箱。當她打開冰箱門時，我瞥見一整排沛綠雅氣泡水和一盒雞蛋。我從來沒見過這麼空的冰箱。

「說到這，我待會兒要和麗茲去喝酒。」我接著說：「妳知道這附近有什麼好地方嗎？我跟她說這邊結束後就會傳訊息給她。」

這麼說只是為了保險。除此之外，我在皮包裡放了那罐防狼噴霧。

席爾斯博士關上冰箱門，但是她並沒有走回吧檯。

「麗茲還在城裡嗎？」她問。

我幾乎要倒吸一口氣。麗茲昨天就出城了，但席爾斯博士怎麼會知道？如果她能輕易掌握我爸媽的行蹤，也許麗茲也在她的監視之下。

我不記得有跟她提過麗茲的行程。每次會面時，席爾斯博士都會做筆記，但我從來沒有。我開始有些語無倫次。「是呀，她原來是要提早出發的，但臨時有一些事情，所以她決定要在城裡多待幾天。」

我說完就強迫自己閉上嘴。席爾斯博士還站在吧檯對面，用眼神掃視我。她的凝視把我牢牢釘在椅子上。

我身後有四間房間，包括化妝室。因為席爾斯博士現在的位置在廚房的另一邊，我沒有辦法在看著她的同時注意門邊的狀況。

我視線所及只有廚房堅硬閃亮的表面，灰色大理石流理臺、不鏽鋼鍋具和她留在碗槽旁的金屬螺旋開瓶器。

「我很高興妳對我說出實情，潔西卡。」席爾斯博士說：「我也會對妳坦誠。妳說的沒錯，湯馬斯確實是我的丈夫。那張照片裡的男人是我研究所的恩師。」

我吁了一口氣，這才意識到自己已經屏住呼吸好一陣子。至少這件事與湯馬斯和席爾斯博士的說法相符，也證明我的直覺沒有錯。

「我們結婚七年。」她接著說：「我們曾經在同一個地方工作，我們就是這樣認識的。他也是一名精神病學家。」

「原來如此。」我希望這麼說能夠讓她透露更多。

「妳一定在想，為什麼我要不斷將妳推向他。」

現在論到我保持沉默。我不能說出任何挑起她情緒的話。

「他曾經背著我出軌。」一瞬間，我好像看見她眼角泛淚，但那道閃光隨即消逝。是光線的關係嗎？「他只犯過一次錯，但無論如何，背叛依舊令人感到痛苦。他保證自己絕對不會再犯，我很想相信他。」

席爾斯博士的用詞精確謹慎，她現在終於說出事情的真相。

我不知道她是否見過那張照片。湯馬斯躺在艾普蘿的床上，裸露的肩膀在花色棉被下半遮半掩。我無法想像那會為她帶來多大的痛苦。

我更無法想像，如果她知道我和湯馬斯上過床，會發生什麼事。

我急迫地想得到更多資訊，但我還不能對她放鬆戒心，一秒鐘都不行。

「我問過妳許多問題，但從沒有討論到這一點。」席爾斯博士問：「妳曾經真的愛過一個人嗎，潔西卡？」

「我認為沒有。」我遲疑了一下，不確定這是否是正確的答案。

「妳以後會知道的。愛情帶來的喜悅和生命的完滿，與愛情逝去時帶來的痛苦成正比。」這是她第一次顯露出脆弱的一面，也是我第一次看到她顯露出這麼多情緒。

我必須讓她相信我與她站在同一陣線。當我帶湯馬斯回家過夜時，我根本不知道他是她的丈夫。我也無法想像她知道這件事後會採取什麼樣的行動。

第5號受試者毫無生氣地坐在花園長椅上的模樣再次閃過我腦際。警方一定是在經過調查後才認定她是自殺，但她臨死之前真的是孤身一人嗎？

「我為妳感到難過。」我的聲音有些顫抖，希望那聽起來是出於同情，而非恐懼。「我能幫上什麼忙嗎？」

席爾斯博士雙脣微彎，形成一抹苦澀的微笑。「這就是我挑選妳的原因。」她說：「妳讓我……想起她。」

我無法克制自己轉頭去查看後方。雖然前門距離不遠，但上頭那道鎖看起來很複雜。

「怎麼了，潔西卡？」

我勉強轉過頭來。「沒什麼，只是好像聽到了什麼聲音。」我拿起酒杯，但是沒有喝。杯子還挺沉的，也許可以用來當做武器。

「這裡只有我們兩人，不用擔心。」

她終於走回吧檯，坐在我身旁。當她坐上高腳椅時，她的膝蓋輕輕擦過我。我壓抑住想閃避的衝動。

「那個讓湯馬斯出軌的年輕女子……」我繼續探究。「妳說我讓妳想到她？」

席爾斯博士伸出手，用她細瘦的手指輕輕碰觸我的手臂。藍色血管清楚地浮現在她手背薄如蟬翼的皮膚上。

「妳們在本質上有許多相似的地方。」當她微笑時，我看見她眼睛周圍出現更多的細小紋路，有如玻璃上逐漸擴散的裂紋。「她有一頭黑髮，整個人充滿生命力。」

她握著我前臂的手掌微微地收緊。用「充滿生命力」來形容一個自殺的年輕女子，聽起來還真是奇怪。

我等著她的下一句話。她會說出艾普蘿的名字嗎？或者會說她是實驗的其中一位受試者？

席爾斯博士看著我，眼神又變得銳利了起來。剛才那個渴望丈夫關愛的柔弱女子再次隱入冰冷的面具之後。她抽離了話語中的情緒，就像一名正在講授艱深學問的教授。

「不過讓湯馬斯外遇的女子不像妳這樣年輕。她大概比妳大十歲，跟我差不多年紀。」

大我十歲？

席爾斯博士一定察覺了我臉上的驚訝，因為她的表情也變得凝重。

從照片中看來，艾普蘿絕對不可能是三十幾歲的年紀。而且那篇報導寫得很清楚，死者是二十三歲的年輕女子。席爾斯博士現在說的人不是艾普蘿。

如果席爾斯博士說的是實話，湯馬斯在婚後必定不只一次外遇。如果連我也算在內，至少有三個外遇對象，而且說不定還有更多？

「我只是無法想像有人會對妳做出這樣的事。」我輕啜一口酒來掩飾自己的驚訝。

她點了點頭。「現在最重要的，就是確定他不會再犯。我想妳能夠理解，是嗎？」

她停頓了一下。「這也是我需要妳現在回覆他的原因。」

我將酒杯放在吧檯上，但沒有抓準距離。只見酒杯在大理石邊緣搖晃，我趕緊伸手抓住，它才沒有在地上摔得粉碎。

席爾斯博士靜靜看著這一幕，沒有說任何話。

我的計畫越走越偏，剛才這段自白不但沒能解救我，反而勒緊了我脖子上的絞索。

我從皮包裡拿出手機，按照席爾斯博士的指示打入訊息：**我們明晚見面嗎？八點在黛珂酒吧如何？**

她看著我按下發送鍵。二十秒不到，對方就傳來了回訊。

恐慌掃過我全身。如果湯馬斯傳來任何讓席爾斯博士察覺我們關係的內容，那該怎麼辦？

我感到一陣暈眩，想將頭藏在雙膝之間，但我根本無法動彈。

席爾斯博士凝視著我，彷彿能夠看穿我的心思。

我費力地吞著口水，忍住翻湧的噁心感，然後低頭看向手機。

「潔西卡？」她催促道。

她的聲音細微到幾乎聽不見，好像從遙遠的地方傳來一般。

我用顫抖的手轉過手機，讓席爾斯博士看見湯馬斯的回訊：**不見不散**。

第五十一章

十二月二十一日，星期五

每一個心理治療師都很清楚「事實真相」的可塑性。事實就像雲朵那樣變化多端，隨時都會以不同的形狀出現；它會配合所有聲稱擁有真相的人，扭曲成符合他們觀點的樣貌。

晚上七點三十六分，妳傳來訊息：**幾分鐘後我就要出發去見T。我該請他喝酒嗎？因為是我先約他出來的。**

我回覆：**不必。他是很傳統的男人，讓他去主導一切。**

八點〇二分，湯馬斯出現在附近。經過酒吧門口時，他暫時消失在我的視線之外。他完全沒有注意附近的餐廳和咖啡館，當然也沒發現對街有人正在窺伺他。

八點二十四分，湯馬斯孤身一人離開了酒吧。

他走到路邊，從口袋掏出手機，伸出另一隻手去招計程車。

「小姐，您確定不需要點些什麼嗎？」

服務生突然出現在玻璃窗前，擋住了我的視線。在我請她離開之後，湯馬斯已經搭上一輛黃色計程車絕塵而去。

不到一秒，我的手機響起。但是來電者不是湯馬斯，是妳。

「他剛剛離開。」妳喘著氣說：「我完全沒有想到會是這樣。」

在妳繼續說下去之前，手機響起來電插播的通知。湯馬斯正好也撥了電話過來。

這二十二分鐘的等待，表面上如冰川般平靜，其實各種情緒在看不見的地方暗潮洶湧。憤怒、絕望和薄弱的希望，在這一瞬間快速地朝我逼近。

「等一下，潔西卡。妳先冷靜下來。」

接通湯馬斯的來電時，我聲音裡的權威感一掃而空。「嗨！」

「親愛的，妳現在在哪？」

他也許能聽見周圍的聲音，例如刀叉碗盤的碰撞聲和鄰近顧客的交談聲。我必須表現得像是辛苦工作一天之後，心血來潮出門放鬆一下。我的語調和措辭必須保持一致。

「我在辦公室附近的咖啡廳吃點東西。這星期我還空不出時間去超市買菜。」

對街的黛珂酒吧前門敞開，妳耳朵貼著手機走了出來，站在路旁東張西望。

「妳還有多久會到家？」湯馬斯的聲音溫柔、不疾不徐。「我有點想妳，今晚想過去見妳。」

目前所有的跡象——你們短暫的會面和他意想不到的邀約——都讓我心中升起希望。

黛珂酒吧和這間咖啡廳距離我的別墅不過二十分鐘車程。然而在面對湯馬斯前，我得先得到妳那邊的情報。

我告訴湯馬斯：「我這邊工作也快結束了。我搭上計程車之後再跟你說。」

這時妳仍舊站在路旁，雙臂因寒冷而環抱著身體。隔著這樣的距離，我看不清楚妳臉上的表情，但妳的肢體動作透露出一種不確定感。

「好極了。」湯馬斯說完掛斷了電話。

我和妳之間的通話還沒有斷。

「很抱歉讓妳久等，請繼續說。」

「他不是過來跟我約會的。」妳的語速慢了許多。剛剛的時間讓妳有機會修飾自己接下來要說的話，這不是一件好事。

「湯馬斯是因為懷疑才過來見我。那時他在美術館外已經注意到我，他知道我會出現在餐館並不是意外，他問我為什麼要跟蹤他。」

「妳怎麼回答？」我立刻問，語調尖銳。

「我想我搞砸了。」妳溫順地說：「我堅稱這一切只是巧合，但我猜他並不相信我的說詞。席爾斯博士，他顯然對妳百分之百忠誠。」

推斷結論不是妳的工作，但妳最後的這句話令人難以抗拒。「怎麼說？」

「我知道，我之前說過，我從來沒有真的愛過一個人。但我見過別人陷入戀愛的模樣。湯馬斯告訴我，他已經娶了一個完美的女人，要我別再打擾他。」

這有可能嗎？難道所有令人憂慮的跡象——深夜的電話、身穿大衣的女人意外造訪湯馬斯辦公室、那張啟人疑竇的古巴餐廳帳單——都是無心的巧合？

我的丈夫通過了測試。他對我忠誠無欺。

湯馬斯終於再次屬於我。

「謝謝妳，潔西卡。」

我看著窗外的冬日景象，只見妳身穿黑色皮衣外套走過路邊，紅色圍巾在夜色中飛揚。

「所以你們只說了這些？」

「嗯，重點大概就是這樣。」

「祝妳有個愉快的夜晚。」我對妳說：「我很快會再和妳聯繫。」

我在桌上留下三張二十元鈔票。豐厚的小費來自心中難以抑制的幸福感。

招來計程車後，我的手機又響了起來。

這次是湯馬斯。

「妳離開咖啡廳了嗎？」

不知道為什麼，我的直覺告訴我不要誠實以告。「還沒。」

「我只是想跟妳說一聲，我這邊有點塞車。」他說：「妳慢慢來沒關係。」

他口氣中的某些東西讓我感覺不對勁，但是我還是說：「謝謝你告訴我。」

我迅速地思考目前得到的資訊。你們在黛珂酒吧只待了二十二分鐘，這對情人約會來說當然太短暫了。但從妳剛才向我彙報的內容來看，妳和湯馬斯的對話也不需要二十二分鐘。

妳現在已經走到兩條街之外，身影幾乎就要看不見了。然而妳的路線卻與回家的方向相反。妳加快了步伐，似乎在期待著什麼。

妳看起來正在趕時間，潔西卡。妳究竟要去什麼地方？

湯馬斯的來電給了我更多時間搜集資訊。在冷風中快步行走有助於釐清思路。

妳又越過一條街，快速地拐彎。妳左顧右盼，彷彿在觀察四周的環境。

我在夜晚的掩護下隔著一段距離緊跟著妳，一棟拉起封鎖線的建築隔在我們之間，讓妳無法注意到身後的追蹤者。

妳轉過身，繼續前行。

幾分鐘之後，妳來到了一間名叫「桃樹燒烤」的小餐廳。

一個男人在餐廳玻璃門內等著妳。他與妳年紀相仿，有一頭黑髮，身穿有紅色拉鍊和海軍藍襯裡的外套。妳投入他敞開的雙臂，緊緊相擁了好一會兒。

然後你們一起走進餐廳。

妳宣稱對我完全坦誠，卻從來沒有提過這個男人的事。

這個人是誰？他對妳有多重要？妳對他透露了多少事情？

潔西卡，妳究竟還隱藏了多少祕密？

第五十二章

十二月二十一日，星期五

我與湯馬斯在黛珂酒吧的對話，如同我對席爾斯博士描述的那樣，一字不差。八點過後，湯馬斯在酒吧後面的座位區找到我。當時我喝著啤酒，而他連杯飲料都沒點。酒吧內擠滿了人，沒有人注意到我們。

我們還是依照原定的劇本演出。

「妳為什麼跟蹤我？」湯馬斯質問。我睜大眼睛，一臉錯愕。

我表示那只是個意外。他面露懷疑之色，然後說他已經和一位完美的女士有婚姻關係，要我別再打擾他。

我們用不同的措辭重複了這段對話，直到隔壁桌的兩個女人好奇地轉過頭來。我們不需要刻意假裝，此刻的難堪與尷尬顯而易見。

一切都很順利，我們周圍有許多目擊者能夠證明我們的談話內容。雖然我沒有在酒吧發現席爾斯博士的蹤跡，但是不能排除她採取某種方法竊聽我們對話的可能性。她很有可能就躲在不遠處觀察我們的互動。

事實上，在黛珂酒吧的短暫交談是我和湯馬斯今天第二次見面。幾小時之前，我和他相約四點在歐馬利酒吧碰頭。一週前我們就是在這裡喝酒。那時候我還不知道他就是席爾斯博士的丈夫。

這次談話太過重要，所以我決定見面討論。湯馬斯得取消一名病人的預約才能前來赴約。我們必須在席爾斯博士促成的約會之前商量好對策。

我先抵達歐馬利酒吧，當時還沒到酒類飲料的優惠時段，酒吧裡只有三三兩兩的顧客。我挑了靠近裡面的偏僻座位，坐在靠牆的椅子上，室內空間一覽無遺。

湯馬斯隨後走進酒吧。他朝我點點頭，在吧檯點了一杯蘇格蘭威士忌。他喝下一大口酒，來到我面前坐下，然後脫下外套。

「我告訴過妳，我太太很瘋狂。」他伸手按著額頭。「為什麼她要妳約我出來？」

我們都想從彼此口中獲得同樣的東西——實話。

「她說你曾經背著她搞外遇。她利用我來測試你會不會再犯。」

湯馬斯嘴裡喃喃說了幾句，然後將威士忌一飲而盡。他招手要侍者再來一杯，然後說：「我想這個問題的答案已經很明顯了。妳沒有告訴她我們之間的事吧？」

「等等，你可別喝太多。」我指著侍者倒好的酒。「我們幾個小時後又得再見面，頭腦最好保持清醒。」

「我知道。」但他是還是起身去吧檯拿第二杯酒。

「我沒告訴她我們上過床。」他拿著酒杯回到座位。「這件事我打算對她隱瞞到底。」

湯馬斯閉上眼睛，嘆了一口氣。

「我不懂。你說她很瘋狂，你想要離開她。但是當你在她身旁時，又表現得一副深愛著她的樣子，看起來她對你有種奇怪的吸引力。」

「我沒辦法解釋。」他猛然睜開眼睛。「但是妳說得對，我都是假裝出來的。」

「你之前就曾偷吃。」我已經知道他和艾普蘿上床，但我還是得逼他自己說出事情的原委。

他皺起眉頭。「這跟妳有什麼關係？」

「這跟我當然有關係！因為我已經被捲入你們扭曲變態的婚姻之中！」

他朝背後瞥了一眼，然後俯身靠近我，放低聲音說道：「聽著，這很複雜，好嗎？那只是一時的放縱。」

一時的放縱？他還沒有說出全部的事實。

「你太太知道那個女人是誰嗎？」我問。

「什麼？她當然知道，但是那個女人根本不重要。」

我感到心中一股怒氣，以及想要將那杯威士忌潑到他臉上的衝動。

這個根本不重要的女人和我一樣，是席爾斯博士研究的受試者，而且她已經死了。

他注意到我臉上的表情，態度軟了下來。「我不是那個意思……我是說，那個女人只是我辦公室附近一家精品服飾店的老闆。不過就是一夜情罷了。」

所以他說的人並不是艾普蘿。對於這次外遇，至少他和席爾斯博士的說法相符。

「她是怎麼發現的？」我問。「你向她坦白嗎？」

他搖搖頭。「我不小心把要傳給那個女人的訊息傳到了莉蒂亞的手機。她們兩人的名字開頭是同一個字母。這只是個愚蠢的失誤。」

這倒是個有趣的故事，但並不是我想得到的情報。究竟他和第5號受試者發生了什麼事？

我決定單刀直入。「你和艾普蘿．沃斯之間到底是什麼關係？」

他倒吸一口氣。這個反應已經說明了一部分的答案。

他再度開口，臉色變得蒼白。「妳怎麼會知道她的事？」

「跟我提到艾普蘿的人是你，就是在溫室花園的那天晚上。不過你稱她為第5號受試者。」

我搖頭，然後檢查手機上的時間。距離席爾斯博士安排的約會還有幾個小時。

他睜圓了眼睛。「莉蒂亞還不知道這件事吧？」

他又喝了一大口酒，然後盯著我。他的雙眼流露出真實的恐懼。「她絕對不能知道有關艾普蘿的事。」

幾秒鐘前，他才說過幾乎一模一樣的話。只不過那時候他指的是我們之間的事。

酒吧的大門忽然敞開，重重地撞到牆上，發出一聲巨響。

我身子一縮，湯馬斯則是警覺地向後張望。

「不好意思！」一個留著紅色鬍子的肥胖男人站在門口。

湯馬斯搖著頭喃喃自語，表情有些猙獰。

「所以妳不會告訴莉蒂亞有關艾普蘿的事吧？」他問。「要是她知道了，妳無法想像後果會有多嚴重。」

我終於掌握了湯馬斯的弱點。這正是我所需要的機會。

「我不會告訴她的。」

他想向我道謝，但我立刻打斷他。「只要你告訴我你知道的一切。」

湯馬斯問：「什麼一切？」

我說：「關於艾普蘿的一切。」

湯馬斯並沒有給出太多有用的資訊。在黛珂酒吧演完預先排好的戲之後，我朝桃樹燒烤餐廳走去，準備和諾亞共進晚餐。一路上我不斷思考湯馬斯所說的話。

湯馬斯說，他只有在去年春天和艾普蘿共度一夜。當時他在一間飯店酒吧和朋友見面，後來朋友先離開了，他留下來付帳。就在那個時候，艾普蘿悄悄地滑進他對面的座位，主動開始自我介紹起來。

這和席爾斯博士要我在賽瑟克斯飯店上演的戲碼一模一樣。我強忍住一陣噁心。我沒有告訴湯馬斯這件事，我必須對他有所保留。

席爾斯博士是否也利用艾普蘿來測試湯馬斯？艾普蘿是否像我一樣，對席爾斯博士說了謊？也許事情的真相比我想像的更駭人聽聞？

根據湯馬斯的說法，當晚他在艾普蘿家過夜，大約在午夜之後離開。除了相遇的方式不同，其餘幾乎和我們那次一夜情一模一樣，令人感到毛骨悚然。

湯馬斯堅稱，直到艾普蘿過世之後，他才知道她和自己的妻子相識。艾普蘿也是席爾斯博士研究中的受試者，我很難相信她和湯馬斯那天的相遇是個偶然。

我和湯馬斯一起編造的故事也許可以替我們爭取一點時間。桃樹燒烤已經近在眼前。當我告訴她，湯馬斯對她忠誠不二，彷彿能夠聽見她道謝聲音裡的寬慰。

然而我有預感，這個謊言很快就會被拆穿。

席爾斯博士十分善於從別人口中套出真相，特別是人們試圖隱瞞的事情。我已經親身體驗過她的本事。

告訴我真相。

我彷彿聽見她的聲音在腦中迴響。我再次轉身查看身後的人行道，但是並沒有看見她。

我繼續向前走，同時加快了步伐，內心渴望著諾亞和他所代表的正常世界。

唯有藏在自己心中的祕密，才是最安全的祕密；只要向任何一人透露，必定有一天會被洩漏出去。我翻出之前邀約湯馬斯的訊息和對話紀錄，全部刪除。我猜他一定也這樣做了。

湯馬斯是個偷腥慣犯和愛情騙子，真不懂他怎麼會和一個有道德偏執的女人結婚。

他說他想要擺脫這段婚姻，天知道他會不會犧牲我來達成這個目的。

關於去年春天發生的事，我掌握了三項事實：艾普蘿是席爾斯博士研究中的第5號受試者；湯馬斯與艾普蘿有染；艾普蘿已經死亡。

現在我必須知道，將艾普蘿捲入這扭曲三角關係的人，究竟是席爾斯博士，還是湯馬斯？因為我目前還無法確定艾普蘿真的是自殺身亡。

第五十三章

十二月二十一日，星期五

湯馬斯在門前階梯上等著我。

從黛珂酒吧到別墅一路上交通順暢，並沒有如湯馬斯所說的那樣塞車。而他的第一句話彷彿就是為了消解我心中的疑慮。

「我的計畫失敗了。」他做了個鬼臉，將我攬入懷中，和那名身穿海軍藍外套的男子與妳相擁的情景相去不遠。

「哦？」

「我想先到一步，在浴缸放好熱水，然後開一瓶香檳。」他說：「但是我的鑰匙沒辦法開門。妳換了新的鎖嗎？」

運氣不錯，更新的安全措施很巧地與我剛才在計程車上構思出的說詞互相呼應。

「不好意思，我忘記告訴你了。進來吧！」

他將大衣掛進門口的衣櫃，旁邊就是機靈的妳注意到的薄外套。我帶著湯馬斯走進書房。

我們並沒有開香檳，而是倒了兩小杯白蘭地。今晚適合讓人頭腦清醒的酒。

「妳看起來不太開心。」他坐在沙發上，拍拍身旁的坐墊。「發生什麼事了，親愛的？」

我輕輕嘆了一口氣，表現出難以啟齒的模樣。「最近有一個年輕女孩加入我的研究。」我對他說：「這也許沒什麼……」

最好是讓湯馬斯主動探問，這會讓他認為自己也脫不了關係。

「她怎麼了？」

「目前還沒事。但是上週我離開辦公室去吃午餐時，我看見她站在街道對面。她……就這樣望著我。」

我啜了一口白蘭地。湯馬斯握住我的手，透露出呵護之意。我接下來的語調刻意帶著些許猶豫和軟弱。

「我的手機最近常接到一些沒有聲音的來電。上週日，我看到她出現在別墅外。我不知道她是怎麼弄到我們家的地址……」

湯馬斯表情專注地聽著。也許這個令人不安的故事已經讓他感到疑惑，但是我必須繼續施加壓力。

「基於保密原則，我不能透露太多她的資訊。但是經過初步的測試後，她很明顯……有一些狀況。」

湯馬斯的臉皺了起來。「狀況？妳是說像之前那個參與研究的女孩子？」

我點頭回應。

「這就說得通了。我不想讓妳太過擔心，但我可能也見過這個女孩。她是不是有一頭深色捲髮？」

我等於間接向湯馬斯解釋了妳出現在美術館和餐館的原因。

我垂下眼睛，掩飾眼神裡流露出的勝利之情。

湯馬斯大概以為我承受著其他複雜的情緒，卻礙於醫病保密規範而無法吐露。人的行為一向比言語更能傳達隱晦的意涵；湯馬斯知道自己的妻子絕對不會毫無緣由更換門鎖。

湯馬斯的擁抱和我們當初在黑暗中相遇時一樣。終於，我再次感到安全與幸福。

「我不會讓她接近妳的。」他堅定地說。

「你是說接近『我們』吧，如果她連你也跟蹤的話……」

「我想我今晚應該留下來。老實說，我堅持留下來陪妳。如果妳介意的話，我可以睡在客房。」

他的眼睛裡孕育著希望。我伸手輕觸他的臉頰。湯馬斯的皮膚總是如此溫暖。

這一瞬間彷彿水晶般凍結。

我呢喃地答道：「不，我要你在我身邊。」

他顯然對妳百分之百忠誠。

今晚的一切如妳所言，潔西卡，是妳成就了這一刻。

第五十四章

十二月二十二日，星期六

為了得到能拯救自己的重要資訊，謊稱是一名死去女孩的朋友，這麼做是否符合道德規範？

我人在艾普蘿從前的房間裡，沃斯太太就坐在我對面。牆上依舊貼著一些名言佳句的海報和拼貼的照片，書架上放著一整排小說。一件胸花掛在衣櫃門把上，也許是很久以前艾普蘿參加畢業舞會時配戴的。整個房間維持著原來的樣貌，好像她隨時會回來一樣。

沃斯太太穿著一件棕色內搭褲和雪白的毛衣，她名叫茱蒂，是沃斯先生的第二任妻子，年紀也比他小得多。他們一家住在俯瞰中央公園的閣樓公寓，艾普蘿一個人的臥室就比我住的整間公寓還要大。

沃斯太太坐在艾普蘿那張特大雙人床的床沿，我則是坐在書桌旁的淡綠色絨布椅上，正對著她。我們交談的時候，她的雙手一刻都沒閒下來，一下撫平棉被上不存在的皺紋，一下擺正那隻老舊的泰迪熊，然後重新排列床上的抱枕。

今早致電沃斯太太時，我告訴她我和艾普蘿是大三那年去倫敦交換學生時認識的。沃斯太太熱切地想和我見面。為了縮短我們之間的年齡差距，我化了較柔和明亮的妝，搭配粉紅色唇蜜，刷上棕色睫毛膏，讓自己看起來更年輕些。最後，我紮了一條高馬尾，穿上牛仔褲和帆布鞋。

「妳能過來真是太好了。」這是沃斯太太第二次說這句話。我再次側眼打量這間臥室，急切地想獲取更多關於艾普蘿的線索。她有些地方跟我十分相似，但是在其他方面卻又南轅北轍。

接著沃斯太太開口問道：「妳能跟我分享一些關於艾普蘿的回憶嗎？」

「啊，我想想……」我感到前額冒出汗珠。

「一些我不知道的事情？」她催促著說。

雖然我根本沒有去倫敦，但我記得艾普蘿在Instagram上張貼了一些交換學生時期的照片。

謊言自然地從我口中湧出，彷彿這些故事早就存在我心中。席爾斯博士的測試讓我習慣於扮演不同角色，卻絲毫不能減輕從胃底湧出的噁心感。「參觀白金漢宮時，她一直想逗衛兵笑。」

「真的嗎？她怎麼做的呀？」沃斯太太赤裸地顯露出她的渴望，渴望那些她所不知道的細節。她將永遠無法創造更多關於女兒的新回憶，所以她只能盡可能從過去挖掘一切。

我瞥了一眼臥室牆上的裱框海報，上面用瀟灑的書寫體寫著：高聲歌唱，宛如沒有聽眾在旁……勇敢去愛，彷彿沒受過傷……翩然起舞，好似無人凝望。

我希望能分享一些讓沃斯太太感到安慰的細節。如果我能夠讓她想像女兒幸福的模樣，也許可以稍微抵銷我心中的內疚感。

「噢，她跳了一支很搞笑的舞！那些衛兵沒有笑，但是艾普蘿發誓說她看見其中一人的嘴角抽動了一下。我很想念那個時候……我笑個不停。」

「真的嗎？」沃斯太太俯身向前。「但是她一向討厭跳舞。不知道她那時候在想什麼？」

「那對她來說確實是個大挑戰。」我得趕緊改變談話的走向。我不是為了用虛假的故事愚弄一位悲傷的母親才來到這裡的。

「很抱歉我那時沒辦法出席喪禮。」我說：「我一直住在加州，最近才回到紐約。」

「我找找看。」沃斯太太從床上起身，走向我身後的書桌。「妳要不要一本喪禮的紀念冊？裡面有艾普蘿這幾年來的照片，包括她在倫敦的那個學期。」

我看著淡粉紅色的封面。她的名字上方繡了一隻飛鴿，還有用斜體字寫成的一句話：當最後的時刻來臨時，你得到的愛等同於你付出的愛。下面寫著艾普蘿的生卒年月日。

「好美的句子。」我低聲說，不太確定這是不是該說的話。

沃斯太太熱切地點頭。「艾普蘿過世前幾個月問我有沒有聽過這句話。」她的眼神變得遙遠，臉上露出微笑。「我說我當然聽過，那是來自披頭四的歌〈最後的時刻〉。披頭四的年代對她來說太久遠了，不知道她是從哪聽來的？她下載了那首歌，我們還用耳機一起聽。」

沃斯太太擦去淚珠。「在她離開之後……嗯，我記得喪禮那天，這句話看起來很完美。」

披頭四。我想起那天晚上在酒吧時，湯馬斯也唱了披頭四的歌，之後我們就上床了。他很明顯是披頭四的歌迷。當他和艾普蘿同床共枕時，一定也唱了那首〈最後的時刻〉。我忍不住顫抖。這是我和第5號受試者之間另一個詭異的共同點。

我將喪禮手冊塞進皮包。如果沃斯太太知道這句歌詞竟與她女兒死亡的謎團有著密切關聯，不知道會對她造成多大的打擊。

「妳和艾普蘿在去年春天有常聯絡嗎？」沃斯太太問。她回到床上，細瘦的手指又開始整理抱枕上的絲質流蘇。

我搖搖頭。「沒有。我當時認識了一個很糟的男朋友，幾乎跟所有的朋友都斷了聯繫。」

我心想，快點上鉤吧。

「噢，妳們這些女孩子。」沃斯太太也跟著搖頭。「艾普蘿也沒有遇到好男人。她太纖細敏感，總是受到傷害。」

我點點頭。

「我其實根本不知道她有沒有喜歡的人，但是在她……她的一個朋友告訴我，她跟……」

我屏氣凝神，希望她繼續說下去。但她只是呆呆地盯著虛空的某一處。

我皺起眉頭，裝作想起來什麼的樣子。

「其實艾普蘿確實有跟我提到一個喜歡的人。」我說：「那個男人是不是有點年紀？」

沃斯太太點點頭。「我想妳說的沒錯……」她的聲音逐漸變小。「但我一點也不明白事情的來龍去脈，這才是最令人傷心的部分。每天早上當我醒來時，心裡總是會想，事情為什麼會變成這樣？」

我必須避開那心碎的眼神。

「她總是非常情緒化。」沃斯太太拿起那隻泰迪熊，將它抱在胸前。「她曾經斷斷續續地接受心理治療。我們沒有刻意隱瞞這件事。」

她貌似詢問地望著我。我連忙點頭，表示艾普蘿確實有告訴我。

「自從高中之後，她已經有好幾年沒有傷害自己。她看起來好像好多了。當時她正在找新工作……她應該是早就計畫好了，警察告訴我她吃了氫可酮……我根本不知道她從哪裡弄來這些藥。」沃斯太太雙手蓋著臉龐，輕輕啜泣。

所以警察確實有深入調查。如果艾普蘿過去的確有自殘行為，那自殺的可能性就非常高。這讓我感到安全了一些，但我依然覺得有些事情沒有對上。

沃斯太太抬起頭，眼眶泛紅。「我知道妳有一陣子沒跟她見面了，但是妳們最後一次聯繫時，她聽起來開心嗎？」她的聲音帶著一絲渴望。也許根本沒有任何人能和她談關於艾普蘿的事。湯馬斯說過，艾普蘿和她的父親並不親近，而她的朋友可能早已專注過著各自的人生。

「嗯，她聽起來還蠻開心的。」我輕聲說。我之所以能夠克制自己的眼淚、壓抑住奪門而出的衝動，是因為我不斷告訴自己，也許我得到的資訊能夠幫助沃斯太太查出女兒死亡的真相。

「所以我才覺得奇怪。」沃斯太太說：「艾普蘿當時有在看心理醫生，那位醫師也出席了喪禮。她美得驚人，而且人看起來很好。」

我的心臟差點停止跳動。

只有一個人符合這樣的描述。

「您最近有和這位醫師談過嗎？」我問問題的同時確保自己的語調保持輕柔平穩。

沃斯太太點點頭。「今年秋天時我有和她聯繫。那天是艾普蘿的生日，十月二日。真是令人難過的一天。她如果還在的話，現在已經滿二十四歲了。」

她將泰迪熊放回原位。「每年她生日的時候，我們母女倆都會一起去做保養。去年她選了一個很醜的淡藍色指甲油，我說那看起跟復活節彩蛋的顏色一模一樣。」她搖搖頭。「真不敢相信我們還因此吵了一架。」

「所以妳和那位心理醫師見面了嗎？」我問。

「我們約在她的辦公室。以前艾普蘿去做治療時，費用都是由我們支付。我希望知道她究竟和艾普蘿都談了些什麼。」

「那席爾斯博士有告訴您嗎？」

話才剛出口，我就知道自己犯下了大錯。我身子一縮，等著沃斯太太察覺我居然知道這位心理醫生的名字。

我該怎麼解釋？艾普蘿幾個月前曾經告訴我醫生的名字嗎？沃斯太太絕對不會相信這個說法，因為我幾分鐘前才說我們很久沒有聯絡了。

沃斯太太很快就會知道我是個冒牌貨。她會對我大發雷霆，而我也是罪有應得。是什麼樣冷血的人，會對一位悲傷的母親謊稱自己是她死去女兒的朋友？

但是沃斯太太似乎沒有注意到我的失言。

她緩慢地搖搖頭。「我問她是否能看看艾普蘿治療過程的紀錄。我想那裡面一定有什麼我不知道的線索，能夠解釋艾普蘿為什麼要這麼做。」

我屏住氣息。依照席爾斯博士一絲不苟的作風，她的筆記一定記下了她與艾普蘿第一次見面的日期。也許這能夠幫我搞清楚，當初究竟是她或是湯馬斯將艾普蘿捲入這件事。如果主動接觸艾普蘿的是席爾斯博士，那她可能比我想像中更危險。

「所以她有讓您看紀錄嗎？」

我問得有些急躁。沃斯太太疑惑地望著我，但還是繼續說道：「沒有。她一再握住我的手，說她對於艾普蘿的事感到多麼遺憾。她說我會產生疑問是很正常的現象，但是在療傷止痛的過程中，我必須接受永遠都不可能得到答案的可能性。無論我怎樣懇求，她就是不願意讓我看紀錄。她說這會違背醫病保密原則。」

我重重地吁了一口氣。席爾斯博士當然不會揭露她的筆記。但這是為了保護艾普蘿的祕密，還是為了保護席爾斯博士本人，或者保護她的丈夫？

沃斯太太站起身，伸手理理身上的毛衣。她直視我的雙眼，眼中的淚水已乾。「妳說妳和艾普蘿當時參加同一個交換學生計畫？不好意思，因為我從來沒有聽她提過妳的名字。」

我低下頭，此刻的羞愧並不是假裝出來的。

「我希望我當時能夠更盡到身為朋友的責任。」我說：「雖然我人在遠方，我也應該要與她保持聯繫。」

沃斯太太走了過來，輕拍我的肩膀，彷彿在赦免我的罪惡。

「妳知道嗎？我從來就沒有放棄。」我得揚起頭才能看見她臉上的神情。她悲傷依舊，但同時顯露出堅毅的決心。

「席爾斯博士看起來是一位優秀的心理醫師，但是她絕對不是一位母親，否則她應該會知道，失去孩子的傷口永遠都無法癒合。這就是為什麼我到現在還在尋找答案。」

她挺起胸膛，聲音變得更為堅強。「這也是為什麼我永遠都不會放棄追尋真相的希望。」

第五十五章

十二月二十二日，星期六

我終於得到答案。湯馬斯對我忠誠不二。

左邊的枕頭套上再次散發著他的洗髮精香味。

現在已經接近早上八點，溫暖的陽光充滿室內。我心中的安慰直接影響了我的生理狀態，失眠症狀消失無蹤，我的食慾逐漸恢復，整個身體彷彿又年輕了起來。真是令人驚奇。

湯馬斯再次展現的深情與忠貞，治癒了這段受傷的婚姻。

大約二十年前，一次重大背叛在我心裡留下深刻的情緒創傷。我的妹妹丹妮拉也牽涉其中。今天，我感到那道傷疤也許能夠開始癒合。

一張紙條摺成小帳篷的模樣，擺在床頭櫃上。在紙條上的字句映入眼簾之前，微笑已經浮現在我的臉龐。

親愛的，樓下有新鮮的咖啡。我去買貝果和煙燻鮭魚，一會兒回來。愛妳，湯。

如此簡單的字句，卻給了我魔法般的幸福感。

悠閒地用過早餐後，湯馬斯隨即前去運動中心。他傍晚會回到別墅，我們計畫與另一對夫妻朋友共進晚餐。我在美髮沙龍做完頭髮之後，順道去了附近新開的精品服飾店。櫥窗裡的模特兒穿著一件粉紅色的低胸連身睡衣。這比妳買過的任何內睡衣都要精緻，柔順的絲質和胸前的設計襯托出女人的魅力。

我在衝動之下買了這件睡衣。

回到別墅，享受了薰衣草泡沫浴之後，我挑選了一件洋裝，將粉紅色睡衣隱藏在其下，等待今晚夜深讓湯馬斯親手揭開它。

正當我準備套上洋裝時，手機訊息的通知聲響起。

嗨，我只是想知道，關於最後一次任務，妳是否還需要我做任何事情？麗茲邀請我跟她回家過聖誕節，如果妳不需要我的話，我現在就得訂機票了。

真是有趣。

妳難道真的以為我會粗心地忽略妳的行蹤嗎，潔西卡？麗茲和她的家人早已經在亞斯本的豪華公寓酒店享受假期。

在回訊之前，我從書房桌上拿來妳的檔案夾，再次確認了日期。沒錯，麗茲昨天就出發前往科羅拉多與家人相會。

這時門鈴響起。

我將妳的檔案夾放回書桌中央，下面壓著艾普蘿的檔案夾，旁邊是父親送的鋼筆。

「湯馬斯，你提早回來了！」我給了他長長一吻。

他看看手錶。「妳還需要一會兒嗎？」

「一下就好。」

我在樓上做最後準備，在耳後點上香水，然後挑選了湯馬斯最愛的一雙高跟鞋。

湯馬斯在門口等著。「華倫說他們會晚一點到。我跟他說別擔心，我們會準時到餐廳。」

「希望這頓飯不會吃太久。」我對他說：「我想我們今晚可以早點上床。我替你準備了一點驚喜。」

第五十六章

十二月二十二日，星期六

鑰匙輕輕滑進門鎖。

我顫抖著手轉動鑰匙，推開了大門。

隨著一聲微弱的嗶嗶聲，我踏進席爾斯博士的別墅。我關上身後的大門，熄滅了外頭的兩盞檯燈。整個門廊籠罩在黑影中，我依稀看見保安系統的鍵盤就在左邊的牆上。

我脫下鞋，以免在室內留下塵土，但沒脫下大衣，以免有緊急狀況時能迅速離去。

湯馬斯昨天打電話來，給了我保安系統的密碼。他說他將複製好的鑰匙藏在門口的腳墊下。

「用銀色鑰匙打開下方的鎖，方形鑰匙打開上方的鎖。我會盡量在十一點前拖住莉蒂亞。」

他也提醒我，只有三十秒鐘的時間可以解除警報。

我走到鍵盤前，按下「0915」，卻在匆促和昏暗的光線下錯將5按成6。

霎時響起一陣尖銳鈴聲，緊接著是一串更急促的嗶嗶聲，如發狂般和我的心跳混在一起。

現在已經過了幾秒？十五秒嗎？我得趕緊輸入正確的密碼，否則保全公司很快就會報警。

我小心地輸入四個數字。

警報器發出最後一聲高亢的鈴響，然後陷入沉默。

我抽回戴著手套的手，吁了一口氣。直到此刻我才真正相信湯馬斯給了我正確的密碼。

我雙腿依舊顫抖，只能靠著牆壁勉強穩住身體。

我在牆邊整整站了一分鐘，然後又一分鐘。湯馬斯和席爾斯博士就躲在樓上書房的這個念頭揮之不去，恐懼如影隨形。

我還來得及逃跑；穿上鞋，重新設定警報，然後將鑰匙放回原位。但這樣我就永遠無法知道席爾斯博士究竟還掌握了我的哪些祕密。

「今早我在她的書桌上看見妳的檔案夾。」湯馬斯說：「就在艾普蘿的檔案夾上面。」

在起初的幾次會面中，我曾看過這個檔案夾躺在席爾斯博士辦公室的桌上。班曾告訴我務必要找到它，現在我終於有機會一探究竟。

我當時問湯馬斯：「你有看過檔案夾的內容嗎？」

「我沒有時間。她現在睡著了，但是隨時都有可能醒來。」

我失望地瞇起眼。如果我沒辦法拿到檔案夾，知道它藏在哪裡又有什麼用呢？

湯馬斯接著說：「我有辦法讓妳進到別墅裡。」

在他繼續說下去之前，我就從他的語調感覺到事情絕不是如此單純。

「但是妳必須答應我，幫我將艾普蘿的筆記全部照下來。我也需要那個檔案夾，潔絲。」

結束通話後，我才想到，這也許就是湯馬斯假裝還愛著席爾斯博士的原因。他必須待在她身旁，伺機取得艾普蘿的檔案夾。

我感覺自己呆立在門廊好長一段時間，其實從我進入別墅後也不過才幾分鐘。我終於邁開步伐，來到樓梯邊，但依然無法鼓起勇氣上樓。就算這不是陷阱，前進的每一步都會讓我更加陷入這片泥淖之中。

除了暖氣的嘶嘶聲，屋內一片死寂。

我必須採取行動。我踏上第一步，腳下的木頭階梯頓時發出呻吟。

我皺著眉頭，放慢腳步往上爬。雖然我的眼睛已經適應了昏暗的燈光，我踏出的每一步都萬分謹慎，唯恐不小心踩空。

終於來到二樓後，我呆站在原地，無法確定要選擇哪個方向。樓梯旁的走廊向左右延伸，而湯馬斯只有告訴我席爾斯博士的書房在二樓。

左邊透出一絲光亮，所以我朝著那邊走去。

此時我的手機突然響了起來，粉碎了壓抑的寂靜。

我的心臟猛烈跳動。

我慌亂地在外套口袋裡摸索，但是手套滑過手機光滑的表面，無法緊握住它。

鈴聲再度響起。

事情一定出了差錯，我驚恐地想著，一定是湯馬斯打過來說他們會提早回到別墅。

等我終於順利掏出手機後，螢幕上出現的不是湯馬斯的代號，而是我媽的微笑臉孔。

我試著去按拒絕通話鍵，但是戴著手套的手指對觸控螢幕毫無作用。

我咬著手套的指尖，費力地脫下手套。皮革因為汗濕而緊緊貼著手掌，我更使勁地拉扯。如果有人在二樓的話，他一定會察覺我的存在。

一陣忙亂之後，我將手機調成了震動。

我凝神傾聽，一動也不敢動。並沒有任何跡象顯示屋裡還有其他人。我深呼吸了三次，強迫自己的雙腿再次動起來。

我繼續朝那道微弱的光走去，最後發現光源來自席爾斯博士的床頭燈。我站在她的臥房門邊，凝視著鋼青色的床頭板和沒有一絲皺紋的棉被。小檯燈旁擺著一本書，是喬治・艾略特的小說《密德鎮》，和一小束的秋牡丹。

這是我今天第二次侵入他人的私密空間。先是艾普蘿生前的臥室，現在則是席爾斯博士和湯馬斯同床共枕的地方。

如果有時間，我很想在臥室裡尋找更多的線索，例如日記、老舊的照片或信件，藉此了解席爾斯博士究竟是什麼樣的人。但我只能繼續走向旁邊的書房。

檔案夾靜靜躺在湯馬斯所說的那個位置。

我快步走到書桌前，小心翼翼地拿起標有我名字的檔案夾。我打開檔案夾，看見我的駕照影本和那天我交給班的個人資料。當時我天真地加入這項實驗，心裡只想著能輕鬆地多賺些錢。

我拿起手機，照下了第一頁。

我翻到第二頁，看見爸媽和貝琪對著我微笑，忍不住倒吸了一口氣。我立刻認出這張原本放在我 Instagram 上的照片。那是去年十二月的照片。雖然影像有些模糊，我依然注意到背景的聖誕樹，那是當時爸媽家客廳裡的擺設。

疑問在我腦中旋轉：席爾斯博士是怎麼弄到這張照片的？在我們見面後，她就開始搜尋我嗎？她是用了什麼方法瀏覽我的私密帳號？

可是我現在沒時間思考這些問題。席爾斯博士一向能搶先一步採取行動，她可能會發現我來過別墅，她隨時都可能回到這裡。恐懼的念頭在我腦中揮之不去。

我繼續照下檔案夾的內容，同時注意每一頁的順序。我發現了我做過的那兩份電腦問卷的印本，飛快地掃過上頭的問題。

妳可以毫無罪惡感地說謊嗎？

形容一下妳人生中欺騙的經驗。

妳是否曾經深深傷害妳在乎的人？

此外，還有席爾斯博士要我參與進一步實驗前問的那兩個問題。

懲罰和罪行是否需符合比例原則？

受害的一方是否有權利自行討回公道？

接著是好幾頁的黃色筆記紙，席爾斯博士工整優雅的筆跡躍然紙上。

屈服於我吧……妳屬於我……妳看起來一如往常地美麗。

我感到一陣噁心。

可是我只能快速地翻動頁面，像機器人一樣照下一頁又一頁的筆記。時間緊迫，我不能讓自己陷入眼前的事物。

車頭燈的光亮從木頭百葉窗的縫隙間透入，一輛車沿著街道緩慢駛近。不知道駕駛是否能看見我手中發亮的手機？

我將手機緊貼在大腿外側，遮擋螢幕的光。我全身保持靜止，直到車輛離去。

也許那只是附近的鄰居。這麼想的同時，恐懼在我心中升起。那個鄰居很有可能在一小時前看見湯馬斯和莉蒂亞一起離開，如果他注意到別墅有任何不對勁，說不定早已打電話報警。

在把檔案夾的內容都照下來之前，我不能離開。我一面加速翻閱，一面側耳傾聽，注意是否有任何人接近別墅的聲響。我翻到最後一頁，席爾斯博士在我說的那句「他顯然對妳百分之百忠誠」下方畫了好幾道底線。我照完最後一頁，整理好放回檔案夾裡。

接著我拿起艾普蘿的檔案夾，似乎比我的要輕薄。

我感到有些害怕，不敢就這樣打開檔案夾，彷彿我正要掀開一塊潛伏著毒蜘蛛的岩石。但我不只是為了湯馬斯才答應照下這個檔案夾的內容，我也必須知道裡面的資訊。

第一頁看起來和我的沒有什麼分別，映入眼簾的是因放大而產生顆粒感的駕照照片。艾普蘿的一雙大眼看起來像是受到了什麼驚嚇似的。照片下方是她的基本資料，全名、生日和地址。

我快速照了相，然後翻到下一頁。

在席爾斯博士流暢的字跡裡，我發現了我一直在尋找的答案。艾普蘿是在五月十九日加入席爾斯博士的實驗，成為第5號受試者。

十五天前，五月四日，她在 Instagram 上張貼了湯馬斯躺在床上的照片。

就算不是照相當天發布的照片，至少現在可以知道，她是先與湯馬斯相遇，之後才加入席爾斯博士的研究。這點毋庸置疑。

也就是說，最先接觸艾普蘿的人是湯馬斯。

我急促地吸了一口氣。我的直覺有誤，湯馬斯也許比席爾斯博士更危險。

我再次檢視日期，確認自己收集到正確的資訊。我現在能夠釐清一點，至少我的遭遇並不完全是艾普蘿的翻版。席爾斯博士不可能利用艾普蘿來測試湯馬斯的忠誠。

而且艾普蘿顯然沒有繼續參與席爾斯博士的實驗，她只有完成第一次的問卷，甚至沒有第二次。為什麼？

現在只有湯馬斯知道我在別墅裡。如果艾普蘿的死是他一手造成，我可能也身處危險之中。

我必須趕緊離開這裡。我翻閱完所有文件，盡可能迅速地照下所有筆記。倒數第二頁的標題寫著「十月二日，與茱蒂．沃斯的談話」，後面只剩下一張信紙。

這封信的日期是席爾斯博士與沃斯太太見面後的一週，收信人是席爾斯博士。我拿起手機，等待鏡頭對焦。幾行斷斷續續的字句浮現在我眼中：**調查死亡事件……凱瑟琳．艾普蘿．沃斯……家屬要求無償調閱紀錄……可能發出傳票**。

我想起沃斯太太告訴我，她絕對不會放棄尋找答案。看來她雇了私家偵探來調查此事。

我闔上艾普蘿的檔案夾，將它端正地放在我的檔案夾下方，維持原來的擺放方式。

我已經取得該取得的資訊。雖然很想在屋內四處搜尋更多的線索，因為這是唯一的機會，但我知道自己必須盡快離開。

我回到樓梯口，小跑步下樓。在門口輕手輕腳地穿上鞋，重新設定警報器，小心地打開大門。我將鑰匙塞回踏墊下，然後起身四處張望。視線範圍之內並沒有任何鄰居，就算有人瞥了一眼，他們也只會看到一個身穿深色外套、頭戴帽子的模糊人影走下前門的階梯。

直到我轉過街角，呼吸才稍微平順下來。

我靠著街燈的金屬圓柱喘著氣，口袋裡的手依舊緊抓著手機。我不敢相信自己竟然能全身而退。我沒有留下任何證據——我熄滅了所有的燈，地毯上沒有留下任何泥土或髒汙，沒有留下任何會透露身分的指紋。席爾斯博士不可能會知道我曾經闖入她家。

儘管如此，我依然不斷回想自己的每一個動作，確定自己沒有犯下任何失誤。

◆◆◆

安全到家後，我鎖上房門，再次將床頭櫃推到門邊。我想到沃斯太太，她相信艾普蘿的檔案夾裡面藏有女兒自殺的真正原因，不惜雇用私家偵探也想要取得其中的資訊。

聲稱只與艾普蘿有過一夜情的湯馬斯同樣渴望那份檔案夾的內容。

心中有個聲音告訴我，應該匿名將這些照片寄給私家偵探，然後靜觀其變。但這樣做也有可能無法解開謎團，而且湯馬斯必定會知道是誰洩漏檔案夾的內容。

到頭來，我能依靠的人也只剩下自己。

第一次填寫問卷時，我寫下了這句話。這份體會從未像現在這樣如此強烈。

在將艾普蘿檔案夾的照片寄給湯馬斯之前，我決定仔細研究一番。

我必須弄清楚他為什麼處心積慮地隱瞞自己與第5號受試者的關係。

第五十七章

十二月二十二日，星期六

妳是如何度過今晚的，潔西卡？是否與那位身穿海軍藍外套的英俊男人共處？你們昨夜在餐廳門外擁抱的情境仍歷歷在目。

也許他就是能讓妳體會到真愛的男人。不是童話故事裡的那種戀愛，而是接受現實的洗禮，經歷過黑暗之後仍能回到光明的愛情。

也許妳已經明白那是什麼樣的感覺，你們會依偎在雅座上，看著對面另一對夫妻，沉浸在純粹的滿足感中。也許他會對妳無比關愛，就像湯馬斯對我一樣。他會在妳的酒杯見底之前示意服務生斟滿，他的手總是能夠找到理由溫柔地觸碰妳。

當然，這些都只是表面的行為。只有在妳和他相處多年之後，才能看見隱藏在他內心的複雜情緒。

這些表露情緒的跡象有如緩慢的日蝕吞噬了我們才剛建立的平靜氛圍。

每當湯馬斯心神不屬，他總會以過度的言行加以掩飾。

他發出誇張的笑聲，問著另一對夫妻各式各樣的問題，例如接下來的休假計畫、考慮讓雙胞胎子女去唸的私立學校等。他假裝對這些話題表現出很感興趣的模樣，事實上是為了避免讓自己陷入需要填補對話空檔的尷尬。他今晚進食的順序也過於有條不紊，先是三分熟的牛排，接著是馬鈴薯，最後才是青豆。

當妳如此熟悉一個人，就不難看穿他的習慣和行為模式。

湯馬斯的心思遠在別處。

當他的瑪瑙巧克力蛋糕吃到一半時，他掏出震動的手機，掃了一眼螢幕，然後皺起眉頭。

「不好意思。」他說：「有個病人出了點狀況，剛剛住進貝爾維尤醫院。我實在不想掃興，但是我得過去一趟，和主治醫生談談。」

餐桌上的每一個人都表示理解；以他的工作來說，這種突發狀況再尋常不過。

「我會盡快回家。」他將一張信用卡留在桌上。「可是妳知道，這種事情有可能會弄到很晚。妳早點睡，不用等我。」

他給了我輕輕一吻，帶著巧克力苦甜交雜的氣味。

我的丈夫隨即離開了餐廳。

彷彿有人瞬間偷走了他。

別墅裡黑暗且寂靜。木頭階梯在我腳下輕輕呻吟，數年來如一。在過去的歲月裡，這個聲音總是令人安慰；它表示湯馬斯已經鎖好門窗，準備上床來到我身邊。

樓上床頭櫃的燈光柔和地從空無一人的臥室透出。

這本該是一個特別的夜晚。燭光燃起，我會伴隨著輕柔的音樂解下洋裝，露出底下誘人的粉紅色睡衣。

然而這一切並沒有發生。我將高跟鞋收進鞋櫃，解下耳環和項鍊，放回梳妝臺最上層抽屜的天鵝絨隔間。今早湯馬斯留下的紙條就躺在各種首飾旁，像是另一件珍貴的珠寶。

紙條上平常的字句令人安心，我一次又一次地讀著。

接著，我發現在句子之間有三點小小的墨珠。

這三點墨珠突然明白地告訴我一件事。

它們來自一種特別的鋼筆。若書寫者不小心讓筆尖停留在紙上過久，就會造成這樣的汙點。

這支鋼筆一向都擺放在同一個地方，也就是我書房的書桌上。

從臥室到書房只需要快速地走上十二步。

今天早晨，湯馬斯出門買貝果之前，從書房拿起了這支鋼筆。他一定看見了桌上那兩個檔案夾，上面的標籤清楚地寫著妳和艾普蘿的名字。

我幾乎無法抑制立刻抓起檔案夾查看內容的衝動，但是我必須冷靜。慌亂只會造成失誤。

書桌上只有五樣東西：鋼筆、杯墊、一個蒂芙尼時鐘和兩個檔案夾。

乍看之下，每樣東西都在原位，沒有被移動過的痕跡。

但是一個幾乎無法察覺的細節讓我感覺到不對勁。

我仔細檢視每一樣東西，心中湧起疑慮的浪潮。

鋼筆就擺在它應該在的位置，在書桌的左上角。時鐘位於鋼筆對面的右上角。杯墊則是在時鐘下方，因為我總是用右手拿茶杯，空出左手來書寫筆記。

然後我發現讓我覺得不對勁的地方了。這是全世界百分之九十的人都不會注意到的細節。

慣用右手者很少能體會慣用左手者所遭遇的不便。幾乎所有的日常用品，剪刀、冰淇淋勺、開罐器，都是設計給右手使用。除此之外還有飲水機的按鈕、車上的托杯架、提款機等，能列入這份清單的東西遠不止於此。

慣用右手者會很自然地將面前的文件放在身體的偏右側，以便用右手做筆記。慣用左手者則是相反。這是個無意識的直覺動作。

書桌上的檔案夾被人從原來的位置往右移動了幾寸。

我感到一陣暈眩，檔案夾在眼中變得模糊。但是我隨即恢復理智。

也許只是湯馬斯在將鋼筆放回原位時動到了檔案夾，然後試著將它們移回書桌中央。

湯馬斯也很可能因為好奇而拿起這些檔案夾，或是他沒能找到上層抽屜裡的空白便簽，所以想從檔案夾裡撕一頁下來用。無論如何，他都會發現裡面放的是病人的資料。心理治療師必須遵守醫病保密原則，湯馬斯也受到這項職業規定的約束。私下談論病人時，我們從未提及他們的名字，即使像第5號受試者這樣特殊的案例也是如此。

我曾向湯馬斯提過第5號受試者的首次測驗。當時電腦問卷才進行到一半，她就哭著逃離紐約大學的那間教室。後來第5號受試者告訴我的助理，那些問題引發了她強烈的情緒反應。湯馬斯聽了之後表示，基於道德原則，我們應該給予她專業的協助。他專注地聽我描述我與第5號受試者接下來的互動，包括辦公室的面談和禮物的贈與。最後，在某個湯馬斯忙於工作的夜晚，我邀請她來到別墅共享起司和美酒。

他了解第5號受試者對我來說已經變成一個……特殊的存在。

但我們從未提過她的名字。

從來沒有。即使是在她死亡之後。

尤其是在她死亡之後。

不過湯馬斯確實有看見沃斯家雇用的私家偵探寄給我的那封電子郵件。就算他之前沒有推斷出第5號受試者的身分，那時想必也知道了她的名字就是凱瑟琳・艾普蘿・沃斯。

隨著思緒逐漸平穩，肌肉的緊張感也稍微放鬆了些。

如果湯馬斯真的看了妳的檔案夾內容，包括我們之間詳細的對話紀錄、我交付給妳的任務細節，以及妳對於你們之間互動的描述，他的行為必定會有所異常。但是在早餐時，他並沒有顯露出任何的情緒波動，晚上來別墅接我時也是一切正常。

不過……晚餐時，他的表現變得很不尋常。他看起來心不在焉，隨後突兀地離去。他道別時的那一吻讓我感受到的不是不捨，而是敷衍。

今晚喝下的那兩杯黑皮諾擾亂了我原本清晰的思路，我無法推斷出準確的結論。其他的念頭在腦中翻攪。撇開醫病保密原則，妳和艾普蘿不像任何其他曾經進入我辦公室的人。嚴格來說，妳們都不是我正式的客戶或病人。而湯馬斯認為妳們有一個共同點：妳們都讓他的妻子感到無比困擾。

艾普蘿早已逝去，她再也不能造成任何新的痛苦。

但是湯馬斯相信，妳所展現出的潛在威脅迫使我更換了別墅的門鎖。他可能會不惜違反職業倫理，也要取得能夠保護妻子的資訊。

湯馬斯看過了妳的檔案夾；這是個不可忽視的可能性。

這對我來說是一記重擊。我伸手緊緊抓住桌沿，才勉強穩住身體的平衡。

如果他刻意裝成自己沒有看過檔案夾，那會是出於什麼樣的動機？

我沒有明確的答案。

在一段健康的伴侶關係中，溝通是必要的元素。溝通也是愛情不可或缺的基礎，在療傷止痛的過程中更是如此。

然而保有自我意志必須強過對另一半的盲目信任，尤其是對方曾經有不忠的紀錄。

過去二十四小時的幸福與安慰消逝無蹤。原本的所有結論都處在被推翻的邊緣。從現在開始，我得更小心地盯著湯馬斯。

我將檔案夾鎖進檔案櫃，緊緊關上書房的門。

接著我傳了一封訊息給他：**我會提早上床休息。明天再聊？**

在他回訊之前，我就將手機關機。我回到臥室，將洋裝掛進衣櫃，抹上夜間精華液，挑了一套舒適的家居睡衣褲，完成了每個夜晚的例行儀式。

那件新買的性感睡衣已被揉成一團，塞進抽屜深處。

第五十八章

十二月二十三日，星期日

我整晚都在研究我和艾普蘿的檔案夾，幾乎一夜沒睡。

目前看來，席爾斯博士當時在廚房提到的不忠，指的是湯馬斯與服飾店老闆的那一段外遇。我腦中浮現她顫抖的雙手和盈滿淚珠的眼睛，這也是為什麼她會利用我來確定湯馬斯不會再犯。

那一夜的記憶閃過腦際：湯馬斯的唇一路滑到我的下腹，他的手輕輕褪去我的黑色蕾絲內褲。我的身體不由自主地縮瑟起來。

現在不是想起這個的時候，我必須專心推敲，為什麼湯馬斯坦言不諱與服飾店店主的關係，卻如此害怕別人知道他曾經與艾普蘿在一起？

這兩段外遇究竟有什麼不同？

於是我來到了這間名為「眨眨」的精品服飾店，尋找那位曾與湯馬斯有染的店主洛芮恩。

根據我所掌握到的線索，要確認她的身分和工作地點其實並不困難。她的名字和莉蒂亞一樣是以字母L開頭，她的服飾店和湯馬斯的辦公室只有一街之隔。

符合條件的有三間店面。我一一檢視它們的網站，鎖定了正確的目標。眨眨的官網上有一張洛芮恩的照片，以及一篇描述她如何創立這間服飾店的文章。

當我一踏入這間明亮時髦的服飾店，大概可以理解為什麼席爾斯博士會說我讓她想起洛芮恩。從照片上看起來感覺並不強烈，但是見到本人時，我發現她的外貌確實和我有點相似。她同樣有一頭棕髮和淡色眼睛。如席爾斯博士所說，她看起來比我大了十歲左右。

洛芮恩正忙著接待顧客，於是我走到一旁，翻看一架子以顏色分類的短上衣。

「有特別在找什麼嗎？」一位店員過來招呼。

「只是隨便看看。」我翻過標籤，忍不住皺眉。這件長袖上衣竟然要四百二十五美金！

「如果您想要試穿的話，再跟我說。」

我點了點頭，繼續假裝在挑選上衣，同時注意著洛芮恩的一舉一動。她接待的顧客正在挑衣服當做聖誕禮物，並且不斷詢問意見，讓她一時之間無法走開。

終於，在我將小小的店面逛過一圈後，那名顧客走向櫃檯，洛芮恩也開始操作收銀機。

我從配件區拿起一條圍巾，這是店內少數不那麼昂貴的單品。洛芮恩將裝滿衣服的閃亮袋子遞給顧客，袋子上印著一對有著長睫毛的大眼素描。

我立刻來到櫃檯旁。

「您想要禮物包裝嗎？」她問。

「好的，麻煩妳。」我還需要幾分鐘的時間來鼓起勇氣。

她讓圍巾滑進包裝紙，然後在上面打了一個漂亮的蝴蝶結。我拿出信用卡，支付了一百九十五美元。如果我可以得到需要的資訊，這一點代價算不了什麼。

當洛芮恩將袋子遞給我時，我注意到她手指上的婚戒。

我清清喉嚨。「我知道這聽起來有點奇怪，但是我可以和妳私下談談嗎？」我的手指感覺到金屬的冰冷，這才意識到自己又在用大拇指撫弄耳環。根據席爾斯博士在檔案夾裡的紀錄，這個動作代表了我的焦慮。

笑容從洛芮恩的臉上消失。「當然可以。」她的語調聽起來更像是個疑問。

她帶著我走到服飾店後方。「請問有什麼事呢？」

我需要她當下的直覺反應。我從席爾斯博士那裡學到，這種反應通常是最真實的。所以我不發一語地拿出手機，讓她看見螢幕上湯馬斯的照片。那是我從那張結婚照剪裁而來的。雖然照片是七年前拍攝的，但依舊十分清晰，湯馬斯看起來也和現在沒有什麼不同。

我緊盯著洛芮恩。如果她拒絕進一步交談或者要我馬上離開，這些反應就告訴了我答案。我必須解讀她的表情，察覺任何情緒的波動——罪惡感、悲傷，或是愛意。

但是她的反應出乎我的預料。

她眉頭微蹙、眼神透著懷疑，但是並沒有表現出激烈的情感。

感覺像是她認得湯馬斯，但是又記不起他是誰。

她過了好一會兒才說：「他看起來有點眼熟……」

她直視我的眼睛，彷彿在等著我說明。

我衝口而出：「你們不過幾個月前才在搞外遇！」

「妳說什麼？」

她的叫聲充滿驚訝，讓其他同事都轉過頭來。「發生什麼事，洛芮恩？」

「抱歉……」我有點結巴。「是他告訴我的，他說……」

「沒事。」洛芮恩對同事說。但是她的音調尖銳，似乎帶著一絲怒氣。

她大概馬上就會趕我出去。我試著保持冷靜。「妳說他看起來眼熟，所以妳到底認不認識他？」我忍著眼淚，聲音沙啞。

我看起來一定像個瘋子。但是洛芮恩並沒有退縮，她的表情反而變得溫柔。「妳還好嗎？」

我點點頭，用手背擦拭眼睛。

「妳為什麼會認為我和那個男人有外遇呢？」她問。

我只能實話實說：「有人告訴我妳和他……」我遲疑了一下，然後強迫自己繼續。「我跟他幾個星期前見過面……我擔心他可能是個危險人物。」我的聲音越來越小。

洛芮恩挺起身子。「聽著，我不知道妳是誰，但是這真的太荒謬了。有人跟妳說他跟我有外遇？我已經結婚了，而且很幸福。是誰告訴妳這個謊言？」

「我可能弄錯了。」看來從她這裡已經無法挖掘出什麼資訊。「我很抱歉，我不是故意要侮辱妳……妳能不能再看看照片，看能不能想起之前在哪見過他？」

現在輪到洛芮恩盯著我瞧。我再一次擦擦眼，迎上她的目光。

然後她伸出手。「讓我看看妳的手機。」

她凝視著照片片刻，然後臉上露出開朗的表情。「我想起來了。他曾經來店裡消費。」

她抬頭望著天花板，咬咬下脣。「嗯，他幾個月前來過，當時我正在上架秋裝。他正在替他太太找一些特別款式的衣服，後來花了不少錢買東西。」

店門口的鈴聲響起，又有一名新顧客上門。洛芮恩瞥了一眼門口，我知道時間所剩不多。

我問：「只有這樣嗎？」

洛芮恩揚起眉毛。「他隔天就來退掉所有衣服，這大概就是我記得他的原因。他向我們道歉，說這些衣服不符合他太太的風格。」

她又抬頭看看店門口。「我之後再也沒有見過他。我一點都不覺得他很危險。事實上，他看起來非常溫柔體貼。但我根本沒和他多說過幾句話，更別說跟他有外遇。」

「謝謝妳。」我說：「抱歉打擾妳了。」

她轉身走向店門口迎接顧客時，回頭對我說：「親愛的，如果他真的讓妳感到害怕，我想妳應該去報警。」

第五十九章

十二月二十三日，星期日

在一項名為「看不見的猩猩」的心理實驗中，受試者以為自己必須計算籃球球員彼此傳球的次數，事實上，這個實驗有著全然不同的目的。當他們的眼睛緊跟著來回穿梭的籃球時，大部分的受試者都沒有注意到一個穿著猩猩裝的男子走進了球場。當妳過於專注於某一件事時，往往會忽視全局。

我的注意力過度集中在湯馬斯忠誠與否的問題上，使我無法看清這個研究案例裡一個令人意想不到的面向：妳也有自己的計畫和目的。

我賦予妳的唯一任務，就是向我彙報妳與湯馬斯會面時發生的一切。從美術館、泰德餐館到最近一次的黛珂酒吧，我無法親眼目睹妳和湯馬斯的互動，因為他很有可能發現我人在現場。

然而妳已經證明自己是一名說謊高手。

妳當初混進我的研究時，看起來像是單純為了賺錢。但是現在看來，妳的所作所為都透著欺瞞的氣息。

我以全新的觀點再次檢視妳向我揭露的所有事情。關於貝琪的意外，妳沒有對父母吐實。妳隨意和陌生男人上床。妳聲稱一位備受尊敬的劇場導演曾經違反妳的意願侵犯了妳。

妳心中藏著多少令人不安的祕密呀，潔西卡。

如果將這些祕密攤在陽光下，妳的人生可能會隨之毀滅。

在成為第52號受試者之後，儘管妳保證自己會全然誠實，妳依舊不斷地對我說謊。妳說妳與湯馬斯在泰德餐館見面後，他的確很快地回應了妳的邀約，而妳承認妳刻意對我保留了這項資訊。妳與我丈夫在黛珂酒吧的會面更是一個未解的謎團，一段只需要五分鐘的對話，竟然花了你們足足二十二分鐘。

妳究竟還隱瞞了什麼，潔西卡？妳為什麼要隱瞞？

妳突兀地說想要回家過聖誕節，當我阻止了妳的企圖之後，妳轉而說自己要和麗茲一家人一起過節。妳聲稱麗茲邀妳去愛荷華州的家庭農場度假，這又是另一個謊言。

這其中必定有問題，潔西卡。

我必須釐清妳想要逃離我的動機。

在第一次測驗時，妳寫下了令人動容的文字，宛如掏心掏肺一般，將內心的祕密一字一句地呈現在螢幕上，渾然不知我正透過筆電上的攝影鏡頭觀察著妳。我猶記得妳那句話：「因為到頭來，我能依靠的人也只剩下自己。」

自我保護是強大的動機，遠遠勝過金錢、同情心或者愛情。

一個假設已經成形。

妳和湯馬斯會面的實際過程很可能和妳的描述大相徑庭。

也許湯馬斯確實對妳表現出垂涎之意。

如果是這樣，妳為什麼要竄改測試的結果？

妳知道，如果繼續參與這個道德實驗，妳就必須吐露更多內心的祕密。也許妳認為妳已經說得太多了。

妳很明顯想要擺脫我們之間的羈絆。妳是不是認為，最好的方式就是捏造一個虛假的故事，導向妳認為我渴望得到的結果？如此一來妳就不必繼續和我有更多的糾葛？

也許妳現在正為自己的精采表現沾沾自喜。妳獲得了慷慨的贈與和豐厚的酬勞，妳的家人在佛羅里達享受著免費的奢華假期。然後妳現在狡猾地想出脫身的方法，想要繼續過自己的人生。

妳只顧著自己的利益，完全忽略了妳離去之後留下的災難。

妳竟敢如此放肆，潔西卡。

二十年前，我的妹妹丹妮拉必須面對道德上的誘惑。凱瑟琳．艾普蘿．沃斯也遭遇了同樣的考驗。這兩名年輕女性都做出了糟糕的選擇。

她們的死亡歸咎於道德的敗壞。

我讓妳加入研究，原是為了測試我丈夫的道德，潔西卡。

也許最終未能通過考驗的人是妳。

第六十章

十二月二十三日，星期日

問題不斷在腦中盤旋。直覺告訴我，我必須解決這個謎團才能揭開核心的祕密。為什麼湯馬斯要捏造他與服飾店老闆的外遇，卻處心積慮隱藏他與艾普蘿的真正關係？

雖然我已經取得了我的檔案夾內容，但我不能忽略這個問題。席爾斯博士顯然還不打算放過我。為了自保，我只能試著推敲出艾普蘿究竟發生了什麼事，才能避免重蹈覆徹。

洛芮恩告訴我，如果我真的害怕湯馬斯會加害於我，我應該要去報警。但是我該怎麼向警察解釋這一切？

我跟蹤一位已婚男子，我和他上了床。噢，對了，是他老婆付錢讓我這麼做的，所以她大概也知情。還有，我認為他們其中一人可能和另一個女孩的自殺有關，也可能他們兩人都有涉入。

這聽起來太扯，警察一定會覺得我瘋了。

所以我沒有報警，而是撥打了其他幾個號碼。

我先打給湯馬斯，直截了當地切入主題。「你只不過是去洛芮恩店裡買過衣服，為什麼要假裝和她有外遇？」

我聽見他劇烈的呼吸聲。

「聽著，潔絲，我已經拿到了關於艾普蘿的紀錄，妳也已經拿到妳的，我們現在扯平了。我不需要再回答妳的任何問題。祝妳好運。」

他掛斷了電話。

我立刻按下重撥鍵。

「其實你拿到的只有艾普蘿檔案夾的前十三頁，我保留了最後五頁沒有寄給你，所以你還是必須回答我的問題。我們得見面說。」我必須看見他的表情，才能解讀他的心思。

手機另一端一陣寂靜，我擔心他又會掛斷。

過了好一會兒，他才說：「我現在在辦公室。妳一小時後來我這裡找我。」

在他告訴我地址之後，我掛斷電話。我一面踱步，一面努力思考。他的語調似乎不帶任何情緒，也沒有透露任何訊息，聽起來並沒有因為我的威脅而生氣。也許他是那種外表看起來越冷靜就越危險的人物，就像暴風雨前的寧靜。

他的辦公室似乎是一個安全的地點。如果他想要對我下手，難道不該選一個跟他沒有關聯的地方？不過今天是星期日，也許整棟大樓空無一人。

洛芮恩說湯馬斯看起來是個溫柔體貼的人，這也是我對他的印象，無論是在美術館外的初遇，或是與他共度的那個夜晚。然而上一次我和另一個貌似溫柔體貼的男人在他的辦公室獨處時發生的事情，令我想忘也忘不掉。

於是我打了電話給諾亞，請他一個半小時後在湯馬斯辦公室外等我。

「妳還好嗎？」他問。

「我不太確定。」我誠實地說：「我和一個不太熟的人有約。如果你到時候可以來接我，我會覺得比較安全。」

「那人是誰？」

「他是醫師，庫伯醫師。這是工作上的事。見面之後我再解釋，好嗎？」

諾亞聽起來有些狐疑，但還是答應了我的請求。我想著自己對他做過的事，不僅用假名欺騙他，還不只一次抱怨自己度過詭異又緊張的一天，甚至對他說自己很難相信任何人。我在心中發誓，今天的事情解決之後，一定向他坦誠一切。不只是因為他應該知道真相，如果有另一個人了解發生了什麼事，我會感到更安全。

◆ ◆ ◆

下午一點三十分，我來到湯馬斯的辦公室前。整個走廊空蕩蕩的，印證了我先前的擔憂。

我在走廊盡頭找到了第一一四號室，門口旁的板子寫著他的全名，湯馬斯．庫伯，以及其他心理治療師的名字。

我舉起手正要敲門，門卻猛然被打開。

我本能地向後退了一步。

我幾乎忘記湯馬斯有多高大。他的身形充滿了整個入口，擋住了從後方窗戶透入的微弱冬日陽光。

「裡面請。」湯馬斯站到一旁，甩頭示意他的那間私人辦公室。

我等著他先進去，因為我不想背對著他。但是他一動也不動。

幾秒鐘後，他似乎明白了我的用意，轉身大步走過病患等候區。

等我進入辦公室後，他關上了門。

我感覺到整個空間在緊縮，將我包圍、禁閉。一陣恐慌掃過我緊繃的身體。我和外界隔了三道緊閉的門，如果湯馬斯真的對我懷有惡意，沒人能夠幫得了我。

我落入了陷阱之中，就像上次和吉恩獨處時一樣。

我想像過無數次，如果回到那個無助的夜晚，我能夠採取什麼樣的行動。我責怪自己當時竟然就這樣呆呆站著，任由吉恩掌握我的軟弱和恐懼。

此時此刻，我所身處的情景竟與那一晚如此相似，令我毛骨悚然。

這一次，我同樣無法動彈。

然而湯馬斯只是走過他的辦公桌，坐在那張裝有輪子的皮椅上。

看見我僵硬地站著，他似乎有些驚訝。

「請坐。」他示意另一張面對著他的椅子要我坐下。

我坐下之後，試著調勻呼吸的節奏。

「我男朋友就在外面等我。」我突兀地說。

湯馬斯挑了挑眉。「很好。」我感受到他語調中透出的尷尬，知道他並沒有打算傷害我。

我打量湯馬斯的容貌，恐懼也隨之消退。他看起筋疲力盡，身上的法蘭絨襯衫垂在腰帶之外，臉上滿是鬍渣。當他摘下眼鏡時，我注意到他的雙眼布滿血絲，就像每次我失眠時那樣。

他重新戴上眼鏡，雙掌相合成塔型。他接下來說出的話卻出乎我的意料。

「聽著，我不能強迫妳相信我。但是我發誓，我是在保護妳不受莉蒂亞的傷害。妳已經陷入太深了。」

我避開他的目光，掃視整個辦公室，尋找任何可以推敲出湯馬斯真正為人的線索。我不只一次去過席爾斯博士的辦公室和別墅，這兩個空間都反映出她冷靜優雅、不可侵犯的氣質。湯馬斯的辦公室有著完全不同的風格。我腳下是柔軟的毛毯，對面的木頭書櫃擺滿了不同大小的書籍。辦公桌上有一個裝滿黃色奶油糖的玻璃罐，旁邊則是一個寫著勵志名句的馬克杯。我看著杯身上頭的幾個字：得到的愛。

這讓我想到了一個問題。「你到底愛不愛你太太？」

他垂下頭。「一開始是的。我很想去愛她，我也努力過……」他的聲音有些嘶啞。「但是我沒有辦法。」

我相信這段話。初次相遇時，我也是深受席爾斯博士吸引。

此時我感到手機在口袋裡震動。我試著不去理會它，腦中卻出現席爾斯博士的模樣，那隻光滑的銀色手機緊貼在她耳邊，等待著我接起電話。那張宛如白色大理石雕刻而成的精緻臉孔面色凝重，臉上細小的皺紋變得更深了些。

「離婚又不是什麼罕見的事。你為什麼不直接結束這段關係？」

我隨即想起湯馬斯告訴我的那句話：如果她不想要放手，妳也無法轉身就離開。

「我試過了。但是她認為我們的婚姻完美無缺，她拒絕相信我們之間有任何問題。」湯馬斯說：「妳說的沒錯，我的確捏造了我和服飾店老闆的外遇。那只是一次突發其想。我選擇洛芮恩是為了提高可信度，因為她確實是那種我會想要帶上床的女人。我故意將那封訊息傳給莉蒂亞，假裝我本來是想要傳給洛芮恩。」

「你故意捏造假訊息傳給你太太？」我幾乎能感受到他的走投無路。

湯馬斯看著自己的雙手。「我原本相信，如果莉蒂亞知道我搞外遇，她一定會離開我。這看起來是一個簡單的方法。畢竟她寫了那本《婚姻關係裡的道德觀》。我完全沒想到，她竟然會嘗試修復我們之間的關係。」

他還沒有回答那個最緊要的問題：為什麼他不直接承認自己和艾普蘿的關係？於是我直接向他提出疑問。

他拿起馬克杯輕啜一口，手指遮住了杯上的字句。也許他是想要拖延時間。

他放下杯子，轉了個方向。現在我看見杯身上的文字又不一樣了：等同於你。

完整的句子在我腦中浮現，就像散落的拼圖一片片被拼起來：當最後的時刻來臨時，你得到的愛等同於你付出的愛。

我沒猜錯。在他們共處的那個夜晚，湯馬斯一定對艾普蘿唱了這首披頭四的歌。我想起那時沃斯太太告訴我，她和女兒一起聽了這首歌。

「艾普蘿很年輕。」湯馬斯終於說道：「如果莉蒂亞知道我竟然會跟一個二十三歲的小女孩上床，一定無法接受。」他的表情顯得更為悲傷，我很確定他正強忍著淚水。「我不知道艾普蘿飽受創傷，我單純地以為彼此都只是想要一夜情……」

他意有所指地看著我，我也很清楚他沒說出口的話。

我感到臉頰微熱。手機此時又在口袋裡震動，有種震得更加厲害的錯覺。

「艾普蘿是怎麼成為第5號受試者的？」我刻意忽略從大腿旁傳來的嗡嗡聲。皮膚感覺有些搔癢，彷彿手機的震動正逐漸擴散，傳遍全身。

我看了一眼左邊緊閉的辦公室門。我剛才沒有看見他上鎖。我也不記得在我進來之後，他有拴上一一四室的門鎖。

湯馬斯原本散發出的威脅感已經一掃而空，然而我卻依然感覺到附近潛伏著危險，有如縈繞在火焰上的黑煙。

「不知道為什麼，艾普蘿似乎變得……離不開我。」湯馬斯繼續說：「她不斷打電話和傳訊息給我。我試著委婉地拒絕她……她打從一開始就知道我已婚。幾個星期後，她突然音訊全無。我以為她應該已經想開，或者結識了別的人。」

他用拇指和食指捏著前額。

此時我在心裡焦急地想著，我得趕快離開。我說不出為什麼，但是直覺告訴我得盡快離開這間辦公室。

湯馬斯又啜了一口馬克杯裡的飲料，繼續說：「接著莉蒂亞回到家，跟我提到她新的研究對象是一名有創傷經歷的年輕女子。我們討論到也許那份問卷觸發了隱藏在她內心的某些東西，也許是一段受到壓抑的記憶。是我鼓勵莉蒂亞去和她談，去幫助她。但我不知道這個女孩子就是艾普蘿，因為莉蒂亞一直都稱呼她為第5號受試者。」湯馬斯苦笑一聲，好似在嘲諷心中糾結複雜的感受。「一直到那個私家偵探向莉蒂亞索要第5號受試者的檔案，我才知道她和艾普蘿是同一人。」

我亟欲從湯馬斯口中得到他所知的一切，所以並不想打斷他。但是貼在大腿側的手機讓我如坐針氈。我有預感，它隨時都會再度震動起來。

「我花了一些時間來拼湊出事情的原貌。」最後，湯馬斯說：「我認為最有可能的情況是，艾普蘿發現了莉蒂亞的身分，故意登記參加研究，為的就是與我再次產生連結。也許她將我的妻子視為情敵，所以想要知道更多關於她的事。」

我猛然轉頭看向窗戶。究竟是什麼吸引了我的注意力？我好像聽到了一聲模糊的聲響，人行道上似乎有什麼動靜。因為百葉窗的角度，我的視野有限，無法確定諾亞是否在外面等我。

無論如何，我所嗅到的危險氣息都不是來自於湯馬斯。我相信他的說法；在艾普蘿自殺前幾週，他們完全沒有聯絡。

我並非盲目地相信自己的直覺。在反覆閱讀艾普蘿的檔案後，我已經掌握了席爾斯博士和艾普蘿之間的重要線索。我知道艾普蘿死亡的那天晚上，她們之間發生了什麼事。

關於那晚的筆記，席爾斯博士寫得十分潦草，不似平時的優雅整齊。她們最後的會面紀錄就在艾普蘿訃聞的前一頁。我用手機照下了每字每句。此時我的手機正散發出不尋常的溫熱，似乎隨時都會再次爆出激烈的震動。

席爾斯博士寫道：妳實在太讓我失望了，凱瑟琳．艾普蘿．沃斯。我以為自己了解妳。妳從我這裡得到了溫暖和照顧，我關懷妳的身心狀況，為妳精心挑選禮物。甚至在今晚，妳來到我家，坐在廚房的高腳椅上，喝著玻璃杯裡的酒。我親自從手上摘下、送給妳的那只金色細手鐲自妳的手腕上滑落。

妳是我的貴客。

然而妳揭露的真相粉碎了一切，讓我見識到妳完全相反的一面。妳說妳犯了錯，妳和已婚男人上床，對方只是妳在酒吧遇見的陌生人，這只發生過一次。

妳的大眼充滿淚水，下唇顫抖，好像妳的踰越應該得到同情。

妳希望得到赦免，但是我不會給妳。怎麼可能呢？道德與不倫之間有一道界線，規範清清楚楚地寫在那裡。我這樣告訴妳，妳跨越了界線，妳永遠都無法被原諒。

妳顯露出滿布缺陷的真實自我。妳再也不是那個當初來到我面前的純真女孩。

對話持續，直到最後我給了妳一個永別的擁抱。

二十分鐘後，一切與妳有關的痕跡都被抹去。我將妳的酒杯洗乾淨，瀝乾之後放回廚櫃裡。剩餘的起司和葡萄被扔進垃圾桶。妳餘溫尚在的高腳椅也回到原處。

彷彿妳從未來過這裡，彷彿妳已經不存在。

第一次看見這些筆記時，我沒有時間瀏覽席爾斯博士的字句，當時的我正急著要在她回來之前離開別墅。安全回到公寓後，我一次又一次仔細閱讀。

從席爾斯博士的筆記無法看出她知道艾普蘿坦承有染的已婚男子就是湯馬斯。她似乎相信艾普蘿參與她的研究並非別有居心。艾普蘿顯然對湯馬斯十分著迷，這份執著讓她找到方法進入席爾斯博士的研究計畫。然而她似乎也對席爾斯博士產生了情感上的依託。艾普蘿是個迷失自我的女孩，不斷尋求能夠依賴的人事物。

為什麼艾普蘿會主動向席爾斯博士揭露自己與不知名的已婚男子有染？她的坦白直接導致毀滅性的結果。然而我卻多少能夠理解，因為我也親身體驗過席爾斯博士強大的吸引力。

也許正如席爾斯博士所說，艾普蘿希望能夠得到赦免，這和我當初向席爾斯博士透露祕密時的心情相似。也許艾普蘿認為，如果一位畢生研究道德選擇的女性學者能夠對她表示諒解，她就可以不再感到那麼罪惡。

「我會把剩下的內容傳給你。」我對湯馬斯說：「你可以回答我最後一個問題嗎？」

他點了點頭。

我腦中浮現他們在那間餐廳雨篷下的情景。「我在某天晚上看見你和席爾斯博士。你看起來很愛她。你為什麼要這樣假裝？」

「因為我想進入她的別墅。」他說：「這樣我才能找到艾普蘿的檔案夾。如果艾普蘿曾經說過會透露我倆的關係的話，我擔心莉蒂亞發現之後會失控。但是我找不倒她的檔案夾，直到我看見它出現在她的書桌上。」

我說：「檔案夾裡面沒有紀錄顯示艾普蘿和你有牽連。」

「謝謝妳。」

說完，我心中突然閃過一個微小的細節，就像一個灌滿氫氣的氣球飄浮在天花板，無論我怎麼使勁都搆不著。那是一張照片？一段記憶？還是一段字句？

我又瞥了一眼窗戶，從口袋裡掏出手機。我得回去再次仔細研究她的檔案，但是現在我得離開了。

我低頭查看手機，點開艾普蘿檔案夾中的最後五張照片，同時看見五通美人蜂的未接來電以及兩封語音留言。

我忘記工作了嗎？但是我很確定五點之前沒有任何預約。

為什麼公司這麼急著聯繫我？

我很快將剩下的照片傳給湯馬斯。「我已經將檔案夾所有內容都傳給你了。」我一面說，一面站起身。他低下頭，專注地研究手機上的照片。

我再次看向窗外，一邊播放留言。我依稀看見外頭經過的人影，但不確定是不是諾亞。

「潔西卡，請立刻回電。」留言者的聲音清脆，帶著怒意。

我急忙播放第二通留言。

「潔西卡，妳被開除了。妳與公司的雇傭關係即刻結束。妳必須立刻回電。我們發現妳違反當初簽下的競業條款。我們掌握了兩名妳最近以美人蜂名義私自招攬的客戶姓名。如果妳持續這樣的行為，我們的律師會對妳發出禁制令。」

我抬頭看向湯馬斯，茫然地說：「她害我被公司開除了。」

一定是席爾斯博士打電話去美人蜂，告訴他們我替蕾娜和蒂芬妮化妝。

我想起這週到期的房租、安東尼雅的帳單和爸爸的失業。要是貝琪知道她唯一的家即將消失，她甜美純真的臉孔會出現什麼表情？

高牆彷彿從四面八方朝我傾倒。

如果我不乖乖聽話，席爾斯博士就會害我被公司控告嗎？

她在筆記上寫的那句話閃過腦際。妳的身心都屬於我。

我感到喉嚨一緊，尖叫聲梗塞著發不出來，眼睛有如燃燒般灼熱。

「發生什麼事了？」湯馬斯從辦公桌後起身。

但是我無法回答。我衝過空蕩蕩的等候室，一路急奔過走廊。我得打電話給美人蜂的老闆，向他解釋一切。我還得聯絡爸媽，確定他們安全無虞。席爾斯博士有可能會出手加害他們嗎？也許她根本就沒有打算要替這趟旅行買單。她很可能弄到我的信用卡號來支付訂金。

如果她敢傷害貝琪，我會殺了她！

我喘著氣推開大門跑到街上，眼淚流了下來。冰冷的空氣撲面而來，感覺就像被打了耳光那麼痛。

我在人行道旁左右張望，瘋狂地尋找著諾亞的身影。手機在口袋裡再次震動起來。我有一股衝動，想一把抓起手機扔到地上。

我遍尋不著諾亞，也止不住撲簌而下的淚水。我心想，在這種時刻，至少我還能夠依靠他。

然而這個希望隨即破滅。

當我正要轉身，目光在隔著一條街的地方捕捉到一個穿著藍色外套的人影。我的心雀躍起來。是諾亞。我認出他的背影和走路的姿態。

我狂奔過去，揮手驅開周圍的人群。

「諾亞！」我高聲叫喚。

他沒有回頭，所以我繼續奔跑。我氣喘吁吁，肺部艱難地吸進氧氣。我逼迫自己加快步伐。

「諾亞！」當我接近他時，我再次呼喚。我想被他強壯的雙臂攬入懷中，向他傾訴一切。他會幫助我，我知道他一定會。

他猛然轉身，臉上的表情讓我瞬間停下腳步，有如撞上一堵磚牆。

「我真的開始喜歡上妳了。」每個字都像從他齒縫間被硬擠出來一般。「但我現在終於知道妳的真面目。」

我往前向他走近幾步，但他立刻舉起一隻手，雙唇抿成一條冷酷的直線，原本溫柔的雙眉嚴厲地豎起。

「別過來。我以後再也不要見到妳。」

「你說什麼？」我倒抽一口氣。

然而他立刻轉身離開，身影離我越來越遠，最終消失無蹤。

第六十一章

十二月二十三日，星期日

前一晚提早入眠，讓我今天一大早就醒了。

今天將會是忙碌的一天。

手機開機之後，立刻顯示湯馬斯昨夜十一點〇六分傳來的訊息。他說他的病人在貝爾維尤醫院狀況穩定，然後他再次為昨晚的早退道歉。

我在早上八點〇二分時回訊：**我了解。你今天有什麼計畫？**

他回訊說他正要去打壁球，結束後會去泰德餐館用早點。

下午我得繼續處理一些文件。今晚去看電影如何？

我的答覆是：**很好。**

湯馬斯上午的行程就如同他描述的那樣，離開運動中心後，他在泰德餐館用餐，然後直接進辦公室。

一直到下午一點三十四分，事態出現了變化。

妳提著購物袋大步走過人行道，隨後消失在湯馬斯辦公室所在的那棟建築物。

潔西卡，妳犯下了嚴重的錯誤。

受害的一方是否有權利自行討回公道？

潔西卡，參與第二次的問卷研究時，妳坐在紐約大學的教室裡，針對這一題給出了肯定的答案。妳幾乎沒有任何猶豫，沒有撫弄耳環或者抬頭望向天花板，而是快速地給出妳的回覆。

現在的妳對這一題有何感想？

妳驚人的背叛終於有了具體的證據。

妳和我的丈夫都在做些什麼，潔西卡？

肉體上的越軌已經無關緊要，重要的是你們兩人背著我共謀。妳最近的狡詐行為就是警示。如今的妳捏造出各式各樣的謊言和層層疊疊的欺瞞。妳深深陷入慾望的漩渦，一切已經無法回頭。

「小姐，妳還好嗎？」

一名路人遞給我一條紙巾。我疑惑地望著它。

「妳的嘴唇好像在流血。」

片刻之後我拿開紙巾，嘴裡還有血液的金屬味道。晚點我會敷上冰塊消腫，但是我得先從化妝包中找出脣膏。

這支脣膏與妳上週留在別墅的那支一模一樣，讓妳的雙脣呈現出玫瑰色的誘人陰影。

脣膏上有「美人蜂」的商標，這是雇用妳的公司所製造的產品。

在網路上輕易就能找到該公司的聯絡方式。

正當妳和我丈夫密謀時，我悄然撥通了電話。

只要帶著專業人士的權威口吻說話，就沒有人敢輕忽怠慢。客服人員很快就將電話轉接給一名經理，這位經理則是保證一定會立刻將這則消息傳達給公司老闆。

顯然美人蜂以非常嚴肅的態度看待他們的競業條款。

妳之前不斷地提到妳想離城度假。

現在妳哪裡都去不了了，潔西卡。

失去工作之後，還有更多驚喜在等著妳。

◆ ◆ ◆

懲罰和罪行是否需符合原則？

光是失業還不足以懲罰妳的所作所為。

另一個懲罰很快就會降臨在妳身上。

一名年輕男子逐漸接近湯馬斯的辦公室。他身穿藍色外套，停在街角東張西望，好像正在等什麼人。

我一下就認出來了。他就是那晚妳熱情擁抱的男人。妳對我隱瞞了他的存在。

當妳祕密會見我丈夫時，同樣的場景也在湯馬斯辦公室外的人行道上演。

這很公平，不是嗎？

「你好，我是席爾斯博士。」我向他打招呼。

我的語調和表情都十分嚴肅，帶著專業人士的氣質。我為事情必須要走到這一步而感到一絲遺憾。「你來這裡是為了潔西卡．費里斯嗎？」

潔西卡，妳的情人似乎很訝異。他問道：「妳說什麼？」

在他表示自己確實來這裡等妳後，我向他表露身分，遞給了他一張名片。當然，我現在得提供一個令他信服的說法。

我對他解釋，湯馬斯．庫伯醫生的其他病人都已經離開。庫伯醫生是妳的心理治療師，你們現在正在辦公室裡談話。

「她一直以來都在治療妄想症和焦慮症。很不幸地，她的自殘行為越來越嚴重。為了保護其他人不受傷害，我不得已只好違反醫病保密原則。」

諾亞想必深深為妳著迷。直到我告訴他三件詳細的事例來證明妳善於欺瞞的本性，他才相信我所描述的女人是妳。

我說妳最近常冒著危險在毒販的公寓裡廝混，妳習慣使用不同的身分，並且四處和已婚男子發生一夜情。

聽到最後這項惡劣的行徑，諾亞的臉孔扭曲起來。他深深受到傷害。

是時候給予致命的一擊了。

具體的證據比道聽途說的口述故事更有說服力。

我將妳先前傳給我的訊息展現在諾亞眼前。

席爾斯博士，我試著與他調情，但是他最後拒絕了我。他說他現在的婚姻很幸福。我還在飯店大廳，他已經上樓回去自己的房間。

「她為什麼要傳這樣的訊息給妳？」

他看起來一臉錯愕，內心正糾結著想要否定事實，以及隨之而來的憤怒。

「我的專業是強迫症治療，包括以肉體慾望為本質的類型。」我說：「我與庫伯醫生正在討論潔西卡性格中的這個面向。」

諾亞依舊在相信與否認之間掙扎，於是我給他看了另一封訊息。就在妳前去黛珂酒吧見湯馬斯之前寄來的，正好是妳和諾亞在桃樹燒烤約會的同一天。

幾分鐘後我就要出發去見T。我該請他喝酒嗎？因為是我先約他出來的。

這封訊息的發送時間非常清楚。我將手機舉到諾亞眼前，並技巧性地遮住了下面的對話。

諾亞臉色變得蒼白。「但是那晚我們見了面，我們有約會。」

我故作驚訝。「所以她當時去桃樹燒烤見的人就是你嗎？她也跟我提過這件事。她還對我說，先跟另一個男人見面才去找你，讓她有一點罪惡感。」

諾亞的怒氣快速累積。

「她是個帶有強烈自毀傾向的女子。」諾亞的表情變得非常複雜。「而且很不幸的是，她的自戀人格雖然迷人，卻也將她的病情導向難以挽救的地步。真是令人難過。」

諾亞搖著頭，默然離去。

不到兩分鐘後，妳衝出了湯馬斯的辦公室，朝著諾亞的身影追去。

在他斷然拒絕妳之後，妳呆站在人行道上，孤寂地瞪視著他的背影。購物袋在妳手臂上搖晃。

袋子上的圖樣現在清晰可見，看上去令人驚訝地眼熟。

潔西卡，妳可真是鍥而不捨！所以妳已經造訪了那間服飾店。

妳肯定覺得自己很聰明。也許妳已經探聽到關於洛芮恩的真相，而非湯馬斯杜撰的版本。

當妳知道我的丈夫和洛芮恩從來就沒有關係時，是否大吃一驚？

難道妳會相信與他結縭七年、對他了解至深，而且至今仍深愛著他的妻子，會接受這樣可悲的捏造故事？

在收到那封傳錯對象的訊息後不到一週，我就確信他與服飾店老闆的外遇絕對不可能是真的。我去服飾店找到洛芮恩，請她替我挑選週末假期的衣服。當時她推薦了好幾款洋裝，包括她去印尼帶貨時帶回來的那件。

我們簡短地聊到她的印尼之旅。

她說她三天前才回到美國。在此之前，她在峇里島和雅加達各待了一週。

所以我的丈夫根本不可能和她見面，包括他傳出那封「大美人」簡訊當天，和他聲稱他們在飯店酒吧初次相遇的夜晚。那時候洛芮恩根本不在國內。

我從來都沒有和他對質這段外遇的真實性。他的謊言不能被戳破。

湯馬斯會用杜撰的風流韻事來掩蓋他與艾普蘿的一夜情，必定有他的理由。

當然，他的妻子會裝作對這兩段真假緋聞毫不知情，也有更重要的原因。

自始而終，我對我的丈夫和第5號受試者的事情瞭若指掌。這恐怕會讓妳很驚訝吧！

潔西卡，也許妳認為自己已經想通了所有的事。但是成為第52號受試者後，妳所必須學到重要的一課，那就是永遠不要妄加揣測。

妳現在的慘狀令人同情，但是誰叫妳要玩火自焚。

如今妳只剩下孤單一人。

不過別害怕，我很快就會陪在妳身邊。

第六十二章

十二月二十三日，星期日

妳最近有和家人聯絡嗎，潔西卡？他們在佛羅里達玩得開心嗎？

我瞪著眼前的訊息。這個問題彷彿烙印般灼燒著我。

席爾斯博士奪走了我的工作、我的男友，她還會對我的家人做出什麼可怕的事？

我縮著身體躺在床上，雙膝抱在胸前，身旁只有李歐陪著我。諾亞在街角離我而去之後，我試著打電話和傳訊息，但他完全不回應。我唯一能做的就是回家痛哭一場。等到席爾斯博士的訊息傳來，哭嚎已經變成微弱的啜泣。

昨晚我潛入席爾斯博士的別墅時，掛斷了媽媽的來電，之後也忘了再回撥。我坐直身子查看手機，發現媽媽沒有留言。

我壓抑著心中的恐慌，立刻回撥。手機那頭傳來語音信箱的聲音。

我忍不住脫口說道：「媽，求求妳快回電給我。」

我改撥打爸爸的號碼，也是同樣的情形。

我的呼吸開始變得急促。

席爾斯博士從來沒有告訴我那個度假村的名字。我媽曾經打過電話給我，但她也只有說他們入住濱水套房，沒有提起度假村的明確位置。當時有太多事煩心，我也忘記問個清楚。

我怎會如此粗心大意？

我又撥了一次爸媽的手機。

然後我抓起外套，將雙腳塞進靴子，猛力扯開大門。我一路衝下樓梯，和提著超市購物袋的鄰居擦身而過。她訝異地看了我一眼。我知道我臉上的睫毛膏大概已經糊掉，頭髮也一團亂，但我已經不在乎了。

我疾奔到街上，狂亂地向計程車招手。跳上後座之後，我把席爾斯博士家的地址告訴司機，並且說：「麻煩開快一點。」

十五分鐘後，我站在別墅門前，心裡根本沒有任何計畫，只是使勁地敲打著大門，直到手掌隱隱作痛。

席爾斯博士打開門，臉上沒有絲毫驚訝，好像早就在等著我。

「妳對他們做了什麼？」我尖叫。

「妳說什麼？」席爾斯博士反問。

她身穿灰色上衣和黑色修身長褲，看起來就像平常那樣完美無瑕。我好想抓住她的肩膀，猛力搖晃。

「我聯絡不上我爸媽！我知道妳一定做了什麼！」

她退後了一步。「潔西卡，請深呼吸，冷靜下來。這不是我們該有的談話方式。」

她的語氣帶著一絲責備，彷彿面對一個胡鬧的小孩。

對著她喊叫是解決不了問題的。要讓她吐露實情，只能依照她的方式，由她去主導一切。所以我收斂自己的怒氣和恐懼。「我可以進去跟妳談談嗎？」

她將大門敞開，讓我隨她入內。

古典樂飄揚在空氣中，屋內還是一樣一塵不染。玄關的木桌上擺著新摘的牽牛花，上方就是保安系統的鍵盤。我避開了目光。

席爾斯博士領著我來到廚房，請我坐在一張高腳椅上。

我看見大理石流理臺上的盤子盛著一束紫色葡萄和一塊楔形起司，旁邊的水晶酒杯裝滿了淡金色的液體。她似乎正在等待客人光臨。

一切都是如此精準有序，卻又如此瘋狂。

「我的家人到底在哪裡？」我試著保持語調平穩。

席爾斯博士沒有馬上回答，而是悠悠地走到櫥櫃前，挑了另一只水晶酒杯。這是第一次她沒有詢問我要不要喝酒。她直接來到冰箱前，拿出一瓶夏多內白酒。

她將斟滿的酒杯放在我面前，好像我們是在分享心事的閨蜜。

我抑制住放聲尖叫的衝動。如果我意氣用事，她只會故意拖延時間，來展現自己的控制權。

「妳的家人在佛羅里達玩得很開心，潔西卡。」她終於說道。「妳想到哪去了？」

「還不是因為妳傳的那封訊息！」我衝口而出。

席爾斯博士挑起眉毛。「我不過是關心他們的假期過得如何，妳不會以為我懷有什麼惡意吧？」

她的語調平靜如常，但我可以看穿她的偽裝。

「我要打電話去度假村。」我的聲音顫抖著。

「當然沒問題。」席爾斯博士說：「妳沒有那邊的電話號碼嗎？」

「妳從來就沒跟我說！」我吼了回去。

她皺起眉頭。「他們都已經去三天了，妳不會到現在還不知道他們在哪吧？」

「拜託。」我哀求。「讓我和他們通電話。」

席爾斯博士一言不發地起身，從流理臺上拿起手機。「我這裡有度假村的訂房確認信。」她滑動螢幕，過了許久才唸出一個號碼。

我立刻撥號。

「假期愉快，溫斯丹溫泉度假村您好，我是蒂娜，很高興為您服務。」接起電話的女人像歌唱般說出一連串標準問候。

我焦急地說：「我要找費里斯一家人。」

「沒問題，我很快會為您接通。請問房間號碼是？」

「我不知道。」我的聲音漸小。

「請您稍待一會兒。」

我看著席爾斯博士，她冰冷的藍色眼眸對上我的目光。手機裡傳來等待轉接的聖誕歌，是充滿歡樂氣氛的〈聖誕老人進城了〉。

席爾斯博士將酒杯朝我推近了一些。我根本沒有心思喝酒。

此刻有一種令人毛骨悚然的似曾相識感；不過幾天前，我坐在同一個位置，向席爾斯博士坦承自己知道湯馬斯是她的丈夫。然而現在，家人的安危令我坐立難安。

音樂聲突然中斷。

「我們的訂房紀錄並沒有這個名字。」度假村的員工說道。

我全身緊繃，眼前一陣模糊，忍不住想要乾嘔。

「他們不在那裡嗎？」我大叫。

席爾斯博士拿起酒杯，優雅地啜了一口。她漠不關心的動作再次激起我的怒火。

「我的家人到底在哪裡？」我又一次質問，直盯著她的雙眼。我推開高腳椅，站起身來。

她輕輕地將酒杯放在流理臺上。

「噢，也許當時是用我的名字預約的。」

「席爾斯。」我急促地對著手機說：「試試看這個名字，拜託你。」

電話另一頭再次陷入沉默。

我彷彿感受到雙耳之間脈搏的劇烈跳動。

「有了。」對方說：「我馬上替您轉接。」

媽媽熟悉的聲音在第二聲鈴響後出現，聽起來似乎沒什麼異樣。在聽到她聲音的那一瞬間，我的眼淚差點奪眶而出。

「媽，妳沒事嗎？」

「親愛的，我們玩得開心極了。我們才剛從海邊回來，他們有海豚表演，還可以近距離和海豚接觸，貝琪愛死了。妳爸爸拍了好多照片。」

我的家人沒事。她還沒對他們下手，至少目前為止是這樣。

「妳確定一切都沒事嗎？」

「當然！怎麼會有事呢？我們真的好想妳。妳老闆人真好，妳對她來說一定很特別。」

我腦中一片混亂，只能向他們保證我明天會再打電話給他們。然而這通電話無法緩解我心中的恐懼和憂慮。

我放下手機。

席爾斯博士露出微笑，平靜地說：「看吧，他們不但沒事，還很開心。」

我的雙臂靠在冰冷堅硬的大理石檯面，俯身向前，試著集中精神。

席爾斯博士想讓我相信自己神智錯亂，但失去工作和諾亞並不是我的幻想，而是鐵一般的事實。我很確定，當我在湯馬斯的辦公室時，這兩件事的發生絕非巧合。雖然我無法證實，但是席爾斯博士想必知道我和湯馬斯在一起。更糟的是，她有可能已經發現我們曾經上過床；湯馬斯為了自保，也許已經對她全盤托出。

她這麼做是為了懲罰我。

我感覺到她的手溫柔地搭上我的背，猛然轉開身子。

「別碰我！」我說：「妳害我被開除了。妳告訴美人蜂我私下招攬客戶，就是我去幫蕾娜和蒂芬妮化妝的時候！」

「慢一點，潔西卡。」

她回到椅上，交疊那一雙修長的美腿。我知道她想要我扮演什麼樣的角色，所以我也在她身旁的高腳椅上坐下。

「妳沒告訴我妳丟了工作。」她眉頭微蹙，語調溫柔，看起來好像真的關心我。

「有人跟公司告密，說我違反了競業條款。」我語帶控訴。

「嗯……」席爾斯博士的食指輕輕放在雙脣上。我注意到她的下脣有點腫，像是最近受了什麼傷。「妳之前不是跟我說，蒂芬妮那個吸毒的男朋友懷疑妳的身分，有沒有可能是他去通報公司的呢？」

她給了一個有如《愛麗絲夢遊仙境》裡那隻柴郡貓的頑皮微笑。她對每一件事都能給出一個合理的解釋。

我知道是她幹的好事。也許她沒有向美人蜂說出蕾娜和蒂芬妮的名字，但她有可能匿名謊報我私自招攬客戶。我可以想像她假裝關切的虛偽聲音：「噢，潔西卡看起來是一位很善良的年輕女孩，我希望這不會讓她惹上任何麻煩。」

不過我也想起，那晚我將一堆免費化妝品塞進蒂芬妮手裡，然後逃之夭夭。我很確定那些脣蜜上面都有美人蜂的商標，瑞奇輕易就能夠找到我的雇主。

「潔西卡，我很遺憾妳丟了工作，但這絕對不是我造成的。」

我揉著太陽穴。幾分鐘之前，一切看起來再清楚不過，然而現在我又陷入了迷惘。我到底可以相信什麼？

「希望妳不介意我這麼說，但是妳看起來很不舒服。」席爾斯博士輕輕將盤子推到我面前。「妳吃過東西了嗎？」

週五晚上，我和諾亞在桃樹燒烤見面時，他一直要我多吃點炸雞和麵包，但我實在沒有胃口。從那之後到現在，我只喝了一杯咖啡，吃了兩條巧克力棒。

「諾亞呢？」我用幾乎破碎的聲音說出他的名字，好像在自言自語。

今天早上他接到我的電話時聽起來很開心，雖然他大概覺得我的請求有些怪異。而現在，他舉起一隻手阻止我靠近的情景不斷在我腦中重複播放。

「妳說的是誰？」

「我男朋友。妳是怎麼找到他的？」

席爾斯博士切下一小塊起司，放在一片圓薄餅上遞給我。我垂下眼睛，搖了搖頭。

「妳從來沒說過妳最近有交往的對象。我要怎麼和一個我根本不知道的人接觸呢？」

她刻意讓沉默持續了幾秒，彷彿在強調她的重點。

「潔西卡，我必須告訴妳，我開始厭惡妳的指控了。妳完成了任務，我也支付妳酬勞。妳保證湯馬斯對我忠誠，我現在還有什麼理由要介入妳的生活呢？」

她說的是真的嗎？我雙手抱頭，回想著過去幾天發生的事。一切是如此混亂。難道說謊的人是湯馬斯？也許我的直覺像之前一樣錯得離譜。我不該相信吉恩・法蘭屈，我的直覺欺騙了我。

「可憐的孩子，妳多久沒睡了？」

我抬起頭，眼睛感到沉重酸澀。她知道我未曾闔眼，也知道我沒有好好吃飯。她對一切瞭如指掌，根本不需要問。

「我一會兒就回來。」席爾斯博士輕巧地滑下高腳椅，消失在我眼前。她的腳步極輕，我聽不出她去了屋子裡什麼地方。

我感到筋疲力盡，我的心好累。我的腦袋一團亂，身體卻異常躁動。

當席爾斯博士回來時，她的手上拿著不知名的東西。她走進廚房，拉開一道抽屜，翻找一陣之後，將一顆橢圓形的白色小藥丸放進一個夾鏈袋中。

她封好袋口，來到我面前。

「當然，妳現在的況狀是我的責任。」她輕聲說：「很明顯是我把妳逼得太緊了。我們的談話和實驗都過於消耗心神。我不應該將妳牽扯進我的私人生活。這樣做實在不夠專業。」

這段話就像她的羊毛披肩那樣圍繞著我，柔軟、溫暖、令人安慰。

「妳很堅強，潔西卡，但妳背負著太多壓力，妳父親失業、劇院導演在妳內心留下的創傷、生活的經濟壓力……當然，還有妳對妹妹的罪惡感。這一切都耗盡了妳的心力。」

她將夾鏈袋塞進我手中。「假期有時候反而是最孤單的時刻。這些藥可以讓妳今晚睡得好一些。本來，沒有處方箋我是不能開藥給妳的，不過就把這當做是最後的禮物吧。」

我低頭看著手中的夾鏈袋，不假思索地說出：「謝謝妳。」

彷彿她早已寫好劇本，而我像木偶一樣唸出每一句臺詞。

席爾斯博士拿著我的酒杯，將滿滿的酒倒進水槽，然後將幾乎沒人碰過的起司和葡萄掃進垃圾桶。

我看著她，突然感到全身一顫。

她正在專心清理，沒有看我。如果她此時看見我的表情，就會知道事情出了差錯。

她寫在艾普蘿檔案夾裡的文字快速閃過我的腦海。

一切與妳有關的痕跡都被抹去……我將妳的酒杯洗乾淨……剩餘的乾酪和葡萄被扔進垃圾桶……彷彿妳從未來過這裡，彷彿妳已經不存在。

我低頭看著手中裝著藥丸的袋子。寒冷徹骨的恐懼掃過我全身。

她究竟對艾普蘿做了什麼？

我得在她發現我知道這件事之前離開。

「潔西卡？」

席爾斯博士直直地看著我。我希望她從我臉上看到絕望，而非恐懼。

她的聲音低沉。「我只是想讓妳知道，承認自己需要幫助並不是可恥的事情。每個人偶爾都需要放下一切。」

我點點頭，顫抖著說：「妳說得沒錯，也許我該好好睡一覺。」

我將藥放進包包，從高腳椅上起身。我拿起大衣，努力放慢自己的動作，以免顯露出心中的恐慌。席爾斯博士似乎不打算送我到門口，她留在廚房，用一塊海綿擦拭著乾淨無瑕的大理石流理臺。我轉身走向門廊。

我每走一步，都感受到雙肩有如針刺般疼痛。我拉開前門走到屋外，然後輕輕地闔上門扉。

回到家後，我拿出夾鏈袋，仔細觀察那顆小小的橢圓形藥丸，上面的號碼清晰可見。我連上某個藥物網站，發現這一顆藥丸是氫可酮。根據沃斯太太的說法，艾普蘿在花園裡就是吞下太多這種藥物。

現在我知道是誰給艾普蘿這些藥，也知道背後的原因。

席爾斯博士一定早就發現湯馬斯與艾普蘿有染，否則她不會將藥交給艾普蘿。我現在必須搞清楚，席爾斯博士用了什麼方法確保艾普蘿會吞下這些藥。

我得再走一趟西村溫室花園，找到那張在冰凍噴泉旁的長椅。艾普蘿選擇那裡做為自殺地點，一定不是偶然。

席爾斯博士是否也已經知道湯馬斯捏造出與洛芮恩的外遇？如果連我都能推敲出來，以席爾斯博士如老鷹般的洞察力，她也一定早就知情。

要不了多久，她就會發現我背著她與湯馬斯見面。她會看穿我所有的謊言。

當她知道我和她的丈夫上床時，又會做出什麼樣的事情？

第六十三章

十二月二十四日，星期一

潔西卡，妳睡了嗎？妳現在最需要的就是一段深沉無夢的睡眠。

妳不會受到任何干擾，因為現在妳身旁再也沒有其他人了。

妳不會因工作而分心，麗茲也身在遠方。也許妳想與諾亞共度聖誕夜，但他早已回到威斯特徹斯特的家人身邊。

妳無法連絡上自己的家人，因為今天一早，度假村給了他們另一個驚喜，帶著他們搭乘帆船出海一日遊。在汪洋的大海上，手機很難收到訊號。

至於妳的新朋友湯馬斯，他自己也分身乏術。

這樣想吧，有些人就算與家人共度佳節，內心可能依舊無比孤單。

想像一下這個場景：在紐約市郊外一個半小時車程，康乃狄克州的利奇菲爾德鎮，席爾斯家的莊園就坐落於此。

在富麗堂皇的客廳裡，火光閃動的壁爐上排列著陶瓷製的精緻聖誕小雕像。母親今年請來的室內設計師選擇用白光和松果來襯托整株聖誕樹。

看起是不是很美？

父親開了一瓶唐貝里翁香檳，讓大家搭配煙燻鮭魚和義式小圓麵包佐魚子醬。

樹下掛著聖誕襪。雖然屋內只有四人，卻有五雙襪子。

多出來的那一雙是為丹妮拉準備的，數年來都是如此。我們會以她的名義捐款給慈善機構，然後將裝著支票的信封放在襪子裡。最常收到捐款的是「反酒駕母親聯盟」，「安全駕駛協會」和「預防酒駕學生組織」也是捐獻的對象。

下週就是丹妮拉的二十週年忌日，所以這張支票上的數目大得驚人。

如果她還在世，現在已經三十六歲了。

她逝世的地點距離這間客廳不過一里之遙。

母親即將喝完第二杯香檳。她追憶著最疼愛的小女兒，說出口的故事也越來越誇大。

這也是假期的一項傳統。

最後，她說到那次鄉村俱樂部舉辦的夏令營，當時丹妮拉擔任活動輔導員。

「她天生就是和小孩子處得很好。」母親不著邊際地說著。「她一定會成為全世界最棒的媽媽。」

母親似乎忘了丹妮拉當初是在父親的堅持下，不情願地接下這個工作。而她之所以能成功應徵到這個工作，也是因為俱樂部主任和父親是高爾夫球友。

通常我們都會任由母親沉浸在虛假的回憶裡。

但今天的我沒有這份耐性。「我不知道丹妮拉是不是真的喜歡那些小孩。她不是請了太多次病假，還差點被開除嗎？」

儘管並非語帶諷刺，我的話還是讓母親臉色一變。

「她愛死那些孩子了。」母親駁斥，臉頰上浮現紅暈。

「媽，要再來點香檳嗎？」湯馬斯試著緩解屋內突如其來的緊張。

我不再回話，但是心中有數。母親所說與事實相差甚遠。

母親拒絕接受事實。丹妮拉其實非常自私，總是隨意奪取不屬於她的事物。她撐大了我最愛的一件羊毛衫，因為她的尺寸比我大一號；中學時，我將英文課的作文存在家中共用電腦，她卻偷偷印出來，當成自己的作品交給老師。

還有那個發誓只愛姊姊一人的男朋友。

丹妮拉從未替自己自私的行為付出代價，包括羊毛衫和那篇作文。父親忙於工作，母親一如既往為她找藉口開脫。

如果她當初能夠為自己的錯負起責任，她也不會離我們而去。

湯馬斯越過客廳，為母親斟滿酒。

「妳每一年都看起來更年輕了。妳是怎麼做到的，辛西雅？」他輕拍她的手臂。

通常我會將湯馬斯的話視為一種體貼，但今晚我只感受到他再一次的背叛。

「我去倒杯水。」我只想找個理由離開客廳。廚房似乎是理想的避難所。

廚房早已和二十年前不一樣了。新的冰箱有內建冰水機，硬木地板換成了義大利磁磚，玻璃碗櫥裡的餐盤換成了藍白相間的瓷器。

唯一沒變的是那扇側門，從外面需要鑰匙才能打開，從裡面只需轉動手把就能解鎖或上鎖。妳從沒聽過這個故事，潔西卡。

沒有任何人知道。包括湯馬斯。

想必妳已經明白，妳對我來說有多麼特別。我們之間有著不可消解的羈絆，這也是為什麼妳的行為深深地傷害了我。

如果妳沒有恣意行事，我們就能夠建立一段全然不同的關係。

儘管我們的年齡、社經地位和教育程度有著一大段差異，我們人生的轉捩點卻詭異地相互呼應。我們的故事就像鏡像，彷彿我們注定要相遇。

在那個悲劇發生的的八月天，妳將妹妹鎖在屋內。

在另一個十二月的夜晚，發生了同樣的悲劇。是我，將妹妹鎖在了屋外。

丹妮拉時常偷偷溜出去和男生約會。她最得意的招式就是事先解開廚房那扇側門的鎖，如此一來就能神不知鬼不覺地溜回家。

本來我對這些瑣事毫不在乎，直到她開始糾纏我當時的男朋友。

丹妮拉渴望我所擁有的一切，包括萊恩。

每個男孩子面對丹妮拉時幾乎毫無抵抗能力。她美貌出眾、個性活潑，她對性的開放態度也令人咋舌。

但是萊恩與其他男生不同。他喜歡在平靜的夜晚敞開心扉對話。從各方面來看，他都是我完美的初戀對象。

然而他卻兩度令我心碎。他先是離我而去，一週之後，他開始和丹妮拉約會。

一個簡單的決定就能改變一切，一個貌似無關緊要的動作就能引發驚天動地的風暴。

我在廚房倒了一杯水。二十年前的那個夜晚，這樣一杯普通的水就是整個事件的開端。

那時丹妮拉經常在外頭和萊恩見面，而父母對此毫不知情。她一如往常地事先解開了廚房側門的鎖，好掩護自己的晚歸。

丹妮拉未曾為自己的行為承擔過後果。報應對她來說來得太晚了。

那天晚上，我到廚房倒水時，靈機一動，將門把一轉。這下她只能從正門按下門鈴，驚醒父母，才能夠進家門。父親會雷霆大怒，他的脾氣一向如此。

我心中充滿期待，興奮地難以入睡。

凌晨一點十五分，我從樓上的窗戶看見萊恩的吉普車停在莊園前蜿蜒的車道上，熄滅了車頭燈。只見丹妮拉悄然溜過草坪，朝廚房側門走去。

一陣顫慄的狂喜掃過我全身。當她發現門把無法轉動時，心中會是什麼滋味？

前門的門鈴很快就會響起。

但是幾分鐘後，丹妮拉匆匆奔回萊恩的車。

她坐上副駕駛座。吉普車在車道上調頭，疾馳而去。

丹妮拉要怎麼度過這次危機？也許她會在早上歸來時編造出一些荒謬的理由，比如說她昨晚在外頭夢遊。就算是母親也無法再包庇她這次闖的禍。

父母親都不知道自己的小女兒將枕頭塞在棉被下，製造出人在床上熟睡的假象。他們一夜無夢，直至天明。

幾個小時後，警察來到家門前。

萊恩酒後駕車。當我們交往時，他從來沒有過這樣的行為。他的吉普車一頭撞上彎道盡頭的大樹。丹妮拉當場死亡，萊恩因嚴重內出血，送醫之後也搶救無效。

丹妮拉做出的許多決定都間接導致這場事故。她偷走我的男友，深夜溜到外面廝混；她豪飲伏特加，即使她依法還要五年才能喝酒；她不敢按下門鈴，面對父母，為自己的踰矩負責。

但我沒有料到的是，鎖上那道門會造成這樣的後果。

這不過是眾多因果之中的一個小小環節。如果她能夠改變任何一個選擇，她現在就可以好好地和家人在客廳歡度佳節。也許母親還能抱著她渴望已久的兒孫。

就和妳的父母一樣，潔西卡，我的父母也未能一窺真相的全貌。

這兩樁有如鏡像般的悲劇，讓我們之間產生了緊密的連結。如果妳能了解這一點，妳還會在湯馬斯的事情上對我撒謊嗎？

妳和我丈夫之間的糾葛還存在著許多疑問。明天，我會得到所有的解答。

妳的父母知道妳將與我共度佳節，就算暫時聯絡不到妳，他們也會放心地享受假期。

畢竟，接下來的計畫會讓我們彼此都非常忙碌。

第六十四章

十二月二十四日，星期一

不到一週前，我和湯馬斯才在這裡見面。當時天色太暗了，我沒有注意到鑲嵌在長椅上的銀色名牌。

在午後陽光的照耀之下，銀牌上的追思文閃爍著反光。優雅的字體刻著她的全名和生卒年，後面接著一段文字。席爾斯博士銀鈴般的聲音在我心中唸誦著這段銘文：凱瑟琳．艾普蘿．沃斯，莫輕易屈從於命運。

席爾斯博士安放了這塊紀念銀牌。我知道一定是她。

這段文字反映出她的作風，委婉、優雅，但是帶著一絲惡意。

這裡是西村溫室花園的深處，以冰凍的噴泉為中心，周圍環繞著同樣規格的木製長椅。長椅圈外則是蜿蜒的步道。

我雙臂抱胸，凝視著艾普蘿身亡之處。

昨晚離開席爾斯博士的別墅後，我一次又一次閱讀我和艾普蘿的檔案。我想起席爾斯博士曾經在我的檔案裡寫下這句話：放棄掙扎吧，我會讓妳得到自由。這似乎傳遞了和銀牌上的字句類似的訊息。

雖然白天的花園不像夜晚那樣鬼影幢幢，我依然忍不住打冷顫。我經過前來散步的民眾，不遠處傳來孩童的笑鬧聲。一位頭戴亮綠色針織帽的年邁女士推著一輛購物車，緩緩向我走來。我的心中仍然充滿不安和孤寂。

我相信一切謎團的解答就在席爾斯博士的筆記裡。

整塊拼圖還缺了一角，就隱藏在艾普蘿的檔案中，我卻遲遲無法找出這最後一塊線索。

那位年邁的女士拖著沉重的腳步來到長椅的邊緣。

我揉揉眼睛，想找個地方坐下。當然，我沒有選擇艾普蘿的那張長椅，而是它旁邊那一張。

我從來沒有感到如此疲累。

昨晚我只睡了兩、三個小時，即使睡著的時候也受到惡夢的驚擾。在夢裡，瑞奇粗暴地撲來，貝琪在佛羅里達的泳池裡無助地掙扎，還有諾亞轉身離去的殘酷身影。

我從來就沒有打算要服下席爾斯博士給的藥。我已經受夠了她的禮物。

我按摩著太陽穴，試著緩解腦袋的劇烈跳動。

帶著綠色帽子的女士來到我身旁，在艾普蘿的長椅上坐下。她從購物車裡拿出一條麵包，把它撕成一塊塊扔在地上。好幾隻鳥立刻從空中飛落，彷彿等待已久。

我移開目光，不再看那些爭搶食物的鳥兒。

如果關鍵的線索不在筆記裡，也許我可以跟隨艾普蘿的足跡，看是否會有新發現。在艾普蘿來到花園之前，她坐在席爾斯博士廚房裡的高腳椅上，兩人的交談就像我昨晚經歷的那樣。

我思索著我和艾普蘿都曾經駐足的地點。我和她都在紐約大學那間教室裡敲打著鍵盤，任由席爾斯博士窺探我們內心的想法。說不定我們還坐在同一張椅子上。

之後，我們都受邀到席爾斯博士的辦公室，坐在那張雙人沙發上，將心中的祕密全盤托出。我和艾普蘿都曾在酒吧與湯馬斯相會，感受到他炙熱的視線，隨後帶他回家過夜。

那位女士繼續扔著麵包。

「妳知道嗎？這些是哀鴿，牠們一生只會有一個伴侶。」

周圍沒有別人，她想必是在對我說話。

我點了點頭。

「妳想不想餵牠們？」她一面說，一面走過來，將一片剛撕下的麵包送到我面前。

「謝謝。」我心不在焉地接過麵包，將它撕成小塊撒在地上。

我和艾普蘿都曾待過的地方，還有她父母公寓裡的那間臥室，那隻破爛的泰迪熊依舊端坐在她的棉被上。她的 Instagram 上有一張照片，是在阿姆斯特丹大道上的餅乾店前拍攝的。我也曾經去那裡買過肉桂糖餅乾和薄荷巧克力餅乾。

當然，我們也都來過這座溫室花園。

要不是湯馬斯約我來這裡，警告我要提防他的妻子，我也不會知道艾普蘿這個女孩。

湯馬斯。

我皺起眉頭。當時我還坐在他對面的椅子上，聽他承認自己捏造的外遇，完全不知道在同一時間，我的工作和諾亞已經離我遠去。

我去過湯馬斯的辦公室，艾普蘿卻沒有。湯馬斯告訴我，他和艾普蘿只有在酒吧相遇，然後去她的公寓過夜。如果她對湯馬斯如此著迷，很有可能也會知道他辦公室的地點。

我將最後一小塊麵包扔到地上。

我心裡似乎一直在意著某件事，在意湯馬斯辦公室裡的某樣事物。

一隻哀鴿掠過我身旁，打斷了我的思緒。這隻小鳥落在艾普蘿長椅的銀色紀念牌上，就在年邁女士的身邊。

我睜大眼睛。

腎上腺素流過全身，疲憊感一掃而空。

寫著艾普蘿名字的瀟灑字體、她的生卒年，還有那隻鴿子。我見過這樣的情景。

我俯身向前，呼吸急促了起來。

我知道自己在哪裡看過類似的畫面了，是沃斯太太給我的喪禮紀念冊。

我知道自己掌握了那個一直捉摸不定的事物，脈搏幾乎要停止跳動。

我一動也不動，重新思考那一個奇怪的事實。湯馬斯為了掩蓋他與艾普蘿的關係，不惜謊稱自己和一個幾乎不認識的女人有外遇。他為了取得艾普蘿檔案夾裡的內容，設計將席爾斯博士引到別處，讓我有機會潛入別墅。

在我意識中若隱若現的線索從來就不存在於檔案夾裡。

我從皮包裡掏出沃斯太太給我的喪禮手冊，上面有艾普蘿的名字和鴿子的輪廓。

我緩慢地打開手冊，壓平紙頁。

手冊上的畫面和身旁長椅上的情景，兩者之間有個關鍵的相異之處。

這就像在賽瑟克斯飯店酒吧的那兩個男人，手上的婚戒是他們之間唯一的差異。

長椅紀念牌上的句子和喪禮手冊上的不一樣。

我重讀了一次手冊上的句子：當最後的時刻來臨時，你得到的愛等同於你付出的愛。

如果在他們相遇的那晚，湯馬斯曾對艾普蘿唱過這首歌，她之後應該不會向她母親詢問這句話的出處，因為她早就知道這是一句歌詞。

但是如果她和我一樣，是從湯馬斯的馬克杯上見過這句話，就有可能會激起她的好奇心。

我閉上眼，試著回憶湯馬斯的辦公室。無論訪客坐在哪一張椅子上，都能看到他的辦公桌。湯馬斯的辦公室和餅乾店只隔著幾條街。所以艾普蘿確實去過那。

但她並不是為了跟蹤湯馬斯。

她有另外的理由，這解釋了湯馬斯為什麼處心積慮地隱瞞他與艾普蘿的一夜情，為什麼他如此害怕這件事洩露出去。

沃斯太太告訴過我，艾普蘿一直斷斷續續地接受心理治療。

艾普蘿和湯馬斯的初遇並不是發生在那間酒吧。

她在酒吧之前就曾見過湯馬斯。

她是他的病人。

第六十五章

十二月二十四日，星期一

在回到曼哈頓的一個半小時裡，我一直假裝熟睡，避免與湯馬斯交談。

也許這正合他的心意。他沒打開收音機，而是默默開著車，目光緊盯前方的道路。他雙手握著方向盤，如此緊繃的姿勢對他來說很不尋常。之前開長途車程時，他總是會跟著音樂哼唱，一面拍著大腿。

他在別墅前停下車。我裝出驚醒的樣子，眨眨眼，輕輕打了一個哈欠。

我們沒有事先安排今晚的行程。我們之間有一種不必明說的默契，湯馬斯會在他自己的出租公寓過夜。

簡短的道別，敷衍了事的親吻。

引擎的聲響隨著車子遠去。

整間別墅只剩下深沉、淒涼的靜謐。

新裝的門鎖必須從門外用鑰匙解鎖。

從屋內只需要轉動門把就能打開。

◆◆◆

一年前，我們迎接的是截然不同的聖誕夜。從利奇菲爾德回來後，湯馬斯在壁爐裡生了火，興致勃勃地要我們各自拆開一個禮物。他就像個小男孩，眼睛裡閃動著光芒，將一個包裝精美的禮物放在我手上。

禮物包得很美，但是用太多膠帶和緞帶了，顯得有些雜亂。

裡頭的禮物令人感動。

是艾迪絲．華頓的作品，我最喜愛的其中一本小說，而且是初版珍藏本。

三天前的夜晚，當妳告訴我湯馬斯在酒吧拒絕妳時，希望開始在我心中滋長。我甚至希望這甜美的測試能夠持續下去。我買了一張羅恩．加萊拉拍攝的披頭四照片正本，請人將照片裱框，小心翼翼地用一層層棉紙包裹，再覆上亮麗的色紙。這是為湯馬斯精心準備的禮物。

現在這件禮物就擺在客廳裡那株聖誕紅旁邊。

一位妻子望著這個扁平的方形禮物，深知今晚沒有人會拆開它。

就像那位母親痴痴望著那雙寫著丹妮拉名字的襪子，意識到她的女兒永遠都無法打開它。

而另一位母親正在度過第一個沒有女兒陪伴的聖誕節，因為她在半年前結束了自己的生命。

悔恨與遺憾在寧靜之中更顯錐心。

我的指尖輕輕敲打鍵盤，送出一封電子郵件給沃斯太太。

為了紀念我們對艾普蘿的回憶，我在這次的聖誕節捐了一筆款項給美國自殺防治基金會。我

與妳同在。誠心祝福，席爾斯博士。

這並不是為了平息沃斯太太追查那份寫著「凱瑟琳・艾普蘿・沃斯」檔案夾的決心，純粹是我發自內心的舉動。

渴望知道艾普蘿臨終前究竟發生了什麼事的，並非只有沃斯太太一人。一名私家偵探正式向我提出調閱紀錄的要求，甚至威脅要發出傳票。湯馬斯在得知沃斯家雇用了私家偵探後，也對艾普蘿的檔案展現出過度的好奇心。

若是我與艾普蘿最後一次見面的紀錄消失了，絕對會引來懷疑。所以我事後補上一份修改過的版本。我陳述的都是事實，這很重要，因為艾普蘿死前也有可能打電話或傳訊息給朋友。只不過我將我們之間的互動描述得較為緩和，同時也刪去了許多細節。

妳實在太讓我失望了，凱瑟琳・艾普蘿・沃斯……妳揭露的真相粉碎了一切，讓我見識到妳完全相反的一面。妳說妳犯了錯，妳和已婚男人上床……我這樣告訴妳……妳永遠都無法被原諒……直到最後我給了妳一個永別的擁抱……

喪禮之後，我立刻寫下了這個替代的版本。

我能夠理解她的母親希望一探這些紀錄的內容。

然而今後再也沒人能看到關於那天晚上的筆記。

和艾普蘿一樣，這些筆記再也不存在於世上。

◆◆◆

一支火柴的光芒點亮了那本筆記的紙頁。火焰貪婪地吞噬我的字句，將一筆一劃的藍色墨水燃燒殆盡。

當它們都化為灰燼，剩下的只有一句：**第5號受試者，六月八日，晚上七點三十六分。**

艾普蘿比預定時間晚了六分鐘才敲響別墅的大門。

這很尋常，守時一向不是她的作風。

我在廚房為她準備了夏布里白酒、一串紫葡萄和一塊楔形軟起司。

艾普蘿坐在高腳椅上，興致勃勃地說她接下來會去參加一部公關短片的試鏡。她讓我看她的履歷表，想知道她該如何解釋她那有點坎坷的工作經歷。

我花了幾分鐘鼓勵她，然後摘下那只她渴慕已久的金色細手鐲，讓它滑上艾普蘿的手腕。

「這送給妳。妳可以和我分享任何心事。」

但是那天晚上的氣氛突然改變。

艾普蘿躲避我的目光，低頭看著自己的大腿。

起初我以為她只是深受感動，但她的聲音聽起來搖擺不定。「我覺得這個工作能讓我重頭來過。」

「這是妳應得的。」我斟滿她的酒杯。

「妳對我真的很好。」手鐲在她的手腕滑上滑下。她的語調裡透著的不是感激，而是某種更微妙、難以辨識的情緒。

在我察覺事有蹊蹺之前，艾普蘿雙手掩面，啜泣起來。

「我很抱歉。」她淚眼婆娑。「是那個男人，我之前說過……」

幾週前，她從酒吧帶了一個男人回家過夜，顯然她現在還是對他非常著迷。我已經在非正式諮詢時間花了好幾個小時處理她的負面情緒。她的退步令人失望。

我掩飾心中的不耐。「我以為妳已經讓這件事過去了。」

「是這樣沒錯。」艾普蘿淚痕滿布的臉龐又更低了些。

這其中一定有某個未解的難題，才會讓她遲遲無法放下。也許我該問個清楚了。「我們重頭再談一次，讓妳徹底忘掉他。妳走進一間酒吧，看見他就坐在那兒，是嗎？」我鼓勵她開口。

「然後發生了什麼事？」

艾普蘿的雙腿開始擺動，好像螺旋槳一樣。「我的意思是……我之前沒有告訴妳所有的事情。」她語帶躊躇，然後喝了一大口酒。「其實我第一次和他見面是在他的辦公室，是為了諮詢，他……他是一名心理治療師。但是除了那次以外，我就沒有再去找他了。」

她說出的話令人震驚。

就算諮商時間再短，和病人上床必定會讓一名心理治療師丟掉執照。情況很明顯，一位情緒脆弱的年輕女性向這名道德淪喪的治療師求助，而他藉此佔有了她的身體。

艾普蘿看著我緊握成拳的雙手。「我也有錯。」她飛快地說：「是我主動追求他的。」

我輕碰她的手臂。「別這樣說，這不是妳的錯。」我向她強調。

她是在權力不對等的情況下受到了性別剝削。她需要更多幫助，才能夠擺脫自責的想法。但現在我得讓她先將壓在心中的故事全盤托出。

「我之前說，我偶然在酒吧遇見他，其實事情不是那樣。在經歷第一次諮詢後，我就愛上他了。所以那天晚上……他離開辦公室後，我跟蹤了他。」

艾普蘿接下來的敘述與之前的說法相符：她來到那間飯店的酒吧，看見他一個人坐在雙人座位區。她接近他，兩人最後回到她的公寓過夜。隔天，無論她怎樣打電話、傳簡訊，對方都沒有回應。直到二十個小時後，他才回訊表示自己不再對她有興趣。艾普蘿仍舊持續打電話和傳訊息，希望約他出來見面，都被他禮貌且堅定地拒絕了。

艾普蘿斷斷續續地說完，彷彿每一個字都經過謹慎挑選。

「他是一個可惡的傢伙。」我告訴艾普蘿。「這與誰主動無關。重點是他利用了妳的病情，糟蹋了妳對他的信任。他的所作所為已經接近犯罪。」

艾普蘿搖著頭。「不是的。」她小聲地說：「我自己也搞砸了。」

她艱難地吐出接下來的字句。「我之前一直沒有對妳坦誠，請妳別生我的氣。我覺得這實在太丟臉了，但是……他其實已經結婚了。」

我倒吸一口氣。艾普蘿揭露了一個可怕的事實——她一直都在說謊。

在我們實際見面之前，艾普蘿所做的第一件事就是對我保證她會完全誠實。當她成為第5號受試者的那一刻，她就簽下了協定。

「妳應該早點告訴我這件事，艾普蘿。」

我給予艾普蘿的所有療程都是立基於同一個前提，那就是對她始亂終棄的是一名單身男子。如果她一開始就告訴我事情的原委和那男人的婚姻狀態，我就會採取完全不同的方法。換句話說，之前無數的努力都白費了。

在幾分鐘之前，艾普蘿還是全然的受害者，現在她已經變成共犯。

「我不是真的要對妳說謊，我只是沒有提到這個部分。」她辯解，語調顯露出的自我防衛令我感到難以置信。她在逃避責任，逃避自己的行為造成的後果。

餅乾屑散落在艾普蘿的高腳椅下。她想必知道那是她啃著餅乾時落下的，但她置之不理。這又是一個例證：她總是要別人來清理自己的爛攤子。

我伸手托起她的下巴，目光與她相接。「妳隱瞞了非常重要的事情。我真的很失望。」

「我很抱歉，我很抱歉。」艾普蘿衝口而出，眼淚也不受控制。她用袖子擦擦鼻頭。「我很久以前就想要告訴妳……我不知道自己原來這麼喜歡妳。」

這句話令我全身一震。

她的話語毫無邏輯。

照理說，她對我的情感不該阻止她向我透露那名男子的事，這兩者之間沒有任何關聯。

我想起湯馬斯從前給我取的綽號：獵隼。

「妳能夠抓住病人一句無心的話語，一路追查到他們接受治療的原因，甚至他們自己都沒有意識到。」他曾經這樣說，聲音裡充滿了愛慕。「妳的眼睛好像內建X光，能夠看穿人心。」

獵隼能夠察覺草原上最細微的動靜，俯衝而下，攫取獵物。

艾普蘿的語無論次就是草原上的漣漪。

我更仔細地觀察她。她還在隱瞞什麼？

恐懼會讓她保持沉默，所以我必須為她營造出虛假的安全感。

我故意溫柔地重複了她的話：「我也不知道自己這麼喜歡妳。」

我再次斟滿她的酒杯。「對不起，我剛才太兇了。我想我只是有些驚訝。請妳再多說一些關於這個男人的事。」我語帶激勵。

「他人很好，長得也很帥。」她再度開口。「他有，呃，一頭紅髮……」她深吸一口氣，雙肩聳起。

第一道線索浮現：她在撒謊。

電影和電視劇常會散播一些錯誤的概念：人在說謊時，總會表現出特定的跡象，例如在捏造故事時會朝左邊張望、躲避目光接觸或過度注視對方；他們可能會咬指甲，或者伸手掩口，下意識地顯露自己的不安。事實上，這些都只是最表面的跡象。

艾普蘿的跡象更為深沉。先從呼吸節奏的轉變開始，她的肩膀會明顯地聳起，代表她正在深呼吸，她的聲音也會變得更虛弱；這些都是心跳和血流不穩定所造成的。生理上的變化會讓她喘不過氣。當艾普蘿提到她長年旅居在外的父親時曾經表現出這些跡象，她試著假裝在她生命中缺席的父親並未為她帶來任何痛苦。當她對我說到自己在高中時被其他受歡迎的女生排擠，她也謊稱自己不再被這些事情困擾。事實上，她高三那年被孤立、霸凌的情況，曾逼使她吞藥自殺。

不過在這些案例中，她說謊的對象是她自己。

對我說謊則是完全不同的一回事。

而她現在就是在這麼做。

艾普蘿已經坦承了這麼多不堪的事實，為什麼要在那個男人的外貌上撒謊？她繼續描述那個男人，說他身高一般，身材細瘦。我溫柔地點頭，輕觸她的手腕。這個動作不只是為了鼓勵和安慰，也讓我察覺到她的脈搏加快——這又是另一個說謊的跡象。

「我問他要不要留下來過夜，但是他說不行，他得回家待在太太身邊。」艾普蘿吸吸鼻子，用餐巾擦掉淚珠。

可怕的疑慮從我心中升起。那個男人是已婚的心理治療師，這件事顯然壓在艾普蘿心頭困擾她許久。

她向我坦承這件事，卻捏造那個男人的外貌，試圖隱藏他的真實身分。

這個人究竟是誰？

艾普蘿輕拍手掌，好像接下來說的只是一句無心之言。「他在離開前擁抱我，說我不應該愛上他。他說我值得更好的人，總有一天我會找到生命中真實的光。」

短短五秒鐘就能夠改變人的一生。

一個吻能訂下海誓山盟；刮開樂透的瞬間能讓人變成億萬富翁；只需一眨眼，一輛吉普車也可能一頭撞上樹，斷送兩條性命。

一名妻子也可能從另一名心緒不寧的女子口中得知丈夫不忠的真相。

妳是我真實的光。

這是銘刻在我與湯馬斯婚戒上的文字。當初我們一起挑選了這對戒指。

五秒鐘前，這段文字只屬於我們彼此。我只要想到這句話緊貼著自己的手指，就會感到無比幸福。現在每個字母都彷彿在灼燒著我的皮膚，融化了戒指。

艾普蘿和湯馬斯有染；他就是那個神祕的已婚心理治療師。

迎來這個驚天動地的真相時，只有我和別墅裡的一片寂靜。

艾普蘿又啜了一口酒。她現在看起來平靜多了，因為她已經坦白了一部分的事實，減緩了自己的罪惡感，同時也為睡了我丈夫而暗自表示了歉意。

但他們不只上了床。艾普蘿已經愛上了湯馬斯。

這就是她加入研究的目的嗎？為了打探湯馬斯的妻子是什麼樣的人？

強烈的驚嚇反而會讓人麻木。這就是我現在的情況。

艾普蘿還在絮絮叨叨，似乎沒有意識到一切已經改變。

在我們第一次見面時，艾普蘿就知道自己上床的對象是我的丈夫。

現在我也知道了。

艾普蘿和湯馬斯背叛了我。但現在我只能對付其中一人。

艾普蘿以為自己可以安穩地走出別墅，繼續享受人生，留給我一團難以清理的爛攤子。

我的丈夫與她雙脣相接，他的雙手在她身體上游移。

絕不。

「我們一起散個步吧。」我對艾普蘿說：「我想帶妳去一個特別的地方看看。」短暫的猶豫之後，我下定了決心。「妳先把酒喝完。我上樓去拿個東西。」

我們來到了西村溫室花園的噴泉旁，一起坐在長椅上。這是個安靜的地方，適合促膝長談。

我們向彼此說出了所有的心裡話。

我對艾普蘿說的最後一句話是：「妳要趁天黑之前離開。」

那時候她還活著。我還在場的時候，她沒有吞下任何一顆藥丸。她一定是在我離開之後才服下了所有的氫可酮。

兩個小時後，一對情侶在月光下發現了她的屍體。

第六十六章

十二月二十五日，星期二

所有人都很害怕席爾斯博士，我、班、湯馬斯，我很確定艾普蘿也不例外。

唯一能夠讓席爾斯博士感到棘手的人似乎只有一個——那名私家偵探李．凱瑞。先前沃斯太太提過，他曾經對席爾斯博士發出正式信函，要求調閱艾普蘿的檔案。

我決定要告訴他事情真相。如果席爾斯博士忙於應付偵探的調查，也許她會就此罷手，不再試著摧毀我的人生。現在的情況已經夠糟了，如果我再不想辦法脫身，一切很可能會變得更糟。

我找出當時在別墅裡拍攝的檔案夾照片，從那封信函上找到了凱瑞先生的聯絡資料。

畢竟現在是聖誕假期，我一直等到早上九點才撥電話。

鈴響了四聲後傳來語音信箱的聲音。我感到身體一沉，雖然我知道他不太可能會在這個時候接電話。

「我是潔西卡．費里斯，我手上有關於凱瑟琳．艾普蘿．沃斯的重要訊息。我想應該讓你知道。」我猶豫了一下，補上一句：「這很緊急。」然後留下手機號碼。

我打開筆電，開始搜尋前往佛羅里達的機票。不僅渴望見到家人，我也必須趕緊離開紐約，因為席爾斯博士和湯馬斯很快就會知道我已經告訴那名偵探所有事情：艾普蘿曾經是湯馬斯的病人，也是席爾斯博士的受試者；她是從席爾斯博士那裡拿到氫可酮，與我昨晚的遭遇一樣。

前往佛州那不勒斯市最早的班機在明天清晨六點起飛。

這張機票要價一千多美元，但我毫不猶豫就刷了卡。

看到達美航空寄來的電子確認信函，我感到一陣安慰。我會用寵物箱帶著李歐一起過去，我也帶了足夠的衣物，打算之後直接和爸媽回亞倫鎮。那裡看起來比紐約安全多了。

我沒有告訴爸媽我準備去度假村找他們。我不能冒著被席爾斯博士發現的風險。在我覺得可以安穩回到紐約時，我會重新開始，就像從前那樣。席爾斯博士給我的酬勞應該夠支撐一陣子。我知道自己一定能夠找到新工作，畢竟我從青少年時期就開始打工賺錢。

然而諾亞離開後的空虛不是那麼輕易就能夠填補起來。

他絕不會回我的電話和訊息，我必須另外找方法聯繫他。我想了一會兒，拿出我的筆記紙。

我和諾亞的關係從謊言開始；我當時用假名欺騙了他。

現在我必須對他完全誠實。

我不知道席爾斯博士是怎麼找到諾亞的，也不知道她究竟對他說了什麼。所以我從我在泰勒的公寓拿起她的手機寫起，一直寫到我在溫室花園找到了艾普蘿其實是湯馬斯病人的線索。

我甚至寫出了我和湯馬斯的一夜情。

那時候我只和你約會過兩次，我們還沒有建立穩定的關係……但是我現在很後悔，不只是因為我已經看清了湯馬斯的真面目。更重要的是，我了解到你對我有多麼重要。

這封信足足寫了六頁。

我把信塞進信封，拿起大衣和李歐的狗鍊。

當我走過走廊時，發現周遭安靜無比。這棟公寓大部分的房間都是單人套房或雅房，已經成家的人不會選擇住在這裡。也許我的鄰居都離開去和家人過節了。

我踏出公寓大門，突然一陣迷惘。

似乎有什麼事不太對勁。

街道一片寂靜，沒有任何噪音，好像整個紐約都靜止了，宛如幕間的中場休息，等待著下一場戲的布簾升起。

當然，我不會是留在城裡的唯一一個人。但感覺卻是如此。

我將信封交給諾亞的公寓管理員後，踏上回家的路。此時手機突然響起。

我並沒有依照聯絡人設定不同的鈴聲，打來的有可能是任何人。

但是在我看螢幕之前，我就已經知道是誰。

我按下拒接鍵，席爾斯博士的名字從螢幕上消失。

今天是聖誕節，她究竟還想要我怎樣？

十分鐘後，在我接近公寓時，手機再度響起。

我今天的計畫就是待在家裡收拾行李，同時掛上兩道門鎖。明天一早我就會叫車直奔機場。

我不會接她的電話。

正當我要舉手再次切斷電話時，發現螢幕上出現的是一個陌生號碼。

一定是那名私家偵探。

「哈囉，我是潔西卡．費里斯。」我熱切地說。

在一段難以察覺的短暫沉默之後，我的心頭一顫。

「聖誕快樂，潔西卡。」

我立刻掃視四周，但是沒有看見任何人。

距離公寓只剩下幾條街，我可以抱起李歐飛奔回家。我應該能及時逃離她的魔掌。

「晚餐六點鐘開始。」席爾斯博士說：「需不需要我叫一輛車過去接妳？」

「妳說什麼？」

我感到一陣天旋地轉，試著弄清楚究竟發生了什麼事。她一定是用了另一支拋棄式手機，很可能就是當時我用來打給蕾娜和蒂芬妮的那支，所以我才會認不出這個號碼。

「妳應該記得我跟妳父母說過，我們會一起過聖誕節，對吧？」

「我才不要過去！」我大叫。「不只今晚，以後永遠也不會再過去！」

我正要掛斷電話，她銀鈴般的聲音再次傳來。「但是我準備了一樣禮物給妳，潔西卡。」

這句話令我全身的血液幾乎凝結。我聽過這樣的語調。那代表莉蒂亞．席爾斯正處於最危險的狀態。

「我不要什麼禮物。」我的喉嚨發緊。我已經快到公寓門口了。

但是大門卻敞開著。

剛才我離開時有記得拉上門嗎？整座城市突如其來的寂靜令我分神，我很有可能忘記了。究竟是進屋比較安全，還是待在街上比較不危險？

「這樣啊，那真是可惜。」席爾斯博士顯然很享受這一刻，就像是一隻玩弄負傷老鼠的貓。「看來我只好把它交給警方了。」

「妳在說什麼？」我小聲說。

「監視器畫面。」她說：「剛好是妳闖進我別墅的影像。」

這句話重重擊中我。

我被湯馬斯設計了。只有他知道我在那天晚上溜進別墅。

「我剛才發現一條鑽石項鍊不見了。」席爾斯博士輕聲說：「我查看了最近裝的防盜監視器。潔西卡，我知道妳很缺錢，但我從來沒想到妳會墮落到這種程度。」

我什麼也沒拿，但是如果她將錄影交給警察，我一定會被逮捕。沒有人會相信我說的話。席爾斯博士可以說是我偷看到她輸入保全密碼，無論如何，她的說詞都會無懈可擊。

我沒有錢請律師。就算請了律師又能怎樣？她總是能夠佔據優勢，先發制人。

我太天真了。情況無論如何都會惡化到無可挽救的地步。

至少我知道現在該說什麼話來平息她的怒氣。

我閉上眼睛，粗聲問：「妳到底想要我怎麼樣？」

「六點過來共進晚餐。什麼都不用帶。等會兒見。」

我轉過身，看著空蕩蕩的街道。

我又開始換氣過度了。

如果我被逮捕，不只會毀掉我的人生，也會毀掉我的家人。

一陣風將大門又吹開了幾寸，我本能地轉回身子。

我告訴自己，席爾斯博士不在這裡，因為她肯定我會去別墅與她共進晚餐。

我抱起李歐，一路奔過門廊，一口氣爬上樓梯。

在來到我的樓層前，我早早掏出鑰匙。走廊上一個人也沒有，但是我沒有慢下腳步，直接衝向我的房間。

我進門後，先把整間套房都查看了一遍，才放下李歐。

我隨即倒在床上，氣喘吁吁。

現在剛過十一點，我還有七個小時來思考該怎麼拯救自己。

但是我得認清一件事，這次我很有可能無法全身而退。

我閉上眼睛，想像爸媽和貝琪的臉孔。數年來的回憶湧上心頭。我看見媽媽穿著她那件祕書工作的藍色套裝，衝進小學的保健室，因為校護剛才通知她我在學校發高燒。我看見爸爸站在後院，彎著手臂教我怎樣扔出角度完美的橄欖球。我看見貝琪搔著我的腳底，我們在床上，頭腳相反地躺在彼此身旁。

我在腦中咀嚼著這些影像，思念著這個世界上我最愛的人，直到呼吸終於平穩下來。此刻，我知道自己應該怎麼做了。

我站起身子，拿起手機。家人今天早上曾經來電，留下了聖誕快樂的語音訊息。我那時候不敢接聽，因為他們一定會從我緊繃的聲音察覺到異狀。

但是我已經隱瞞了十五年，不能再隱瞞下去了。如果現在不說，我可能永遠都沒有機會告訴爸媽。他們有權利知道真相。

我用顫抖的手指按下媽媽的手機號碼。

她馬上就接起電話。「親愛的！聖誕快樂！」

我喉嚨一緊，說不出話來。這很不容易，但我必須立刻切入主題。「可以讓爸爸也加入通話嗎？但是別和貝琪說，這件事我只能跟你們說。」

我緊握著手機，手指隱隱作痛。

「等等，親愛的，他就在旁邊。」從媽媽的語調聽來，她已經知道事情不對勁。

每當我想像這一幕，最艱難的總是開頭第一句話：「我得告訴你們貝琪那次意外的真相。」

我聽見爸爸那低沉略帶沙啞的嗓音。「潔絲嗎？我跟妳媽都在線上了。」

但我始終無法說出那句開場白。我感到口乾舌燥，好像深陷在噩夢中，無法喊叫出聲。強烈的暈眩幾乎令我昏厥。

「潔絲，怎麼回事？」

媽媽聲音裡透出的恐懼終於迫使我開口。

「貝琪摔下來的時候，我不在。我把她一個人留在屋裡。」我吐出這些字句。「我把她一個人鎖在臥室裡。」

一陣沉默。

我覺得自己的身體正在瓦解，彷彿這些年來，我隱藏在心中的祕密是支撐我存在的唯一理由。而現在，隨著祕密吐露，一切都開始粉碎。

也許爸媽想起了貝琪羸弱的身軀被抬進救護車的情景，因為這正是我腦中現在浮現的畫面。

「對不起。」猛烈的啜泣使我扭曲著身子。「我不應該——」

「潔絲。」爸爸的聲音非常堅定。「不是這樣的。都是我的錯。」

我驚訝地抬起頭。他說的話沒有任何道理，他一定是誤解了我的意思。

但是他繼續說道：「那扇窗戶已經壞掉好幾個月了。我一直想要換一扇新的。如果我早點這麼做，貝琪就不會解開上面的鎖。」

我跌坐在床上，又是一陣天旋地轉，彷彿整個世界都顛倒了過來。

原來爸爸也一直在自責嗎？

「但是我應該要看好她的！」我大叫。「你們將她交給我照顧！」

「噢，潔絲。」媽媽用破碎的聲音說：「整個夏天都把貝琪丟給妳照顧，對妳來說負擔太重了。我當時應該想到更好的辦法。」

我原以為自己會面對爸媽的怒氣，或者其他更糟的情緒。但是我萬萬沒有想到，他們也跟我一樣默默背負著痛苦和罪惡感。

媽媽繼續說：「親愛的，貝琪受傷並沒有什麼原因，也不是任何人的錯。這就是一次可怕的意外。」

她溫柔的話語像甜美的雨水，洗滌著我的身心。我真希望能夠立刻飛到佛羅里達，像個小女孩一樣緊緊擁抱他們。這麼多年來，這是我感到與爸媽最親近的一刻。

在我內心深處那個埋藏祕密的地方，現在變得一片空虛。

雖然現在我的心與家人如此親近，但我仍有可能立刻失去他們。

「我應該早點告訴你們。」我的臉頰上依舊濕濕的，但眼淚已經不再流。

爸爸說：「我也希望妳早點跟我們說，乖女兒。」

我聽見李歐低沉的咆哮聲，牠正盯著門口。

我馬上站起身，提高警覺。聲音來自住在走廊另一端的夫妻，但我依舊全身緊繃。

媽媽還在絮絮叨叨，說我們不應該再怪罪自己。我可以想像爸爸站在她身後不斷點頭，伸手輕拍她的背後。雖然我渴望繼續和他們說話，但我沒時間拖延了。席爾斯博士正虎視眈眈，而我還不知該如何保護自己。

我又說了一次「我愛你們」，準備結束通話。

「替我給貝琪一個大擁抱，好嗎？我保證之後會再打給你們。」我遲疑了一下才掛斷。希望最後這句話能夠實現。

我很想就這樣躺在棉被下，細細體會剛才與爸媽的對話。我的人生一大部分都建立在這個錯誤的罪惡感上；對於自我的誤解禁錮了我的心靈。

現在可沒有時間沉溺在情緒中。

我沖了一杯濃咖啡，在屋內踱步，強迫自己專注思考。也許我應該今晚就離開紐約。聖誕節期間還是租得到車，也許我可以一路開去佛羅里達。

或者我可以留下來，試著對抗席爾斯博士。

這是我僅有兩個選擇。

我決定模擬席爾斯博士的思考方式。

第一步：我必須親眼見到她所說的監視器影像，因為我根本不確定她的話是不是真的。就算她真的握有那段影片，我也不認為那足以辨識出我的身分。當晚我穿著深色的衣服，我也沒有打開別墅裡的任何一盞燈。

儘管如此，就這樣前往別墅似乎也不是保險的做法，因為我完全不知道她在計畫什麼。

第二步：我必須保護自己的人身安全。其實我已經採取了兩項預防措施。諾亞讀過我的信之後，就會了解事情的來龍去脈。此外，我撥過電話給那名私家偵探。如果情況危急，我可以向席爾斯博士展示通話紀錄，說不定能嚇阻她。我無法想像席爾斯博士會有任何暴力舉動，但我必須做好準備，以防萬一。

更重要的是，現在我終於也掌握了席爾斯博士的一些祕密。

這足以讓我扭轉局勢嗎？

第六十七章

十二月二十五日，星期二

妳這次非常準時，潔西卡。

在妳按下門鈴之後，我讓妳足足等了九十秒。

大門開啟，妳的模樣出乎意料，也令我感到不悅。

此刻的妳應該處於極度混亂的崩潰邊緣。

但是妳卻大步走進別墅，表現出前所未有的自信和魅力。

妳穿著一身黑，大衣在胸前敞開，露出包裹著身材曲線的低胸洋裝，搭配一雙過膝的黑色皮靴。這雙鞋讓妳高了三寸，所以我們現在能平目相視。

妳想必也在觀察我的穿著。我穿著一件純白羊毛針織洋裝，搭配鑽石項鍊和耳環，正好和妳相反。

妳可有注意到這其中隱藏的象徵意義？我們選擇的顏色代表了陰與陽，代表了開始——包括受洗和婚禮——和結束，例如喪禮。黑與白就像在西洋棋盤上那樣針鋒相對，卻又無比契合。這也預示了接下來很快就會發生的事。

不同以往，妳沒有等待我給予指示，逕自俯身親吻我的臉頰。「謝謝妳邀請我過來，莉蒂亞。我也為妳準備了一個小禮物。」

妳真是充滿驚奇，不是嗎？妳直呼我的名字，這是一個清楚展現權力的舉動。妳想告訴我，妳才是掌控局勢的一方。

很可惜，想要攻我不備，這樣的水準還差得遠。

妳的雙唇彎曲成微笑，但是它們在輕輕顫抖。妳並沒有妳表現出的那樣堅強。

「請進。」我知道如何輕鬆應付妳，這反而令我有些失望。

妳褪下大衣，將它遞給我，像是在等著我服侍妳。

妳手中依然拿著那個繫著紅色蝴蝶結的銀色包裹。

目前情勢進展尚不明朗，我必須盡快讓妳明白自己的立場。

我對妳說：「我們去圖書室吧，酒和餐前點心都準備好了。」

「好呀。」妳輕快地說：「妳可以在那邊拆禮物。」

不了解妳的人很有可能被妳的虛張聲勢唬住。

我請妳走在前頭，讓妳有掌控一切的錯覺。等會兒我就能更爽快地撕毀妳的偽裝。

當妳跨過門檻進入圖書室時，妳倒抽了一口氣。

妳以為自己是今晚唯一帶來驚喜的人嗎，潔西卡？

妳呆站在那裡，愚蠢地眨著眼，似乎不願相信眼前所見。

坐在雙人沙發上的男人也同樣驚訝地回望著妳。

難道妳真的以為我丈夫不會陪我度過聖誕節嗎？妳不是說他對我百分之百忠誠嗎？

「她怎麼會在這裡？」過了好一會兒，湯馬斯終於問道。他的腦袋在妳我之間擺盪。

「親愛的，我不是跟你提過，我的受試者潔西卡會過來和我們一起晚餐嗎？這可憐的孩子在聖誕節孤單一人，她的家人拋下她去度假了。」

湯馬斯鏡片後的雙眼睜得又圓又大。

「湯馬斯，你知道這些年輕女孩子都是我的好朋友。」

他身子一顫。「但是妳說她之前在騷擾妳！」

妳的反應比湯馬斯快得多，在這一瞬間，妳已經從震驚中恢復，取而代之的是顯而易見的怒氣。表現不錯呀，潔西卡。

「我有那樣說過嗎？」我停頓了片刻。「等等，你之前說曾經跟蹤你的女人就是她嗎？」

湯馬斯的臉色瞬間刷白。該將對話導入正軌了。

「看來我們之間有許多誤解，不如坐下來談吧？」

小小的雙人沙發和兩張椅凳形成一個半圓形，咖啡桌正好與沙發平行。

妳所選擇的座位會透露出隱藏的訊息，潔西卡，就像妳第一次進入我的辦公室時那樣。

但是妳沒有動，依然直挺挺地站著，彷彿隨時都要奪門而出。妳一甩下巴，說道：「我不相信妳。」

「不好意思，妳說什麼？」

「妳根本沒有我闖入別墅的影像。」

果然不出我所料，潔西卡。

我走過圖書室，打開鋼琴上那部銀色筆電，輕觸鍵盤。數位錄影開始在螢幕上播放。裝設在玄關的隱藏式攝影機是和新鎖同時安裝的。只見妳溜進屋內，俯身脫去鞋子。影片中光線昏暗，但是妳獨特的髮型洩露了妳的身分。

我猛然闔上筆電。

「滿意了嗎？」

妳瞪著湯馬斯，目光裡帶著控訴。他微微搖頭。

妳猶豫片刻，小腦袋快速地運轉。在明白自己別無選擇之後，妳雙肩頹然垂下，繞過咖啡桌，坐在離我丈夫最遠的椅子上，手中的禮物則被妳擱在腳邊的地板上。

妳之所以選擇那個位置有許多原因，其中之一就是無論妳先前是怎麼想的，現在妳都不再視湯馬斯為盟友。

湯馬斯的蘇格蘭威士忌已經放在眼前的咖啡桌上。我從冰桶裡拿來另一瓶勃根地白酒，倒入兩只酒杯。

白酒令人神清氣爽。我愜意地握著手中的水晶酒杯。

「妳想要我做什麼？」這句話的意義取決於妳的語氣，它可以是挑戰，也可以是奉承。但是妳的聲音裡只有純粹的絕望。

妳的雙臂在大腿上交疊，展現出防衛性的肢體語言。

「我要知道真相。」我對妳說：「妳和我丈夫到底是什麼關係？」

妳又瞥了一眼那部筆電，然後說道：「妳早已知道一切了。他背著妳偷吃，妳設計讓我去測試他是否會再犯。」

湯馬斯縮了縮身子，瞪視著妳。

如果妳和湯馬斯是一對夫妻，來到我的辦公室尋求婚姻諮詢，我的目標會是為你們建立和諧的關係。我會勸阻無謂的指責，減緩任何衝突。

現在則是完全相反。我必須盡可能挑撥離間，瓦解你們的陰謀。

壁爐裡的火堆突然發出劈啪聲響，讓妳和湯馬斯身體一震。

「來一塊鹹派？」我將點心送到妳面前。妳只是搖搖頭，看都不看一眼。

「湯馬斯？」他伸手拿起一塊鹹派放進嘴裡，動作快速好似機器。我遞給他一張餐巾紙。

他喝下一大口威士忌，而妳滴酒不沾，也許是希望保持神智清醒。

舞臺已經架好，今夜的劇碼正式拉開帷幕。

就像那份讓我們結緣的問卷調查，一切都是從一個道德問題開始。

「讓我們從頭來過吧。我有一個問題要請你們回答。」

妳和湯馬斯同時抬起頭，提高警覺，擔心接下來會發生什麼事。

「想像一下，你是一名保全人員，駐守在一棟商業大樓的一樓大廳。一名女子表示她身體不適，希望你去外面幫她招計程車。你認識這名女子，因為她的丈夫在大樓租了一間辦公室。你會為了幫助她而擅離崗位嗎？」

妳看起來一臉迷惘，潔西卡。我一點也不意外，畢竟這個問題聽起來跟妳沒有任何關係。一抹難以察覺的皺紋浮現在湯馬斯的前額。

「我想會吧。」妳開口。

我問湯馬斯：「你呢？」

「我想……我也會離開崗位去幫助她。」

「真有意思！你辦公室大樓的保全人員也做出了同樣的選擇。」

他朝椅子的扶手移近了幾寸，離我更遠了些。

他焦慮地用手掌擦著卡其褲，順著我的目光看到了壓在筆電下的那張紙。

艾普蘿死亡兩天後，我偷偷從湯馬斯辦公室大樓的保全那邊撕下訪客日誌裡的這張紙。

當然，湯馬斯對此毫無所知。

心理治療師和前來尋求協助的年輕女病人上床。這樣的消息如果傳出去，湯馬斯的職業名聲就會毀於一旦。他甚至會因此被吊銷執照。

一切都如我所料。湯馬斯與艾普蘿一夜情之後，很快地湮滅了任何可以證明他們有醫病關係的證據。他刪除了所有數位紀錄，包括電子日曆上的預約時程和電腦裡的療程筆記。

但是湯馬斯一向不擅於關照到每一個細微的線索。

湯馬斯每天都會經過保全人員的警衛室，但他完全沒想到每名訪客都必須登記才能進入大樓。艾普蘿的全名和來訪時間都清清楚楚記錄在那本皮革封面的厚重日誌裡。

紀錄顯示，艾普蘿在與湯馬斯諮商之後不久就加入了我的研究。

我撕下有艾普蘿簽名的那頁，塞進皮包裡。保安人員花了一段時間才招到計程車；飄著細雨的平日傍晚五點半本來就很難找到空車。

我從筆電下抽出那張紙，交給湯馬斯。

「這是凱瑟琳．艾普蘿．沃斯接受諮商那天的訪客紀錄。」我告訴湯馬斯。「幾週後，你和艾普蘿在她的公寓裡上床。」

他直直盯著那張紀錄，似乎難以理解眼前所見的事物。

然後他彎下身去，對著餐巾紙乾嘔。

湯馬斯一直都無法有效應付壓力。

他猛然抬頭看著我的眼睛。「天啊，莉蒂亞，不是這樣的，事情不是妳想的那樣——」

「我很清楚發生了什麼事，湯馬斯。」

湯馬斯拿起威士忌的手劇烈顫抖。他已經棄械投降。

我對妳和湯馬斯說：「我掌握了你們致命的弱點，就是數位錄影和訪客日誌。如果我將這些資訊交給有關當局，無論你們怎麼解釋恐怕都難以開脫。我不是一定要那麼做，你們兩人也可以全身而退，只要你們告訴我真相。我們開始吧？」

第六十八章

十二月二十五日，星期二

當我在席爾斯博士的圖書室看見湯馬斯的那一瞬間，我就知道我的計畫失敗了。她再次搶先我一步。

掛上她的電話後，我曾考慮報警。但我擔心自己無法提供足夠的證據。她八成會捏造天花亂墜的故事，說我是個精神有問題的女孩，還偷了她的珠寶。她鐵定能夠翻轉一切，讓我變成被逮捕的一方。於是在應邀前往別墅前，我找到一間還有營業的電器行，買了一隻內建錄音功能的黑色手錶。

「急著要送人的禮物嗎？」店員問。

「大概吧。」我隨口答道，急匆匆地走出店門。

我確實為席爾斯博士準備了一樣禮物，但不是這隻手錶。那件禮物更為私人，也更關鍵。

我打算用手錶錄下她拆開禮物時所說的話。這一招還是從席爾斯博士那裡學來的。當時她也是這樣祕密錄下我和蕾娜和蒂芬妮的對話。

我想像她一臉震驚地看著那件禮物，然後我再適時補上一句：「我知道艾普蘿服用過量的氫可酮是妳給她的。」

她肯定會大發雷霆。這麼做也許很危險，但她不敢對我動手。因為我還會告訴她，我已經在電腦上設定好電子郵件，分別寄送給湯馬斯、沃斯太太、班・奎克，還有那名私家偵探。我在信中彙整了所有證據，包括席爾斯博士給我的藥丸照片。我打算這樣告訴她：「我告訴每個人我正要去見妳。這些郵件會在今晚自動寄出，除非我回家取消設定。如果妳把影像交出來，我也會把手上對妳不利的證據交給妳。」

最後一句話是個謊言。我打算讓席爾斯博士得到應有的懲罰。如果我能誘使她說出任何令人起疑的話，至少還能夠掌握些許證據來反駁她到時候捏造出來的故事。

現在我坐在圖書室，看著湯馬斯用餐巾擦著嘴。我得立刻改變策略。

我不敢相信席爾斯博士竟然早已知道艾普蘿是湯馬斯的病人，而且兩人還上了床。

湯馬斯此時看起來完全變了一個人；當時他在美術館外解下大衣，披在被車撞倒的女士身上時所展現出的自信和主導一切的氣勢，現在已經蕩然無存。

我的腦袋飛快地轉動，重新思考我所掌握的事實。我想得沒錯，艾普蘿曾經接受湯馬斯的治療，但席爾斯博士並不知道我已經推敲出這件事，也不知道我曉得他們兩人上過床。這是一個足以毀滅她和湯馬斯的驚天祕密，她為什麼要這樣輕易地在我面前吐露？

席爾斯博士所有的行動都經過縝密的思考，所以這絕對不是一時的說溜嘴，背後一定有她的原因。

她一定很確定我不會洩漏這個祕密。這個想法讓我的胃糾結了起來。

唯有隱藏在心中的祕密，才是最安全的祕密。

她要如何確保我不會說出去？

艾普蘿毫無生氣的身體癱倒在花園長椅上。這個景象瞬間閃過我心中。

我跌回椅背上，全身發抖。我感到口乾舌燥，難以吞嚥。

席爾斯博士將一縷髮絲撥到耳後。我看見一道青筋在她太陽穴附近跳動，宛如純白大理石上唯一的汙點。

美味的餐前點心和溫暖燃燒的壁爐，搭配著書架上整排的精裝書籍。誰能想到在這樣一個優雅的圖書室裡，即將發生什麼恐怖的事情。

我告誡自己，保持專注。

席爾斯博士並不是那種會訴諸肢體暴力的人。心智就是她最強大的武器。她總是冷酷地運用智慧。如果我陷入於恐慌，肯定全盤皆輸。

我逼迫自己直視她的臉孔。這時湯馬斯喘著氣說：「莉蒂亞，我很抱歉，我不應該——」

她隨即打斷他。「我也很抱歉，湯馬斯。」

我察覺了她的話語和音調之間的差異。

她聽起來一點都不像遭受背叛的妻子；她的聲音裡既沒有憤怒，也沒有惡毒的諷刺。

我聽見的是同情和憐憫。彷彿她相信湯馬斯和她是站在同一陣線，彷彿他們倆都是無辜的受害者。

我來回掃視著他們兩人，突然理解為什麼席爾斯博士不願放棄湯馬斯。因為她做不到。因為她無可救藥地愛著他。

她不只是出於嫉妒和憤怒才讓艾普蘿服下那些藥，她是為了保護湯馬斯，確保艾普蘿永遠不會說出對他不利的事實。我曾告訴過席爾斯博士，我見過別人陷入戀愛的模樣。當她提到自己的丈夫時，還有她看著他的表情，顯露出義無反顧的愛戀。即使在此時此刻也未曾改變。

然而她對湯馬斯的愛就像她心中的其他面向一樣，變態扭曲，宛如吞噬一切的黑洞。

席爾斯博士將訪客日誌塞回筆電下，然後坐在我對面的椅子上。「我們開始吧？」

她看起來無比冷靜，就像準備開始講課的教授。

她攤開雙手，說道：「讓我再問你們一次，對於你們之間的關係，你們有什麼想要坦白的嗎？」

湯馬斯正要開口，席爾斯博士立刻打斷他。「等等，考慮清楚再回答。我要與你們個別談話，以免你們互相影響。我給你們兩分鐘，好好決定自己的答案。」她瞥了一眼手錶，我也拉起袖子，查看自己的錶。

「現在開始計時。」

我望著湯馬斯，試圖從他的表情推測他會如何回答，但是他卻雙眼緊閉。湯馬斯看起來很糟，好像生病了一樣。

我也好不到哪去。我的胃不斷翻騰，但我依舊努力思考所有的情境和可能的後果。

我們可能都說實話，我們確實上了床。

我們也可能都說謊，讓彼此的說法相符。

或者我說謊，湯馬斯說實話，因為他可能會為了取回訪客日誌而出賣我。

最後一個可能性：湯馬斯說謊而我說出實情。我可以將責任都歸咎於湯馬斯，說是他主動追求我。如果是這樣，席爾斯博士會將錄影交給我嗎？

不可能。我心知肚明。

這下我不知道該怎麼做了。

席爾斯博士輕啜一口酒，目光越過酒杯上緣，緊盯著我。

囚徒困境。她現在搬演的就是這樣一齣戲碼。我曾經在網路某篇文章上讀過這個賽局理論的經典例子。兩名嫌犯被隔離開來，分別接受偵訊，看他們是否會為了自身利益而出賣對方。

席爾斯博士放下酒杯，玻璃在杯墊上發出一聲輕響。

時間所剩不多了。

不同的影像在我腦中跳躍。我看見席爾斯博士孤身一人坐在法國餐廳的雙人座。我在她的辦公室裡啜泣，她一手輕撫著獵隼雕像，一手掠過我肩上的羊毛披肩。在她的筆記裡，優雅的筆跡寫下了一行字：這項實驗甚至可能讓妳成為心理研究的先鋒。

我從席爾斯博士身上學到很多，今晚我必須依靠這些知識來抓住她的弱點。

每一次她都佔據先機，但是遊戲還沒結束。我終於找到了突破點：湯馬斯，他就是擊潰席爾斯博士的關鍵。

我的呼吸短而急促，腦海中彷彿有個聲音催促著我思考。

我必須向席爾斯博士一樣，設想好接下來的每一步。我知道無論我們如何回答，她都不會告發湯馬斯。她會設法讓我背上所有責任。當初她對艾普蘿一定也是採取了同樣的手段，好讓自己相信逼那個女孩自殺是正義之舉。

從我踏進席爾斯博士辦公室的那一刻開始，我就成為她解讀的對象。但我也在仔細觀察她，我對她的認識比我意識到的還要更深入，從她走路的方式到她冰箱裡的事物，更重要的是，我了解她的心智如何運作。

但是這些就足夠了嗎？

「時間到。」席爾斯博士宣布。「湯馬斯，請你跟我到餐廳一趟。」

我看著他們的身影消失在視線中，試著從湯馬斯的角度來思考所有的因素，思考他可能面對的風險。八卦小報可能會爆料，說一名英俊的心理治療師和一位來自富裕家庭、心靈受創的年輕女子有染，導致她自殺。他很可能會因此而被吊銷執照，甚至面臨來自沃斯家的訴訟。

我對湯馬斯也有某種程度上的了解。我回想每一次相遇的情景，從美術館、酒吧、我的公寓、溫室花園，到最後一次在他辦公室裡的會面。

我很確定他會怎麼回答席爾斯博士的問題。

短短一分鐘不到，席爾斯博士一個人回到了圖書室。她彷彿戴了一張面具，我無法從她的表情看出究竟發生了什麼事。

她坐在雙人沙發最靠近我的一端，伸手碰觸我裙襬和靴子之間裸露的一截大腿。我忍住躲避的衝動，維持不動。

「潔西卡，對於妳和我丈夫之間的關係，妳有什麼想要坦白的嗎？」

我直視著她。「妳說得對。我之前並沒有對妳說出全部的事實。我和湯馬斯上了床。」我原本擔心自己會語帶遲疑，但是這次沒有，我的聲音堅定無比。「當時我還不知道他就是妳的丈夫。」

她依然紋絲不動，但眼睛裡的神色已經有所改變，虹膜裡的淡藍色光芒似乎暗了下來。她點點頭，好像確定了某件她早已知道的事情。她起身理理裙襬，轉身走向餐廳。

「湯馬斯，請你過來吧。」

他慢吞吞地走進圖書室。

「你可以跟潔西卡說說你剛才告訴我的話嗎？」

我雙手緊貼著大腿，努力想擠出一絲微笑，下巴卻太過緊繃。我的大腿依然可以感受到她手指的冰冷。

湯馬斯疲累地看著我。從他的雙眼裡，我看見的只有挫敗。

「我告訴她，我們之間沒有發生任何事。」他的聲音單調。

他說了謊。

正如我所料。

他的謊言不是為了保護自己，而是為了保護我。他為此放棄拿回訪客日誌的機會。

席爾斯博士對於道德準則、對於說出事實真相有著病態的執著。但是湯馬斯了解道德選擇的微妙之處。他之所以說謊，是因為他相信這樣能夠讓我脫身，儘管這意味著他自己的毀滅。湯馬斯的人格有許多缺陷，但他依舊有一顆善良的心。也許這就是席爾斯博士如此深愛著他的原因。

我可以感受到席爾斯博士的怒氣，宛如逐漸擴大的紅色風暴緊逼而來，令我幾乎難以呼吸。帶著巨大壓力的沉默就這樣維持了好一會兒，席爾斯博士才終於開口：「潔西卡，請妳重複一次妳剛才對我說的話。」

我費力吞下一口唾沫。「我說我們上過床。」

湯馬斯身子一縮。

「現在你們之中有一個人說謊。」席爾斯博士雙手抱胸。「湯馬斯，那個人很明顯就是你。因為說謊對潔西卡沒有任何好處。」

我點了點頭。她說得沒錯。

她接下來的行動至關重要。我很快就會知道自己所冒的風險是否值得。

席爾斯博士走到鋼琴前，輕拍著筆電。「潔西卡，我很願意把這段影像交給妳，只要妳歸還從我這裡偷走的東西。」她瞥了湯馬斯一眼，而我很清楚她指的不是那條所謂的鑽石項鍊。

她正在用變態扭曲的方式重現吉恩・法蘭屈對我的羞辱；她操弄我的祕密，只為了對我施加最大的痛苦。

「我沒辦法。妳知道我根本沒有偷走任何珠寶。」

「潔西卡，妳真是讓我太失望了。」

湯馬斯往前踏一步，更接近我身旁。

「莉蒂亞，放過這個可憐的女孩吧，她已經告訴妳真相了。說謊的人是我，讓我們自己解決彼此之間的事。」

席爾斯博士搖搖頭，悲傷地說：「那條項鍊無可取代。」

「莉蒂亞，我很確定她沒有拿那條項鍊。」湯馬斯說。

這就是我冒險說出實情的理由。我必須要讓湯馬斯看清，就算我遵照席爾斯博士的規則走，她也一樣會找到藉口徹底毀滅我。

她對我露出溫柔的微笑。「畢竟現在是聖誕節，我會等到明天早上再報警。」她停頓了一下。「這樣妳也有時間先跟父母談談。在他們知道貝琪那件意外的真相之後，他們也許會理解為什麼妳這麼需要錢。因為妳內心沉重的罪惡感。」

我雙手掩面，肩膀顫抖。這正是她對艾普蘿施展的手段。她引誘艾普蘿說出心中的祕密，然後利用這些祕密來對付這個可憐的女孩。她斷絕艾普蘿所有的希望，奪走她所愛的一切，讓她的人生不再有任何價值，最後，再將氫可酮交到她的手上。

席爾斯博士相信她同樣剝奪了我珍愛的人事物：工作、諾亞、自由、家人。

那晚她讓我獨處，是因為她希望我重蹈艾普蘿的覆轍。

我又多等了一會兒。

然後我抬起頭。

圖書室裡的情景沒有任何改變，席爾斯博士依舊在鋼琴旁，湯馬斯茫然地站在我對面的椅子後方，點心的盤子擱在桌上。

我看著席爾斯博士。

「好吧。」我確保自己的語調溫順。「但是在我離開之前，我可以問妳一個問題嗎？」

她點點頭。

「在沒有醫師處方簽的情況下，心理治療師可以擅自給病人氫可酮嗎？這麼做符合道德規範嗎？」

席爾斯博士微微一笑。我知道她想到的是她那晚給我的藥丸。

「如果一位朋友的心理狀態剛好需要，私底下給她一點也不是什麼大不了的事。」她說：「當然，就專業上來說，我是不會這麼做的。」

我靠回椅背上，雙腿交疊。

湯馬斯望著我，一臉愕然。我突如其來的冷靜模樣讓他感到驚訝。

「是嗎？但是妳給第5號受試者的可不只有『一點』。」我直視她的眼睛。「妳給艾普蘿的藥量足以殺死她。」

湯馬斯倒抽一口氣，又向我靠近了一步。他依舊試著保護我。

席爾斯博士彷彿凍結一般，瞬間變得毫無生氣。我可以感覺到她的腦袋正在急速運轉，構思著能夠反駁這項指控的說法。

終於，她離開鋼琴，坐在我對面的椅子上。

「潔西卡，我根本不知道妳在說什麼。妳認為我給了艾普蘿氫可酮的處方簽嗎？」

「妳是心理醫生，妳有權這麼做。」我語帶挑戰。

「沒錯，如果我真的開了藥，就會留下紀錄。」她雙手一攤。「但是沒有任何紀錄存在。」

「我可以去問沃斯太太。」

「妳儘管問吧。」席爾斯博士回答。

「我很清楚是妳給她的藥。」雖然我這麼說，但是有一種逐漸站不住腳的感覺。她擋下了我每一記的攻擊。

湯馬斯伸手揉著左肩，看起來像是一個無意識的動作。

「我自己根本沒用過氫可酮，又要怎麼把藥給別人呢？」席爾斯博士反問。這種充滿理性的語調，和她聲稱自己與諾亞以及我失業的事無關時一模一樣。

我新買的手錶正在錄下一切，但席爾斯博士還沒有說出任何能證明她有罪的話。更糟的是，我已經激怒了她。我可以從她變細的瞳孔和鋼鐵般冰冷的語調裡感受到怒氣。

我正在輸掉這場賭局。

「妳從沒用過氫可酮。」湯馬斯說，語音單調。

我和席爾斯博士都轉頭看向他。他的手還放在左肩上，是旋轉肌手術留下疤痕的位置。「但是我用過。」

席爾斯博士臉上淺淺的微笑消失無蹤。

「湯馬斯。」她低聲說。

「我需要的量很少。」他緩慢地說：「但是我沒有扔掉剩下的藥。艾普蘿死亡當晚來過別墅，莉蒂亞。妳告訴我她來見妳，而且精神狀態很不穩定。妳是不是把我剩下的氫可酮都給了她？」

他轉過身，作勢要上樓查看。

「等等。」

席爾斯博士維持不動好一會兒，然後臉垮了下來。

「我所做的一切都是為了你！」她大聲叫道。

湯馬斯搖晃著身體，跌坐回沙發上。「妳殺了她？就因為她和我上床？」

「湯馬斯，我沒有做錯任何事。艾普蘿自己選擇吞下那些藥！」

「妳在艾普蘿渴望自殺的時候提供了工具，這算不算謀殺？」我問。

他們同時甩過頭來看我。席爾斯博士無言以對，這還是頭一遭。

「妳所做的還不止於此。」我趁勝追擊。「妳究竟說了什麼話，將她逼到絕境？妳一定早就知道她高中時就有自殺傾向。」

「妳對她說了什麼？」湯馬斯重複我的問題，聲音苦澀。

「我告訴她，我的丈夫和一個年輕女孩有過一夜情，而且他追悔莫及！」一連串字句從席爾斯博士口中爆出。「我告訴她，我的丈夫說他只是逢場作戲，那個女孩對他來說根本毫無價值。他說這是他一生中最大的錯誤，他願意付出一切來結束這段關係。」

湯馬斯茫然地搖著頭。

「你不明白嗎？」席爾斯博士懇切地說：「她是個愚蠢的女孩！她很可能會把你的事情說出去！」

「妳知道她有多麼脆弱。」湯馬斯說：「妳怎麼能那樣做？」

席爾斯博士板起了臉。「她就是個可有可無的人，甚至連她親生父親都不要她！」她朝湯馬斯伸出手，但是被他粗魯地推開。「我們可以說艾普蘿是自己從我們的藥櫃裡拿走氫可酮，我們完全不知情。」

「我不認為警察會相信這樣的說法。」我補上一句。

席爾斯博士毫不理會我，她哀求似地凝視著湯馬斯。

「警方不會相信潔西卡的。她非法闖入我們的家，她跟蹤你，因為她對你產生了病態的愛戀。」她說：「你知道她以前就曾經被指控偷竊嗎？她就是因為這樣才被一位知名導演開除！她四處和男人亂搞，對家人滿口謊言。潔西卡是個有精神疾病的女孩，她在問卷中的回答證明了一切！」

湯馬斯滑下眼鏡，揉了一下鼻樑。

當他再度開口時，聲音撼動了整間圖書室。「不！」

湯馬斯終於有了對抗席爾斯博士的勇氣。他不會再用假訊息或捏造的故事來逃避她。

「如果我們的說法相符，一切都會沒事的。」席爾斯博士迫切地說著：「我們是兩個有名望的專業人士，而她只是個情緒不穩定的小女孩。」

湯馬斯定定看著她良久。

「湯馬斯，我真的好愛你。」她喃喃地說：「求求你。」

她雙眼淚光瑩然。

湯馬斯搖搖頭，起身說道：「潔絲，我會讓妳平安回家。」

「莉蒂亞，我明早會再回來。我們可以一起報警。」他停頓了一下。「如果妳交出監視器錄像，我會跟警察說鑰匙是我給潔絲的，因為我請她回家幫我拿東西。」

我站起身，將禮物留在椅子旁。同一時刻，席爾斯博士頹然跌坐在地板上。

她張開雙臂撐著地板，抬頭望著湯馬斯。白色的洋裝包裹著她的雙腿，淚水混雜著黑色眼影，爬滿了她的臉龐。

「再見了，莉蒂亞。」

語畢，我轉身離開房間。

第六十九章

十二月二十五日，星期二

今天我失去了一切，但是我在乎的只有湯馬斯。

妳本來應該讓他回到我身邊，結果妳卻永遠奪走了他。

一切都結束了。

只剩妳留下來的禮物。

這個包裹的大小和一本書差不多，但是太輕太薄。閃亮的銀色包裝紙好似一面哈哈鏡，扭曲了我的面孔。

我輕輕拉開紅色的蝴蝶結，拆開包裝紙後出現一個白色扁盒子。

裡面是一張裱框的相片。

儘管心中的痛苦正逐漸累積、升高，但尚未達到頂峰。目睹這張相片的瞬間，我也被推向崩潰的邊緣。

湯馬斯趴睡在床上，花朵圖案的棉被半裹著他赤裸的身軀。周遭的環境看來十分陌生，這不是我們同床共枕的地方。

這是妳的臥室嗎？或是艾普蘿的？還是又一個匿名女子？

這些都已經不再重要。

婚後的我時常受失眠所擾，但只要知道湯馬斯在身邊，我就能感到安慰。他身體帶來的溫暖和穩定的鼾聲像甘露一般，滋潤著我躁動不安的心靈。他從來不知道，每當他安穩入睡後，我總是一次又一次地對他低語：「我愛你。」

最後一個問題：如果妳真心愛一個人，妳會為了他犧牲自己的生命嗎？

答案很簡單。

我寫下最後的筆記，一份完整精確的自白。沃斯太太的所有疑問都會得到解答。不過我省略了湯馬斯與艾普蘿之間的關係，這樣應該能夠保護他不受傷害。

我將自白放在玄關的小桌上，進門的人一眼就能看到它。

距離這裡幾條街外，有一間二十四小時營業的藥局，即使聖誕節也不會打烊。

我從衣櫃上層拿出湯馬斯的處方簽本。這是他為了預防病人有緊急狀況而留在家裡的。

現在外頭一片漆黑，無邊無際的天空沒有任何星光。

失去了湯馬斯，明天也會同樣黯淡。

我替自己開了氫可酮的處方簽。三十顆應該足夠了。

終章

三月三十日，星期五

玻璃窗上的年輕女子倒影回望著我。我原以為經歷了這麼多事之後，她看起來會有所改變。但是我的捲髮、黑色皮衣外套和沉重的化妝箱依舊保持著幾個月前的樣貌。

席爾斯博士可能會說，妳不能用外貌特徵來判斷一個人的內心狀態。這句話一點也沒錯。雖然我的手臂已經不像以前替美人蜂工作時那樣疼痛，我還是將化妝箱換到左手。我現在在某個前衛音樂劇團擔任化妝師，只需要背著化妝箱來回西區四十三街的劇院。麗茲是該劇團的助理服裝設計師，我的新工作也是她介紹的。

這個劇團並不是由吉恩·法蘭屈擔任製作。其實他的職業生涯已經結束了。對我來說，向他的妻子透露他的色狼行徑並不是一項艱難的道德選擇。卡崔娜和另外兩名女性向媒體爆料，吉恩對她們的性騷擾登上了報紙。他的劇場帝國很快就垮臺，他的劣行再也無法逃過應有的制裁。

也許我一直都知道卡崔娜為什麼想和我聯繫，但是那時我還沒準備好站出來對抗吉恩。席爾斯博士差點摧毀我的人生，但是感謝有她，我絕不會再讓自己成為別人的獵物。

我將臉湊近窗面，像店內窺探，額頭感受到玻璃的冰冷。

現在已經接近午夜，諾亞的「全天早餐」店裡依然人潮洶湧，幾乎滿座。諾亞說得沒錯，忙了一週之後，在週五夜晚很多人都渴望享用法國吐司和班尼迪克蛋。

我沒看見諾亞，但是我能想像他在廚房忙碌的模樣，將杏仁萃取液倒進攪拌碗裡，一條抹布塞在他的腰間。

我閉上眼睛，默默祝福他，然後邁步離去。

聖誕節過後，我去佛羅里達與家人相會。我也打了電話給諾亞。那時我還沒聽說席爾斯博士自殺的消息。一直到當晚深夜，湯馬斯才告訴我這件事。

我和諾亞談了將近兩個小時。他告訴我席爾斯博士那天確實在湯馬斯的辦公室外找到他。我回答了他所有的問題。雖然諾亞相信我說的話，但是在掛斷電話前，我已經知道我們不會再聯絡，不只是因為我和湯馬斯上過床。在這段時間裡發生了太多的事情，我們沒有心力重新開始。這不能怪他。

儘管如此，我發現自己還是很常想到諾亞。

在現實世界裡，像他這樣的好人不是隨便就能夠遇得到。但也許我很快就能夠再次走運。

機運需要由自己創造。

我看了一眼手機，現在是晚上十一點五十八分。今天是這個月的最後一個星期五，某筆款項應該已經匯入了我的銀行帳戶。

我完成第一次問卷後，席爾斯博士在筆記中寫下：**金錢對妳來說很重要，它似乎深深影響了妳的道德判斷標準。當金錢和道德相碰，結果總是可以讓我們看到引人入勝的人性真實面。**

席爾斯博士可以安坐在電腦另一頭，輕易評斷我的金錢觀念。她生活富足，衣食無缺；她從小在利奇菲爾德的莊園長大，住上百萬元的別墅，穿知名設計師的昂貴衣服。我在她的圖書室裡見過一張相片，相片裡的她騎在一匹駿馬上。她啜飲高級紅酒，告訴我她的父親「很有影響力」，這個詞通常代表著億萬富翁。

她的學術研究遠離了真實的人生。她無法體會那種靠著微薄薪水度日的生活，也無法體會寵物生病所需的醫藥費或上漲的房租對這樣的生活會造成怎樣的骨牌效應，甚至有可能摧毀一個人一直以來努力經營的一切。

人類會因為各種出於本能的理由而破壞自己的道德標準：為了生存、愛、恨、嫉妒、衝動，還有金錢。

她的研究已經中止，再也不會有任何實驗。第52號受試者的檔案也已經完成。

而我依舊感受到自己與席爾斯博士之間的羈絆。

她無所不在，她的藍色眼眸彷彿還透視著我的內心。她總是能在我開口前就知道我心中想什麼，她能挖掘出連我自己都沒意識到的思緒和感受。也許這就是為什麼我會不斷想像她將如何記錄我與湯馬斯在她自殺數週後的最後一次會面。

在某些晚上，當李歐依偎在我身邊，我閉上眼睛，席爾斯博士優雅的字跡就會在我腦中浮現，她銀鈴般的嗓音隨著字句的抑揚頓挫迴盪在耳畔。

如果她能夠活著記錄下這次會面，我想大概會是這樣：

一月十七日，星期三

妳在下午四點五十五分時致電湯馬斯。

「我們可以見面喝一杯嗎？」

他很快就答應了。也許是因為他很想和唯一一個了解事件全貌的人談談。

他穿著運動上衣和牛仔褲來到歐馬利酒吧，點了一杯蘇格蘭威士忌。妳早已坐在一張木桌後方，面前擺著一杯啤酒。

「最近還好嗎？」妳看著湯馬斯滑進對面的椅子。

他吁了一口氣，搖搖頭。他看起來瘦了許多，鏡片也遮掩不了眼睛下方的黑眼圈。「我不知道，潔絲。我到現在還很難相信這一切。」

當他在玄關發現那張自白時就通報了警方。

「是啊，我也有同感。」妳喝了一口啤酒，故意沉默了片刻。「我現在沒有工作，所以有時間能夠好好思考。」

湯馬斯眉頭微蹙。也許他回想起那天在辦公室裡，妳坐在他對面，不可置信地喃喃自語：「她害我被公司開除了。」

「我很遺憾。」他好不容易才回道。

妳從皮包裡拿出一張淡粉紅色的文件放在桌上，用手掌壓平皺摺。

他的目光落在文件上頭。當然，他從來沒見過這個東西。

「我不擔心自己的狀況，我會再找到工作。問題是，席爾斯博士曾經答應要幫我父親就職。我的家人要負擔很多醫療費用。」

妳再次撫平那張文件，手掌往下移，露出紙張上的鴿子圖形。

湯馬斯又瞥了它一眼，擺弄著威士忌酒杯裡的吸管。

他似乎已經明白，這次會面不只是敘舊。

「我能幫上什麼忙嗎？」

「如果你有什麼好建議，我會很感激。」妳回答時又將手掌往下移了幾寸。現在寫著凱瑟琳．艾普蘿．沃斯的漂亮字體清晰可見。

湯馬斯身子一顫，直挺挺地坐起。

他與妳目光相接，然後喝了一大口威士忌。

妳的手繼續移動，揭露出那段字句：當最後的時刻來臨時，你得到的愛等同於你付出的愛。

「艾普蘿死前不久，曾經問過她母親這句話的出處。」妳故意用一陣停頓來加強這句話的力道。「我想她一定是在哪裡見過這句話。也許是從馬克杯上看來的？」

湯馬斯的臉色變得慘白。「我以為我們可以信任彼此，潔絲。」他低聲說：「我想錯了嗎？」

妳聳聳肩。「一個朋友曾經對我說過，在你提出這個問題時，你也許早已知道答案了。」

「妳這是什麼意思？」他的聲音充滿疲憊。

「在經歷這一切後，我只是想要得到我應得的報酬。」

他將威士忌一飲而盡。冰塊在酒杯裡發出聲響。

「不如這樣，在妳找到工作之前，我替妳付每個月的房租？」他充滿希望地看著妳。

妳面露微笑，輕輕搖搖頭。

「感謝你的提議，但是我有更好的想法。我相信席爾斯博士也會認為這麼做很公平。」

妳將喪禮紀念冊翻到背面，上面畫著一個美元的符號，後面有一串數字。

湯馬斯倒吸一口氣。「妳開什麼玩笑？」

湯馬斯理所當然是亡妻資產的繼承人，包含那棟價值百萬的別墅。他保有工作和執照，名聲絲毫無損。精明如妳，想必也已經對這個情況瞭若指掌。而妳相信，他需要為妳家人付出的這筆金錢，對他來說根本微不足道。

「我很樂意接受每月分期付款。」妳將喪禮手冊推到他面前。

湯馬斯癱坐在椅上，承認了自己的挫敗。

妳俯身向前，和他的臉孔不過幾寸的距離。「畢竟，金錢也可以換來信任。」

妳很快就離開酒吧，推開大門，闊步走上人行道。妳融入人群中，變成了紐約這座城市中的另一個匿名女子。

也許妳對妳的決定充滿自信。也許這個問題會永遠縈繞在妳心中。

潔西卡，妳覺得這一切值得嗎？

致謝

奎兒和莎拉：

我們首先要感謝才華洋溢又心地善良、各方面都無比傑出的 St. Martin 出版社編輯珍・安德林（我們也稱呼她為「聖珍德林」）。我們深深感激她對於本書的願景和熱情，以及毫無保留的支持。

感謝宣傳組長凱蒂・貝索不眠不休地以獨特的幽默和風格為本書付出努力。

這兩位偉大女性和身邊的團隊為我們的小說創作傾注了活力與創意，呵護孕育了本書的出版。我們何其有幸能夠藉著本書與他們合作。感謝蕾秋・迪柏、瑪塔・佛樂明、歐嘉・格林克、崔西・葛斯特、喬丹・漢利、布倫特・珍威（特別感謝你想出了本書的書名）、金・盧蘭、艾利卡・瑪提拉諾、凱瑞・諾德林、吉賽拉・拉莫斯、莎莉・李查森、麗莎・森茲、麥可・史托林、湯姆・湯普森、朵莉・文特洛伯和蘿拉・威爾森。

感謝慷慨提供協助的維多利亞・桑德斯和她超棒的團隊：伯納德特・貝克包漢、潔西卡・史派威和黛安娜・迪肯謝德。

感謝班內・克諾爾在本書創作初期時的鼓勵和創見，讓我們找到正確的道路。

感謝所有外國出版社，包括英國 Pan Macmillan 的偉恩・布魯克斯。每次與他們通信都讓我們開懷大笑。他們的關照也讓我們受寵若驚，彷彿我們不只是作家，而是超級名模。

我們還要向 Gotham Group 的莎麗・史邁利和艾倫・葛斯密凡恩致上最深的謝意。感謝他們熱情地將我們的小說搬上大銀幕。當我們前往好萊塢時，也要特別感謝 Amblin Entertainment 的荷利・巴里奧和 eOne Entertainment 的卡洛琳・紐曼給予的關照。

最後，同時也最重要的，是我們的讀者。我們熱愛與你們交流，所以請在臉書、推特和 Instagram 上追蹤我們，並且造訪我們的網站 www.greerhendricks.com 和 www.sarahpekkanen.com。我們希望與你們保持聯繫！

奎兒：

對於一個以寫作維生的人來說，我很難用文字描述莎拉・佩卡寧在我的人生中扮演了多麼重要的角色：創作伙伴、商業夥伴、親密的朋友、啦啦隊長、心理輔導師……這份名單還能夠一直列下去。妳成為了我原本沒有的好姊妹，我為這一切而滿懷感激。

我深深感謝所有朋友，無論是來自出版業界或其他地方的協助，我都深感於心。特別是本書創作初期的讀者，包括瑪拉・古德曼、薇琪・傅雷、愛莉森・史壯。還有長久以來的夥伴凱倫・高登以及吉利安・布雷克。本書寫作的每一個階段他們都參與其中。

我也要感謝編輯團隊的特別關照，包括凱瑟琳娜・安格爾、梅莉莎・古德史丹、丹尼・湯普森和愛倫・卡茲・威斯特利西。

我要特別感謝我的家人，比爾、卡羅、比利、黛比和維多莉亞，還有茱莉和羅伯特（我最好的弟兄）也為本書的初稿提出了寶貴的評論。

我的父母，馬克．克索和伊蓮娜．克索，這本書屬於你們。謝謝你們鼓勵、培養我對於閱讀、寫作和心理學的熱愛。謝謝你們讓我相信這是我應得的。

洛基和庫伯，感謝你們長期（偶爾有些煩人）的陪伴。

佩琪，妳曾經教導我許多關於勇氣和自我認知的道理，我每一天都從妳身上得到啟發。

艾列克斯，你帶給我無窮無盡的歡樂。你有寬大的心，沒有人能夠像你那樣，給予我這麼多的歡笑。

最後，這本書獻給約翰。在我努力構思複雜的情節時，你傾聽我的想法。你陪我遛狗，同時也提供了很棒的註記。你讓這一切成真，也讓每一刻的努力都值得。感謝你二十年來的陪伴，但願可以永遠持續下去！

莎拉：

奎兒．漢德瑞克斯，我無法想像與妳以外的人分享這趟寫作與出版的旅程。妳毫不間斷的支持是我人生的基石。妳每次傳來的幽默訊息都令我會心一笑。妳的情感和心智，以及永不疲憊的動力，支持我寫下每一頁，不斷帶給我新的靈感。我和妳真是天作之合。

感謝凱西．諾蘭替我的網站提供創意。感謝 Street 團隊和臉書上的朋友與讀者的支持。感謝所有的書商、圖書館員和書評部落客，幫助我們將小說送到無數讀者的手上。

我一直對莎朗．賽樂心懷感激，她總是在健身房裡幫助我保持頭腦清晰。我也要感謝家鄉蓋瑟堡閱讀節的工作人員（特別是朱德・阿許曼），還要向最棒的葛倫・雷諾致上謝意。

感謝我的狗兒貝拉，總是在我寫作時陪伴在我身旁。

我要向我的父母，約翰・佩卡寧和林恩・佩卡寧至上亙久不變的愛。老爸，你教我如何寫作；老媽，妳教導我要有一顆遠大的心。你們是最棒的。我還要告訴佩卡寧家的其他成員，羅伯特、撒蒂亞、蘇菲亞、班恩、譚米和小比利，感謝你們無時無刻的陪伴。

在創作本書的過程中，羅傑・亞倫斯一直陪在我身邊。他閱讀最初的書稿（還挑出最細微的錯字），像諾亞為潔絲做早餐一樣為我下廚。在出版的旅途上，他是一個女孩不可多得的另一半。羅傑，感謝你進入我生命的篇章。

最後，我想對我摯愛的兒子們說：傑克森、威爾和戴倫，感謝你們讓我的每一天都充滿愛與驕傲。

國家圖書館出版品預行編目資料

匿名女子 / 奎兒 . 漢德瑞克斯 (Greer Hendricks),
莎拉 . 佩卡寧 (Sarah Pekkanen) 著 ; 陳岡伯 , 蘇
凱恩譯 . -- 臺北市 : 三采文化 , 2020.02
面 ; 公分 . -- (iRead)
譯自 : An anonymous girl

ISBN 978-957-658-280-6(平裝)

874.57 108020379

suncolor
三采文化集團

iRead 118

匿名女子

作者 | 奎兒・漢德瑞克斯（Greer Hendricks）、莎拉・佩卡寧（Sarah Pekkanen）
譯者 | 陳岡伯、蘇凱恩
協力編輯 | 吳愉萱　責任編輯 | 朱紫綾
美術主編 | 藍秀婷　封面設計 | 高郁雯　內頁排版 | 陳佩君

發行人 | 張輝明　總編輯 | 曾雅青　發行所 | 三采文化股份有限公司
地址 | 台北市內湖區瑞光路 513 巷 33 號 8 樓
傳訊 | TEL:8797-1234　FAX:8797-1688　網址 | www.suncolor.com.tw
郵政劃撥 | 帳號：14319060　戶名：三采文化股份有限公司
本版發行 | 2020 年 2 月 5 日　定價 | NT$380